KB140661

마라토너와 사형수

마라토너와 사형수

초판 1쇄 인쇄 | 2020년 08월 08일
지은이 | 남창우
펴낸이 | 이승훈
펴낸곳 | 해드림출판사
주 소 | 서울 영등포구 경인로82길 3-4(문래동1가 39)
센터플러스빌딩 1004호(07371)
전 화 | 02-2612-5552
팩 스 | 02-2688-5568
E-mail | jlee5059@hanmail.net

등록번호 제2013-000076
등록일자 2008년 9월 29일

ISBN 979-11-5634-424-7

마라톤은 신이 내린 **보약**이다.

현직 교도관의 마라톤 **대하드라마!**

마라토너와 사형수

남창우 지음

해드림출판사

프롤로그

130,000km를 향하여!

이 책의 마지막 글에서 독자들은 선물 같은 특별한 이야기를 만날 수 있다.

누구한테도 들을 수 없는 나만의 아주 특별한 이야기를 나는 통 크게 독자들에게 선물처럼 들려주고 싶은 것이다. 이 책을 끝까지 읽은 독자들만이 이 선물꾸러미를 손에 쥘 수가 있다.

1세기에 한 번 들을까 말까 한 이야기이다.

운동하고는 담을 쌓고 살아오던 내가 나이 마흔셋이던 2005년, 마라톤이라는 신천지에 입문하게 되었다. '신천지'라는 표현을 사용했는데, 종교 단체 '신천지'가 아니다. 그전엔 경험할 수 없었던 경이롭고 황홀한 마라톤의 세계는 그야말로 나에겐 신천지였던 것이다.

신천지에 입문하고 나서야 '아, 이런 놀라운 세상이 있었구

나. 내가 왜 진작 이런 세상을 모르고 살았지?'라는 생각이 들었다. 마라톤의 처절한 고통 그리고 완주 후의 짜릿한 희열은 경험한 사람들만 공유할 수 있는 특권이다.

세상은 마라톤 풀코스를 뛸 수 있는 사람들과 그렇지 못한 사람들 두 부류로 나뉜다. 이 책을 쓰게 된 까닭은 마라톤의 고통과 즐거움 그리고 마라톤의 놀라운 효능을 꼭 세상에 알리고 싶었고, 마라톤에 대한 일부의 오해와 편견을 바로잡고 싶은 마음이 있었기 때문이다. 마라톤 입문은 2005년에 했고, 2010년부터 장장 10년간 '대하드라마'처럼 써 내려간 전체 글 중 절반쯤 되는 글을 엄선하여 묶었다.

10년 동안 쓴 글이다 보니 초반에는 다소 산만하게 흘러가다가 후반으로 갈수록 그나마 내용이 충실해지지 않았나 생각된다. 100세 시대를 맞아 우리 모두 열심히 먹고 마시면서 체력을 길러 건강하게 문화예술을 즐기며 살아가자는 내용이다. 그래서 주로 마라톤 이야기를 썼지만, 마라톤 이야기만 쓰면 분명 단조롭고 지루해할 수 있으니 클래식 음악 이야기도 몇 꼭지 썼고, 봉준호 감독이 들으면 귀가 솔깃해질 영화 이야기도 썼다. 또한 대한육상경기연맹에 대한 쓴소리도 썼고, 마라토너 이봉주 이야기도 썼다. 문재인 대통령과 북한 김정은 위원장에게 전하는 이야기도 썼고, 우리나라 최고 재벌가에 대한 권고의 이야기도 썼고, 법정 스님 이야기도 썼고, 백제 의자왕 이야기도 내 나름대로 해석하여 썼다.

이야기 피날레는, 서두에서 언급한 대로 1997년 12월 사형수 사형 집행 이야기로 마무리하였다.

글은 가능하면 지루하지 않고 재미있게 읽힐 수 있도록 무진 노력을 했는데, 그래도 걱정스런 마음은 쉬이 가시지 않는다. 나는 어설픈 초보 작가에 불과하니 모든 것이 두렵기만 하다.

내가 마라톤을 하면서 주위 사람들에게 수없이 들은 질문은 "마라톤을 하면 무릎이 망가지는 것 아니냐"라는 것이다. 이에 대한 대답은 안철수(국민의당 대표) 작가의 『내가 달리기를 하며 배운 것들』 198페이지에 실린 글을 소개하는 것으로 대신한다.

이 책에서 안 대표는 "간혹 달리기와 관련해 흔한 오해를 하는 분들이 있다. 무릎이 상할까 봐 달리기를 못 하겠다고 이야기하는 경우다. 의사 입장에서 결론부터 말하자면, 그런 걱정은 전혀 하지 않아도 된다. 요즘 사람들의 무릎은 오히려 너무 안 써서 상하는 것이다. 무릎을 보호하겠다고 가만히 있으면 그게 무릎을 상하게 만드는 지름길이다. 적당히 쓰고 달리는 정도의 충격을 주어야 더 튼튼해지는 게 무릎이다. 물론 너무 무리하면 무릎도 상하겠지만, 천천히 달리기 정도의 운동으로 상하는 건 아니니 걱정하지 말고 달려도 된다."

안철수 대표가 의사 자격으로 명쾌하게 설명을 하니 속이 시원할 지경이다. 안 대표는 우울증 치료에도 마라톤이 매우 좋다고 말하고 있다. 나아가 마라톤이 인생을 바꿀 수 있다고 주장한다.

마라톤에 도전하여 인생이 바뀐 주인공 2명(이영미 · 안정은)을 본문에서 자세히 소개하였다. 두 여인은 마라톤에 입문하여 건강한 체력을 자랑하게 되었고, 책도 내고 유명 모델이 되고, 유명 강사가 되어 인생이 완전히 바뀌었다.

물론 이분들처럼 마라톤을 하여 유명한 사람이 되어 인생이 바뀌는 경우도 있지만, 꼭 유명한 사람이 되지 않더라도 마라톤을 함으로써 몸과 마음이 건강해지고, 긍정적인 마인드로 바뀌며 정직해질 뿐만 아니라, 에너지가 충만하니 활력이 넘치게 되는 삶 자체가 인생이 바뀌는 것 아닐까. 마라톤에 풍덩 빠진 사람들은 다 체험하는 것이다.

안 대표는 마라톤을 시작한 지 몇 년 안 되었지만, 나는 16년째 마라톤을 하고 있으니 마라톤 경력만 치자면 나와 비교가 되지 않는다. 그럼에도 안 대표는 해박한 지식과 통찰력으로 마라톤의 위대함을 설파하고 있다.

철인3종 경기를 하는 이영미 작가의 저서 『마녀체력』 50페이지에 실린 글도 인용한다.

"달리기는 운동복과 운동화만 착용하면 언제 어디서든 할 수 있다는 게 가장 큰 장점이다. 비만을 해소하는데 효과적이며 내장 기관이 튼튼해지고 이런저런 잔병치레 극복에도 좋다. 관절에 안 좋을 거라는 선입견과는 달리, 오히려 달리기를 하면 허리와 발목, 무릎 근육이 강해진다고 한다. 뼈에 가하는 지속적인 자극은 여성에게 치명적인 골다공증을 예방한다."

안철수 국민의당 대표와 이영미 작가가 달리기와 무릎 관절에 대해 이렇게 명쾌하게 설명을 해주었다. 이를 정리해서 말하면, 무릎은 열심히 달려서 망가지는 것보다는 운동 부족으로 망가지는 경우가 훨씬 많다는 사실이다.

내가 60년 가까이 살아오며 16년 동안 달리기를 하면서 나름대로 터득한 '건강의 3대 척도'는 세 가지 기능, 즉 심폐기능 · 하체근력 · 혈액순환이다.

이 세 가지 기능은 따로 노는 것이 아니고, 하나로 맞물려 있다. 즉, 심폐기능이 좋으면 하체근력도 좋고 혈액순환도 잘 되는 것이고, 반대로 심폐기능이 안 좋으면 하체도 부실하고 혈액순환도 문제가 된다. 심폐기능과 하체근력, 그리고 혈액순환을 좋게 하기 위해서는 유산소 운동을 꾸준히 해야 하는데, 마라톤만큼 좋은 운동이 없다는 생각이다.

"이런저런 운동을 해봤지만 마라톤이 최고더라"라고 말하는 주자들을 흔히 볼 수 있다. 그래서 나는 마라톤이 모든 운동 중에서 '끝판왕'이라고 강력히 주장하고 싶은 것이다.

마라톤을 한다고 해서 꼭 풀코스를 뛰어야 한다는 것은 아니다. 한 시간 달리기(10km 정도)만 꾸준히 해도 건강은 좋아지게 되어 있다. 한 시간 달리기를 1주일에 5일만 꾸준히 하면 건강 걱정은 안 해도 된다. 특히 술이나 담배 혹은 기름진 음식을 즐기는 사람, 배 나온 사람, 스트레스를 많이 받는 사람들은 건강에 더욱 신경을 써야 한다. 한 달만 꾸준히 달리기를 해도 자신의 체력과 건강이 몰라보게 좋아지는 신기한 경험을 할 것이다.

심폐기능이 곧 체력이고 건강이고 면역력이고 국력이다.

다시 말하면 '심폐기능 = 건강 = 체력 = 면역력 = 국력'의 등식이 성립하는 것이다.

요즘 코로나 19가 창궐하는 바람에 국민들 일상이 무너지고 있는데, 마라톤을 꾸준히 하고 체력을 다져놓은 사람들은 전염병에도 확실히 강하다. 체력이 그만큼 중요한 것이다. 체력이 건강인 것이다.

마라톤(달리기)을 꾸준히 하면 뇌졸중을 비롯한 각종 성인병에 좀처럼 걸리지 않을뿐더러 암 예방에도 큰 도움이 된다. 우리나라 사람들 1/3이 암으로 사망한다는데, 성인병을 예방하고 암을 예방하기 위해서라도 달리기를 권한다. 꾸준히 마라톤을 하면 심폐기능이 좋아지고 심장이 튼튼해지기 때문에 돌연사, 심정지 사망, 심장마비 사망, 심근경색, 협심증 등으로부터도 거의 안전하다고 보면 된다.

마라톤(달리기)이 단순하고 재미없는 운동처럼 보일 수 있지만, 이는 마라톤을 해보지 않아 마라톤의 효능을 모르기 때문이다. 뛰기 시작하면 우리의 심장도 같이 뛰기 때문에 심장에서 힘차게 피를 펌프질하여 온몸 구석구석으로 피를 힘차게 보내주기 때문에 혈액순환이 잘 되는 것이다. 마라톤처럼 혈액순환이 잘 되게 하는 운동이 어디 있단 말인가. 혈액순환이 잘 안 되기 때문에 여기저기 몸이 아파오고 병에 걸리는 것 아닌가.

알고 보면 마라톤처럼 남녀노소 누구나 시작할 수 있는 운동도 없다. 무릎이나 발목에 심각한 이상이 있거나, 허리가 너무 안 좋거나, 심장이 너무 약하거나, 혈압이 너무 높거나, 혈당 수치가 너무 안 좋거나, 체중이 너무 나가는 사람 빼고는 누구나 달리기를 할 수 있다. 즉 특별한 기저질환만 없다면 누구나 마라톤을 시작할 수 있다는 말이다. 60대에도 70대에도 달리기를 시작할 수 있다. 그저 걷는 속도보다 조금만 더 빠른 속도로 천천히 달리면 되는 것이다.

마라톤은 혼자 하는 것보다는 동네 마라톤 클럽에 가입하여 회원들과 같이 달리는 것이 좋다. 특히 초보 마라토너라면 마라톤 클럽에 가입하여 고수들 조언을 듣고 같이 달리면 훨씬 빠르게 마라톤에 적응할 수 있다.

하루 중 언제 달리는 것이 좋으냐 하면, 자신이 제일 편한 시간에 달리면 된다. 나처럼 새벽형 인간이면 새벽에 달리고, 저녁에 시간이 되면 저녁에 달리면 되고, 대낮에 달리고 싶으면 대낮에 달리면 된다. 다만, 한여름 대낮에 이글거리는 태양 아래 달리는 것은 위험한 일이니 피해야 한다.

달리기 첫날은 운동장 한 바퀴 달리는 것부터 시작하면 된다. 운동장 한 바퀴를 매일 달리다 보면 점점 달리는 거리가 늘어나며 달리는 재미에 풍덩 빠지게 될 것이다.

모든 행위는 자꾸 하면 실력(기술)이 늘게 돼 있다. 즉, 술도 자주 마시다 보면 주량이 늘고, 도둑질도 자꾸 하다 보면 기술이 늘고, 거짓말도 자꾸 하다 보면 늘고, 연애도 자꾸 하다 보면 기술이 늘지 않던가?

마찬가지로 마라톤도 매일 하다 보면 달리는 거리가 늘어나서 종당엔 풀코스까지 달리게 되는 것이다. 매일(자주) 달리다 보면 운동장 한 바퀴 달리기가 풀코스 완주라는 기적으로 연결되는 것이다. 나 역시 처음에는 운동장 한두 바퀴 달리는 것으로 마라톤에 입문했다. 그러나 앞에서 언급했듯 달리기는 한 시간(10km) 달릴 실력만 돼도 건강을 유지하는 데는 충분하니 굳이 하프코스, 풀코스까지 욕심을 낼 필요는 없다. 그런데 사실 이 말이 현실적이지는 않다. 무슨 말이냐 하면, 10km 달릴 정도의 실력이 되면 하프코스를 달려보고 싶다는 욕망을 억누르기 힘들다. 하프코스를 정복하면 그 다음은 대망의 풀코스를 노리게 되어 있다. 풀코스를 자주 뛰고 마라톤에 미쳐버릴 정도가 되면 풀코스도 성에 차지 않고 100km 울트라 마라톤에도 도전을 하게 되고, 100km 울트라 마라톤도 성에 차지 않아 6박 7일간 달리는 사막마라톤이나 국토종단마라톤에서도 도전하는 것이니 인간의 욕심(도전정신)은 끝이 없다.

거듭 강조하지만, 그저 10km만 달리기를 바란다. 10km만 달려도 충분히 건강을 유지할 수 있다. 그 이상의 거리를 달리게 되면 필연적으로 다리 부상에 시달려야 하고 너무 고생을 한다. 특히 늦은 나이에 마라톤을 시작하시는 분들은 목표를 10km 완주까지만 잡고 그 이상은 욕심을 내지 않기를 바란다. 10km

달리기는 그리 큰 고생을 하지 않아도 되고, 부상의 위험도 거의 없이 즐겁게 달릴 수 있기 때문이다.

그렇다고 10km 달리기를 만만하게 봐서는 큰코다친다. 10km를 완주하려고 해도 열심히 연습을 해야 하는 것이다. 고통을 즐기려는 마음 자세가 되어 있는 사람들만 하프코스, 풀코스에 도전하면 되겠다.

처음 만나는 사람들에게 내가 마라토너라고 하면 믿지를 않는다. "대체 그런 몸집으로 어떻게 마라톤을 한단 말이오? 당신이 마라토너라는 걸 믿을 수 없소."라는 반응을 보이기 일쑤다. 그래도 내가 이렇게 건강을 유지하는 비결은 꾸준한 새벽 달리기에 있다고 굳게 믿고 있다.

한겨울에도 새벽 4시에는 어김없이 일어나 달리러 나간다.

산골마을에서 가로등도 별로 없는 어두컴컴한 새벽길을 달리다 보면 소똥이나 개똥, 고양이똥도 밟을 때가 있다. 멧돼지랑 달릴 때도 있고 들개랑 달리기도 한다. 또한 들고양이들과 달리기도 하고 노루랑 달릴 때도 있다. 달리다 보면 비나 눈을 맞기도 하고 새벽이슬을 맞기도 한다. 거센 폭풍과 맞서기도 하고 천둥번개나 벼락이 칠 때도 있다. 새벽에 한참을 달리다 보면 찬란히 떠오르는 태양을 맞이하기도 한다. 간혹 밤에 달릴 때는 휘영청 떠 있는 달을 보며 달린다. 달리기처럼 자연과 하나가 되는 운동도 없는 것이다.

달리는 시간은 오롯이 사색의 시간이 되기도 한다. 글쓰기 구상도 달리면서 한다. 달리면서 글의 얼개를 짜는 것이다. 사업을 하는 사람들은 달리면서 사업 구상을 한다. 달리면 복잡했던 생각들이 정리가 된다.

『만약은 없다』, 『지독한 하루』라는 두 권의 훌륭한 책을 쓴 남궁인이라는 젊은 의사가 있다. 남궁인은 전쟁터와 같은 아비규환의 병원 응급실에서 파도처럼 밀려오는 수많은 응급환자들을 돌보는 응급의사인데, 응급실 근무가 끝나고 비번 날에는 달리기를 하면서 스트레스를 풀고 있다.

남궁인 의사는 자신의 저서 『만약은 없다』에서 자신의 달리기 생활을 말하고 있다. 자신은 달리기 코스를 정해놓고 달리는 일이 없고 그날그날 마음 가는 곳으로 주변 경치를 감상하며 달린다고 한다. 그래서 매일 새로운 광경을 보는 자신의 달리기는 지루할 틈이 없다고 한다. 달리는 거리는 대체로 10km 안팎이라고 한다.

남궁인 의사는 잿빛 벽만 자신을 노려보는 헬스클럽 러닝머신을 이용할 생각은 추호도 없다고 한다. 그것은 햄스터가 쳇바퀴를 아무 의미 없이 달리는 것처럼, 전혀 창의적인 영감이 생기지 않는다고 한다. 내 생각도 그러하다.

마라톤이 건강을 위해서 하는 것이기는 하지만, 정작 마라톤이 가장 필요한 사람들은 마음속에 깊은 슬픔이 있는 사람들이나 한이 맺혀 있는 사람들 그리고 스트레스가 심한 사람들이나 우울증이 있는 사람들이다. 이런 분들은 당장 운동화 신고 나가서 달리시기 바란다. 그냥 달리지 말고 미친 듯이 달리시기 바란다. 그러면 어느새 슬픔, 한, 스트레스 그리고 우울증이 치유되고 몸도 건강해지는 놀라운 경험을 할 것이다.

꼭 마라톤이 아니어도 좋다. 다들 자신의 체질에 맞는 유산소

운동을 꾸준히 열심히 해서 건강한 삶을 누리시기 바란다. 수영도 좋고 라이딩도 좋고 아파트 계단 오르기도 좋고 줄넘기도 좋다. 조금씩이라도 좋으니 무슨 운동이든 매일(1주일에 5일) 꾸준히 하는 것이 중요하다. 건강하게 늙어가야 나라에도 폐를 덜 끼치고 자식들에게도 폐를 덜 끼치고 배우자에게도 폐를 덜 끼치는 것 아닌가.

나는 '전 국민 매일 한 시간 달리기 운동'이 전국 방방곡곡에서 들불처럼 번졌으면 좋겠다는 생각을 한다. 전 국민이 날마다 한 시간씩 달려서 건강해지고 환자가 확 줄어 문을 닫는 병원이나 약국이 속출하는 세상이 오기를 소망한다.

누가 내게 마라톤(풀코스)이 뭐냐고 묻는다면 "마라톤은 아이 낳는 것이다."라고 대답하고 싶다. 이보다 더 정확한 비유는 없겠기 때문이다.

산모가 아이를 낳을 때, 아이가 배에서 나오기 전까지는 엄청난 아픔을 겪지만 일단 아이가 고고지성呱呱之聲을 터트리며 배에서 나오는 순간 고통은 끝나고 짜릿한 희열이 찾아온다. 풀코스를 뛸 때 30km 이후에는 처절하게 사투를 벌이면서 달리다가 골인지점을 통과하는 순간 천하를 얻은 듯한 짜릿한 희열을 맛본다. 이 맛에 중독되어 자꾸 풀코스를 뛰는 것이다. 그러니까 극심한 고통이 끝나는 순간 짜릿한 희열이 찾아온다는 점에서 마라톤과 아이 낳는 것은 똑같다는 것이다.

어떤 여성 독자가 나에게 "당신이 아이를 낳아봤소? 아이를 낳아본 적이 없는 당신이 그런 말을 하다니, 참으로 무엄하오."라고 따진다 해도 할 수 없다.

나는 풀코스를 32번 뛰었으니 아이를 32명 낳은 셈이다. 앞으로 아이를 30명은 더 낳고 싶다! 지금까지 15년간 40,000km를 달렸고, 앞으로 남은 인생 90,000km를 더 달려 130,000km를 채울 때쯤 내 생명의 불꽃도 꺼질 것이다.

투박한 글을 잘 정리해 출간해준 〈해드림출판사〉 편집팀에 감사의 마음을 전한다.

원고 정리를 도와준 딸 선미에게, 그리고 내가 무릎 다칠까 봐 마라톤 하는 걸 극구 말리면서도 마라톤 대회에 나갈 때마다 보신탕을 끓여주며 힘을 준 아내 은숙에게도 고마운 마음을 전한다.

논개의 혼이 살아 숨 쉬는 남강의 물줄기를 바라보며

2020년 4월 진주에서 남창우 배

목차

1부

2부

3부

4부

1부

2010년 5월, 압록강 마라톤

두 번 죽을 뻔한 사연

압록강 정벌의 큰 뜻을 품고 비행기에 올랐다.

멀쩡하던 날씨가 중국 심양공항에 도착하니 비가 세차게 뿌린다. 압록강 정벌을 훼방 놓으려는 비가 아닌가 하여 내심 불쾌하다. 심양(이전에는 선양이라고 했다는데)은 청나라 초기 수도였다는데 이후 북경으로 수도가 옮겨 갔다.

조선 인조 대왕이 병자호란 때 청나라에 패하고 삼전도(지금의 잠실)에서 치욕적인 항복을 하고 인질로 두 아들(소현세자. 봉림대군)을 보냈는데 바로 이 심양에서 소현세자가 8년을 보내면서 서양 문물과 천주교를 접하게 된다.

소현세자는 비록 볼모의 신분이었지만 청나라의 고위 관직들과 교류하고 서양 문물과 천주교를 접하는 등 매우 적극적인 활동을 한 반면, 동생 봉림대군은 별 하는 일 없이 빈둥거리며 세월을 보낸 것으로 역사책에 쓰여 있다.

심양에서 버스로 서너 시간을 달려 드디어 마라톤 개최지 단둥에 도착했다. 중국 단둥과 북한 신의주는 압록강을 사이에 두고 불과 몇백 미터밖에 떨어져 있지 않다.

단둥시 체육국에서 주최하는 환영 만찬에서 저녁을 먹고 나서 압록강 철교하고 단둥 시내를 구경가려 했으나 여전히 비가 내려 모든 것이 짜증스럽고 귀찮아서 포기하고 바로 숙소에서 잠자리에 들었다. 내일은 비가 그치기를 바라면서….

다음 날 아침 눈을 뜨니 간절한 기대와는 달리 여전히 비는 내리고 있다. 꼼짝없이 비 맞고 뛰게 생겼다.

북한 접경도시 단둥은 이른 아침부터 도시 전체가 축제 분위기이다. 마라톤 코스 대부분을 신의주 옆에 있는 위화도를 바라보며 달리게 되어 있다. 저 위화도 덕분에 조선이 개국 되었다고 현지 가이드가 설명해 준다. 다 아는 사실이지만.

이왕 이야기가 나왔으니 잠시 위화도 회군 당시의 상황을 이은식 저서 『고려왕조실록』에서 조금만 옮겨보겠다. 나는 역사에 관심이 좀 있고 역사책을 즐겨 읽고 있다. 그것도 전쟁 또는 전투에 관한 것이라면 기를 쓰고 본다. 나의 다음 도서 목록은 『히틀러 평전』이다.

그렇잖아도 요즘 중앙일보에 6.25 전쟁영웅이신 백선엽 장군의 6.25 전투경험담이 연재되고 있는데, 나는 요새 이 이야기를 읽는 재미로 산다. 물론 백선엽 장군 친일 논란이 있는 것도 사실이지만, 어쨌든 백선엽 장군이 6.25 당시 군 지휘관으로서 군을 지휘하며 목숨 걸고 사선을 넘나들며 공산군과 중공군의 침략을 막아내고 조국을 지켜낸 공적은 인정해줘야 한다고 생각한다. 나이 90이 넘은 노장군께서 자신이 60년 전에 겪은 전투 상황을 마치 엊그제 일처럼 구체적이고 세세하고 세밀하고 생생하게 증언하고 있다. 이런 전쟁 이야기는 당연히 우리나라 초등학생부터 고등학생까지 전부 학교에서 의무적으로 읽도록 해야 한다고 생각한다. 안보 교육 자료로 이만한 것이 없다. 도대체 교육 당국은 뭐 하는 건가. 교육부는 당장 국방부와 협의하여 중앙일보 백선엽 장군의 6.25 이야기를 읽게 하란 말이다. 맨날 그놈의 영어, 수학만 잘하라고 애들을 달달 볶기만 할 것인가? 도대체 뭐가 중요한지, 뭘 가르쳐야 하는지 모른단 말인가? 내 말이 틀렸나? 아니면 나의 개똥철학에 불과하다는 말인가? 흥분하여 이야기가 잠시 삼천포로 빠졌는데, 지금부터 이은식의 『고려왕조실록』에 나와 있는 위화도 회군 부분을 조금만 옮겨보겠다.

– 5만 군사가 위화도에 당도하였으나 마침 큰 비가 내려 강을 건널 수가 없었다. 이에 이성계와 조민수가 의논한 뒤 회군을 청하였으나 허락되지 않았다. 이에 분개하여 중국 땅을 침범하면 천자에게 죄를 지어 나라와 백성에게 당장 화가 미칠 것이라고 주장하며 왕은 잘못된 명령을 반성치 않고, 최영은 늙고 노망하여 말을 듣지 않는다고 불평하던 이성계는 곧 조민수와 모의하여 회군을 단행하고 만다.

5월 정유일, 조전사 최유경이 정벌군의 회군 소식을 우왕에게 급히 달려가 알렸다.

"출정한 여러 장수가 제 마음대로 회군하고 있다. 대소 군민들은 힘을 다하여 그들을 막으라!"

서경에 도착한 우왕은 각 도에서 군사들을 불러들여 사대문을 수비하게 하였으며, 조민수와 이성계의 작위를 삭탈하고 그들을 잡아들이라고 명하였다.

6월 기사일, 마침내 최영이 이끄는 군사들이 역습하여 회군하는 군사들을 들이쳐 물리쳤다. 그러나 최영의 군대는 곧 조민수와 이성계가 이끄는 군대의 기세에 밀려 패배하고 만다.

이리하여 위화도 회군을 성공으로 이끈 이성계와 조민수는 최영과 그를 따르는 사람들을 유배 보낸 뒤에 우왕을 폐위시켰다. 우왕은 강화도로 유배되었다가 여흥군을 거쳐 1389년 11월에 이성계를 없애버리려 했다는 이유로 다시 강릉으로 옮겨졌으며, 12월에 죽임을 당하였다.

한편 우왕을 폐한 이성계는 창왕을 즉위시킨다(이하 생략) -

조선왕조에 대한 역사책은 많은데 고려왕조에 대한 역사책은 별로 없다. 고려왕조의 역사에 관심 있는 사람은 이은식의 『고려왕조실록』을 읽을 것을 권하고 싶다. 쉽고 재미있게 서술되어 있다. 아무튼 레이스 내내 그 옛날 위화도 회군 당시의 상황을 내 멋대로 떠올리고 내 멋대로 사색에 빠진 채 압록강 변을 내달렸다.

17km쯤 지나는데 길 옆에 한국인이 운영하는 것으로 보이는

'장어마당'이라는 한글로 된 식당 간판이 보인다. 슬슬 힘들어지고 배는 고파 가는데 장어가 왜 그리 먹고 싶던지. 사무치도록, 미치도록 장어가 먹고 싶어졌다. 집에 가면 장어에 풍덩 빠져보리라 다짐하고 또 다짐했다.

길고 긴 마라톤 풀코스를 달려 아주 성공적인, 감격스러운 골인을 했다. 이 정도면 압록강을 정벌했노라고 충분히 주장할 수 있지 않은가? 압록강 정벌의 여세를 몰아 다음 날에는 민족의 영산 백두산에 올랐다. 1962년에, 현지 여행 가이드의 표현에 따르면, 중국의 '모 사장'과 북한의 '김 사장'이 합의를 했단다. 원래 중국 것이었던 압록강의 위화도를 북한에 주기로 하고 북한 백두산의 절반을 중국에 내주기로 했다는 것이다. 북한 김사장은 남한 정부에 한마디 상의도 없이….

백두산은 윗부분이 아직도 눈으로 덮여 있다. 천 개가 넘는 나무계단을 올라가야 정상에 다다를 수 있다. 해발 2,400m가 넘는 고산지대라 산소가 부족하여 사람들은 헐떡거리며 40분간 지렁이 기어가듯 느릿느릿 올라가지만 나는 단숨에 뛰어 올라갔다.

백두산 정상에 올라 천지를 바라보며 남북통일과 가정의 행복을 빌었다. 그런데 그때 결국 사고가 터지고야 말았다.

가이드의 경고를 무시하고 천지를 조금이라도 가까이 가서 볼 욕심으로 그쪽을 향해 발을 내딛는 순간 눈 속으로 풍덩 빠져버린 것이다. 눈이 그렇게 깊이 쌓인 줄 몰랐던 거다. 목 부분까지 빠져서 허우적거렸는데, 순간 죽음의 사신이 눈앞에서 어른거렸다. 주위에 사람들이 있었기 망정이지 하마터면 백두산

눈 속에서 생매장될 뻔했다.(이것이 죽을 뻔한 첫 번째 사연)

내가 동에 번쩍, 서에 번쩍하듯 압록강에서 백두산까지 종횡무진 누비고 다닐 수 있는 힘의 원천은 무엇일까? 그건 바로 막걸리다. 막걸리는 나의 힘인 것이다. 드넓은 중국 땅에 막걸리 공장이 하나도 없다는 사실이다. 사업에 뜻이 있는 사람이라면 중국에서 막걸리 사업을 할 것을 권하고 싶다. 중국인에게 막걸리 맛을 알게 하고 공장을 짓고 막걸리를 만들어서 팔아먹으란 것이다. 이거야말로 대박 중의 대박 사업 아닌가? 중국은 땅덩어리가 엄청 넓어서 중국 방방곡곡에 막걸리 공장을 아마 십만 개는 지을 수 있을 것이다. 한번 상상해보라. 14억 중국인이 매일같이 나처럼 막걸리를 벌컥벌컥 마시는 모습을. 도대체 그 돈이 얼마란 말인가!

미국 사람들이 우리에게 커피 맛보게 하고 커피 팔아먹고 있듯이 우리도 중국에 그렇게 하란 말이다. 도대체 우리 기업인들은 왜 이런 생각을 못 하는 걸까? 기업인들 머릿속에는 오로지 자동차. 조선. 반도체. 휴대폰밖에 들어있지 않은가?

개인이건 기업이건 나라건 발상의 전환 없이는 무한경쟁 시대에서 앞서가거나 살아남을 수 없다. 발상의 전환이 필요하고 기발한 착상이 필요하단 말이다. 평범한 아이디어나 남들 다 하는 고리타분한 아이템으로는 딱 굶어 죽기 쉽거나 쫄딱 망하기에 십상이다.

중국에서 며칠 동안 막걸리 냄새를 맡지 못해 죽을 뻔했다(이것이 내가 죽을 뻔한 두 번째 사연이다). 중국에서 있는 동안 맛대가리 없는 중국술만 병나발 불어댔다. 그래서 귀국하여 동네에 도착하자마자 밤 12시가 넘은 시간이었지만 야식집으로 후다닥 달려가 분풀이하듯 막걸리를 목구멍 깊숙이 들이부었다.

이제 나의 요란했던 압록강, 백두산 정벌기를 마무리할까 한다. 두서없는 글을 인내심을 갖고 읽어주신 독자 여러분께 죄송함과 감사의 마음을 전한다.

앞으로도 변함없이 막걸리 마시고 힘내서 세계로 미래로 달려갈 것이다.

2010년 9월, 철원 DMZ 마라톤

내가 소망하는 것들

단기필마로 DMZ로 뛰어드는 나를 위해 클럽에서 성대한 출정식을 베풀었다. 나는 큰 대회든 작은 대회든 가리지 않고 크든 조촐하든 전날 밤 출정식을 하는 것을 원칙으로 여기고 있다. DMZ에서 반드시 살아 돌아오라는 회원들의 시끌벅적한 격려를 받고 수원행 열차를 타기 위해 식당을 빠져나왔다.

마침 비는 주룩주룩 내리고 마음은 심란하다. 가을비가 하염없이 내리고 있다. 술김에 가수 최헌의 '가을비 우산속'을 흥얼거리며 논산역으로 갔다. 대회 주최 측에서 제공하는 셔틀버스를 새벽 5시에 수원역에서 타야 하므로 전날 밤에 이렇게 올라가는 것이다.

모처럼 나 홀로 떠나는 호젓한 여행이지만 비 때문에 짜증스럽다. '나 홀로 떠나는 여행'이란 말이 나왔으니 말이지 진짜 '나

홀로 여행'의 대가는 '바람의 딸 한비야'일 것이다. 1세기에 한 번 나올까 말까 한 대단한 분이시다.

'58개띠'이신 한비야 선생님 여자 홀몸으로 7년간 세계 오지만 골라 다니며 지구를 무려 세 바퀴 반을 돌았다는 거다.

무더위가 유난히 기승을 부렸던 올여름 나는 세계여행을 맘껏 하고 다녔다. 한비야 선생님의 책을 통해서 말이다.

나는 최근 몇 달 동안 한비야 누님이 쓴 책을 죄다 읽어버렸다. 『바람의 딸, 걸어서 지구 세 바퀴 반(1~4권)』『지도 밖으로 행군하라』『한비야의 중국견문록』『바람의 딸, 우리 땅에 서다』『그건 사랑이었네』 등이다.

박봉에 시달리면서 책값도 솔찬히 들었다. 내가 젊은 나이에 비야 누님의 책을 접했더라면 나는 지금과는 매우 달라진 인생을 살 수도 있었을 것이다. 한 권의 책이 사람의 인생을 바꿀 수 있는 것이다. 책을 통하여 그녀의 도전 정신, 진취적 기상, 불굴의 용기를 배울 수 있다.

지금 중고등학생들에게는 한비야 누님의 책이 필독서라고 들었다. 청소년 자녀를 둔 부모라면 필히 자녀들에게 권해 보라고 내가 일전에도 강조했건만 누구 하나 내 말을 귀담아듣는 사람이 없는 거 같아 속상하다. 그렇다고 내가 비야 누님이랑 전화 한 통 주고받은 적 없고 그분한테 커피 한 잔 얻어 마신 적 없다는 사실을 명명백백하게 밝힌다. 그런데 나는 두 눈 부릅뜨고 그녀가 늦은 나이라도 언제 괜찮은 배필을 만나 가정을 꾸리는지 지켜보는 중이다.

수원에 밤늦게 도착했지만, 빗줄기가 더 강해졌다. 몸은 벌써 비에 젖었다. 겨우 수원역 근처 찜질방에 여장을 풀고 새벽 한 시쯤 잠을 청했다. 잠을 제대로 잘 수가 없다.

자다 깨기를 반복하다 04시에 기상하여 서둘러 수원역으로 달려갔다. 비는 미친 듯이 퍼붓고 있다. 그런데 나는 셔틀버스를 타기 전부터 개고생을 해야만 했다. 정확한 버스 탑승지점을 인지하지 않고 온 것이 화근이었다.

대략 '수원역 근처 버스 승강장에 있겠지'라고 가볍게 생각하고 왔는데 아무리 기다려도 셔틀버스가 보이지 않는다.

3~40분간 온몸으로 비를 맞으며 이리저리 다급하게 뛰어다니며 애타게 버스를 찾았다. 그래도 이놈의 버스는 보이지 않는다. 주위 사람들 복장을 유심히 살펴보아도 달림이 복장을 한 사람들은 하나도 보이지 않는다. 분명 이곳이 아니다. 이제 시간도 15분밖에 여유가 없다. 결단을 내릴 시간이 다가온 것이다. 결국 버스를 못 타면 택시로라도 철원까지 가느냐, 아니면 여기서 포기하고 처량하게 발길을 돌릴 것이냐를 결정해야 한다. 이제 05시까지 10분 전이다. 마지막으로 시도를 해봤다. 이 근처는 분명 위치가 아니라고 결론 짓고 도로 외곽 쪽으로 나가 보니 멀리서 버스로 보이는 차량 두 대가 비상깜빡이를 켜놓고 있는 게 보인다. 뒤돌아볼 것도 없이 정신없이 달려가 확인해 보니 정말 셔틀버스였다.

물에 빠진 생쥐 같은 몰골로 천신만고 끝에 버스에 올랐다.

버스는 출발했지만 퍼붓는 비는 그칠 줄 모른다. 제발 철원 도착하면 비가 그치기만을 바랄 뿐이고.

철원에 도착하니 거짓말처럼 비가 그쳤다. 대회장 근처 식당에서 짬뽕으로 간단히 요기를 했다.

오늘도 바우덕이(닉네임)를 비롯한 63토끼친구들을 여럿 만났다. 사진을 찍으면서 누군가 우스갯소리로 "사진 올리면 맞아 죽는다"라고 한다. 또 어떤 토끼 친구는 끝내 사진 촬영을 거부하기도 하였다. 같은 시간 덕유산에서는 전국 63토끼마라톤단 합대회 행사가 열리고 있었던 것이다. 그렇다. 난 맞아 죽을 각오로 사진을 올리고 글도 올리고 있다. '맞아 죽으나 굶어 죽으나, 한식에 죽으나 청명에 죽으나'란 말도 있지 않은가.

이번 철원 대회는 국내 마스터스 대회 중에서 상금이 가장 크다. 풀코스 1위 상금 액수가 무려 $1,500이니 우리 돈으로 약 180만 원이다. 그러니 무림의 고수들이 총출동하다시피 한 것이다. 가히 별들의 전쟁이라 할 만하다.

나에게는 꿈이라기보다는 소망하는 것이 있다. 모두 달리기에 관한 소망이다. 첫째 소망은, 달리기 잘하는 며느리를 얻는 것이다. 나중에 아들이 결혼할 여자를 데리고 와서 인사를 시키면 다른 건 묻지도 따지지도 않고 다짜고짜 달리기 잘하느냐고 물을 것이다. 외모, 학벌, 가정사 같은 것은 거들떠보지도 않고 그저 달리기만 잘한다면 그 자리서 도장 꾸욱 찍어줄 참이다. 반대로, 달리기는 숙맥이라는 사실이 드러나면 절대로 도장 찍어주지 않을 작정이다.

잘 달리는 며느리가 대회 나가서 입상하여 시아버지인 나에게 "아버님, 막걸리 사드세요."라고 하면서 용돈을 쥐여 준다면 그 돈으로 사 먹는 막걸리 맛은 참으로 세상 그 어떤 막걸리보다 맛있을 것이다. 상상만 해도 행복한 일 아닌가.

둘째 소망은, 전 세계 마라토너들에게 꿈의 대회인 보스턴 대회를 비롯하여 해외 마라톤 대회를 나가는 것이다.

마라톤에 입문하여 세계에 무수한 마라톤 대회가 있다는 사실을 알았다. 한두 달에 한 번씩만 해외 마라톤 나가면 평생 다녀도 다 못 다닐 판이다. 그래서 요즘 열심히 로또를 사는 중이다. 만약 내가 갑자기 뻔질나게 해외를 들락거리며 마라톤 투어에 나선다면 분명 나에게 돈벼락이 떨어진 걸로 보면 된다. 마지막 셋째 소망은, 남들은 어떻게 생각할지 모르겠지만 내 생의 최후를 달리다가 맞았으면 좋겠다는 것이다. 물론 한국 남자 평균 수명까지는 살다가…….

내가 좋아하는 달리기 하다가 쓰러져 간단명료하게 생을 마치는 것도 복이 아닐까 생각한다. 요즘 '9988234' 아니 한술 더 떠서 '9988복상사'라는 말이 유행한다고 하지만 나는 정말이지 달리다가 삶을 끝내고 싶다.

엉뚱한 얘기를 너무 많이 늘어놓은 것 같다. 레이스가 시작되었다. 강원도는 대부분이 산간지역인데, 유독 철원은 평야 지대가 많고 토지가 비옥하고 물이 풍부한 곳이어서 궁예가 이곳 철원에서 후고구려를 일으켰다. 그러니까 궁예와 철원은 떼려야 뗄 수가 없는 관계이다.

14km를 달리니 유명한 철원 노동당사가 나타난다. 내가 한번쯤 구경하고 싶었고 가끔 TV에서나 보던 철원 노동당사인 것이다. 철원은 해방 이후 6·25 이전까지는 북측 관할이었다. 이곳 철원 노동당사에서 공산당원들이 철원·평강·김화·포천 일

대를 관장하며 양민을 수탈하고 애국인사들을 체포·고문·학살했다고 한다. 철원처럼 6·25 이전까지는 북측 관할이었다가 휴전 이후 남측에 속한 지역은 복 받은 것이다. 반면 개성처럼 6·25 이전에는 남측 지역이었다가 6·25가 터지면서 북한 수중으로 떨어진 지역의 북조선 인민들은 지금 저렇게 불행한 삶을 살아가는 것이다.

노동당사 앞에서 잠시 레이스를 멈추고 구경을 하고 있는데 갑자기 MBC 카메라 기자하고 젊고 예쁜 여자 리포터가 나한테 달려든다. 인터뷰를 하자는 것이다. 그래서 나는 팔자에도 없는 인터뷰를 하게 된 것이다.

정규 방송은 아니고 인터넷 방송이라고 한다. "노동당사 처음 오셨느냐" "보니까 느낌이 어떠시냐" "어디서 왔느냐" 등등의 시시콜콜한 질문을 계속 해댄다.

이렇게 한 10분가량 인터뷰를 하고 나서 헤어지려는 순간 내가 소리를 버럭 질렀다. "인터뷰를 했으면 출연료를 줘야 할 것 아니냐."라고. 그랬더니 그녀가 쌀쌀맞게 "없다."고 말하고는 도망치듯 가버린다. 조금 전까지 온갖 아양을 떨면서 인터뷰할 때와 태도가 전혀 다르다.

21km쯤 가서 광활한 철원평야가 펼쳐지는 분단의 상징 DMZ에 들어섰다. 거기서 잠깐 레이스를 멈추고 주로 진행요원이자 동네 주민인 아저씨와 담소를 나누었다. 그 양반이 친절하게 설명을 해 주신다. 그 양반이 먼 곳을 가리키며 "저기 제일 앞쪽 야트막하게 뻗은 능선이 백마고지입니다. 그 백마고지 우측으로 뒤쪽에 뾰족하게 솟은 산이 고암산, 일명 김일성고지입니

다.” 백마고지는 6.25 최대의 격전지 중의 하나로 꼽힌다. 1952년 10월 6일부터 15일까지 총 9일간 국군과 중공군이 고지 주인이 24차례나 바뀔 정도로 치열한 전투를 벌여 중공군 1만 명 이상이 사살되거나 생포되었고, 국군도 3,500명이 전사한 처절했던 전투였다. 김일성이 백마고지를 빼앗기고 나서 고암산에서 3일간 식음을 전폐하고 통곡하였다고 해서 김일성고지라고 한다. 아저씨의 설명은 계속 이어진다. “저기 보이는 흰색 건물 뒤쪽이 궁예도성입니다.”

이 대목에서 아저씨와 문답이 오갔다.

이하 나는 ‘나’로, 아저씨는 ‘아’로 표기한다.

나 : “그럼 궁예도성 학술조사를 당연히 해야 하는 것 아닙니까?”

아 : “궁예도성이 DMZ 안에 있어 남측 일방이 못합니다. 남북 양측이 동의해야 하지요. 말하자면 정치적인 문제인 것입니다. 김대중정부 시절에 잠깐 기초조사만 했다고 합니다.”

나는 분통을 터뜨렸다. 북한에 쌀 주고 돈 주고 관계가 좋았던 10년 동안 도대체 당국자들은 제대로 학술조사도 안 하고 문화재 발굴도 안 하고 뭐 했단 말인가. 그 아저씨가 계속 궁예 얘기를 들려준다. “궁예가 포천에서부터 왕건 군사에게 쫓기기 시작하여 저기 보이는 산에서 최후를 맞았다고 합니다.”

궁예는 분명히 후삼국의 주인이 될 수가 있었는데 그놈의 더러운 성격 때문에 부하에게 제거되고 말았으니 얼마나 원통한 일인가.

궁예의 탄식 소리가 들리는 듯하다.

나는 철원 갔다 온 다음 날부터 감기몸살을 앓아 며칠째 몸져 누워 있다. 수면 부족에다가 비에 시달리고 달리기에 시달리고 술에 시달렸으니 몸이 망가지지 않으면 오히려 그게 이상할 일이다. 나에게는 지금 휴식이 필요하다. 당분간 절필하고 달리기도 접고 술도 쉴 작정이다. 이런 나의 결심이 작심삼일이 안 되는 것이 또한 나의 소망이다.

2010년 10월, 춘천 마라톤

실패한 마라토너

춘마를 하루 앞두고 병원 가서 물리치료를 받았다. 나는 평소에 아킬레스건염 부상을 달고 사는 편이다. 그나마 그리 심하지가 않아서 버티고 있는 것이다.

평소에 '부상관리'를 하는 편이다. 부상이 좀 심해진다 싶으면 한 번씩 병원 가서 치료를 받고, 또 대회 전날 치료를 받는다. 그래도 내가 체중이 많이 나가면서도 무릎관절은 이상이 없다는 사실이 너무나 고맙고 다행한 일인 것이다.

이번 춘마 하루 전에 러닝화를 구입하는 실수를 저질렀다. 보통 신발은 시합 2주 전에는 사서 길을 들여야 한다. 그런데 매일같이 술 마시느라 신발 사러 갈 타임을 놓쳐서 급히 하루 전에 허둥지둥 신발을 산 것이다.

마라톤 이론에 '풀코스에서 체중이 1kg 늘어나면 기록을 5분

손해 본다'는 말이 있다. 그런데 내가 5년 전 첫 풀코스를 345(3시간 45분 기록)할 때 체중이 67kg이었고 지금은 77kg이다. 그렇다면 나는 그때보다 10kg이 더 나가니까 지금 풀코스를 50분 늦은 4시간 35분에 끊어야 한다는 말이다.

그렇지만 나는 지금 카메라만 둘러메지 않고 정상적으로 달린다면 충분히 355, 즉 충분히 서브4(풀코스를 4시간 안에 주파하는 것)는 할 자신이 있다. 그러니까 마라톤 이론이라는 것이 나한테는 맞지 않는 것 같다.

마라톤이 체중과의 싸움인지라 나는 풀코스 대회를 앞두고 체중을 단 0.1g이라도 줄이기 위해 피눈물 나는 노력을 한다. 손톱, 발톱을 깎고 이발을 하고 귀지를 파고 심지어 코털도 자르고 명털까지 깎는다. 내가 이왕 과체중이지만, 그래도 조금이라도 체중은 줄이고 싶은 것이다.

중독에는 여러 가지 유형이 있을 것이다. 알코올 중독이 있고 마약 중독이 있고 도박 중독이 있고 운동 중독이 있을 것이다. 또한 일 중독이 있고 섹스 중독이 있고 쇼핑 중독이 있고 컴퓨터게임 중독이 있을 것이다. 그런데 나에게는 또 다른 중독이 있다. 마라톤 뛸 때 꼭 카메라를 들고 뛰는 습관이 생겼는데, 이것도 중독인 것 같다. 또한 마라톤 대회 전날 반드시 술을 마시는 출정식을 해야만 하는, 말하자면 출정식 중독증에 빠졌다.

마라톤 풀코스는 언제나 두렵고 살 떨리는 승부로 다가온다.

출발선에 서서 걱정 반 설렘 반으로 출발신호를 기다리게 된다. 반드시 무사히 완주하여 이 자리로 돌아오리라 나짐하고 레이스 물결에 몸을 던지는 것이다.

춘마는 재작년부터 3회 연속 출전이다. 코스가 작년하고 달라져서 초반에 약간 혼란스럽다. 출발하여 초반부에 의암댐을 넘어가는 장면이 춘마 최고의 장면이 아닌가 생각한다.

송사리 떼 몰려가듯 꼬리에 꼬리를 물고 의암호를 끼고 달려가는 모습은 장엄하기까지 하다. 그래서 나는 이곳 의암댐 근처에서 연신 카메라 셔터를 눌러대는 것이다. 마치 아프리카 초원에서 수백만 마리의 누우 떼가 이동하는 모습을 연상케 한다. 17km를 통과할 무렵 오른쪽 발가락이 아파오기 시작하지만 아직은 참을 만하다. 새 신발에 길들여지지 않은 탓인 것 같다. 20km 지날 무렵 절뚝거리며 달리는 쿤타킨테(닉네임.63토끼친구)가 시야에 들어온다. 누가 봐도 완주하기는 힘든 상태인 것 같다. 쿤타킨테는 부상이어서 안 달릴까 하다가 달리는 것이라는데, 레이스를 포기해야 할 것 같다고 한다.

이번에 부상을 당한 친구가 여럿 되는 것 같다. 아무튼 마라토너들은 항상 부상의 위험에 노출되어 있다. 22km쯤에서 장무상망(닉네임.63토끼)을 만났다. 첫 풀코스에 도전한다는 장무상망은 힘든 표정이 역력하다. 상체를 앞으로 숙인 엉거주춤한 상태로 아주 힘겨운 레이스를 펼치고 있다. 장무상망과 4~5km를 동반주하게 되었다. 사실 이때쯤 나도 체력이 크게 떨어져 아주 힘든 상태였는데, 나보다 약간 페이스가 느린 장무상망과 같이 보폭을 맞추면서 나는 약간 원기를 회복할 시간이 되었다.

28km 지점에 이르자 발가락이 끊어질 듯 아프다. 앞으로도 14km를 더 가야 하는데 겁이 덜컥 난다. 길들여지지 않은 신발을 신고 달리는 죗값을 톡톡히 치르는 중이다. 더 이상 발가락

통증으로 갈 수가 없다. 춘천댐 위에서 앉아 한참 동안 발가락을 주물렀더니 좀 괜찮아진다.

점점 페이스가 떨어진다. 천근만근 무거워진 몸을 이끌고 용케 40km 지점까지 왔다. 발가락 통증도 극에 달한다. 마지막으로 바닥에 앉아서 신발을 벗고 발가락을 다시 한번 주물렀다. 그리고 나 자신에게 마지막 기합을 불어넣었다. 마지막 2km를 남기고 발이 떨어지지 않는다. 걷다가 달리기를 반복하다가 기어코 골인하였다. 징글징글한 레이스는 이렇게 막을 내렸다. 시간은 대략 4시간 40분쯤 걸린 것 같았다. 그래도 서브5는 여유있게 한 것 아닌가?

춘천 닭갈비 맛을 본 다음 버스에 몸을 싣고 다섯 시간을 달려 밤 11시에 논산에 도착했다. 그냥 헤어지기 섭섭하여 해장국집에서 또 한잔하고 집에 오니 새벽 1시가 다 돼 간다. 체중계에 올라가니 오히려 체중이 2kg이 늘었다. 혹 떼려다 혹을 붙이고 말았다. 이렇게 나는 체중조절에 실패한, 어리석은 마라토너인 것이다.

2010년 11월, 고창 고인돌마라톤

할머니의 꿈

4년 전에도 고창 대회 출전하려고 하였으나 당시 부상으로 출전을 못 하는 바람에 한이 남아 있었는데, 드디어 이번에 고창 대회에 출전하게 되었다. 고창에는 풍천장어가 유명하다고 하니 대회 끝나고 원 없이 장어를 먹을 수 있다는 기대를 안고 고창으로 갔다.

고창 대회 하루 전날, 같은 호남 지역인 보성에서 63토끼마라톤친구들 공식 대회인 보성 대회를 치르고 다음 날 연이어 고창 대회에 참가한 63토끼 친구들도 꽤 있었다. 내가 마라톤에 대한 열정만큼은 누구 못지않게 뜨겁다고 자부하며 살아왔는데, 이렇게 연 이틀씩 달리는 친구들한테는 명함을 못 내밀겠다. 하기야 풀코스를 4일 연속 달리는 '4연풀 대회'도 있기는 하다. 출발 전에 토끼 친구들 집합하여 기념사진 몇 장 찍고 각자 코스별로 출발하였다. 나는 약소하게 30km만 달리기로 작정하고 출발은 늘 그렇듯이 맨 선두에서 풀코스 주자들과 함께했다.

전형적인 시골 마을의 한적한 도로를 달리며 이제 곧 떠나갈 가을의 정취를 맘껏 느꼈다. 이제 가을과 헤어지면 1년 후에나 다시 만나게 될 테니까 이 가을의 상큼한 공기를 조금이라도 더 깊이 호흡하며 달렸다. 2km쯤 가니 체격이 흡사 역도 선수 장미란 같은 아줌마가 뒤뚱뒤뚱 힘겹게 달리고 있다. 아줌마에게 바짝 붙어 말을 걸었다.

"아이고~~~ 아줌마, 고생하시네요."아줌마는 피식 웃을 뿐 말이 없다. 내가 아줌마에게 왁자한 목소리로 일장 연설을 했다. "아줌마, 먹는 걸 줄여야 합니다. 아무리 달려도 많이 먹으면 말짱 도루묵입니다. 내가 지금 그렇다니까요. 나도 열심히 달리기는 하는데, 하도 먹어대서 몸이 이래요. 나처럼 실패한 마라토너가 되지 않기를 바랍니다." 뭐 대략 이런 말을 속사포처럼 내뱉은 것 같다. 그런데 마침 내 옆에서 달리던, 부산에서 온 파란하늘(닉네임.63토끼)이 뒤돌아서 나를 노려보며 "야, 시끄러워서 못 달리겠다."라고 핀잔을 주는 바람에 그 아줌마하고의 대화는 아쉽게도 여기서 끝나고 말았다.

2km 넘어갈 즈음 로즈(닉네임.63토끼.여성)라는 여인을 만났다. 로즈 여사 이야기가 나왔으니 말이지 로즈에 대해 잠깐 언급을 해야겠다. 현재 63토끼마라토너 중에 남녀 통틀어 최고의 몸매를 유지하고 있는 친구를 꼽으라면 내가 볼 때는 단연 로즈다. 로즈를 내가 처음 본 건 아마 금년 6월 보령 대회였던 걸로 기억된다. 처음 봤을 때 아주 날렵한 몸매에 건강미 넘치

는 가무잡잡한 피부의 여인이라서 케냐 또는 에티오피아에서 온 선수인 줄 알았다. 로즈가 좀 더 분발하여 훈련량을 높인다면 충분히 서브3(풀코스를 3시간 이내에 주파하는 것)도 달성할 수 있다고 생각한다. 여자가 마라톤 서브3의 기록을 낸다면 이건 정말로 여자 마라톤의 지존이 된다는 말이다. 63토끼마라톤클럽 차원에서도 이렇게 늙은(?) 유망주는 적극적으로 발굴하여 공개적으로 후원도 좀 했으면 어떨까 하는 나만의 바람이다. 아무튼 로즈여, 부상 없이 훈련과 휴식을 적절히 조절하여 위대한 기록에 도전하는 63토끼의 지존이 되었으면 좋겠다.

하프코스 반환점에 이르자 마을 어르신들 잔치가 벌어졌다.

느릿느릿 달려가는 나를 보더니 어르신들이 "막걸리 한잔하고 가시라."고 하며 나를 낚아채서 천막으로 끌고 간다. 막걸리 한 잔 쭈욱 들이키고 방금 잡아 온 싱싱한 돼지고기 구운 것 두어 점 먹었더니 배가 빵빵해졌다. 한 잔 갖고는 힘이 안 나고 두 잔은 먹어야 힘이 난다며 또 한 잔 권하는 어르신들 손길을 겨우 뿌리치고 나왔다.

오늘 애당초 30km를 달리려고 했는데, 배도 빵빵해지고 또 이제 가을이 우리 곁을 떠나가고 있다는 아쉬움에 갑자기 맘이 울컥해지고 힘이 쭉 빠진다. 이러고 보면 나도 영락없이 가을을 타는 '가을 남자'인 것이다. '에라 모르겠다, 5km는 잘라먹고 25km만 달리자'라고 마음먹고 12.5km 지점에서 꺾었다. 그렇게 어영부영 달려서 골인을 하였다. 2시간 58분 걸렸으니 대망의 서브3도 달성했다. 비록 25km만 달렸지만.

그런데 진작 내가 예고편(제목)에서 밝혔듯 대한민국 국민에게 전하고 싶은 메시지의 주인공을 골인 직후에 우연히 만난 것이다. 이런 귀한 어르신을 만난 건 나에게는 축복이었다.

골인하여 가쁜 숨을 몰아쉬고 있는데, 백발이 성성한 어느 할머니가 선글라스를 끼고 모자를 눌러쓰고 러닝화를 신은 채 골인하는 주자들을 뚫어져라 쳐다보고 계신다. 할머니의 얼굴에서 벌써 범상치 않은 기운을 느낄 수 있다.

그래서 어떤 할머니일까 궁금하여 결국 그 할머니랑 인터뷰를 하게 된 거다. 이럴 때 신문기자 출신인 친구 장무상망(닉네임.63토끼친구)이 섬세한 문체로 인터뷰를 하면 좋을 텐데, 라는 생각이 들었지만, 그렇다고 전날 보성에서 마라톤 하고 지금쯤 서울 집에서 푹 쉬고 있을 장무상망을 전화질해서 고창까지 내려오라고 할 수도 없는 노릇이라 할 수 없이 내가 어설픈 인터뷰를 하게 된 것이다. 다음은 할머니랑 인터뷰 요지.

이하 나는 '나'로, 할머니는 '할'로 표기한다.

나 : "할머니, 어디서 오셨어요?"

할 : "광주에서요."

나 : "오늘 마라톤 뛰신 거예요?"

할 : "네, 10km요."

나 : "연세는요?"

할 : "78세입니다."

인터뷰는 계속된다.

나 : "언제부터 마라톤 하셨어요?"

할 : "70세부터요."

나 : "어떤 계기로 마라톤 하신 거예요?"

할 : "어느 날 산에 갔다 오니까 우편함에 마라톤 참가를 권유하는 전단지가 꽂혀 있어서 주최 측에 전화를 했지요. 그랬더니 뭐라고 하냐면 "걸어서 5km만 완주하더라도 메달도 주고 빵도 주고 우유도 준다고 하더라고요. 그래서 시작하게 됐지요. 호호호"

나 : "달리기 해보시니까 뭐가 좋으세요?"

할 : "성취감이지요."

나 : "마라톤 하시기 전에는 몸이 어떠셨어요?"

할 : "전에는 배 나오고 툭하면 영양제 주사도 맞고 그랬지요. 10년 전인 60대 후반 때보다 나는 지금이 더 팔팔해요."

계속되는 인터뷰.

나 : "할아버지는 어디 계세요?"

할 : (하늘을 가리키며) "먼저 갔지요."

나 : "할아버지는 마라톤 하셨나요?"

할 : "영감한테 그렇게 (마라톤)하라고 했는데, 말 안 듣고 매일 먹물 갈아서 글만 썼어요."

나 : "아, 그러니까 할아버지는 달리기는 안 하시고 평생 먹물과 씨름하다 가신 거군요. 얼마나 불쌍하세요. 할아버지요."

할 : "그렇죠."

나 : "할머니, 풀코스는 안 뛰셨나요?"

할 : "네, 5km하고 10km만 뜁니다."

나 : "그럼 기록은 어느 정도 되시나요?"

할 : "10km 오늘 1시간 40분 걸렸네요. 전에는 내 뒤에도 더러 사람들이 있었는데, 요즘은 내가 제일 뒤에서 뛰는 편이네

요. 호호호."

나 : "할머니, 지금 누구 기다리시는 거예요?"

할 : "풀코스 뛰는 아들요. 원래 내가 오늘 5km만 달리려고 하다가 5km만 달리면 아들을 오래 기다려야 할 것 같아서 차라리 10km 달려서 기다리는 시간을 줄이려고 한 거예요. 호호호."

그런데 인터뷰 말미에 할머니가 깜짝 놀랄 만한 발언을 하신 거다. 어찌 보면 이 말씀이 오늘의 결론이 아닐까 한다. 또한 우리나라 국민들에게 하고 싶은 말이기도 하고, 평소 내가 소망하던 것이기도 하다. 잘 읽어보시길.

나 : "할머니, 차라리 달리다가 돌아가시는 거 어때요?"

할 : "아, 나도 그랬으면 좋겠어요. 자식들한테 폐 끼칠 것도 없이."

나 : "맞아요. 달리다가 쓰러져 금방 깨끗이 돌아가시는 것도 좋을 거 같죠? 제 소원도 달리다가 쓰러져 죽는 겁니다. 할머니랑 저랑 생각이 똑같네요. 아무튼 할머니, 100세까지 건강하게 달리시기 바랍니다."

할 : "호호호, 네."

마지막으로 할머니랑 기념사진 한 방 멋있게 찍는 것으로 인터뷰는 끝이 났다. 그러니까 그 할머니도 달리다가 생을 마치는 것을 소망하고 있었다는 사실이다. 어쩜 그리 나랑 똑같은 철학을 갖고 계신지, 그리고 이런 분을 이곳 고창에서 만나게 될 줄이야! 마라톤에 빠져 여러 해 전국을 돌아다니다 보니 이런 인연도 있는가 보다. 아마 그 할머니가 10km 이상 달리는 여성 주자 중 최고령 주자가 아닐까 한다. 물론 확인한 바는 아니지만. 고창까지 와서 내가 이런 귀한 분을 만나 인터뷰까지 하는 행운을 누렸으니 웬 횡재냐 이거다.

나는 이 가을에 호반의 도시 춘천을 달렸고(춘마) 서울 도심 한복판을 달렸고(중마) 또한 복분자와 풍천장어의 고장이며 전봉준 장군이 태어난 이곳 고창에서 떠나가는 가을을 아쉬워하며 여한 없이 달렸다. 내가 입만 열면 '나는 계백 장군의 후예'라고 떠벌리는데, 만약 내가 황산벌이 아니고 이곳 고창에서 태어났더라면 나는 입만 열면 '나는 녹두 장군의 후예'라고 당당하게 떠벌렸을 것이다.

어떤 달림이들은 떠나가는 가을이 못내 아쉬워 이번 일요일에도 대회 참가하여 올해 '마지막 가을 러닝 데이트'를 즐길 것이다. 나는 아쉽지만 가을 대회는 이것으로 마치게 된다. 12월부터는 겨울 대회가 기다리고 있다. 겨울에는 주로에서 어떤 사람을 만나게 될지, 어떤 일을 경험하게 될지 기대하며 설레는 마음으로 다가올 겨울을 기다린다.

2010년 11월, 서울 중앙마라톤

전설은 남는다

잠실벌에는 이른 아침부터 부산하게 토끼굴(63토끼마라톤천막)을 들락거리는 63토끼들의 웃음과 함성이 가득했다.

올해 마지막 메이저 대회인 중앙마라톤 대회가 열린 아침이었다. 나는 중앙마라톤에 2007년, 2009년에 이어 세 번째 출전이다. 청명한 가을하늘을 기대했건만, 날씨는 그렇지 못했다. 희뿌연 미세먼지가 서울 상공을 뒤덮었다. 그렇지만 미세먼지가 우리 달림이들의 앞길을 막을 수는 없는 법이다.

마라톤 대회 전문 사회자인 개그맨 배동성 씨의 행사 진행은 언제 봐도 다이내믹하고 행사장 분위기를 최고조로 끌어올린다. 레이스 출발 전에 반드시 내가 평소 즐겨 마시고 늘 의지하는 酒님께 나를 지켜달라고 간절히 기도한다. 물론 레이스 종료 직후에는 감사의 기도를 올리는 것을 잊지 않는다.

출발은 선두그룹에서 하였다. 어차피 사진 찍고 구경하면서 달리다 보면 늦게 들어올 텐데, 기다리는 일행들에게 민폐를 조금이라도 덜 끼치려면 가급적 빨리 출발해야 했다. 레이스가 시작되었다. 나는 초반부터 무수히 추월당하면서 달리게 되는 것이다. 30분 이상은 추월당해야 비로소 나랑 비슷한 페이스의 무리에 합류가 된다.

63토끼친구 중에서는 박바위(닉네임.63토끼)가 제일 먼저 나를 추월한다. 그 뒤를 이어 줄넘기하며 달려가는 목천사(닉네임.63토끼)를 비롯한 스피드 있는 토끼들이 나를 계속해서 추월한다.

10km.풀코스 분기점에 다다르기 직전에 파도(닉네임.63토끼)가 여러 마리의 토끼들과 떼를 지어 몰려온다. 파도가 나에게 "앞으로 나가서 사진 찍어 달라."고 부탁을 한다. 처음부터 힘 빼기 싫어서 "못 하겠다."라고 하려다가 '팬이 원하면 해주자'라고 맘먹고 카메라를 빼서 칼 루이스 또는 벤 존슨 스피드로 이를 악물고 몇십 미터를 뛰쳐나가서 사진을 찍어 주었더니 힘이 쭉 빠진다. 멀어져 가는 파도 뒤통수에 대고 "나, 너 때문에 퍼지겠다. 퍼질 것이다. 퍼지면 책임져라."라고 버럭 소리를 질러댔다. 레이스 도중 많은 토끼 친구들에게 떠들썩한 목소리로 놀라게 했는데, 다 힘을 내라고 응원한 것이었으니 오해 없기를 바란다.

어디쯤에선가 내 옆에서 달리던 예쁘고 젊은 아줌마가 나한테 히죽거리며 말을 걸어온다. "아저씨, 목소리 참 우렁차시네요." 그러더니 이어서 하는 말이 "그런데 왜 긴 바지 입고 뛰시는 거예요?" 그래서 내가 대답해 주었다. "아, 꼬추가 추위에 약해요. 얼면 안 되잖아요." 이 아줌마 얼굴이 홍당무가 되어 후다닥 내빼버린다. 자기 레이스에나 열중할 것이지 왜 남의 복장에 시비를 거느냐고!

나는 레이스 도중 몸매 좋고 노출이 좀 심한 여성이 보이면 한참 동안 그 여성 뒤를 졸졸 따라가는 것이 나의 페이스 전략이다. 뒤에서 몸매를 감상하며 온갖 즐거운 상상을 하면서 달리다 보면 피곤함도 잊게 되고 새 힘이 솟는 것 같다.

한참을 가다 보니 도로 맞은편에서 선두권 주자들이 몰려오기 시작한다. 토끼 중에서는 박바위(닉네임.63토끼)를 필두로 뒤에 천하무적(닉네임.63토끼)이, 그 뒤에는 복돈우리(닉네임.63토끼)가 따라오고 있었다. 아마 이 셋 중에서 토끼 우승자가 나올 것 같다.

마라톤을 하지 않는 사람 중에는 마라톤에 대해 오해와 편견을 가진 사람들이 많은 것 같다. 예를 들어 "마라톤은 위험한 운동이다." "아무나 할 수 없는 운동이다." "무릎이 절단난다." "미친놈들이나 하는 운동이다." 등등….

그런데 따지고 보면 마라톤이야말로 남녀노소 누구나 할 수 있는 최고의 웰빙 운동인 것이다. 한 번 해보겠다는 대단한 결심만 있으면, 몸에 특별한 하자만 없다면, 누구나 들이댈 수 있는 운동이다. 마라톤을 하다 보면 "아, 이런 세상도 있구나"라는 걸 알게 될 것이다.

마라톤은 매번 그러하지만 30km 이후가 문제다. 오늘도 30km를 넘어가니 현저히 페이스가 떨어지기 시작한다. 이때쯤 되면 모든 게 귀찮고 심지어 숨 쉬는 것도 귀찮다. '어서 빨리 골인하여 고통에서 벗어나자'는 생각만이 나의 머리를 무겁게 짓누를 뿐이다.

32km쯤 갔을 때 맞은편에서 조만간(닉네임.63토끼)이 달려오고 있다. 5시간짜리 페이스메이커보다도 한참 뒤처진 채 힘겹게 달리는 것이다. 문제는 조만간의 남산만 한 배인 것이다. 조만간 뱃살은 나의 뱃살과 더불어 토끼 중에서 최고봉일 것이다. 조만간은 어쨌거나 먹는 걸 줄여야 한다. 하긴 나도 내 몸 관리 못 하면서 남한테 잔소리할 처지가 못 된다. 그나저나 조만간이 완주는 했는지 궁금하고 걱정이 된다.

33km 지점에 이르러 어느 주자의 몸에 지닌 MP3에서 이미자의 구성진 노랫가락이 흘러나온다. 노래는 '울어라 열풍아'였다. 내가 제일 좋아하는 가수가 배호라고 일전에 말했었다.

배호의 '두메산골' '안개 낀 장충단 공원' '돌아가는 삼각지' '0시의 이별'을 좋아하지만 이미자, 남진, 나훈아, 김상진, 문주란, 최정자, 조미미, 이수미, 방주연, 백남숙, 김하정, 김상희, 정훈희 등등의 노래를 즐겨 듣거나 부른다.

그러니까 음악 성향만 놓고 본다면 나는 요즘 내 또래들하고도 맞지 않고 오히려 우리 아버지들 세대하고 잘 어울린다고 해야 하나? 그래서 그런지는 몰라도 내가 TV에서 다른 건 안 봐도 매주 월요일 밤 10시에 방송하는 'KBS 가요무대'는 기를 쓰고 보는 편이다. 가요무대에서 노래가 나오면 거의 모든 노래를 따라서 흥얼거릴 정도가 되었다. 33km 지점이었을 것이다. 앞에 사루(닉네임.63토끼)가 힘없이 걸어가고 있다. 나는 사루에게 힘을 주겠다는 의미로 큰소리로 뒤에서 응원을 했는데, 아차! 사루의 얼굴이 잔뜩 굳은 채 말이 없다. 오늘 새벽부터 부산에서 장시간 차를 운전하고 와서 달렸더니 이렇다는 것이다. 사루가 어떻게 완주는 했는지 궁금하다.

63토끼 대장동지를 비롯한 자봉 친구들이 비법수를 준비했다는 바로 그 문제의 35km 지점에 이르자 갑자기 다리에 경련이 일어나면서 쓰러지고 말았다. 누군가가 열심히 나의 다리를 주물러 준 것 같은데, 그 친구 이름을 모르겠다. 감사의 인사라도 전해야 하는데…. 그래도 바로 일어나서 비법수가 아닌 비법주(막걸리)를 병째 들고 반병 정도를 벌컥벌컥 마시고 달렸다. 4시간이 넘는 레이스가 끝나고 비교적 씩씩하게 골인하였다. 대략 4시간 26분쯤 걸린 것 같다. 애당초 목표로 했던 420도 달성한 것이다.

마라톤에는 눈물이 있다. 마라톤에는 사연도 많다. 마라톤에는 인간승리의 수많은 주인공이 있다. 그리고, 마라톤에는 영혼을 울리는 뜨거운 감동이 있다. 머리에 가시면류관을 쓰고 무거운 십자가를 메고 로마 병정의 채찍에 맞고 창에 찔리고 물과 피를 다 쏟으셨다는 예수님의 고통에 비할 바는 아니지만 우리는 42.195km의 길 위에 우리의 모든 에너지를 아낌없이 쏟아부었다. 王侯將相(왕후장상)의 씨가 따로 없듯이 이 가을 42.195km를 달린 우리 모두가 가을의 전설이요 영웅인 것이다. 그리고, 가을은 가지만 전설은 남는다.

2011년 3월, 서울 동아마라톤

봄날은 간다

초야에 묻혀 사는 내가 서울 나들이 하기가 좀처럼 쉽지 않은데, 마라톤 하는 덕분에 일 년에 한두 번씩은 서울 구경을 하게 된다. 옛날 내가 초등학교 다닐 때는 방학 때 가끔 서울에 사는 친척 집에 며칠 놀러 갔다 오면 학교에 가서 친구들에게 자랑삼아 서울 다녀온 얘기를 몇 날 며칠씩 하던 추억이 있다.

국내 최고의 역사와 전통을 자랑하는 2011 서울 동아국제마라톤대회에 나는 2007년부터 5회 연속 참가하고 있다. 겨우내 땀 흘려 훈련한 전국의 마라토너들은 국내 최고의 역사와 전통을 자랑하는 서울 동아마라톤을 손꼽아 기다린다. 누구는 자신의 최고 기록을 경신하기 위해, 또 나 같은 사람은 대회 자체를 즐기기 위해…

3월의 서울 동아마라톤은 코스가 평탄하고 달리기 하기에도 적당한 온도여서 가을의 '중앙마라톤'과 더불어 기록의 산실로 불린다. 따라서 기록 경신을 목표로 하는 달림이라면 엘리트 선수들이든 마스터즈 선수들이든 동아마라톤 또는 중앙마라톤을 목표로 삼는다. 또한 서울 도심을 달리는 즐거움도 빼놓을 수 없다. 나는 젓가락질할 힘이 남아 있는 한, 그리고 천재지변만 일어나지 않는 한 3월의 동아마라톤에 출전할 생각이다.

천재지변이라... 지금 이웃 나라 일본이 대지진의 여파로 신음하고 있다. 가공할 쓰나미에 일본 열도가 떠내려가는 걸 목도하면서 새삼 '죄와 벌'이란 단어를 떠올리게 된다. 수십 년, 수백 년 쌓아 올린 번영의 탑이 자연의 대재앙 앞에 일순간에 무너져 내리고 있다. 개인이든 나라든 겸손해야 한다. 그리고 솔직하게 인정할 건 인정해야 한다. 힘 좀 세다고, 좀 잘 산다고 힘없고 불쌍한 이웃 친구를 때리고 괴롭히면 안 되는 것이다.

그래도 우리나라 사람들은 과거를 묻지 않고 일본에 구조대를 제일 먼저 보냈다. 그리고 불과 얼마 전까지만 하더라도 종군위안부 출신 할머니들은 사과와 배상을 하지 않는 일본 정부를 향해 "저들은 우리가 죽기만을 기다리고 있는 것 같다."고 맺힌 한을 토로하셨는데, 일본에 대지진이 일어나자 "일본의 만행은 잊을 수 없지만 지금은 신음하는 일본 국민을 돕는 게 우선"이라고 말씀하시니 눈물이 날 지경이다. 이렇듯 우리 국민은 심성이 착하고 인정이 철철 넘치는 민족이다. 지금 일본이 전후 최대의 위기라고 하지만 일본의 저력은 무섭다. 2차 세계대전의 폐허 위에서도 일본은 뛰어난 국민성으로 재기하여 결국 세계 2위의 경제 대국을 건설한 무서운 나라이다. 이번의 위기도 결국 그들은 이겨내고 다시 도약할 것으로 믿는다. 그리하여 나중에 나라가 안정되고 살 만해지면 좀 더 겸손하고 착한 나라가 되길 바란다.

"일본이 지금 큰 어려움을 겪고 있는데 이렇게 글을 쓰면 되겠느냐"라고 누가 시비를 걸어온다면 나는 핏대를 올리며 반박할 준비가 돼 있다. 아니, 한국인으로서 이 정도의 의견도 표현 못 한단 말인가?

나는 지난겨울에 이번 동아마라톤을 준비하면서 집중적으로 언덕훈련을 하였다. 평지훈련보다 언덕훈련이 훨씬 훈련 효과가 크다. 언덕을 달리다 평지를 달리면 날아가는 것 같다. 나는 언젠가는 동아프리카 탄자니아에 있다는 킬리만자로에 오를 것이고 히말라야에도 오르고 싶다. 언덕훈련을 열심히 하여 킬리만자로나 히말라야 오르는데 필요한 체력을 다지는 것이다. 젊을 때는 꿈을 꾸며 살고, 늙어서는 추억에 젖어 살아가는 것이라고 하던데, 나는 오히려 늙어갈수록 자꾸만 꿈이 늘어만 간다.

내가 좋아하는 '58년개띠'이신 한비야 누님이 자신의 저서에서 킬리만자로 등정을 한 경험담을 쓴 것을 골백 번도 더 봤으니 벌써 사전 답사를 완벽하게 한 셈이다. 킬리만자로에 오르다가 혹시 표범을 만나면 반드시 포획하여 즉석에서 막걸리 안주로 삼을 작정이다. 내가 누군가. 바로 계백 장군의 후예가 아닌가. 아프리카 마사이족 용감한 남정네들은 맨몸으로 사자도 잡는다는데, 계백 장군의 후예인 내가 표범 한 마리쯤이야….

열심히 달리기 하다 보면 필연적으로 부상이 찾아오게 돼 있다. 자칭 '부상 전문가'인 내가 부상에 대해 잠시 언급을 하려고 한다. 물론 나는 '정통 전문가'는 아니고 '돌팔이 전문가'라는 사실을 미리 알린다.

부상의 원인은 여러 가지가 있다. 먼저 과도한 훈련량이 부상의 원인이 된다. 그리고 체중이 나처럼 많이 나가는 사람은 당연히 부상 당할 확률이 높다. 달리기 전후 스트레칭을 소홀히 하는 것도 부상의 원인이다. 신발이 발에 맞지 않거나 너무 싸구려 신발을 신고 달리면 부상이 올 수 있다.

또 손오공(닉네임.63토끼친구) 친구처럼 꽝! 넘어지는 등의 돌발사고로 부상이 올 수도 있다. 그리고 나처럼 몸의 유연성이 떨어지면 부상이 잦다. 나는 스스로 여러 번 공개했듯이 부상을 달고 다니는 사람이다. 병원에도 수시로 간다. 그런데 최근 병원을 좀 더 큰 병원으로 바꿔서 다니고 있다. 재활 시설이 있는 큰 병원으로 옮겼더니 젊은 물리치료사가 지압 마사지(병원서는 '운동 치료'라는 표현을 씀)를 병행해준다. 나를 눕혀놓고 아픈 부분을 주무르고 짓눌러주는데, 찌릿하게 아프면서도 시원한 느낌이다. 담당 물리치료사가 혀를 끌끌 찬다. 내 몸이 '콘크리트'라고 한다. 그만큼 너무 뻣뻣하게 몸이 굳어 있다는 말이다. 도대체 이런 몸뚱어리로 무슨 마라톤을 하느냐고 치료받을 때마다 잔소리를 해댄다. 제발 달리기 하지 말라고 통사정까지 한다. 내가 그렇게는 못 하겠다고 버티자 그럼 딱 일주일만이라도 달리기 쉬라고 한다. 이렇게 나는 부상이 올 수밖에 없는 온갖 요인을 다 안고 있다. 국가대표 못지않은 엄청난 훈련을 하질 않나, 체중이 너무 나가질 않나, 스트레칭을 제대로 하나, 그렇다고 몸의 유연성이라도 좋길 하나.

내가 몇 년 전 부상으로 1년간 달리기를 쉴 때 몸의 유연성을 높이려고 1년 예정으로 요가 학원에 다닌 적이 있다. 그런데 내가 요가 학원에 다니면서 느낀 것이지만 요가라는 것이 매우 좋은 운동이라는 사실을 깨달았다. 학원을 다니기 전까지만 하더라도 요가 동작만 보면 우습게 여기곤 했는데, 그게 아니었다. 대부분 수강생이 여자였지만 사실은 요가는 유연성이 떨어지는 남자들이 해야 좋은 것이고, 반대로 근력이 떨어지는 여자들은 근력운동을 해야 좋다는 것이다. 아무튼 1년 정도 다닐 각오로 요가를 시작했는데, 너무 굳어버린 몸뚱어리가 따라주지 않아서 결국 석 달 만에 중도 포기하고 말았다.

요가는 알다시피 인도에서 시작되어 세계에 보급되었는데, 얼마 전 류시화 시인이 쓴 『지구별 여행자』라는 책을 읽고 나서 약간의 충격을 받을 만큼 인도라는 나라에 대한 관점이 달라졌다. 한마디로 인도는 사색의 나라요 철학의 나라요 신비의 나라라는 것이다. 어딜 가나 철학과 사색에 잠긴 사람들을 만나게 된다. 하긴 나도 한때 젊은 시절에는 철학자라는 소릴 들었었지. 개똥철학자라고…..

얼마 전 울산에 사는 장칼(닉네임.63토끼친구))이 대망의 '풀코스 200회'를 달성하는 경사가 있었다. 아마 내가 보기에는 우리 나이에 풀코스 200회 완주 기록은 한국 기네스북에 오를 만한 기록이 아닌가 싶다.

내가 사는 동네에 있는 마라톤클럽에서는 회원이 환갑을 맞이하면 61km를 달리는 행사가 전통으로 내려오고 있다.

그런데 나는 나이 70이 되면 칠순 행사를 좀 색다르게 하려고 이미 구상에 들어갔다. 나이 70이니까 당연히 70km를 달리려고 한다. 장칼 풀코스 200회 때 친구들 200명은 와야 한다고 했으니, 나의 칠순 행사 때는 못 와도 70명의 친구들은 참석을 해야 한다. 칠순 행사를 벌써부터 홍보하느냐고 핀잔을 주는 사람도 있을 것이다. 그런데 칠순 금방 온다. 곧 있으면 자녀들 혼사 치른다고 여기저기서 어지럽게 청첩장이 날아올 것이다. 그러다가 조금 있으면 하나둘 생업에서 은퇴하기 시작할 것이다. 그렇게 몇 년 지나면 바로 칠순을 맞게 된다. 결코 먼 훗날의 얘기가 아니다.

토끼굴(63토끼마라톤클럽) 탄생 이후 지금까지 여러 명의 친구들이 크고 작은 경사를 맞기도 했고 행사도 치렀는데, 그동안 잔치나 행사 때 소 잡은 사람 없더라. 소는 고사하고 말, 돼지, 개, 닭, 오리라도 잡은 사람 어디 있었나?

나는 분명히 지금 밝히거니와 칠순 행사 때 반드시 잡을 것이다. 만약 그때 나의 자녀들이 떵떵거릴 만큼 잘 살면 자식들에게 소 한 마리 스폰 받겠다. 소 값이 현 시세로 500~600만 원 나가는 것 같다. 만약 형편이 여의치 않으면 돼지라도 잡겠다, 돼지 시세 50만 원가량 나간다. 돼지도 힘들다면 맛있는 똥개라도 몇 마리 잡겠다. 똥개 20만 원이면 산다. 그리고 칠순 행사 때 푸짐하고 풍성하게 시상을 하려고 한다. 웬만하면 그날 참석한 사람에게 하나씩은 상을 안겨줄 참이다. 예컨대 그날 가장 먼저 행사장에 도착한 사람에게는 '근면상'을, 배우자. 자식. 손주들을 줄줄이 앞세우고 온 사람에게는 '최다참가상'을, 열심히 자봉한 사람에게는 '자봉상'을, 당일 최고의 인기를 차지한 사람에게는 '인기상'을 수여한다. 어디 그뿐이면 말을 안 하겠다. 기록 순위별로 1위~10위까지 남·여 구분하여 시상한다. 열심히 행사장 청소한 사람에게는 '깔끔상'을, 그날 고래고래 악을 써가며 응원한 사람에게는 '고래상'을, 가장 술을 많이 먹은 사람에게는 '음주상'을, 그리고 그날 술 먹고 맛이 간 친구를 끝까지 챙긴 사람에게는 '선행상'을 수여하겠다. 그게 끝이 아니다. 그날 노래를 잘 부른 사람에게는 '가수상'을, 몸이 불편함에도 불구하고 단 몇m라도 달리는 시늉만 해도 '감투상'을, 70등으로 골인한 사람에게는 '행운상'을, 꼴찌로 완주한 사람에게는 '꼴찌상'을, 배우자가 아닌 애인을 뻔뻔하게 데리고 온 사람에게는 '뻔뻔상'을, 그리고 제일 마지막에 행사장을 떠난 사람에게는 '우정상'을 수여할 계획이다. 이 밖에도 더 좋은 의견 있으면 보내주시기 바란다. 나의 머리 용량이 여기까지가 한계라서 그렇다. 행사 날짜도 3월 이맘때쯤 잡으려고 한다. 이때쯤이면 논산은 딸기 향으로 진동할 것이고 또 냉이도 내가 직접 캐서 접대할 수 있으니 말이다. 아무튼 그 나이 되면 다들 시간적으로는 여유가 있을 테니 1박 또는 2박 하면서 놀다 가기를 바란다.

대망의 동아마라톤을 하루 앞두고 거나하게 출정식을 했다.

여기서 잠깐 대회 전날 음주에 대해 짚고 넘어가자. 다른 달림이들은 어떤지 몰라도 나 같은 경우 풀코스를 하루 앞두고는 걱정 반 설렘 반으로 잠을 잘 못 이루는 편이다. 물론 술도 안 먹고 잠도 푹 자면 최상일 것이다. 그런데 나처럼 잠을 뒤척일 바에야 차라리 약간의 술을 마셔서 숙면을 유도하는 것이 나을 수가 있다. 물론 많이 마시면 안 될 것이다.

마라톤에서는 수면 부족이 음주보다 더 위험하다고 나는 생각한다.

동아마라톤 당일 날 아침 봄비가 내렸다. 날씨도 쌀쌀한 데다가 비까지 내리니 체감온도는 영하로 뚝 떨어진다. 비 때문에 모든 게 엉망이 되었다. 무더운 여름날에 비가 오면 시원해서 달리기에 유리할 수 있으나 지금의 비는 달리기에 전혀 도움이 되지 않을뿐더러 감기에 걸리기 십상이다. 나는 우비를 뒤집어쓰고 08시 08분에 선두 A그룹에서 출발하였다. 출발한 지 얼마 안 되어 차가운 빗물에 몸이 꽁꽁 어는 것 같다. 손이 너무 시려서 교통경찰에게 장갑 좀 빌려달라고 했더니 그 양반 말씀이 "내가 끼고 있는 장갑도 이미 비에 젖어서 소용없다. 그냥 뛰시라."고 쌀쌀맞게 얘기한다.

날씨가 이렇게 안 좋으니 카메라 꺼내서 사진 찍기도 귀찮다. 괜찮은 장면이 많았지만, 카메라 꺼내기 싫어서 그냥 아무 생각 없이 달린다. 동대문 시장 근처를 지날 무렵 노점에서 커피며 빈대떡 파는 아줌마가 보인다. 날씨도 춥고 차가운 봄비가 부슬부슬 내리니 따뜻한 커피가 먹고 싶어진다. 냅다 뛰어들어가서 600 원 주고 커피 한잔 사서 마시고 추위를 녹였다. 한 시간 정도 뛰어가니 추위는 좀 참을 만해졌다. 12km 지점에서 사진을 찍고 있는데 마침 그때 달려오던 장무상망(닉네임.63토끼친구)이 쏜살같이 달려와 합류하여 같이 한 방 박았다. 참으로 타이밍이 절묘했다.

대부분의 달림이들은 아무 생각 없이 그저 앞만 보고 달리느라 잘 모르겠지만, 레이스 도중 곳곳에서 막걸리 접대하는 사람들을 볼 수 있다. 똥개 눈에는 똥만 보인다고 했던가. 내 눈에는 그게 다 포착이 된다. 23km 지점에서 누군가가 막걸리 한잔하고 가라고 권한다. 내가 이 장면을 놓칠 리가 없지. 거푸 막걸리 두 잔 들이켜고 달렸다. 알딸딸해진다.

점점 발이 무거워진다. 30km 지점에 도달하니 비가 그치면서 날이 개는 것 같다. 여기서 파워젤을 먹고 잠시 쉬면서 양팔을 앞뒤로 크게 흔들어보고 다리도 주물러주고 간단히 스트레칭하면서 마지막 남은 최후의 일전(구간)을 대비해 몸을 정비했다. 나의 경험으로는 파워젤이 분명 막판 체력 고갈을 어느 정도 막아주는 역할을 하는 것 같다. 막판까지 버틸 힘을 주는 것 같다. 여기서 5km를 더 전진하니 드디어 저 앞 35km 지점에서 잠실대교가 눈앞에 아른거리기 시작한다. 여기까지만 오면 마치 목숨이 경각에 달린 응급환자가 병원에 실려 와서 담당 의사를 보면 마음이 놓이듯 맘이 한결 편해진다.

멀리 우측으로 손에 잡힐 듯 잠실 메인스타디움이 가까이 보이면 '이제는 정말 다 와가는구나'하는 안도의 한숨이 절로 나오면서 마지막 힘을 쏟아낸다. 그러니 우리 달림이들에게 저 잠실대교는 그야말로 '희망의 다리'가 되는 것이다. 그러니까 내가 요단강을 건너가기 전까지는 매년 저 '희망의 다리'를 건너가리라 다짐하는 것이다.

마침 잠실대교에서는 우리 63토끼친구들이 대대적인 응원을 해 주고 있었다. 토끼굴(63토끼마라톤클럽) 창시자인 달마 대장께서 한동안 안 보여 어디 갔나 궁금했었는데, 나중에 알고 보니 새로운 인생을 시작하기 위해 뭔가를 준비하는 중이라고 한다. 어쨌거나 한 번 해병은 영원한 해병이요, 한 번 양아치는 영원한 양아치요, 한 번 대장은 영원한 대장인 것이다. 달마 대장이 변함없는 카리스마로 진두지휘하며 토끼 친구들을 열렬히 응원하고 있다. 나는 예고한 대로 저 멀리 잠실대교에서 토끼자봉친구들이 보이자 긴장이 풀리고 다리가 풀리면서 다이빙하듯 자연스럽게 앞으로 슬라이딩하면서 넘어졌다. 일부러 넘어진 건 절대 아니다. 그랬더니 자봉하는 친구들이 득달같이 달려들어 나의 다리를 주물러 준다. 겨우 정신 차리고 일어난 나에게 막걸리까지 한 잔 접대한다. 23km 지점에서 마신 막걸리가 이제 겨우 깨려고 하는데 여기서 또 한 잔을 마시게 된 것이다. 물론 여기서 막걸리 마시는 장면은 아쉽게도 사진에 담지 못했다.

잠실대교를 지나 38km 약간 못 미친 지점에 이르면 매년 그 지점에서 방울토마토를 주시는 분들을 만날 수 있다. 나는 이번에도 그 방울토마토를 얻어먹으면서 "대체 당신들 어디 사람이냐"고 물으니 건너편 플래카드를 가리킨다. '이브자리'란 회사에서 나왔다는 것이다.

어쨌거나 악전고투 끝에 나도 잠실 메인스타디움에 씩씩하게 들어섰다. 08시 08분에 시작한 레이스가 12시 53분에 끝났으니 실제 레이스 시간은 4시간 45분 걸린 셈이다. 기록은 점점 빠꾸하고 있다. 이러다가 다음에는 제한 시간(5시간)을 넘길지도 모르겠다.

레이스 끝나고 서울에서 1차하고 논산 와서 2.3차까지 하고 귀가했다. 레이스 다음 날에는 지친 몸을 쉬며 냉이를 한 바구니 캐 왔다. 봄비에 젖어 마라톤에 빠져 막걸리에 취하고 냉이향에 취하고… 이렇게 봄날은 가는구나.

2011년 9월, 전주 부부마라톤

미나리꽝 사건

얼마 전 안타깝게도 우리나라 야구의 두 전설(장효조, 최동원)이 암과 싸우다 별세하여 많은 팬들을 슬프게 했다. 장효조 선수는 위암·간암을 앓았고 최동원 투수는 대장암을 앓았다고 한다. 두 사람에 관한 신문 기사를 보니 의사의 말을 통해 사망 원인을 분석하고 있다. 무엇보다도 과도한 음주를 원인으로 들었고 흡연도 원인이라는 것이다.

박철순 전 투수도 한때 대장암으로 힘든 시간을 보낸 적이 있고 최인선 프로농구 SK나이츠 전 감독도 대장암에 걸렸다가 완치되었다는 소식도 전하고 있다. 이 사람들 공통점이 다 술을 사랑했다는 것이다. 물론 이 중에 최동원 투수만 맥주, 막걸리를 즐겼고 나머지 사람들은 소주를 즐겨 마셨다고 한다. 그런데 이 사람들이 아무리 술을 즐겨 마셨다 해도 지금의 나만큼 마시지는 않은 것으로 보인다. 아마 내 주량의 반쯤 마신 것 같다.

나도 가족들의 성화에 못 이겨 작년하고 재작년에 대전 둔산동의 유명한 외과병원에서 대장 내시경 검사를 받았는데, 다행히 아직까지 별다른 증상은 없다는 말을 들었고 이제 앞으로 4, 5년 후에나 병원 와서 검사 받으면 된다고 한다.

나는 애초에 병원 가서 검사받는 거 절대 안 하려고 했는데, 극성스러운 여동생이 나의 의견은 들어보지도 않고 일방적으로 병원 예약해놓아서 할 수 없이 병원에 가서 검사를 받게 된 것이다.

앞서 말한 장효조. 최동원 두 전설의 사망 원인은 의사가 진단한 것이 맞겠지만 나는 내 나름의 진단을 하고 싶다. 현역 시절 한 시대를 완벽하게 지배했던 두 사람은 분명 프로야구 1군 감독을 하고 싶었을 것인데, 끝내 그 꿈을 이루지 못하고 눈을 감았다. 그 이루지 못한 꿈이 마음의 병이 된 것은 아닐까. 아무튼 나는 내 멋대로 추측하고 추리하는 아주 못된 습성이 있다.

최인선 전 감독은 5년 전 대장암 3기 판정을 받고 수술 후 매일 아침 6시에 30분씩 달리기를 했다고 한다. 달리기가 끝나면 철봉에 매달려 배를 치는 운동을 했고 고구마, 바나나, 땅콩, 호두 등으로 아침 식사를 했다고 한다. 모두 장 건강에 이로운 음식들이라고 한다. 만약 장효조, 최동원 두 전설이 현역에서 물러나서도 선수 시절 부지런함의 절반만이라도 발휘해서 하루에 한 시간씩 조깅이라도 살살 해서 건강관리를 했더라면…….

전주(완산)는 내가 사는 황산벌과 매우 가까운 곳인데도 불구하고 대회는 처음으로 참가한다. 이곳 완산에 옛날 견훤왕이 후백제를 세우고 왕위에 올랐고 이후 36년간 후백제의 수도가 되었다. 황산벌에 계백 장군이 있다면 완산벌에는 견훤왕이 있는 것이다. 물론 계백 장군하고 견훤왕은 급(격)이 다르다. 계백은 왕의 지시를 받는 장군이요, 견훤은 엄연히 일국의 왕이라는 사실이다. 물론 연배로 따지면 계백 장군이 견훤왕보다 2백 수십 년 선배가 된다. 석가모니는 예수님의 500년 선배가 된다.

견훤의 후백제가 한때는 후삼국 중에서 가장 강성한 세력을 이루었다는데 왜 왕건에게 패했을까. 물론 역사책에서는 견훤의 아들 간에 내분이 생긴 것을 큰 이유로 들기도 한다. 즉, 견훤이 나이가 들어 왕위를 넷째 아들 금강에게 물려주려 하자 첫째 아들 신검이 아버지 견훤을 김제 금산사에 유폐시키고 동생 금강을 살해했다는 것이다. 그런데 나는 좀 다른 견해를 내놓고 싶다. 단적으로 말한다면 견훤이 후삼국의 주인이 되지 못한 것은 당시 견훤의 나이가 너무 많았던 것이 이유가 아닐까. 즉, 견훤이 좀 더 젊고 세력이 강성했을 때 나라의 모든 역량을 총동원하여 왕건과 승부를 겨뤘어야 하는 것이 아닐까. 아무래도 사람이 늙으면 체력이 떨어지고 기력이 쇠하고 판단력도 떨어지게 마련인 것이다. 나는 이렇게 내 멋대로 추측하고 추리하는 못된 습성을 아직도 못 버리고 있다. 게다가 견훤은 자식 농사도 실패한 군주였지 않은가. 자식 농사에 관한 말이 나왔으니 내가 90년대 중반 어느 날 읽었던 월간 잡지의 기사가 생각난다. 재벌 총수들이 탄식한다는 내용인데, 자기들(재벌 총수들)이 다른 건 다 맘대로 할 수 있겠는데, 세상에서 맘대로 안 되는 두 가지가 있다는 것이다. 그 두 가지가 뭐냐면, '골프'하고 '자식 농사'라는 것이다. 그러니까 자식 농사는 옛날 임금이나 지금 재벌 총수나 서민들에게나 다 어려운 일인 모양이다. 농사 중에 가장 어려운 농사가 자식 농사라고 하지 않는가. 나 역시 자식 농사 잘되고 있다고 말 못 한다. 그러니 자식 농사 잘 짓는 부모들은 우러러볼 만하다. 혹시 자식 농사가 잘 안 되어 이 글을 읽다가 가슴 치는 분이 있을지 모르겠다.

묘심화 스님은 자신의 저서 『빙의』에서 전주 모악산이 풍수지리학적으로 우리나라 최고의 길지吉地라 말하고 있다.

상서로운 기운이 넘쳐나는 모악산의 정기를 받은 전수달(전주에서 수요일 달리기하는 63토끼친구들) 멤버들은 쪽수(양적으로는)로 볼 때는 대도시 '63토끼팀'들하고 당연히 비교가 안 되지만 인물 면면을 보면(질적으로는) 전국에서 단연 최고라 할 수 있다.

일단, 전수달 친구들은 하나같이 입심이 세다. 입심이 세지 않은 사람이 하나도 없다. 그리고 달리기 실력도 전국 최강이다. 대회 나갈 때마다 상을 주렁주렁 타오는 팀은 전수달 뿐일 것이다. 또 몸무게를 자유자재로 줄였다 늘렸다 하는 신통한 재주를 가진 친구도 있다. 게다가 맛의 고장 전주답게 전수달은 먹는 것도 항상 최고를 지향한다. 먹는 사진 보면 나도 모르게 침이 꼴딱꼴딱 넘어간다. 또한 분위기도 그 어느 구단보다 좋은 것 같다. 이러니 누구나 가고 싶은 전수달, 누구나 달리고 싶은 전수달이다.

나는 레이스 내내 멀리 보이는 모악산을 바라보며 기도하는 마음으로 달렸고, 도중에 잠시 레이스를 멈추고 정중히 두 손을 합장하고 모악산을 향해 경의를 표하며 소원을 빌었다.

내가 이렇게 입에 침이 마르도록 모악산에 대해 전주에 대해 전수달에 대해 칭찬하고 경의를 표하고 존경하는 마음을 표했으니 전수달에서는 나에게 막걸리를 한 양동이 접대하던가 나를 전수달 명예 회원으로 추대해줘야 하는 것 아닌가?

이왕 '전주 특집'으로 쓰는 글이니까 전주에서 벌어진 한 가지 실화를 소개하며 글을 맺는다. 일명 '전주 미나리꽝 사건'이다. 사연인즉, 때는 바야흐로 1989년 12월 크리스마스를 코앞에 둔 어느 날이었던 것이었으니 ……

사건이 벌어진 장소는 전주시 어느 곳이다. 구체적인 장소는 기억에 없고, 단지 시내 번화가는 아니었고 시 외곽이었던 것으로 기억할 뿐이다. 그때는 우리가 혈기방장하던 20대의 나이였다. 그때 내 고등학교 동창 친구가 장가를 가기 위해 색시 집이 있는 전주로 함을 팔러 갔던 것이다. 말하자면 충청도 총각이 전주 색시랑 결혼을 한다는 것이다. 그래서 신랑 친구들이 함을 팔러 색시가 사는 전주로 쳐들어갔다는 말씀이다. 때가 성탄절을 앞둔 12월 말이라 추위가 맹위를 떨치고 있었다. 색시 집이 아파트가 아니고 변두리 1층집 단독주택이었던 것으로 기억된다. 그리고 그 색시 집 대문을 나서면 바로 앞에 미나리꽝이 있었던 것이었다. 그날 신랑 친구들과 색시 측 사람들이 밀고 당기는 게임 끝에 우리 친구들이 색시 집에 입성하여 색시 친정어머니가 차려주신 음식과 술을 배불리 먹고 나니 매우 취하게 되었다. 그러다가 내가 소변이 마려워 제일 먼저 자리에서 일어나

집 대문을 빠져나와서 미나리꽝을 향해 바지를 내리고 쉬~~를 하다가 중심을 못 잡고 미나리꽝 속으로 풍덩 빠져버린 것이다. 논에는 물이 가득 차 있어서 허리까지 잠길 정도였다. 그 추운 겨울날 얼음물 속으로 빠져들어간 것이다.

그런데 문제는, 충분히 정신만 차리면 빠져 나올 상황인데 술에 취한 상태라 나는 몸의 균형을 못 잡고 물속에서 계속 넘어지는 것이다. 말하자면 미나리꽝에서 한참 수영을 한 셈이 되고 말았다. 그렇게 사투를 벌이다 결국 몸의 중심을 잡고 가까스로 논두렁으로 기어 올라오는데, 마침 그때 친구들이 나오면서 나를 발견하고는 깜짝 놀란 것이다.

나중에 친구들 표현으로는, 논에서 어떤 시커먼 짐승이 올라오는 줄 알았다는 것이다. 그런데 그렇게 차가운 물 속에서 헤매다 올라온 내가 대전까지 차에 실려 가면서 코를 골며 잘 자더라는 것이다. 다음 날 확인해보니 시계가 보이지 않는다. 분명 전날 밤 미나리꽝에서 사투를 벌이는 와중에 빠진 것임에 틀림없었다.

그 친구가 신혼여행 갔다 와서 집들이를 한다고 해서 가봤다. 나는 그때 처음으로 전주 음식의 훌륭함에 대해 알게 되었다. 친정이 전주인 그 샥시의 음식 솜씨는 너무나 훌륭했다. 그때 결심을 했다. 나도 저 친구처럼 전주 샥시랑 결혼하리라. 그런데 어찌어찌하다 보니 나는 전주 샥시랑 결혼하는 데 결국 실패하고, 아침마다 토마토 주스를 열심히 갈아서 주는 충청도 샥시랑 결혼하고 말았다.

세월은 흘러 몇 달 전 그 친구의 장모님(전주댁 친정엄마)이

별세하셔서 장례식장에 갔더니 그 전주댁(친구 아내)이 나를 자기 친정 식구들에게 "여기 그때 미나리꽝에 빠졌던 친구 오셨네요."라고 큰소리로 소개하는 바람에 좌중은 당연히 웃음바다가 되었는데, 나는 이에 질세라 날카롭게 쏘아붙였다. "그때 미나리꽝에 빠진 내 시계 찾아왔어요?"라고.

전주 부부, 가족 마라톤 대회가 끝나고 동네로 이동하여 대하를 안주로 화려한 뒤풀이를 했다. 얼마나 먹어댔는지 다시 체중이 늘었다. 나는 이렇게 아무리 달려봐야 말짱 도루묵이다. 11월 중앙 마라톤 이벤트도 있는데, 조금이라도 체중을 줄여놓아야 할 판국에 자꾸 뱃살은 불어나고 있으니….

2011년 10월, 부여 굿뜨래마라톤

만약 내가 의자왕이었다면

먼저 노래 한 곡 들려드리고 시작하려고 한다.

이인권의 '꿈꾸는 백마강'이다.

백마강 달밤에 물새가 울어/잃어버린 옛날이 애달프구나
저어라 사공아 일엽편주 두둥실/낙화암 그늘 아래 울어나 보자…. (1절)
고란사 종소리 사무치는데/구곡간장 올올이 찢어지는 듯
누구라 알리요 백마강 탄식을/깨어진 달빛만 옛날 같구나…. (2절)

'부여 굿뜨래 마라톤'이라는 대회 이름을 '부여 백마강 마라톤'이라 바꿨으면 좋겠다는 생각을 해본다. '굿뜨래'라는 단어가 좀 어색하기도 할뿐더러 부여, 하면 백마강이 자연스럽게 연상이 되니 '부여 백마강 마라톤'이 어떻겠냐 하는 것이다. 이런 쉽고 좋은 이름을 놔두고 어려운 이름을 쓰는지 모르겠다.

부여 대회는 2006년, 2008년에 이어 세 번째 참가한다. 전날 야근하고 아침에 퇴근하여 헐레벌떡 행사장이 있는 백마강으로 달려갔다. 사실 전날 야근하고 마라톤 뛴다는 것이 좀 위험하기는 하다. 마라톤에 음주보다 더 위험한 것이 수면 부족이라고 누차 강조하면서도 정작 나 자신은 종종 위험한 짓을 일삼고 있다.

내가 학창 시절에 『죽으면 죽으리라』라는 책을 구경한 적이 있다. 책이 너무 두꺼워서 읽지는 못하고 제목만 구경했다는 말씀이다. 독실한 기독교인이었던 고 안이숙 여사가 쓴 책이다. 안이숙 여사는 또 '내일 일은 난 몰라요'라는 유명한 복음송을 작사하기도 하였다. 이렇게 말하면 내가 엄청 신실한 크리스천인 줄로 오해하는 사람들이 있을 것이다.

내가 마라톤에 입문하기 전까지는 종종 와이프 손에 이끌려 교회에 나가긴 했다. 좀 더 정확하게 표현한다면 교회를 나간 것이 아니라 아내의 눈치 보느라 교회에 나가주었다는 말이다. 나는 신심이 깊은 신자는 물론 아니었다. 그저 한쪽 발은 교회에, 나머지 한쪽 발은 세상에 담그고 내 멋대로 생활한 사이비 신자일 뿐이었다.

그러던 내가 어느 날인가부터 마라톤에 풍덩 빠지더니 교회에도 발을 뚝 끊고 오로지 마라톤 훈련, 막걸리 마시기, 마라톤 대회 참가에 인생의 우선순위를 두게 되었다.

요즘은 불교에 관심이 좀 생겨서 스님들이 쓴 책(산문집)도 가끔 읽고 있다. 나중에는 천주교에도 좀 빠져볼 예정이다. 그러고도 시간이 나면 원불교, 천도교에도 들어가 볼 생각이다. 그럼에도 여유가 생긴다면 나중에는 이슬람교를 공부하고 싶다.

이야기가 또 삼천포로 빠졌는데, 안이숙 여사는 『죽으면 죽으리라』라는 책을 썼다고 했는데, 나는 전날 야근하고 마라톤 나가면서 '그래, 쓰러지면 쓰러지리라'라는 각오로 나갔다는 말씀이다. 원래 내 꿈 중의 하나가 '달리다 쓰러지는 것'이라는 사실을 알 만한 사람들은 다 안다. 그래도 일부러 쓰러질 필요는 없고, 최대한 조심은 하고 달린다. 달리다가 조금이라도 몸에 이상 신호가 오면 즉시 레이스를 멈추면 되는 것이다.

부여(사비) 역시 백제 패망의 한이 서린 곳이다. 저 백마강은 백제가 최후를 맞던 그 현장을 말없이 지켜봤을 것이다.

나는 어찌 된 운명인지 최근 대회를 나간 곳이 전부 다 옛날에 패망의 역사를 간직한 곳이다. 9월 초에 나간 철원도 그러하고, 얼마 전 나갔던 전주(완산)도 그러하다.

백제 마지막 왕이었던 의자왕에 대한 오해가 있는 것 같다.

우리가 의자왕은 타락하고 방탕한 생활을 하고 '3천 궁녀'를 거느리고 3천 궁녀 품속에 빠져 허우적거리다 나라를 망친 무능한 왕으로 배웠는데, 사실은 그렇지가 않았다는 것이다. 의자왕은 타락한 왕도 아니었고, 20여 년의 재임 기간에 나름대로 치세를 했고, 신라에 10여 차례 대규모 정벌을 한 정복군주였고 백제는 그만큼 강성했다. 물론 의자왕의 실책도 어느 정도 백제 멸망의 이유가 되긴 하겠지만, 결정적인 이유는 백제가 당시 세계 최강인 당나라와 신라에 적대적인 입장을 취한 것이라는 설이다.

3천 궁녀 이야기는 내가 생각해도 말이 안 된다. 당시 인구가 얼마나 되었다고 왕궁에 궁녀를 3천 명씩이나 둔다는 말인가. 끽해봤자 100명도 채 안 되었을 것이다. 그리고 더 웃기는 것은, 3천 궁녀가 전부 낙화암에 몸을 던졌다는 이야기인데, 낙화암을 한 번이라도 가 본 사람들은 알 것이다. 거기서 절벽으로 몸을 던진다고 쉽게 죽을 만한 곳이 아니라는 것이다. 물론 1,400년이 지난 지금하고 그때하고 강의 수심이나 지형이 다를 것이라고 인정은 하더라도 이건 분명 과장이라고밖에 할 수가 없다.

의자왕이 방탕했다느니, 3천 궁녀를 거느렸다느니, 3천 궁녀가 낙화암에 몸을 던졌다느니 하는 주장들은 승자의 입장에서의 주장이라는 것이다. 즉, 승전국 신라의 역사가들이 "백제 의자왕이 그렇게 무능하고 방탕해서 나라가 망할 수밖에 없었다."라는 식으로 기술해놓았다고 나는 생각한다.

어차피 역사는 승자의 것 아닌가. "억울하면 출세하라"는 말이 있듯이 전쟁에 지면 왕(또는 장군)은 이렇게 온갖 비난과 오해와 치욕을 대대손손 받는 것이니 전쟁에서도 무조건 이기고 볼 일이다. 그래서 하는 말인데, 만약에 내가 당시 의자왕이었다고 한다면 백제가 당시 삼국을 통일했음은 물론이요 그 여세를 몰아 일본도 손에 넣었을 것이고 또 그 여세를 몰아 중국까지 우리 영토로 만들어 백제는 중국대륙과 한반도 그리고 일본까지 아우르는 대제국을 건설하여 세계 최강국이 되었을 것이고, 지금까지도 세계 최강국의 지위를 누리고 있었을 것이란 말씀이다. 말하자면 의자왕이 그 당시 조금만 더 국사에 전념하여 준비를 철저하게 했더라면 우리나라가 세계 최강의 나라가 될 수 있었다는 말씀이다.

어떻게 그런 일이 가능했겠느냐고, 웃기는 소리 좀 제발 하지 말라고 사람들은 말하겠지. 그렇다면 내가 그 방법을 구체적으로 공개하겠다.

나는 다음과 같이 했을 것이다. 내가 당시 백제 의자왕이었다면 말이다. 일단, 매일 아침 5시에 기상하여 병사들을 왕궁 내 조깅코스를 한 시간씩 달리게 한다. 물론 왕도 달린다. 왕이 달리니 신하들은 물론이요, 궁녀들도 덩달아 달리게 된다. 아침식사 준비하는 궁녀들하고 경계 근무에 임하는 초병들만 빼고 전부 달리기를 하도록 만드는 것이다. 전 병사들에게 이처럼 매일 한두 시간 마라톤 훈련을 시킨다. 체력은 국력이요 전투력인 것이다.

병사들을 대상으로 한 달에 한 번씩 마라톤 대회를 개최하여 잘 뛴 병사는 포상을 하고, 못 뛴 병사는 몇 명 시범케이스로 '엎드려뻗쳐' 시켜놓고 가혹하게 몽둥이로 흠씬 두들겨 팬다. 나처럼 먹는 것만 밝혀서 살은 뒤룩뒤룩 찌고 마라톤은 게을리 하는 병사들은 몽둥이로 가혹하게 다스려 군기를 잡는다는 것이다. 물론 그렇게 구타를 하면 지금은 난리가 날 테지만 군기 확립에는 그 당시만 하더라도 구타처럼 효과가 좋은 무기가 없기 때문이다.

또 전체 병사들에게 40kg 정도 나가는 무거운 모래가마니를 둘러메고 500m씩 달리게 하는 체력훈련을 시킨다.

사격술훈련(화살쏘기). 창검술훈련도 매일 한 시간씩 시킨다. 가까운 백마강에서 매일 한 시간씩 병사들에게 수영훈련도 시켜서 전투 시 생존 능력을 극대화한다. 거듭 강조하지만 강인한 체력이 곧 전투력이고 국력이라는 사실이다.

또 하루에 한 시간씩 전술훈련(주간공격, 주간방어, 야간공격, 야간방어)을 실시한다.

가끔 비가 부슬부슬 내리고 바람 불고 칠흑같이 어두운 날을 택하여 병사들에게 담력훈련을 시키는데, 공동묘지로 병사들을 하나씩 하나씩 데리고 가서 한 시간씩 무덤에서 앉아 있다가 오게 한다. 그리고 취침 전에 각 진영을 순회하며 병사들에게 10분간 정신교육을 하여 왜 우리 백제가 3국을 통일해야 하는지 그 당위성을 설명하고 정신무장을 시킨다. 이렇게 육체적으로 정신적으로 강하게 훈련된 병사들을 앞세워 3국을 통일한 다음, 일본까지 파죽지세로 처들어가 일본까지 우리의 영토로 만든다. 그다음 몇 년간 전열을 정비한다. 전열을 정비한 후 통일 백제에서 50만, 우리가 정복한 일본 땅에서 50만, 도합 100만의 군사를 일으켜 중국 대륙까지 단숨에 공격하여 중국까지 우리 영토로 만들어 대제국을 건설하는 것이다. 그렇게 했더라면 중국으로부터 '동북공정'이니 뭐니 하는 헛소리도 나오지 않았을 것이고 우리나라는 그때부터 세계 최강의 나라가 되었을 것이란 말씀이다.

그랬더라면 여진, 거란, 몽골, 홍건적과 같은 북방 오랑캐들의 침략도 없었을 것이고, 임진왜란도 없었을 것이고, 병자호란도 없었을 것이고, 경술국치도 없었을 것이고, 위안부 피해도 없었을 것이고, 남북 분단도 없었을 것이고, 6.25전쟁도 없었을 것 아닌가.

뭐 그리 허무맹랑한 소리만 지껄이느냐고 야유를 퍼부을 사람도 많겠지만 꼭 그것이 불가능했을까? 지도자의 안목과 리더십이 중요한 것이다.

이런저런 주장들이 맞는 것이든 틀린 것이든 레이스는 시작되었다. 코스는 백제역사재현단지를 갔다 오는 것으로 되어 있다. 출발 전 두 명의 63토끼친구(번개. 칠갑산산토끼)를 만났다. 황비홍(닉네임. 63토끼친구)도 출전하기로 되어 있었는데 어찌 된 영문인지 출발 때까지 보이지 않는다. 사실 내가 전날 야근했음에도 불구하고 무리하게 대회에 출전한 것도 사실은 황비홍이 온다고 하여 황비홍 얼굴이나 볼 겸해서 나온 것인데 황비홍이 안 보이니 서운하다.

번개(닉네임.63토끼)는 요즘 너무 잘 나가는 것 아닌가?

얼마 전, 전주 마라톤에서 하프코스 남자부 2위에 오르더니 그 며칠 후에 열린 김제 지평선마라톤에서 기어코 1위에 올랐는데, 오늘 대회에서도 또 2위에 올랐다. 그러니까 번개는 달렸다 하면 1등 아니면 2등을 하는 것이다. 번개가 기록으로는 아마 '63토끼들' 중 지존이 아닌가 한다. 그리고 김제 대회에서 로즈(닉네임.63토끼친구)는 당당히 하프코스 여자부 3위에 올랐다. 출발 후 5km쯤 갔을 무렵 내가 잠시 레이스를 멈추고 여기저기에다 대고 카메라 셔터를 눌러대고 있는데 뒤에서 누군가가 나를 큰 소리로 불러서 돌아보니 황비홍이었다. 좀 늦게 대회장에 도착하는 바람에 늦게 레이스를 출발했다는 것이다. 역시 '몽골 정벌' 전우는 믿음을 저버리지 않았다. 황비홍하고 나는 지난 6월 몽골 초원 마라톤에 같이 참가한 바 있다.

나는 달릴 때마다 카메라를 손에 들고 달리는데, 이걸 시간상으로 얼마나 손해인가 따져보면, 풀코스는 대략 30분가량, 하프코스는 10분가량 손해 보는 것 같다. 그래도 내가 몇 시간씩 무거운 카메라를 들고 달릴 수 있는 것은 무엇보다도 내가 매일 아침 조깅하고 나서 헬스장에서 상체 근력운동을 해주는 때문이 아닌가 한다.

근력운동 매우 중요하다. 상체, 하체가 고루 튼튼해야 마라톤 해먹을 수 있다. 나중에 늙어서도 과일박스 또는 쌀 한 포대 정도는 번쩍 들 수 있어야 할멈(아내)한테 사랑받을 수 있는데, 그러자면 근력이 있어야 한다.

서브3(풀코스를 3시간 이내에 달리는 것)를 목표로 열심히 훈련하는 데도 번번이 실패하는 주자들은 근력 부족이 아닌지 생각을 해보아야 한다. 그만큼 근력은 중요한 요소가 되는 것이다. 물론 달리기 하수인 내가 감히 훈수를 하는 것이 외람되고 주제넘은 짓인 줄 알고는 있다.

그 뒤의 달리기 풍경은 별다른 것이 없어서 생략하고 이쯤에서 글을 마치려고 한다. 부여의 하늘은 푸르렀고 우리는 맘껏 달렸다. 시월은 우리 마라토너들 세상이다. 그리고, 백마강은 찬란했던 옛 백제의 영화를 꿈꾸며 오늘도 말없이 흐르고 있었다.

2012년 3월, 서울 동아마라톤

성공한 인생

많은 달림이들이 겨우내 흘린 땀방울을 기록으로(또는 완주로) 보상받기 위해 3월 동아마라톤을 손꼽아 기다린다. 그런데 나는 이번 동아마라톤을 손꼽아 기다린 특별한 이유가 있었으니, 말 많고 탈 많은 '동마 전야제' 때문이었다. 물론 말 많은 건 아니었고 탈은 많았을 것이다.

사실 작년부터 서울에서 전야제를 기획하려고 했는데, 용기가 없어 실행하지 못하다가 서쪽하늘(닉네임.63토끼친구.전야제 추진위원장)과 손잡고 야심차게 이번 동마 전야제 겸 출정식을 기획한 것이다. 역시 꿈은 이루어지는가 보다. 내용이 무엇이든 간에…

위원장께서 빽빽주 사가지고 올라오라는 분부가 있어 그 무거운 빽빽주 두 병을 사 들고 서울로 향했다. 서울에 도착하여 시간 여유가 있어서 오후 3시쯤 지인을 만나 간단히 식사를 했다. 나는 저녁에 마라톤 전야제 약속이 있어서 식사는 안 하겠다고 하니 그 친구가 "여기까지 왔는데 그냥 가면 안 되고 간단히라도 식사를 해야 한다."고 주장하여 할 수 없이 간단히 식사를 하는데 이 친구가 "막걸리(서울 장수막걸리)라도 간단히 해야지."라고 하여 "나 저녁에 약속 있어서 술은 사양할게."라고 했더니 이 친구가 "그러면 딱 한 병씩만 마시면 된다."라고 박박 우겨서 어쩔 수 없이 막걸리를 입에 댔는데, 한 병 비우니까 이 친구가 "한 병 갖고 되겠느냐, 한 병만 더 먹자."라고 하여 두 병을 먹었는데, 두 병 먹으니까 이 친구가 "마지막 딱 한 병만 더 먹자."고 강력히 주장하여 결국 도합 세 병을 마시고 말았다(여기가 '1차'). 내가 상황이 이렇게 됐다고 혀 꼬부라진 목소리로 위원장한테 보고하니 위원장의 질타가 쏟아진다. "행사 주최해 놓고 대낮부터 술 마셔버리면 대체 어쩌란 말이냐. 너하고는 상종 못 하겠다."라는 것이다. 그래도 정신을 차리고 공덕동 족발집으로 갔다. 족발집이 얼마나 장사가 잘되는지 간단없이 밀려드는 손님들로 발 디딜 틈이 없다(여기서 '2차'). 이렇게 혼잡한 곳에서는 맘 편히 즐기며 먹을 수가 없다. 영주, 대구, 해남에서 각각 올라온 토끼친구들하고 마시고 있는데 잠시 후 토끼굴(토끼천막) 만들고 온 친구들이 들이닥쳐 같이 어울리며 먹다가 장내가 어수선해질 무렵 위원장의 지시로 장소를 복돈우리(닉네임.63토끼)가 운영하는 국밥집으로 옮겼다. 부산팀이 올라와서 거기서 식사를 한다는 것이다.

전철 타고 복돈우리네 가게로 가서 '3차'를 하고, 밤이 이슥하여 갈 사람 가고 오는 사람 합류하여 새롭게 판을 짜서 복돈우리네 가게 옆 호프집으로 '4차' 하러 갔다.

이곳에서 내가 취중에 뭐라고 한마디 씨부렁거린 모양인데, 옆에서 듣던 황산(닉네임.63토끼)이 배꼽을 잡고 떼굴떼굴 굴렀다는 이야기가 전해지고 있다. 도대체 왜 황산이 포복절도했는지 궁금하면 개인적으로 황산에게 물어보면 될 일이다. 호프집에서 코가 비뚤어지도록 마시고 나서 숙소로 오니 대략 시계가 0시 50분을 가리킨다. 0시 50분이란 말이 나왔으니 말이지 갑자기 '대전발 0시 50분'이란 노래가 생각난다. 60년대 안정애 누님이 불렀던 '대전발 0시 50분'이다. 만약 올가을에도 전야제를 하게 된다면 이 노래, 즉 '대전발 0시 50분'을 전야제 주제가로 지정할 생각이다.

대회 당일 아침 일찍 기상하여 근처 분식집에서 간단히 요기를 하는데 소백산(닉네임.63토끼)이 "내가 집에서 가져온 막걸리가 있는데 맛 좀 볼래?"라고 하는데 마다할 내가 아니지. 그래서 아침 먹으며 막걸리 한 잔 또 들이켰으니 이것이 마지막 '5차'라고 할 수 있다. 이렇게 풀코스 마라톤 전날 대낮부터 다음 날 아침까지 1박 2일간 '5차'까지 하면서 충분히 알코올 보충한 상태로 대회장으로 갔다. 대회장에서 친구들과 반갑게 인사를 나누는데, 몇몇 친구들은 "나에게서 술 냄새가 솔솔 풍긴다."라며 핀잔을 준다. 이렇게 '5차'까지 하고 풀코스 뛴 사람 나 말고 누가 있나 기네스북에 알아보는 중이다.

그동안 동아마라톤과 더불어 풀코스 단일종목으로만 개최되던 춘천마라톤이 작년부터 10km 부문을 신설하는 바람에 이제 국내에서는 서울 동아마라톤이 풀코스 단일종목으로만 개최되는 유일한 대회로 남게 되었다.

사실 엄밀히 정의한다면 '마라톤'이라 함은 풀코스만을 지칭하게 되는 것이다. 하프코스, 10km, 5km는 그저 '오래달리기'일 뿐이고 마라톤은 아닌 것이다.

'달리다 힘들면 전철 타자'라는 옵션은 아예 처음부터 배제시켰다. '못 먹어도 고'라는 말이 있듯 '쓰러져 죽어도 고'하겠다고 작정했다. 정신이 육체를 지배한다. 처음부터 전철 탈 생각을 하고 뛰게 되면 그 사람은 실제로 전철 탈 가능성이 크다. 가다 보면 언젠가는 끝이 보일 거란 믿음 하나로 출발선에 섰다. 술에 찌든 몸이라 도대체 몸이 뜻대로 움직이질 않는다. 처음부터 사투를 벌이고 있다. 울트라마라톤 모드로 천천히 가기로 했다.

작년 9월 철원 대회(풀코스)와 중마 때는 각각 골인 지점 4km와 3km를 남겨두고 장경인대에서 극심한 통증이 와서 절룩거리며 매우 고통스럽게 완주했었다. 그런데 이번에는 20km도 채 못 가서 장경인대에서 다시 통증이 시작되고 말았다. 벌써부터 통증이 오면 중간에 아무래도 포기해야 할 상황이 올 것 같아 두려웠다. 과연 하늘이 나를 버릴 것인가.

다행히 통증이 심하진 않고 참을 만하여 페이스를 더욱 늦춰가며 조심스럽게 달렸다.

나는 이번 동아마라톤을 준비하며 무려 30회 이상 물리치료 받으며 장경인대염하고 좌골신경통 치료에 집중했다. 이렇게 무지막지하게 치료를 받아도 부상이 재발하는 이유는 단 한 가지다. 과체중에다가 달리기를 멈추지 않기 때문이다. 의사도 나에게 달리기 쉬라고 사정하다시피 말한다. 내가 몇 달 또는 일년간 완전히 달리기를 끊어야만 치료가 되는 병이다. 알면서도 못 고치고 있을 뿐이다.

20km 급수대에서 물을 마시고 물병을 휙 집어 던지며 "아, 존나게 힘드네."라고 허공에 대고 고함을 꽥 지르는데, 마침 내 뒤에서 오던 꾸러기(닉네임.63토끼)가 듣고 낄낄거린다.

레이스 도중에 여러 칠마회 어르신들을 뵐 수 있었는데, 그중 김진환 어르신을 잠시 소개하려고 한다. 이분은 충남 금산에서 우체국장을 역임하시고 60대 후반의 늦은 나이에 마라톤에 입문하셨다고 한다. 내가 2009년 8월 전마협 주최 '진안 용담댐 대회'에서 이 어르신이 풀코스 200회 완주하시고 기념식 하는 모습을 우연히 보게 되었다. 이분은 연세가 37년생으로서 나의 부친과 동갑이시다. 이분이 처음 마라톤 대회에 나가 5km를 달리면서 '이번 딱 한 번만 뛰고 그만두자'라고 작정하셨다고 한다. 그런데 그 후 마라톤에 풍덩 빠져버린 것이다. 아마 지금쯤은 풀코스 300회도 돌파하셨을 것이다. 칠마회 어르신들이 곧 80대에 진입하실 것이고 또 이미 진입하신 분도 계실 것이다. 나는 이 어르신들이 과연 팔마회를 창단하시는지 유심히 지켜보고 있다. 내가 꿈이 있기 때문이다. 나는 지금까지 회장 한 번 못 하고 살아온 초라한 인생인데, 인생 마지막에 팔마회 초대회장을 한번 해보고 싶은 욕망이 있다. 이 꿈 또한 이루어지리라.

그런데 레이스 도중 칠마회 어르신들보다 더 고참이신 분을 만나게 되었다. 등짝에 매직으로 선명하게 '31년생'이라 쓰고 달리고 계시는 것이다. 31년생이시면 나이 80이 훌쩍 넘으신 것 아닌가. 그런데 옆에서 가만히 보니까 달리는 자세도 양호하시거니와 페이스도 430(풀코스를 4시간 30분 안에 주파함)은 충분하실 것 같다. 연도에서 시민들이 박수로 이 어르신을 응원하면 손을 흔들며 답례하는 여유까지 부리신다. 나도 이 팔순의 어르신을 본받아 한 40년 후쯤에 등짝에 '63토끼'라고 크게 써 붙이고 서울특별시민들의 특별한 응원을 받으며 '희망의 다리'를 건너가고 싶다. 이 꿈도 물론 이루어지겠지.

드디어 '희망의 다리' 잠실대교까지 왔다. 여기서 63토끼친구들 자봉이 있을 거란 희망으로 작년 자봉팀이 있던 장소를 두리번거리는데 토끼 자봉팀이 보이지가 않는다. 섭섭한 마음으로 잠실대교를 건너자 자봉팀이 모습을 드러내는데 어찌나 반갑던지… 너무 반갑고 힘들고 긴장이 풀리면서 나는 그만 픽 쓰러지고 말았다. 그래도 벌떡 일어나 자봉팀이 주는 막걸리 한 잔 쭈욱 들이키고 마지막 힘을 내서 비교적 씩씩하게 42.195km의 대장정을 마무리할 수 있었다. 08시 05분에 시작해서 12시 50분에 막을 내린, 징글징글한 레이스였다. 내가 수면 부족에다가 밤새 술을 마신 최악의 컨디션으로도 이렇게 무사히 살아서 완주한 것은 평소 매일 꾸준히 달리며 준비를 했기 때문일 것이다. 이렇듯 마라톤은 평소에 충분한 연습이 뒷받침되지 않으면 쉽게 들이댈 수 없는 것이다.

이쯤에서 나의 개똥철학적 관점에서 '성공한 인생' 세 가지 유형을 말하려고 한다.

첫째, 크게 사업을 일구어서 돈방석에 앉은 사람 또는 좋은 학교 나와 높은 자리까지 올라간 사람들은 분명히 성공한 사람들이라 할 것이다. 둘째, 시집·장가 일찍 가서 손자, 손녀 일찍 본 사람들도 성공한 인생이라 할 만하다. 호랑이는 죽어서 가죽을 남기고 사람은 죽어서 이름 석 자하고 자손을 남기는데, 자손 많이 남기는 것도 복된 일일 것이다. 그래서 나는 증손자까지는 보고 싶은데, 결혼이 좀 늦은 편이라 나이 90은 돼야 증손자 볼 가능성이 있다. 이럴 줄 알았으면 결혼도 빨리했을 것이다. 마지막 셋째는, 한 시간을 쉬지 않고 달릴 수 있는 체력을 가진 사람들도 성공한 인생임에 틀림없다. 그런데 우리는 한 시간이 아니고 서너 네댓 시간을 달릴 수가 있으니 '대박인생'인 것이다. '피겨의 여왕' 김연아 선수더러 5km 달리라고 하면 아마 못 달릴 것이다. 우리나라에서 축구를 제일 잘한다는 박지성 선수가 이번 동아마라톤에 출전했더라면 아마 중간에서 전철 탔을 가능성이 크다.

이번 동아마라톤에서 풀코스 데뷔전을 치른 친구들이 마라톤에 얽힌 절절한 사연을 담아 후기에 올렸다. 눈물 없이는 읽을 수 없는 가슴 찡한 사연이 많다. 이렇게 마라톤에는 사연도 많고 눈물도 많다고 나는 일찍이 갈파했던 것이다. 참으로 마라톤은 영혼을 울리는 운동인 것 같다. 첫 풀코스 완주하는 순간 벅차오르는 감동을 주체하지 못할 만큼 짜릿한 희열. 나도 첫 풀코스 완주했을 때 이것이 꿈인지 생시인지 헷갈릴 정도로 감격스러워했다.

대회가 끝나면 많은 친구들이 자신의 경험담을 후기로 올려

기쁨과 감동을 같이 나누는데, 그 후기 읽는 재미 또한 쏠쏠하다. 앞으로도 많은 친구들이 좀 더 많은 후기를 올려 마라톤 이야기를 같이 나누면 좋겠다. 가을에 또 전야제를 하게 된다면 이번 동마 전야제에서 부족했던 부분을 보완하여 더욱 알차게 추진할 생각이다. 찌그러진 주전자하고 찌그러진 막걸리 잔이 나오는 운치 있고 낭만이 흐르고 스토리가 있는 정통 막걸리집에서 하려고 한다. 물론 주제가는 앞에서도 언급했지만 '대전발 0시 50분'이다.

이제 잔치는 끝났고 내년 동아마라톤까지 딱 일 년 남았다.

내년 봄 화려한 서울 나들이를 위해 난 벌써 몸 만들기에 들어갔다. 달리 특별한 방법이 있는 것도 아니다. 매일 매일 마시고 달리는 것이 비법이라면 비법이다.

고로 나는 오늘도 달린다. 또다시 대망의 서브5를 꿈꾸며!

2012년 8월, 과천 혹서기마라톤

마라톤은 미친 짓이다

대회 전날 수원에서 하룻밤 묵게 되었다. 수원에 도착할 무렵 다진(닉네임.63토끼)에게 연락하니 다진으로부터 "내가 저녁에 미사 참석하고 8시에 끝나니 8시까지 성당으로 와라. 저녁식사 같이하자."는 답이 왔다. 식당에서 다진 부부하고 저녁을 먹게 되었다. 내가 "이렇게 불쑥 찾아와서 미안하다."라고 하니 다진이 "사람 사는 데 사람이 찾아오는 것 당연한 것 아니냐."라는 답변이 돌아왔다.

다진은 식자재 유통업을 하면서 집안의 막내이면서도 85세 되신 어머니를 모시고 사는 효심 지극한 아들이었다. '다진'이라는 닉네임의 뜻이 전부터 궁금했기에 술 한잔 하면서 물어보았다. 그 답은 "다 함께 나가서 잘살아 보자"는 거란다. 듣고 보니 그럴 듯하게 들린다. 놀란 것은, 다진 부인도 마라톤 풀코스를 16회가량 완주한 마라톤 마니아란 사실이었다. 더욱 놀란 것은, 다음 날 있을 과천 혹서기대회에 다진 부부가 동반 출전한다는 사실이었다. 아마 잘 모르긴 해도 과천 혹서기대회를 부부가 같이 뛰는 경우는 다진 부부가 유일하지 않을까 싶다. 원래 계획은 잠은 찜질방에서 자고 아침에 다진 차로 대회장에 가려는 것이었는데, 다진이 잠도 자기 집에서 자라는 것이다. 그래서 이왕 신세 지는 거 확실히 지기로 맘먹고 다진집에서 하룻밤 유숙하게 된 것이다.

과천 혹서기대회는 2007년, 2010년에 이어 이번이 세 번째 출전이다. 과천 서울대공원 외곽 언덕길을 시계불알처럼 다섯 번(5회전) 왔다리 갔다리 해야 하는 과천 대회 코스는 전국 마라톤 대회 중에서 가장 힘들기로 악명이 높고 완주율이 국내 마라톤 대회 중에서 가장 낮다, 그렇지만 그렇게 힘든 만큼이나 참가자들의 도전의식을 불러일으킨다. 정말이지 과천 혹서기대회에 출전하는 사람들이야말로 마라톤 마니아 중의 마니아라 할 것이다.

내가 2007년 처음 과천 혹서기 대회에 출전하여 얼마나 고통스럽게 달렸는지 지금 생각해도 징글징글하다. 얼마나 힘들었냐 하면, 지옥의 불구덩이에서 당하는 고통이 이럴 것이라는 생각이 들었다. 레이스 도중 포기하겠다고 수없이 갈등해야 했다. 그런데 결국은 지금까지 달린 것이 아까워서 이빨을 뿌득뿌득 갈아가며 끝까지 공포의 5회전을 끝내고 완주하고 말았다. 레이스가 얼마나 고통스러웠는지 내가 마라톤에 입문한 것을 처음으로 후회한 대회였고 마라톤은 미친 짓이라는 걸 그때 처음

깨달았다. 그날 집에 오면서 나는 차 안에서 울고 말았다. 그리고 결심했다 '이 대회 다음에 또 오리라'하고….

두 번째 출전한 2010년 이 대회에서는 5회전의 공포를 잘 알기에 지레 겁을 먹고 5회전 중 3회전만 하는 것으로 끝냈다.

말 나온 김에 유난히 고통스러웠던 레이스 얘기를 좀 더 하려고 한다. 2008년 7월 서울 새벽 강변마라톤 대회도 얼마나 힘들었는지 지금도 그 대회를 떠올리면 이가 갈린다. 그날 습도가 엄청 높아서 초반부터 고통이었다. 주최 측에서 무더운 날씨를 고려하여 주로에 시원한 얼음물을 준비해야 하는데, 무심한 주최 측에서 아무 생각 없이 미지근한 물을 주는 바람에 갈증에 시달리는 참가자들의 분노를 샀다. 그날 풀코스를 뛰는데 반환점에서부터 체력이 고갈되어 더 이상 달릴 수가 없는 지경이라 회송 버스만 오면 무조건 올라탈 작정이었는데, 아무리 돌아보아도 버스는 오지 않는다. 그래서 20km가 넘는 나머지 코스를 이빨을 갈며 달리다 걷다가 달리다 걷다가를 반복하다가 완주를 하기는 했는데, 지금도 그 대회를 생각하면 치가 떨리고 역시 마라톤은 미친 짓이라는 걸 새삼 깨달았다. 그리고 그 대회 지금도 하는지, 하면 지금도 그따위로 치르는지 궁금하다.

또 2009년 서울 동아마라톤대회를 생각하면 치가 떨린다. 그날 초반부터 이상할 정도로 컨디션이 좋아 마구 내달렸는데, 10km 통과 기록이 평소보다 무려 3분이나 빨랐던 거다. 나는 멍청하게도 그것이 오버페이스라는 걸 깨닫지 못하고 그저 내 컨디션이 좋은 것으로 착각하고 계속해서 밀어붙이다가 딱 절반이 지난 21km 지점부터 페이스가 뚝 떨어지며 고전하다가

35km 지점인 잠실대교에 와서 완전히 깨구락지가 되어버려 더 이상 달릴 힘이 없어 회송 버스만 눈이 빠지게 기다리는데, 이놈의 버스도 오지 않아 결국 나머지 7km를 비틀거리며 걷다가 뛰다가를 반복하다가 너무 고통스럽게 들어왔다. 역시 마라톤은 미친 짓이다.

또 2009년 인천대교 개통기념 마라톤 대회도 이가 갈리는 대회였다. 대회가 10월에 열렸는데, 그날 유난히 더웠다. 코스도 완만한 오르막이 몇 km씩 지루하게 이어지는 힘든 코스였고 바다 위를 달리는데도 바람 한 점 불어오지 않고 무더위에 일찍 지치고 말았다. 결국 30km 지점에서 레이스를 포기하고 버스를 기다리는데, 이놈의 버스들이 모두 그냥 가버린다. 할 수 없이 진행요원에게 "버스를 잡아주던지 구급차를 불러 달라."고 애원하는데도 이것들이 이 핑계 저 핑계만 대고 절박한 나의 요구를 외면하길래 분노한 나는 다리 난간에 올라가 "차를 잡아주지 않으면 저 바닷속으로 풍덩 떨어지겠다."고 협박을 해도 이 사람들이 슬슬 내 눈치만 보고 차를 안 잡아주기에 할 수 없이 난간에서 내려와 나머지 12km를 이빨을 뿌드득뿌드득 갈면서 걷다가 뛰다가 하면서 너무나 고통스럽게 완주를 하였다. 정말이지 마라톤은 미친 짓이다. 내가 이렇게 레이스를 포기해야 할 만큼 어려운 지경에 빠질 때마다 어디선가 보이지 않는 손길이 나를 보호하여 완주할 수 있도록 힘을 주시는 것이다.

과천 대회 공포의 언덕코스를 잘 알기에 나는 이번 대회를 앞두고 지난 1년 넘게 하지 않던 언덕훈련을 하여 과천의 언덕코스에 조금이라도 적응하려 했다. 지난주 금요일하고 토요일 딱 두 번 언덕을 뛰었다. 말하자면 대회를 하루 이틀 남겨놓고 불안해서 언덕을 달린 것이다. 너무나 불안해서.

63토끼친구들과 기념사진 몇 장 찍고 출발했다. 레이스가 시작되고 얼마 안 가서 고맙게도 이슬비가 내린다. 내 카메라는 레이스 시작하고 한 시간쯤 지나니 비에 젖어 작동이 안 된다. 내 카메라도 주인을 잘못 만나 고생이 이만저만이 아니다. 카메라는 지금까지 병원(AS센터)에 여러 번 갔다.

카메라는 나랑 같이 비도 수없이 맞고, 아스팔트 바닥에 여러 번 떨어지기도 했으니 성한 구석이 없다. 이번에도 딱 3회전만 하고 그만두기로 맘먹었다. 그런데 2회전 들어갈 무렵 오른발 발가락이 아파온다. 신발이 지난 7월 22일 옥천 전마협 대회에서 받은 기념품인데, 역시 기념품은 쓸만한 것이 없나 보다. 발가락 통증을 핑계로 '이번엔 2회전만 하고 끝내자'고 맘먹었다. 처음부터 완주할 생각을 안 하고 나약한 자세로 덤벼드니 무슨 핑곗거리만 있어도 조금이라도 안 달릴 궁리만 하는 것이다. 다행히 발가락 통증은 그리 심하지 않은 것 같아서 다시 원래 목표인 3회전을 하기로 맘을 고쳐먹었다. 2회전이 끝나갈 무렵 대수달(대구에서 수요일 달리는 63토끼친구들)의 껌댕(닉네임.63토끼)을 만나게 되었다. 껌댕도 페이스가 나랑 비스므리하여 같이 한참을 달리게 되었다. 그런데 지금도 껌댕에게 참 미안하게 생각하는 바이지만, 나는 그때 껌댕에게 죄를 짓고 말았다. 내가 껌댕에게 "너, 절대 완주 못 한다. 나하고 3회전만 하고 술이나 왕창 먹자."라고 꼬드긴 것이다. 만약 그때 내가 껌댕이를 꼬드기지만 않았더라면 끈기 있고 성실하고 깡다구 있는 껌댕이는 끝까지 완주했을 것이다. 나는 이렇게 주위 사람들에게 몹쓸 짓만 하고 산다.

과천 혹서기대회는 또한 먹거리가 가장 풍성한 대회로 유명하다. 먹고 마실 것이 산더미처럼 쌓여 있다. 오며 가며 수박, 물, 이온음료, 떡, 방울토마토, 바나나, 간이김밥 등등을 얼마나 먹고 마셔댔는지 나중에는 배가 빵빵해져 달리기가 어려울 지경이다. 또한 대회를 주최한 서울마라톤클럽의 80세가 넘으신 박영석 회장님이 손수 건네주시는 맛있는 아이스께끼를 지나갈 때마다 넙죽넙죽 받아먹었다.

이날 칠마회 어르신들도 몇 분 출전하셨고 김진환 어르신도 뵐 수 있었다. 급수대에서 어르신께 "제 아버지랑 동갑이신 어르신"이라고 인사하자 어르신께서 "그 얘기 열두 번도 더 하시네."라고 하시면서도 내 팔을 토닥거려 주신다.

조금 더 가는데 마라톤계에서 연예인급 대우를 받는 김영아 선수가 지나가기에 김 선수 뒤통수에다 대고 힘껏 외쳤다.

나 : "김영아 씨, 아들 잘 크고 있슈?"

김 : "네, 잘 크고 있어요. 무럭무럭. 호호호."

김영아 선수 얘기가 나왔으니 말이지 사실 김영아 선수가 시집 간 것도 나의 영향이 크다. 무슨 말이냐 하면, 내가 2008년 전북 정읍마라톤 대회에서 김영아 선수를 만난 것이다. 당시 김영아 선수는 하프코스 2시간짜리 페이스메이커를 했던 것으로 기억하는데, 주로에서 김영아 선수가 나를 추월해 가길래 김 선수 뒤통수에다 힘껏 고함을 질러댔다.

"김영아 씨, 대체 언제 국수 먹여줄 거요? 김영아 씨에게 지금 마라톤이 중요한 게 아니고 결혼이잖아요."

그랬더니 김영아 선수가 깔깔 웃으면서 "곧 할게요."라고 대답하곤 황급히 달아난 바 있다. 내 말에 자극을 받았는지 그해 겨울에 김영아 씨는 역시 마라톤을 하는 괜찮은 남자를 만나 성공적인 결혼식을 올리고 떡두꺼비 같은 아들을 낳아 잘살고 있다고 한다. 그런데 문제는, 김영아 선수 최고기록이 2시간 53분인데 남편 기록은 그보다 1분 뒤진 2시간 54분이라고 한다. 아무리 부부라도 혹시 기록 가지고 부부가 티격태격할지 그것이 염려스럽다.

목표했던 3회전 끝내고 나오는데 그때까지 점잖게 내리던 비가 폭우로 변해서 정신을 못 차릴 지경이다. 이쁜아줌마(닉네임.63토끼.여성)가 시원한 맥주를 배낭에 짊어지고 와서 여러 친구들과 배불리 마시고, 바람(닉네임.63토끼총무)의 지휘에 따라 복돈우리(닉네임.63토끼) 가게로 이동하였다. 복돈이 친구들한테는 돈을 받지 않고 대접한다는 말을 언젠가 들은 것 같은데, 이번에도 열댓 명의 친구들이 들이닥쳐서 왁자지껄 떠들고 마셨음에도 굳이 계산하겠다는 친구들의 요청을 물리친다. 이렇게 친구들에게 막 퍼주면서 영업해도 정말 괜찮은 건지 모르겠다.

집에 와서 나 스스로 대회를 결산하면서 반성 좀 했다. 내가 자꾸 과천 혹서기대회를 미리 겁먹고 5회전을 안 하고 3회전만 하는 것이 과연 잘하는 짓이냐 하는 것이다. 나에게 아버지뻘 되시는 칠마회 어르신들도 다 완주하는 것을 내가 못 한다는 게 말이 안 된다는 결론이었다. 다음에 또 과천 혹서기마라톤 나가면 반드시 5회전 완주할 것을 다짐한다.

나는 아직 멀었다. 더 미쳐야 한다.

2014년 6월, 금산 느재산악마라톤

달리는 스님

부상으로 뛰지 못하는 신세지만 대회에 출전했다. 뛰지 못해도 얼마든지 대회에 나가는 방법이 있다. 자봉하면 된다. 차량 운전 자봉할 수도 있고, 사진 자봉도 해 주고, 물, 음식, 술 시중 들어주는 방법도 있다.

어느 마라톤 동호회든 간에 부상으로 달리지 못하는 회원들이 몇 명씩은 있게 마련이다. 그런 사람들(부상병)이 대회 나갈 때나 훈련 때 자기는 비록 못 뛰더라도 회원들을 위해 자봉해주면 이 얼마나 좋은 일인가. 그런데 부상중임에도 불구하고 자봉도 하지 않으려 한다면 그건 좀 곤란한 경우라고 해야 할 것이다. 그렇다고 "부상병은 자봉이나 하라"는 뜻은 아니다. 꼭 부상병이 아니더라도 조직에서 누군가는 희생·봉사를 해야 한다. 훈련 때 평생 물 당번 한 번 안 하는 이기적인 회원들이 더러 있다. 어느 조직이든 소수의 희생·봉사하는 사람들이 있으므로 조직이 잘 굴러가는 것이다. 당연한 얘기지만 살다 보면 때로는 손해도 좀 보면서 살 수도 있는 것이다. 그런데 조금도 손해 보지 않으려 하고, 희생·봉사하고 거리가 먼 사람들이 더러 있다.

이런 사람들을 '얍삽한 사람들'이라 부를 수 있겠는데, 이런 사람들은 결국 어릴 때부터 가정교육이 잘못된 탓이라고밖에 달리 이유를 찾을 수가 없을 것 같다.

내가 경험한 바로는, 달리는 것보다 자봉하기가 더 힘들 수가 있다. 특히 음식 준비해서 회원들을 먹여야 하는 사람들의 수고가 제일 큰 것 같다. 음식 자봉해주는 사람들의 성의를 봐서라도 맛이 있건 없건 맛있게 먹어주고 나서 잘 먹었다고 인사를 하는 것이 도리일 터인데, 간혹 어떤 사람들은 음식이 맛이 있느니 없느니, 또 음식이 부족해서 난 못 먹었네, 하며 구시렁거린다. 이러니 음식 자봉하기가 달리기 하는 것보다 더 힘들다는 것이다. 나는 오늘 운전 자봉을 했고 사진 자봉도 했으며 오며 가며 차 안에서 회원님들 귀가 심심하지 않게 '수다 자봉'도 했다. 내가 그중 제일 자신 있는 자봉이라면 역시 수다 자봉이라고 말할 수 있을 것이다.

오늘 금산 대회에 이곳 금산에 사시는 김진환 어르신이 출전하셨다. 이 어르신은 내가 대회 후기에 몇 번이나 소개했던 분인데, 나의 부친과 동갑(78세)이신 칠마회 회원이시다.

이제 이 어르신은 2년 후에는 칠마회를 졸업하고 팔마회로 진학하실 것인데, 팔마회에 진학을 하시더라도 꾸준히 건강을 유지하시어 마라톤 대회에 자주 나오시는 모습을 보여주시면 좋겠다. 이 어르신은 전에 소개한 바와 같이 금산에서 우체국장을 지내시고 60대 후반의 늦은 나이에 마라톤에 입문하여 지금까지 풀코스 299회를 완주하시고 이제 대망의 풀코스 300회를 딱 한 번 남기고 계신데, 이번 6월 22일 이곳 고향 금산에서 또 열리는 대회에서 풀코스 300회를 달성하신다고 포부를 밝히신다. 이분이 11년 전, 마라톤 대회에 처음 나가서(이때는 5km를 달리셨다고 함) '이번 딱 한 번만 뛰고 그만두자'라고 다짐했는데, 그 결심하고는 반대로 오늘날까지 이렇게 풀코스 300회를 완주하게 되었다는 것이다. 자신이 지금까지 이렇게 건강을 유지하고 달릴 수 있는 것은, 매일 이곳 금산 인삼.홍삼을 먹기 때문이라고 당당하게 말씀하신다.

달려서 남 주나? 도대체 달리는 이유가 뭔가. 결국 나 자신의 건강을 위하여 달리는 것 아닌가? 그런데 달려서 남 주는 사람이 있었으니…… 며칠 전 인터넷에서 마라톤 관련 기사를 검색하다가 눈에 번쩍 띄는 기사를 봤다. '달려서 남 주는' 사람에 대한 기사인데, 그 주인공이 보통의 평범한 사람이 아니고 스님이라는 흥미로운 사실인데, 그 양반이 책을 냈다는 것이다. 그래서 오늘은 책의 저자이자 '달리는 스님'으로 알려진 '진오 스님' 이야기를 하려고 한다. 내가 무슨 이야기를 쓰든 간에 그건 내 맘이다.

『혼자만 깨우치면 뭣 하겠는가』라는 책 제목부터가 예사롭지가 않다. 책을 펴든 순간부터 책 속에 코를 박아버렸다.

진오 스님은 마라토너다. 몇 년 전부터 매스컴을 통해 '달리는 스님'으로 알려지기 시작했는데, 요즘은 유명인사가 되었다. 이 스님이 달리는 데는 좀 특별한 이유가 있다는 것을 이 책을 읽고 나서야 알았다. 이 스님이 하필 나랑 같은 63토끼마라토너라서 나하고 안면이 있기도 하다.

2012년 7월, 경기도 분당 레스피아에서 열린 '전국 63토끼마라톤 대회'에서 이 스님과 잠깐 인사를 나눈 적이 있다.

그날 행사 뒤풀이 자리에서 친구인 스님에게 막걸리 한 잔 따라주면서 말했다.

나 : "(스님이 술 드셔도) 괜찮겠는가, 친구?"

스님 : "운동 끝나고 막걸리 한두 잔은 한다네."

나 : "마라톤이 수행修行에 도움이 되는가, 친구?"

스님 : "아, 도움이 되지, 친구."

그 후의 대화는 시끌벅적한 분위기 때문에 더 이상 기억이 나지 않는다. 이렇게 나는 책의 저자인 이 스님과의 인연을 떠벌리는 것이다. 이 책 『혼자만 깨우치면 뭣 하겠는가』 프롤로그의 일부를 소개한다.

– 사람들은 스님은 산에 있어야 한다는 편견을 가지고 있다. 이것은 해묵은 고정관념이기도 하다. 부처님 말씀을 공부하는 수행자에게

있어야 할 장소가 따로 있는 게 아니다. 당신이 있는 그곳이 바로 부처가 계시는 곳일 수 있기 때문이다. 내가 만나는 사람이 신이요, 부처라고 생각해보자. 그렇다면 만나는 사람 한 명 한 명에게 정성을 기울이게 된다.

성인들은 절이나 교회에서만 부처와 예수를 찾지 말고 내 삶의 주변에서 어려운 이웃을 찾아 도우라고 하셨다. 좋은 말씀은 특정 종교의 전유물이 아니다. 부처의 자비가, 예수의 사랑이 그렇다. 그분들의 사랑과 자비는 표현만 다를 뿐 특정 나라, 특정 피부색, 특정 언어, 특정 계층을 모두 뛰어넘는 것으로 우리가 헤아릴 수 있는 범위를 넘어서는 그 무엇이다. -

스님은 딱한 처지에 놓인 이주노동자, 가정폭력과 이혼, 사별로 인생의 막다른 길목에 내몰린 다문화 여성, 탈북(통일)청소년들을 돕기 위한 모금을 하기 위해 '1km에 100원씩' 후원금을 모으기 위해 달리고 있다는 것을 이제야 알았다. 일본에서는 동일본대지진 피해지역 주민을 돕기 위해 도쿄에서 쓰나미 피해지역인 미야기현 이시노마끼시까지 왕복 1,000km를 달리기도 했으며, 베트남에서는 베트남 시골 학교에 해우소解憂所를 지어주기 위해 500km를 달렸고, 한반도 횡단 308km, 국토 완주 2,000km 마라톤 등을 하면서 모금 운동을 하고 있다는 것을 알았다.

물론 스님이 처음부터 남을 돕기 위해 마라톤을 시작한 것은 아니었다. 11년 전, 너무 열심히 일하다 보니 건강이 악화되어 건강을 회복하기 위해 시작한 마라톤이었는데, 몇 년 전 우연히 이주노동자들이 겪고 있는 딱한 사연을 접한 후부터 그들을 돕기 위한 후원금 모금 마라톤으로 마라톤의 목표를 바꿨다는 것이다.

책을 읽으면서 새삼 이주노동자들이 열악한 작업환경에서 온갖 무시를 당하고 임금착취, 편견에 시달리고 부당한 처우를 받고 있다는 사실을 알 수 있었다.

하나의 사례를 들자면, 2010년 7월, 한국에서 일하던 토안이라는 베트남 청년이 퇴근 후 생필품을 사기 위해 오토바이를 타고 가다가 불법 유턴을 하는 자가용 차량과 부딪혀서 뇌의 1/3을 잘라내는 큰 사고를 당하고도 가해자와 겨우 700만 원에 형사 합의를 했다는 말을 듣고, 만일 한국 사람이 그런 피해를 당했다면 그 정도 돈으로 합의를 했겠느냐며 스님은 분개하였고 나도 덩달아 분개하고 말았다.

이주노동자들이 제일 먼저 배우는 한국말이 "안녕하세요." 다음으로 "때리지 마세요."라는 충격적인 사실도 알았다. 우리보다 못사는 나라에서 왔다는 이유로 이렇게 이주노동자들에게 함부로 대해도 되는 건가? 삼성이나 현대자동차가 세계시장에서 약진한다고 해서 선진국이 되는 것인가? 국민 의식도 선진국 수준으로 올라가야지 이게 뭐냐고!

과거 6~70년대 우리가 가난하던 시절, 우리나라에서 서독으로 돈 벌러 간 광부들이나 간호사들은 독일 현지에서 폭력에 시달리지도 않았고 임금을 떼이지도 않았고 독일 노동자들이 받는 복지혜택을 동일하게 받았다고 한다. 선진국은 역시 의식부터가 선진국이다.

스님이 정의하고 있는 마라톤은 과연 무엇인지 책 108 페이지에 실린 내용을 인용해본다.

- 마라톤은 (풀코스의 경우) 최대 고비인 35km를 넘기면 끝까지 완주할 확률이 높다. 그 과정에서 고통과 무아, 무상을 다 경험한다. 달리면서 눈에 들어오는 모든 사물에 대한 고마움, 달리는 사람들과의 경쟁심, 타들어 가는 목마름, 포기하지 않는 용기 등 여러 감정을 섞으며 자신을 되돌아보는 자아 성찰의 시간이 되는 것이다 -

스님은 부모가 이혼하고 형편상 엄마가 맡아서 키울 수 없는 아이들 몇 명을 받아들여 절에서 키우면서 스님이 아이들과 몇 년간 지낸 경험담도 털어놓고 있다. 그런데 이 녀석들은 부모의 이혼으로 이미 마음의 상처를 받고 왔기 때문에 절에 살면서 말도 죽어라 안 듣고 매사에 불만투성인 데다가 결국 학교에서 큰 사고를 쳐서 학부형 노릇을 하던 스님이 초등학교 교장 선생님께 불려간 적이 있다고 한다. 교장 선생님이 사고친 녀석 전학 보내야겠다고 통보하자 스님이 싹싹 빌면서 교장 선생님께 선처를 호소했다는 내용을 비롯해서 사내 녀석들 키우다가 속이 부글부글 끓고 '뚜껑' 열리는 일이 한두 번이 아니었다고 하며 대한민국 아빠들 심정 충분히 이해가 된다는 고백을 하는 대목에 이르러서는 웃음이 빵 터지고 말았다.

스님은 책 161 페이지에서'보살'에 대해 다음과 같이 설명하고 있다.

– 아이들을 키우면서 나는 세속에 사는 사람들이 보살임을 알게 되었다. 보살은 '보리살타菩提薩埵'의 준말로 '위로는 부처님의 법을 받들고 아래로는 중생에게 이로운 행동을 하는 자'를 말한다. 불교에서는 여러 보살이 있는데, 대표적인 보살이 관세음보살이다. 관세음보살은 자비의 화현化現으로 불린다. 관세음보살에게는 어머니의 마음이 있어 보통 절에서 여성 신도들을 부를 때 보살이라고 한다. 지금은 여성 불자들을 부르는 보통 명사가 되었지만, 원래는 관세음보살의 마음으로 살아가라는 의미가 담긴 말이다.

보살이 되기 위한 첫 번째 과정은 참는 것이다. 참을 인忍 자를 가지지 않으면 보살이 될 수 없기 때문이다. 또한 보살이 되려면 남에게 베풀 줄 알아야 한다. 심지어 베푼다는 생각조차 하지 않아야 진정한 보살이 된다는 가르침이 있다. 그런데 이 땅의 수많은 어머니들은 남편과 자식을 위해 이런 보살의 마음으로 살아간다. 자식 때문에 참고, 남편 때문에 참는다. 자연스럽게 수행의 과정을 거쳐 보살이 되는 셈이다.

조용히 산사에 머물 때는 몰랐는데 아이들을 키우다 보니 그동안 내가 쌓은 공부가 세속의 어머니 보살들에게 미치지 못함을 느꼈다. 그리고, 자식을 향한 부모의 무한한 사랑을 알게 되었다는 점에서 나는 아이들을 키우면서 큰 깨달음을 얻은 셈이다. –

침몰하는 배에서 "선원들은 제일 마지막이다. 친구들 다 구해주고 난 나중에 나갈게."라고 말하고 승객들의 생명을 구하다

숨진 승무원 고故 박지영님 같은 분이 진정한 보살에 해당한다고 할 것이며, 반대로 수백 명의 생명이 시시각각 바닷물 속에 잠겨 가는데도 자기만 살겠다고 팬티 바람으로 배에서 줄행랑친 선장 같은 사람은 결코 보살이 될 수 없고 얍삽한 사람이라는 비난을 세세토록 받을 것이다.

스님은 또 요즘 “상당한 재산을 축적했다”느니 “살림을 차려 아이가 있다”느니 “베트남을 돕는 좌파 스님”이라는 등의 자신에 대한 어처구니없는 악소문이 떠돌고 있는 것에 대해서도 적극적으로 해명하고 있다. 나의 생각으로는, 도와주는 것도 없고 한 푼 보태주지도 않는 사람들이 좋은 일 하는 사람 배가 아프니까 뒤에서 음해하고 씹어대는 것이다. 스님은 책에서 자신을 둘러싼 악소문에도 불구하고 세상을 향해 자신이 무슨 일을 하고 있는지 구체적으로 설명하고 마라톤을 통한 모금 운동을 멈추지 않겠다는 의지를 나타내고 있다. 나는 보살, 부처가 따로 없고 바로 이런 스님이야말로 보살이요 부처가 아닌가 한다. 보살, 부처는 결코 멀리 있지 않다. 이런 스님이 나랑 ‘63토끼친구’라는 것이 자랑스럽다. 그런데 나는 이 책을 덮고 나서 깊은 고민에 빠졌다. 이렇게 훌륭한 일을 하시는 스님에 대한 책을 읽었다고, 그리고 이 스님과 63토끼친구라고 동네방네 떠벌렸으니 나는 당연히 매 월 단돈 얼마라도 정기적으로 후원을 해야 경우에 맞을 것인데, 막상 후원하자니 부담이 되고, 안 한다면 나 역시 얍삽한 사람이 될 것이고…

나는 지금 얍삽한 사람이 될 위기에 빠졌다.

이 책 괜히 읽은 것 같다. 아, 후회막급이다.

2014년 10월, 춘마

생체실험

지긋지긋한 햄스트링 부상으로 10개월 가까이 달리기를 못 하고 있다. 거의 다 나아가는 중인데, 아직도 2%가 부족하다. 올 3월 서울 동아마라톤 이후 대회는 한 번도 출전하지 못했고, 한숨과 탄식으로 지내오고 있는 가운데 올해도 어김없이 춘마의 계절은 왔다.

연습을 전혀 못 했으니 춘천 마라톤 출전은 당연히 안 되는 상황인데, 자꾸 아쉬움이 남는다. 결국 올해 '가을의 전설'이 되기는 글렀단 말인가. 나의 올해 마라톤은 이렇게 허무하게 끝나고 마는가. 춘마가 가까워지니 눈만 감으면 춘천의 의암호, 의암댐, 삼악산, 신매대교, 서상초등학교, 춘천댐, 소양교, 소양강 처녀가 떠오른다.

춘마 일주일쯤 앞두고 꿈을 꾸었다. 꿈속에서 나는 의암호를 바라보며 신나게 달리고 있었다. 그러다 꿈을 깼다. 나는 최종 결심을 했다. 그래, 춘천 가자. 뛰다가 쓰러지더라도!

춘마 출전하기로 결정은 했지만, 연습이 전혀 안 됐으니 급하게 일주일 동안 10km를 딱 세 번 달리는 것으로 연습을 마쳤다. 풀코스 대회 준비를 10km 세 번 달리는 것으로 끝내는 주자는 아마 이 세상에 나밖에 없을 것이다. 누가 보더라도 무모한 도전이다. 이렇게 준비 안 된 몸으로 풀코스 레이스에 뛰어들었다가는 자칫 생명을 잃을 수도 있다.

풀코스를 달리기 위해 연습을 얼마나 해야 하느냐 하면, 각자 의견은 다를 테지만, 보통의 주자들이라면 한 달에 200km는 달릴 것이고, 연습을 많이 해야 하는 고수들이라면 300km 또는 그 이상을 달릴 것이고, 200km 이하를 달리는 주자는 게으른 편에 속할 것이고, 한 달 연습량이 100km 이하라고 한다면 마라토너라고 하기에도 민망한 수준일 것이라고 나는 생각한다. 이렇듯 풀코스 대회에 출전하기 위해 대략 한 달에 200~300km 정도를 몇 달 동안 달려서 준비하는 것이 보통인데, 나는 일주일 전에 겨우 30km를 달리고 출전하겠다고 나선 것이다. 마라톤 출전을 장난삼아, 또는 우쭐한 기분으로 한다면 황천길로 직행할 가능성이 높다. 과연 나는 풀코스 레이스를 무사히 견뎌낼 수 있을까?

나는 몇 번 말했지만, 레이스 출발 후 10km만 지나도 배가 고파 견딜 수가 없다. 그래서 출발 한 시간 전에 뭔가는 먹어두어야 한다. 그렇지 않으면 배고파서 레이스를 망친다. 마침 자봉하시는 클럽 여사님들이 고구마전을 부쳐주어서 배불리 먹었다. 덕분에 레이스 내내 배고픔에 시달리지는 않았다. 다만 배가 좀 더부룩하긴 했지만.

이제 출발 직전이다. 나는 이제 준비 안 된 몸으로 42.195km를 달려야 한다. 작전은 한 가지밖에 없다. 무조건 천천히, 천천히 달리는 것뿐이다. 마라톤(풀코스)은 고통을 즐기고 고통을 잘 관리하고 고통을 이겨내야 하는 처절한 운동이다. 나의 운명을 신께 맡기고 레이스 물결 속으로 빠져들어 갔다.

춘마 코스는 오르막 구간이 세 군데 있는데, 초반 3km와 6km 지점 그리고 28km 지점인 춘천댐 근처가 오르막이다. 그러니까 6km 지점까지 벌써 두 번의 오르막 구간을 통과해야 하므로 체력 소모가 많다고 할 수 있다. 나는 재작년 춘마의 추억을 떠올렸다. 재작년 춘마를 앞두고 동네 '피똥고개'에서 매일같이 달렸더니 근육 부상을 당하여 춘마 3km 지점의 오르막 구간을 달려서 넘지 못하고 걸어서 넘어야 했고, 결국 그 이후로도 고전하다가 완주를 포기하고 신매대교에서 가로질러 돌아와야 했던 경험을 '패장의 눈물'이란 제목의 글로 쓴 바 있다. 그런데 이번에는 초반 오르막 구간 두 군데를 걷지 않고 달려서 올라갈 수 있었다. 물론 처음 작전대로 아주 천천히 달리고 있다. 6km 지점의 두 번째 오르막 구간만 통과하면 의암호가 주자들을 반겨줄 것이다.

8km 구간을 통과하니 서서히 의암호가 모습을 나타내고 건너편에는 앞서간 주자들의 레이스 행렬이 꼬리에 꼬리를 물고 이어지는 모습이 장관이다. 마치 아프리카 초원의 누우 떼 이동하는 모습 같다. 여기서 잠시 발길을 멈추고 넋을 잃고 레이스

장면을 카메라에 열심히 담는다. 10km 지점에 이르니 아직 햄스트링 부상 부위 통증도 없고 신기하게도 몸이 풀리고 호흡이 한결 편해지면서 오늘 완주의 기대를 한껏 드높인다. 그래도 방심은 금물이다. 내 컨디션이 언제 어느 순간 나락으로 떨어질지 모른다. 더욱 조심하고 계속 천천히 달리고 있다. 20km 지점이 가까워지자 걱정했던 대로 급격히 페이스가 떨어지고 몸이 무거워지면서 완주의 꿈이 다시 가물가물해지기 시작한다. 어떻게 보면 지금까지(20km 지점) 달려온 것도 신기할 지경이다.

21km 지점인 신매대교 반환점을 도는 순간을 카메라에 담으려고 했는데, 여기서 카메라가 작동을 멈추었다. 당황하여 주로를 잠시 벗어나 카메라를 만지작거려봤지만, 카메라는 작동을 하지 않는다. 작년 춘마 때도 도중에 카메라가 속을 썩인 적이 있었는데, 이번에도 이놈의 카메라가 말썽을 부린다. 집에 가면 단단히 카메라 손 좀 봐야겠다.

신매대교 위에서 한참을 고민했다. 지금이라도 완주 포기하고 질러가서(코스를 중간에 잘라먹고) 레이스를 마무리할 것인지 아니면 처음 결심대로 밀고 나갈 것인지. 결론은, 그대로 밀어붙이기로 했다. 즉, 준비 안 된 몸으로 풀코스를 달리면 내 몸이 어떤 반응을 보이는지, 레이스의 결말이 어떻게 날 것인지 궁금했고 그 결과를 확인하고 싶은 마음이 생겼다. 다시 말하면, 나 자신을 '생체실험'하고 싶어졌다는 말씀이다. 극한의 고통 속에 나를 몰아넣으면 내 몸이 어떻게 반응하는가, 하는 미련곰탱이 같은 생체실험 말이다.

그래도 어떻게든 29km 지점인 춘천댐까지만 무사히 도착한다면 완주할 확률은 매우 높을 것이라 생각은 했다. 잔뜩 긴장한 상태로 내 몸의 이상 신호가 오는지 확인하며 조심스럽게 한 발 한 발 꾸역꾸역 내디뎌서 드디어 춘천댐까지 올라왔다. 그런데 춘천댐에서 한바탕 해프닝이 벌어지고 말았다.

춘천댐 위에서 여성 진행요원 한 명이 콜라병을 들고 있는 것을 본 주자들이 그 진행요원에게 매달려 콜라 한 잔 달라고 발을 동동 구르며 줄을 서 있다. 물론 나도 한 잔 얻어 마시려고 줄을 섰다.

그 진행요원이 종이컵 하나로 일일이 주자들에게 한 잔씩 콜라를 따라주는데, 내 차례가 오는 순간 콜라병을 휙 낚아채서 병째로 입에 들이부었다. 입에 들이부은 다음 콜라병을 건네주려는 순간 콜라병에서 거품이 하늘을 향해 치솟았고 진행요원은 "우리들(진행요원들) 마실 건데 어떡해요."라며 투덜거린다. 나는 이렇게 레이스 중에도 민폐를 끼친다. 어쨌거나 춘천댐을 지났으니 완주할 가능성은 커졌다. 30km 지점을 지날 무렵 카메라를 만져보니 그때서야 다시 카메라가 작동된다. 그런데 이 무렵부터 햄스트링 부상 부위에서 통증이 시작되는데 다행히 썩 심하지는 않아 참을 만하다.

그런데 이 무렵 또 다른 문제가 생겼다. 사타구니가 팬츠에 쓸려서 상처가 났는지 쓰라리기 시작한 것이다. 너무나 따갑고 고통스럽다. 출발 전에 그 부분에다가 바셀린 안 바른 걸 후회했지만 이미 때는 늦었다. 나중에 레이스 끝나고 옷을 벗어 보니 팬티에 피가 묻어 있었다.

페이스는 점점 더 떨어지고 이제는 달리는 것인지 걷는 것인지 모를 정도로 천천히 뛰고 있다. 39km 지점에 이르니 '소양강 처녀'가 이번에도 지친 주자들을 말없이 맞아주는데, 저 사랑스러운 소양강 처녀를 당장 물속으로 달려 들어가 꼬옥 안아주고 싶다. 그런데 하필 소양강 처녀를 만나고 돌아서는 순간, 30km 지점부터 느껴지던 햄스트링 부상 통증이 갑자기 심해지면서 달리기가 힘든 지경에 이르고 말았다. 통증이 얼마나 심한지 통증 있는 다리가 휘청거리면서 하마터면 넘어질 뻔했다. 할 수 없이 레이스를 잠시 중단하고 몇 분간 걸어서 가기로 한다. 이제 다 왔는데 여기서 포기할 수는 없지 아니한가. 기어서라도 들어가야 한다. 집에 가면 이놈의 햄스트링 부상도 단단히 손을 봐야겠다.

시계를 보니 다섯 시간 안에도 들어가지 못하게 생겼다. 지금까지 풀코스 30여 회 달리면서 다섯 시간을 넘긴 적이 없었고 앞으로도 없을 줄 알았는데, 결국 오늘은 다섯 시간을 넘겨 들어가게 될 것 같아 씁쓸하다. 09시 4분에 시작한 레이스가 14시 24분에 종료가 되었다. 장장 다섯 시간 넘는 생체 실험의 고통을 견뎌낸 나 자신을 위로하며, 나 자신을 칭찬하며 뜨거운 눈물 한 방울 떨구며 골인하였다.

이 글을 읽고 혹시라도 "연습하지 않고도 마라톤 뛸 수 있구만. 마라톤 별거 아니네. 나도 연습 않고 마라톤 한 번 나가볼까?"라고 생각하는 사람들이 있을까 봐 겁난다. 거듭 강조하지만, 준비(충분한 연습) 없이 나처럼 무모하게 마라톤에 뛰어들었다가는 황천길로 직행할 확률이 높다는 사실을 알아야 한다. 내가 오늘 살아 돌아온 건 단지 운이 좋았을 뿐이다.

마라톤계에서는 풀코스를 다섯 시간 안에 들어와야 기록으로 인정을 해 주고, 다섯 시간을 넘겨버리면 기록으로 인정을 해 주지 않는 분위기가 있다. 따라서 누가 나더러 "당신은 오늘 춘마에서 다섯 시간을 넘겨버렸으니 아무것도 아니고 가을의 전설도 될 수가 없다."라고 쌀쌀맞게 내뱉는다면 나는 너무나 섭섭하여 울어버릴 것이다. 생체실험의 고통을 이겨내고 나 자신과의 싸움에서 이기고 당당히 완주했다면 나는 '가을의 전설'이 될 자격이 충분하지 아니한가? 안 그런가?

2014년 11월, 음악회

'엘 시스테마'를 생각한다

♬ 가을밤, 외로운 밤, 벌레 우는 밤, 초가집 뒷산 길 어두워질 때 ♬ …….

초등학교 시절 배운 동요가 생각나는 계절이다. 나는 이 동요를 5학년 때인지 6학년 때인지 정확히 기억은 나지 않지만 담임선생님한테 배웠다. 나는 초등학교 때부터 고등학교 졸업할 때까지 여자 선생님이 담임을 하신 적이 한 번도 없을 만큼 여자 선생님 복이 지지리도 없었다. 이 노래를 가르쳐 주신 선생님은 내가 초등학교 5학년~6학년 때 2년 연속 담임을 하셨다.

당시 나의 담임 선생님은 남자 선생님이면서도 풍금을 잘 쳐서 음악시간에 손수 풍금을 쳐가며 아이들에게 노래를 가르치셨다. 당시만 하더라도 풍금 칠 줄 아는 선생님이 별로 없을 때라 담임 선생님이 풍금을 못 치는 반은 풍금 칠 줄 아는 선생님이 대신 들어가 노래를 가르쳐주곤 하던 시절이었다. 물론 그 당시는 선생님들도 여자 선생님들은 별로 없고 남자 선생님들이 압도적으로 많던 시절이기도 하다. 지금과는 선생님들 남.여 비율이 정반대라고 할 수 있을 것이다. 그런데 이 선생님은 풍금만 잘 치는 게 아니고 못 하는 게 없을 정도로 만능이셨다. 서예에도 조예가 깊으셔서 매주 토요일 특활시간에는 대부분 서예를 가르치셨다. 그래서 덕분에 나도 열심히 서예를 배우고 연습해서 서예 경연대회에 나가 상도 받은 적이 있는데, 나의 서예 생활은 초등학교 졸업과 동시에 끝이 났고 중학교에 들어간 이후에는 영원히 붓을 놓고 말았다. 만약 내가 중학교 들어가서도 계속 서예를 해서 그 길로 빠졌다면 아마 지금쯤 서예의 대가가 됐을지도 모른다. 선생님은 또한 그림도 잘 그렸다. 게다가 운동도 잘했다. 그뿐만이 아니다. 선생님은 매일 아침 수업을 시작하기 전에 학생들에게 당시의 국내외 정세에 대해 브리핑을 해 주시곤 하셨다. 지금도 생각나는 것은, 내가 초등학교 5학년 어느 날 선생님이 조회 시간에 "자유 월남의 수도 사이공이 지금 월맹군한테 함락되기 일보 직전에 몰렸다. 미국에서 원조받은 무기들을 월남 군인들이 팔아서 술 사 처먹고 그러더니 저렇게 된 것이다."라는 식으로 안보 브리핑을 한 기억이 생생하다. 그 얘기를 들으며 나는 어린 마음이지만 '월남 군인들이 뭔가를 잘 못해서 망하는구나'라는 판단을 한 것 같다. 그러니까 그 선생님은 그 당시로도 보기 드문, 가르치는 열정이 대단했던 분이라고 할 수 있을 것이다.

그런데 그분 열정이 꼭 좋은 것만 있는 것은 아니었다. 그 선생님은 학생들이 조금만 눈에 거슬려도 가차 없이 폭력을 행사했다. 그 선생님의 폭력성은 학교 모든 남학생들에게 공포의 대상이었다. 수업 시간에 조금이라도 눈에 거슬리는 학생이 있으면 선생님은 분노한 목소리로 해당 학생을 교탁 앞으로 불러낸다. 학생이 벌벌 떨며 교탁 앞으로 나오면 선생님은 일단 쇠줄 손목시계를 척! 풀어서 교탁 위에 올려놓는다. 그러고 나서 학생의 싸대기를 힘껏 후려친다. 그러면 대부분 학생은 선생님의 강력한 펀치에 픽픽 나가떨어지고 우리들은 숨죽이며 그 장면을 지켜본다. 나도 한번은 뭔가 선생님의 눈에 거슬려 거의 초주검이 되도록 흠씬 두들겨 맞은 적이 있었는데, 선생님이 봉걸레자루로 나의 하체를 얼마나 사정없이 두들겨 패는지, 개 패듯 두들겨 패는데, 나는 엉엉 울며 비명을 지르며 살려달라고 애원을 해야 했고, 그날 집에 와서 부모님한테는 선생님한테 맞은 사실을 말하지 못하고(말해봤자 오히려 부모님한테 혼날 것 같아서) 방에도 들어가지 못하고 조용히 부엌 부뚜막에 앉아서 팬티를 벗어보니 팬티는 피칠갑이 되어 있었다.

지금 그랬다가는 그 선생님은 아마 구속을 면치 못할 것이다. 아무튼 그때 그 시절은 그랬던 시절이었다.

그런데 요즘 학교 분위기가 어떤가. 우리가 학교 다니던 시절하고는 완전 딴판이다. 그놈의 인권 타령하는 통에 학교에서 선생님들이 학생들을 지도하기가 너무 힘들다고 한다. 요즘 선생님 노릇 하기가 힘드니 명예퇴직 신청한 선생님들이 너무 많아서 명퇴 신청해봤자 웬만해선 받아들여지지 않는다고 한다. 나보다 두 살 적은 나의 여동생이 80년대에 공주사범대학을 나와서 현재까지 충청도 어느 시골에서 중학교 영어 교사로 재직 중이시다. 80년대만 하더라도 공주사대는 전국 사대 중에서는 서울사대 다음으로 알아주는 명문 대학이었다. 내가 나의 여동생이 공주사대를 나왔다고 강조하는 이유는, 이렇게 여동생이 공주사대를 나올 정도로 우리 집은 '뼈대가 있는' 집안이라는 것을 강조하기 위함이다.

그런데 여동생이 혼기가 차서 부모님들이 제발 시집 좀 가라고 해도 시집가란 부모 말씀 어기고 나이 40이 넘을 때까지 시집을 안 가고 부모 속을 썩였다.

이 대목에서 갑자기 시원한 가창력으로 '얘야 시집가거라'라는 노래를 불렀던 가수 정애리가 생각나는데, 안타깝게도 그 가수가 몇 달 전 별세했다는 소식이다. 결국 여동생이 나이 40 넘어 겨우 시집을 가긴 갔는데, 다행히 좋은 신랑 만나 호강을 하고 있다.

그런데 여동생이 학생들에게 지금까지 20년 넘게 너무 시달리고 스트레스를 많이 받아서 건강도 많이 나빠지고 지쳐 있어서 명퇴를 신청하려고 맘은 먹고 있지만 순번에 밀려 아예 명퇴 신청도 못 하고 있다고 한다. 나의 여동생도 남달리 열정과 사명감이 넘치다 보니 그만큼 스트레스를 많이 받았던 모양이다.

학생들은 선생님에게 외경심을 가져야 교육이 제대로 된다.

선생님이 좀 무서워야 한다는 것이다. 그래야 교육이 된다는 것이다. 그런데 현실은 어떤가. 물론 나라의 정책 탓도 있고 시대적 분위기 탓도 있겠지만, 지금 학교 분위기가 이렇게 된 것은 학교에 남자 선생님이 절대 부족한 탓도 크다고 나는 생각한다. 특히 초등학교에서는 남자 선생님들을 '로또, 또는 천연기념물'이라고 한다던데, 이거 정말 심각한 문제가 아닐 수 없다. 여자 선생님이 상대적으로 남자 선생님보다 가르치기에 유리한 점도 물론 있겠지만 남자 선생님들의 장점에 비할 바는 못된다고 생각한다.

내가 춘천마라톤에서 생체실험의 고통을 이겨내고 '가을의 전설'이 된 이후 허전함과 쓸쓸함에 빠져 지내던 중 대전 예술의전당에서 괜찮은 음악회가 연이어 열린다는 소식을 접하고 11월에만 세 번 대전 예술의전당에 다녀왔다.

11월 5일, 대덕오케스트라의 '베토벤 특집' 공연이 있었다. 다른 사람도 아니고 악성樂聖 베토벤 특집 공연이라는데, 나 정도 되는 자칭 클래식 마니아가 안 가면 베토벤에 대한 예의가 아닐 것이다.

연주곡목은 베토벤/에그몬트 서곡, 베토벤/바이올린 협주곡, 베토벤/교향곡 제7번 등이었다.

'에그몬트 서곡'은 베토벤의 '피델레오 서곡' '코리올란 서곡' '레오노레 서곡' 등과 함께 '베토벤의 4대 서곡'이라고 오래전에 들은 기억이 있는데, 맞는 말인지는 모르겠다. 그런데 베토벤이 교향곡 제7번을 1812년에 작곡했다는 사실을 이번에 알았는데, 1812년이란 단어를 보는 순간 차이코프스키의 '1812년 서곡'이란 작품이 생각나지 않을 수가 없었다. 1812년, 프랑스의 나폴레옹이 60만 대군을 이끌고 러시아를 침공하지만 러시아의 혹독한 추위와 배고픔 그리고 러시아군의 초토화 전술(작전상 후퇴하면서 모든 건물을 불태우고 식량을 없애버리는 작전)에 말려들어 결국 패퇴하면서 살아 돌아온 병사는 10분의 1도 되지 않았고, 이후로 나폴레옹은 몰락의 길을 걷는다.

차이코프스키의 '1812년 서곡'은 1882년에 초연되었다는데, 바로 이 1812년 러시아군의 승전을 기념하기 위해 작곡한 곡이라고 한다. 클래식 음악을 듣다 보면 역사 공부가 될 때가 많다. 베토벤(1770년~1827년)과 나폴레옹(1769년~1821년)은 출생연도와 사망 연도가 비슷해서 두 사람은 같은 시대를 산 친구라고도 할 수도 있을 것인데, 생전 두 사람이 가끔 만나서 막걸리라도 마시며 우정을 쌓았는지는 확인되지 않고 있다.

오늘 연주곡목에는 없지만 베토벤은 '웰링턴의 승리'라는 전쟁교향곡을 작곡했는데, 내용은 1815년 나폴레옹 최후의 전투라고 할 수 있는 '워털루 전투' 장면을 묘사하는 곡이다. 1815년, 나폴레옹은 영국의 웰링턴 장군이 이끄는 연합군과의 워털루 전투에서 패하고 대서양의 고도孤島 세인트헬레나 섬에 유배되어 그곳에서 최후를 마친다. 그러니까 나폴레옹이라는 걸출한 영웅 덕분(영웅인지 전쟁광인지는 잘 모르겠지만)에 시대의 거장들인 베토벤과 차이코프스키에 의해 두 개의 불멸의 곡이 탄생한 셈이다. 내가 20대 초반 무렵 클래식에 본격적으로 빠지게 만든 곡이 바로 이 '웰링턴의 승리'라는 곡이었다. 처절한 전투 장면을 웅장한 음악으로 멋지게 표현한 곡이라고 나는 감히 주장하고 싶다.

대전시립교향악단에서는 다음 달(12월)에 대전 예술의전당에서 베토벤의 교향곡을 1번부터 9번까지 전곡을 하루에 두 개씩, 5일에 걸쳐 다 연주한다고 한다. 말하자면 베토벤 교향곡 퍼레이드라고 할 수 있다. 나는 5일 동안 다 가서 들을 수는 없어서 베토벤 교향곡 5번, 6번을 연주하는 3일차 되는 날에만 꼭 다녀오려고 한다.

베토벤 교향곡 5번 '운명'은 클래식의 대명사처럼 알려진 너무나 유명한 곡이고, 베토벤 교향곡 6번 '전원'은 내가 20대 초반 무렵 잠자리에서 머리맡에다 카세트테이프로 이 음악을 틀어놓고 잤을 만큼 이 곡을 좋아했고 요즘도 여전히 이 곡을 즐겨 듣고 있다.

11월 9일에는 조윤범이 리더로 있는 콰르텟X(현악4중주단)의 공연을 보러 갔다. 물론 나는 현악4중주단 같은 초미니 악단의 연주는 별로 선호하지 않고 오로지 대형 오케스트라의 웅장한 사운드를 즐기는 걸 좋아한다. 그럼에도 불구하고 내가 이번 콰르텟X의 공연에 간 것은 순전히 조윤범이라는 젊은 음악가 때문이다.

'음악계의 괴물'이라 불리는 조윤범이라는 음악가가 요즘 많이 알려지고 있다. 내가 몇 달 전, 밤에 TV 채널을 이리저리 돌리다가 어떤 젊은 남자가 유창한 언변으로 뭔가를 이야기하고 있는 장면을 얼핏 봤는데, 잠시 유심히 들어보니 음악에 대한 이야기를 하는 것이었다. 그가 말을 얼마나 잘하는지, 마치 6·25 때 북괴군이 따발총 쏘듯 말투도 빠르고 거침이 없었다. 며칠 지나서야 그가 조윤범이라는 것을 알았고, 클래식 관련 책을 몇 권 썼다는 기사를 보고 당장 그 책을 모조리(세 권) 사서 읽었다. 음악을 전공하지 않아 음악 상식이 절대 부족한 내가 조윤범이 쓴 책을 통해 위대한 작곡가들의 생애와 그 작품 세계를 이해하는 데 많은 도움이 되었다.

조윤범은 말도 잘하고 글도 여간 잘 쓰는 게 아니다. 조윤범은 전국에 강연도 많이 다니고 공연도 많이 다니고 글도 열심히 쓰기 때문에 현재 대한민국에서 제일 바쁜 사람일 것이다. 내가 읽은 책의 저자가 친히 대전에 공연을 오신다는데, 내가 안 가면 저자에 대한 예의가 아닐 것이다.

콰르텟X의 연주 자체보다는 조윤범의 작품 해설 말솜씨에 넋을 빼앗긴 시간이었다.

11월 11일에는 금노상 선생이 지휘하는 대전시립교향악단의 '드보르작 특집 공연'을 보러 갔다. 금노상 선생은 금난새 선생의 친동생이라고 한다.

이날 연주곡목은 드보르작/카니발 서곡, 드보르작/첼로 협주곡(첼로 협연:정명화), 드보르작/교향곡 제8번 등이었다.

드보르작, 하면 우리는 교향곡 9번 '신세계'를 작곡한 사람으로 기억하고 있다. 드보르작은 체코 사람이다. 체코 사람을 보헤미안이라 부르기도 한다. 그럼 조윤범이 쓴 책 『조윤범의 파워클래식』 205~206 페이지에 실린 글을 중심으로 정리를 해보겠다.

- 체코는 1993년 체코슬로바키아 연방공화국에서 슬로바키아와 함께 두 개의 공화국으로 분리, 독립되어 오늘에 이르렀다. 그런데 그

역사를 거슬러 올라가 보면 참 한이 많은 나라다. 오랜 옛날 유럽의 북쪽에서 내려온 슬라브족은 세 지방에 나누어 정착했다.

그 세 지방은 체히, 모라비아, 슬로바키아인데 이 중에서 체히는 라틴어로 보헤미안이라 불린다. 그래서 우리는 지금도 체코 사람을 보헤미안이라 부르게 되었다. 이 세 지방을 모라비아가 통일했고, 얼마간은 모라비아 왕국으로 불리기도 했다.

그러나 큰 나라가 된 것도 잠깐, 이웃 나라 헝가리가 슬로바키아 지방을 점령했고, 나머지 3분의 2는 프라하를 수도로 하는 보헤미아 왕국이 된다. 물론 이 나라도 얼마 후 오스트리아의 지배하에 놓이게 되고, 무려 300년간 지속하여 1900년대까지 오게 된다.

… 중략 ….

당시의 체코 출신 음악가들은 불안한 정세의 고국 대신 세계로 나아가 활동했다. 피아노 학원에서 항상 만날 수 있는 체르니, 거대 교향곡을 좋아한 구스타프 말러 또한 체코 사람이다.

스메타나 역시 파란의 체코를 조국으로 둔 작곡가였다 –

이외에 야나체크라는 작곡가도 체코 사람이다.

오늘 드보르작의 작품 중 두 번째 곡인 첼로 협주곡에 대해 역시 조윤범이 쓴 책『조윤범의 파워클래식』231~232 페이지에서는 다음과 같이 밝히고 있다.

- 최고의 협주곡을 원하는가? 그렇다면 바로 여기에 있다. 드보르작은 바이올린 협주곡이나 피아노 협주곡이 아닌 첼로 협주곡에서 그 왕의 자리를 탈환했다. 이 곡을 연주해본 첼리스트나 오케스트라 연주자들은 이구동성으로 이야기한다. 바로 이 곡이 최고라고.

교향곡과도 같은 웅장함, 느린 악장에서는 목관 앙상블을 다른 파트에서 감상하게끔 쉬게 하는 여유, 그리고 아름다운 선율을 담고 있는 빠른 악장들은 이 곡의 미덕일 뿐만 아니라 마지막에 등장하는 바이올린과 플루트의 이중주는 소름이 끼칠 정도로 매력적이다. 브람스는 이 곡을 듣고 난 후 "저런 첼로 협주곡이 가능하다는 것을 왜 몰랐을까"라고 땅을 치며 후회했다. 브람스는 바이올린과 첼로를 위한 〈이중 협주곡〉 같은 곡을 쓰느라 정작 첼로 협주곡은 남기지 않았기 때문이다. -

오늘 첼로 협연자는 우리나라가 자랑하는 세계적인 첼리스트 정명화였다. 가끔 매스컴을 통해서나 접하던 그 유명한 정명화의 첼로 연주를 몇 미터 눈앞에서 감상할 수 있는 잊지 못할 밤이었다.

이번 드보르작 특집 공연에는 아내와 함께했다. 아내는 내가 평소에 집에서 클래식 음악을 크게 틀어놓고 감상하고 있으면 졸졸 쫓아다니며 나에게 "제발 음악 볼륨 좀 낮춰요. 귀먹은 노인네마냥 그렇게 크게 틀어놓으면 되겠어요? 시끄러워서 못 살겠어요."라며 잔소리를 해댄다.

드보르작 특집 공연이 다 끝나고 나서 아내에게 물었다. "집에서 컴퓨터 동영상으로 감상하는 것보다 소리가 훨씬 컸을 텐데, 시끄러운 음악을 한 시간 반 동안 감상하느라 얼마나 힘드셨소?" 그러자 아내가 "힘들긴요. 소리가 더 커질수록 눈이 더 크게 떠지던데요. 그리고 나는 무대 제일 뒤에서 열정적인 몸짓으로 팀파니를 두드리던 남자 연주자가 제일 멋져보였다우."라고 화답하는 걸로 봐서는 아내도 직접 공연장에 와서 연주를 듣고 조금은 클래식의 매력에 빠진 듯하다.

얼마 전 KBS 유정아 전 아나운서가 쓴 클래식 에세이 『마주침』을 읽다가 눈에 번쩍 띄는 구절이 있어 꼭 소개하고 싶다. 『마주침』 231~233 페이지에서 저자는 베네수엘라 사회운동의 하나인 음악 프로그램 '엘 시스테마'에 대해 이야기하고 있다.

– 엘 시스테마는 베네수엘라의 정치가이자 경제학자인 호세 안토니오 아브레우가 33년 전인 1975년, 빈곤과 마약, 범죄 속에 뒹굴고 있는 조국의 소년들을 위해 시작한 사회운동이다. 가난한 집안의 10대 아이들이 거리로 내몰린 채 죽음을 맞기도 하고 갱이나 마약중독자로 성장하는 것을 보다 못한 아브레우는 뒷마당 주차장에 아이들을 모아놓고 악기를 손에 쥐어 주었다. 그러니까 사회구제가 1차 목표, 음악은 수단이자 2차 목표였다. 엘 시스테마는 시작부터 무료로 악기를 빌려주고 레슨도 무료였다.

강도와 마약 복용으로 몇 차례나 체포되었던 소년 레나르는 처음 클라리넷을 받았을 때 농담인 줄 알았다고 회상한다. 일단 자신이 악기를 가지고 달아나지 않을 거라 믿어준 데 놀랐고 클라리넷을 잡은 손의 느낌이 총을 잡았을 때보다 좋다는 것에 놀랐다. 음악을 통해 새로운 삶을 살게 된 레나르 같은 청소년들 덕분에 베네수엘라의 거리는 깨끗해지고 베네수엘라의 음악은 풍성해졌다.

시작 때 십수 명이던 아이들은 20여 명이 되고 50명, 100명이 되었다. 지난 30여 년간 이 아이들이 기초를 다지면 더 나이 어린아이들을 가르치고 이제 전국 백여 개 학교의 방과 후 음악 교실로 자리 잡았다. 어른들은 일터에서의 일과가 끝날 때까지 오케스트라 연습을 하는 아이들을 학교에서 맡아주니 믿고 일할 수 있었다. 현재 베네수엘라 전역에는 25만 젊은 음악인들이 110여 개의 청소년 오케스트라를 구성하며 다양한 활동을 펼치고 있다(1970년 베네수엘라의 직업 오케스트라는 동유럽과 이탈리아 출신 이민자들로 구성된 단 2곳뿐이었다).

그중 베네수엘라의 독립 영웅이자 2~3대 대통령을 지낸 역사적 인물인 시몬 볼리바르의 이름을 딴 시몬 볼리바르 청소년 오케스트라는 가장 대표적인 단체이다. 2백 명 남짓으로 구성된 젊은 단원들은 이렇게 말한다.

"이 친구는 여기 오지 않았다면 벌써 죽었을 거예요."

'엘 시스테마'를 통해 뿌리내린 음악은 베네수엘라의 사망률이나 어린이와 청소년의 매일의 삶에 있어 구세주였으리라는 것은 그 안에서 연주하는 단원이나 그 연주를 한번 들어본 사람이거나 이런저런 루트로 알게 된 이들이라면 누구나 생각하게 된다. 1994년부터 이 오케스트라에서 프렌치호른을 연주해온 라파엘은 말한다.

"어느 날 침실에서 클래식 음악이 들려오는 거였어요. 〈1812년 서곡〉의 호른 팡파르 부분을 연주하는 내 동생의 바순 연주가 참 듣기에 좋았어요. 그래서 동생이 나를 오케스트라에 데려갔고 전 호른을 받았지요. 이 오케스트라는 꼭 커다란 기차 같아요. 그 안에 올라타면 그냥 우리를 실어 가죠." -

자, 이건 남의 나라 이야기라고 할 수 없다. 우리나라에도 지금 수많은 청소년들이 길거리에서 방황하고 그중 일부는 범죄의 늪에 빠져 열심히 교도소, 소년원을 드나들고 있다. 우리나라에도 '엘 시스테마'가 절실히 필요하다.

길거리 청소년들에게 악기를 쥐어 주고 음악을 가르치자. 그러면 전국 방방곡곡에 음악의 향기가 퍼져나갈 것이고 우리나라는 그만큼 살기 좋은 나라, 밝은 나라가 될 것이다. 베네수엘라의 예에서 보듯 음악의 힘은 세상을 바꿀 만큼 위대하지 않은가.

가을밤 외로운 밤 벌레 우는 밤, 낙엽이 쌓여가며 쓸쓸해지는 계절, 사랑하는 가족과 연인과 애인과 함께 클래식의 향연에 빠져도 좋을 계절이다. 가을이 가고 있다.

2014년 12월, 전마협 송년마라톤

엄마를 저주했다

가을은 벌써 가버리고 계절은 이제 겨울의 한복판으로 들어섰다. 날씨가 추워지면 사람이든 동물이든 식물이든 활동이 움츠러들기 마련인데, 마라톤이라는 것도 겨울이 되면 하기가 힘들어진다. 그렇더라도 대한민국 마라토너씩이나 하면서 추위에 약한 모습을 보여서는 곤란하다.

나는 몇 년 전만 하더라도 겨울에 아무리 기온이 내려가더라도 새벽이면 어김없이 일어나 운동장으로 나갔는데, 이제는 새벽에 운동장으로 나가는 횟수가 줄었다. 요즘은 일주일에 겨우 세 번 정도밖에 못 나가고 있다.

오늘 대회는 전마협에서 주최하는 대전 송년마라톤이다. 전마협에서는 고맙게도 해마다 연말이면 대전, 충청지역의 마라토너들을 위해 대전 갑천변에서 대회를 개최한다. 그런데 이 대회는 한겨울에 열리는 데다가 장소가 갑천변이라 찬바람이 매섭게 불어오기 때문에 참가자들은 추위에 단단히 대비하고 출전해야 한다. 강변에서 불어오는 차가운 겨울바람과 맞서서 달려야 한다.

이렇게 한겨울에, 거기다가 바람까지 사납게 휘몰아치는 날에는 각별히 출전 복장에 신경을 써야 한다. 사람마다 복장이 다르겠지만 나는 하의는 꼭 타이즈를 입고, 그것도 안심이 안 돼서 목장갑을 타이즈 안에 밀어 넣는다. 눈치 빠른 사람들은 그 이유를 단박에 알아차리겠지만, 거시기를 추위로부터 보호하기 위함이다. 한겨울에 복장을 헐렁하게 하고 달리다가 거시기가 찬바람에 견디지를 못하고 얼어버려 달리기를 포기할 뻔했던 경험이 몇 번 있기도 하다. 내가 출전했던 대회 중 가장 추웠던 대회는 4~5년 전 출전했던 대구 금호강마라톤이었다고 말할 수 있을 것이다. 금호강에서 불어오는 찬바람에 거시기가 견디지를 못하고 얼어버려 중간에 주저앉아 한참을 응급조치를 하고 달려야 했는데, 지금도 금호강의 찬 바람은 여전한지 궁금하다.

그런데 이렇게 추운 날 타이즈도 안 입고 러닝 팬티만 헐렁하게 입고 달리는 사람들도 더러 보게 되는데, 과연 그들의 거시기는 안녕한지 도통 알 수가 없다.

나는 대한민국에서 가장 추운 날 가장 추운 지역에서 마라톤 대회가 열리기를 학수고대하고 있다. 말하자면, 아침 최저기온이 영하 20도쯤으로 내려가고, 대낮 최고기온이 영하 10도쯤 되고, 동해바다에서 사정없이 불어오는 찬바람에 체감 온도는 영하 20도에 육박하는, 강원도 휴전선 최북단 지역 바닷가를 달리는 마라톤 대회가 생기면 어떻겠느냐 하는 것이다. 대회명도 이름하여 '대한민국 혹한기 마라톤 대회'로 하고 말이다.

그런데 이보다 더 추운 마라톤 대회를 나는 꿈꾸고 있다. 몇 년 전 겨울 어느 날 새벽, 여느 때와 마찬가지로 새벽 운동을 나서면서 YTN 뉴스를 보는데 자막으로 우리나라 당일 날씨가 표시되고 있었다. 그런데 그날 남한뿐만 아니라 북한 지역 날씨(기온)도 표시되고 있었는데, 삼지연의 아침 최저기온이 무려 영하 40도 이하였던 걸로 기억한다. 삼지연은 백두산과 가까운 지역이라고 한다. 그러니까 나중에 남북통일이 되거나 남북 관계가 좋아지면 삼지연에서 한겨울에 마라톤을 한번 해보면 좋겠다는 꿈을 가져보는 것이다.

그러니까 대낮에 영하 30도쯤 되는 날씨에 삼지연에서 마라톤판을 벌여보자는 것이다. 남북 관계가 좋아지면 삼지연 마라톤을 꼭 해보자고 전마협 장영기 회장께 건의를 하고 싶다.

나는 다른 건 몰라도 추위에 견디는 힘은 남들보다는 좀 낫다고 할 수 있다. 내가 30여 년 전, 전방에서 군대생활할 적에 겨울에 동계 종합훈련 나갔다가 혹독한 추위에 고생한 경험이 나로 하여금 평생 추위를 이겨내게 하는 힘이 되고 있는 것 같다. 요즘 아무리 춥다 해도 30년 전 그때의 추위보다는 한참 못한 것 같다. 그러니까 지금부터 28년 전인 1985년 1월이었을 것이다. 내가 속한 부대는 훈련부대라 훈련이 잦았는데, 1985년 1월에 전방 산속으로 한 달간 동계 종합훈련을 나갔다. 훈련 기간 중 산속에서 주간 공격, 주간 방어, 야간 공격, 야간 방어의 전술

훈련이 이어지고 있었다.

하루는 산속에서 새벽에 텐트를 치고 잠시 가면을 취하고 있었는데, 새벽에 철수하라는 명령이 떨어졌다. 얼마나 추웠는지 난 그때 추위에 몸서리를 쳤다.

철수 준비를 하는데 온도계를 소지하고 있던 중대본부 요원이 "지금 영하 28도"라고 중얼거리는 소리를 들었다. 그때 그 시간 산속에서 바람까지 솔솔 불었기 때문에 아마 체감 온도는 영하 40도에 육박했을 것이다. 너무 추워서 텐트를 개는데 손이 꽁꽁 얼어붙어서 손가락이 펴지지를 않아서 텐트를 제대로 접을 수가 없을 지경이었다. 정말이지 추위가 인간의 한계를 시험하는 것 같았다.

나는 그때 군대 온 나 자신을 저주하며, 엄마를 저주하며, 이빨을 뿌득뿌득 갈며 텐트를 접어야 했다. 내가 엄마를 저주한 이유는, 엄마가 나를 딸로 낳았으면 내가 군대 오지 않았을 것인데, 나를 아들로 낳아 군대 보내 이렇게 극한의 추위에 고생하게 만들었다는 것이었다. 사람이 극한 상황에 몰리다 보니 그런 생각까지 하게 되는 모양이다.

그런데 그때 진짜 문제가 발생했다. 잠시 두어 시간 가면을 취하는 동안 군화가 꽁꽁 얼어서 신을 수가 없게 돼 버린 것이다. 전날 눈 쌓인 산길을 장시간 행군하는 바람에 군화가 촉촉히 젖었고, 그 상태에서 잠자는 사이에 군화가 얼어버린 것이다. 이제 철수를 하여 다른 장소로 이동을 해야 하는데, 나는 도저히 한 발짝도 움직일 수 없으니 꼼짝없이 대열에서 낙오할 것이고, 그렇다면 좆뺑이칠 것은 불 보듯 뻔한 일이라 두려움에 벌벌 떨고 있을 즈음 내 머리 위에 기적이 강림했다. 너무 추우니까 잠시 불을 피워서 몸을 녹이다 철수하라는 대대장의 지시가 떨어진 것이다. 대대장이 순전히 병사들 생각해서 내린 결정은 아니었을 것이다. 대대장 자신부터 엄청난 추위를 감당할 수 없으니 그런 결정을 내렸을 것이다. 어쨌거나 그래서 나는 살아났다는 것이다. 주위에서 나무를 해와서 캠프파이어 하듯 불을 피워서 몸도 녹이고 군화도 말려서 잘 신고 다음 목적지로 아무 일 없이 이동할 수 있었다. 10년 감수했다는 표현이 이런 때 딱 들어맞는 것이다. 겨우 30분쯤 되는 시간 동안 나는 지옥과 천당을 오간 것이다. 앞으로 그런 추위는 내 살아생전 맛보지 못할 것이다. 만약 나에게 그런 추위가 또 온다면 차라리 혀 깨물고 죽어 버릴 테다! 이러니 내가 입만 뻥끗하면 "요즘 추위는 추위도 아니다."라고 시건방 떠는 것이다.

오늘 날씨는 생각보다 그리 춥지도 않았고 찬바람의 기세도 예상보다는 좀 약했다. 오늘 하프코스를 달림으로써 지난 11월 춘마 이후 가장 긴 거리를 달렸다. 부상도 아직까지 완전치는 않지만 거의 나아가는 중이다. 내년엔 온전한 몸으로 달릴 수 있을 것 같다.

레이스 끝나고 주최 측에서 제공하는 떡국이 너무 맛있어서 세 그릇이나 먹었다. 언제부터인가 전마협에서 제공하는 맛있는 떡국이 대한민국 마라톤계에서 화제가 되고 있다. 내가 이 나이 먹도록 이렇게 맛있는 떡국을 먹어본 적이 없다. 그러니까 대한민국 최고의 떡국을 맛보려면 전마협 주최 마라톤 대회에 나가면 된다.

추운 날 '떡국 이벤트'는 전마협에서 잘 고안한 작품이라고 아니할 수 없다. 별 영양가 없는 음식을 비용만 잔뜩 들여서 이것저것 제공하는 것보다 이렇게 뜨끈뜨끈한 떡국 하나라도 제대로 만들어 제공하는 것이 훨씬 실속이 있다는 말씀이다. 떡국은 또한 웬만한 다른 음식보다 요리하기도 비교적 단순하고 비용도 적게 들면서도 참가자들의 만족도도 높다고 할 수 있으니 다른 대회에서도 벤치마킹하면 좋을 것이다. 다음 달(내년 1월)에는 세계 4대 미항, 여수 마라톤에 나가서 여수의 낭만을 즐기려고 한다. 여수는 남쪽 지방이라 그리 춥지 않을 것으로 보여, 달리면서 강력한 추위와 맞서 싸우는 맛은 없겠지만 여수의 낭만은 분명 있을 것이다.

나는 오늘 시원하게 한판 잘 달리고 떡국 세 그릇 잘 먹고 나서 이렇게 외치고 싶다. "춥다고 쫄지 말자."라고.

오늘 글 중에 여러 번 거시기를 언급해서 좀 거시기한데, 독자들의 이해와 인내가 필요하다.

2015년 1월, 신년 음악회

백범白凡이 꿈꾼 나라

작년 12월 11일에 대전 예술의전당에서 대전시립교향악단의 베토벤 교향곡 시리즈 제3탄 공연을 보러 갔다.

이날 베토벤의 교향곡 제5번 〈운명〉과 제6번 〈전원〉이 연주되었다. 나는 클래식을 즐겨 듣는 편이지만, 연주 시간이 10분 이내로 짧은 서곡이나 교향시, 모음곡(조곡)을 주로 듣는데, 교향곡은 그리 많이 감상하지는 않았다.

교향곡은 보통 4악장으로 구성돼 있고 연주 시간도 보통 4~50분 정도로 길기 때문에 자칫 듣다가 싫증을 느낄 수 있기 때문이다. 은근과 끈기의 마라톤 정신이 있어야 들을 수가 있는 것이 교향곡이라는 생각을 하게 된다.

그런데 요즘 들어 진정한 클래식 마니아가 되려면 교향곡·협주곡도 많이 들어야겠다는 생각을 하게 되었다.

'마에스트로 금난새가 가려 뽑은 불멸의 교향곡'이라는 부제가 붙은 금난새 선생의 저서 『금난새의 교향곡 여행』 서문에 다음과 같이 쓰여 있다.

– 음악이 만국공통어라지만, 클래식 음악의 여러 장르 중에서도 교향곡이야말로 가장 대표적인 음악, 세계적인 음악인 것 같습니다. 교향곡만의 다양한 소리와 풍부한 표현력으로 모든 것을 담을 수 있기 때문입니다.

교향곡에는 작곡가의 음악적 정서뿐만 아니라 시대정신과 사상. 감정. 나아가 문학적인 내용 등 모든 세계관이 담겨 있습니다. 교향곡은 그런 면모를 잘 보여주도록 악기의 특성을 극대화하여 가장 극적인 드라마를 만들어 냅니다. 고도의 정신과 감정이 집약된, 소리로 빚은 위대한 문화유산인 셈이지요 –

이날 공연 소개 팸플릿에 따르면, 〈운명〉 교향곡은 베토벤의 대명사처럼 여겨지는 곡이다. 제1악장 첫머리의 '운명'의 동기는 전 교향곡뿐만 아니라 클래식 음악의 상징처럼 여겨지고 있다. 작곡가 자신이 "운명은 이렇게 문을 두드린다."라고 이 동기를 설명했다고 전해진다.

나는 베토벤의 말처럼 운명이 문을 두드렸는지 알 수는 없지만 단지 곡이 언제 들어도 웅장하고 스케일이 참 크다는 느낌 때문에 좋아하고 줄기차게 듣는다.

〈운명〉을 듣다 보면 베토벤 자신에게 닥친 나쁜 운명에 맞서 용감히 싸우고 결국에는 승리를 쟁취해내는 모습을 상상할 수 있다. 특히 마지막 4악장 피날레 부분에 이르러서는 웅장함에 거의 전율할 지경이다. 베토벤이 마치 "보라, 나는 나에게 닥친 나쁜 운명과 씩씩하게 싸우고 이렇게 다 이겼다."라고 외치는 것 같다.

사실 베토벤에게는 어릴 적부터 나쁜 운명이 찾아왔다고 해야 할 것이다. 베토벤의 아버지는 알코올 중독자였고 폭군이었다고 한다. 어려서부터 음악에 재능을 보인 아들 베토벤을 이용하여 돈을 벌 욕심으로 어린 베토벤에게 가혹하게 대했다고 한다. 요즘으로 말하면 아동학대가 심한 아버지였던 것이다. 베토벤은 말하자면 아버지를 잘못 만난 운명을 타고난 것이다. 그나마 자신을 따뜻하게 감싸주던 어머니마저 베토벤이 17세 되던 해에 세상을 떠나면서 베토벤은 그때부터 사실상 소년가장이 되어야 하는 운명을 맞는다.

게다가 베토벤이 20대 중반 무렵부터는 음악가한테는 치명적인 청각의 문제가 시작되어 나중에는 완전히 청력을 상실하고 말았다는 이야기는 다들 알고 있을 것이다.

베토벤은 평생을 독신으로 살았다고 하니 여복도 별로 없는 운명이었다고 해야 할 것이다. '악성樂聖' 베토벤이 평생 미혼이었다는 사실을 생각하면 은근히 부아가 치민다. 아니, 세상 여인들이 악성을 몰라보다니!

나쁜 운명에 대해 말한다면 '체코 국민음악의 아버지'라고 불리는 스메타나보다 더 나쁜 운명을 만난 작곡가도 없을 것이다. 스메타나는 자식(딸 셋)을 차례로 다 잃는 참척의 고통을 세 번씩이나 겪었을 뿐만 아니라 사랑하는 아내와도 사별해야 했다.

스메타나에게 나쁜 운명은 이것으로 끝나지 않아서, 나중에는 베토벤처럼 청각에 이상이 왔고 환청 증상까지 일어났고 정신 분열 발작을 일으켜서 결국 정신병원에서 최후를 맞았다고 하니 이보다 더 나쁜 운명이 어디 있단 말인가. 나는 스메타나의 작품 중에서는 교향시 〈나의 조국〉과 서곡 〈팔려간 신부〉를 가끔 듣고 있다.

베토벤 교향곡 6번 〈전원〉도 5번 〈운명〉만큼이나 좋아해서 한때는 밤에 잠잘 때마다 머리맡에 〈전원〉을 틀어놓고 자기도 했다. 〈전원〉은 제목에서부터 짐작할 수 있듯이 목가적인 분위기가 물씬 풍기는 곡이다. 보통의 경우 교향곡을 듣다 보면 중간에 지루함을 느끼는 순간이 오기도 하는데, 어떻게 된 영문인지 〈운명〉과 〈전원〉은 시종 지루함을 느낄 새가 없이 음악이 흘러간다.

오늘 베토벤의 두 개의 교향곡 〈운명〉과 〈전원〉을 총 90분간 감상했는데, 지불한 비용(티켓)은 단돈 1만 원이다. 악성樂聖 베토벤의 불멸의 교향곡을 두 곡씩이나 듣는 비용이 겨우 1만 원뿐이라니!

12월 29일에는 베토벤 교향곡 제9번 〈합창〉 공연을 보러 갔다. 해마다 12월이 오면 전국 방방곡곡에서 송년 음악회가 열리고, 송년 음악회에 빠지지 않고 공연되는 것이 바로 이 곡이다. 그러니까 12월에 베토벤 〈합창 교향곡〉을 들으며 사람들은 한 해를 보내는 아쉬움을 달래는 것이다.

합창 교향곡 4악장에 울려 퍼지는 '환희의 송가'는 너무나 유명하고 이 부분에 가사를 붙여서 찬송가가 만들어졌으니 "기뻐하며 경배하세 영광의 주 하나님"이라는 찬송가가 바로 그것이다. 그런데 클래식 음악에다가 가사를 붙여서 찬송가를 만든 것이 이것만이 아니다.

베버의 〈마탄의 사수〉 서곡 초반부에 호른의 독주가 울려 퍼지는데, 이 부분에 가사를 붙여 만든 곡이 "내 주여 뜻대로 행하시옵소서"라는 찬송가라고 한다.

또 있다. 멘델스존의 교향곡 제5번 〈종교개혁〉 4악장에서 "내 주는 강한 성이요"라는 찬송가를 들을 수가 있다.

베토벤은 이렇게 위대한 음악을 인류에게 유산으로 남겼다. 베토벤은 200년 전 세상을 떠났지만, 그는 여전히 우리 가슴에 살아 있다. 우리는 그가 남긴 불멸의 음악들을 연주하며 들으며 그의 숨결을 느낀다.

공연이 끝나고 아내한테 내가 "당신, 신랑 잘 만나서 이런 공연 보는 거요."라고 으스댔더니 아내가 피식 웃는데, 비웃는 웃음임이 분명하다. 없는 살림에 없는 시간 쪼개서 힘들게 베토벤 공연에 데리고 나왔는데 비웃다니!

하이든부터 시작해서 지금까지 모든 작곡가들이 작곡한 교향곡이 적어도 수백 곡은 될 텐데, 그 곡들을 다 들을 수는 없고, 그중 유명하다고 소문나고 자주 연주되는 곡들을 7,80개 정도만 골라서 들어보려고 한다.

해가 바뀌어 2015년 1월 13일에는 대전시향 신년 음악회를 보러 갔다. 요한슈트라우스2세의 〈푸른 도나우강〉을 비롯해서

리스트의 〈피아노 협주곡〉과 라벨의 〈볼레로〉 등이 연주되었다. 요한슈트라우스는 父子가 둘 다 작곡가인데, 우리가 흔히 '왈츠의 왕'으로 알고 있는 사람은 아들인 요한슈트라우스2세이고 아버지는 요한슈트라우스1세다.

아버지 요한슈트라우스1세는 유명한 〈라데츠키 행진곡〉을 작곡했다. 〈라데츠키 행진곡〉은 오스트리아 '빈 신년음악회'에서 단골로 연주되는 곡이라고 한다.

그런데 나는 이번에 신년 음악회 간 이유가 오로지 요한슈트라우스2세의 〈푸른 도나우강〉을 듣기 위해서라고 말할 수 있다. 나는 '왈츠의 왕' 요한슈트라우스의 왈츠곡을 너무나 좋아한다. 이미 언급한 〈푸른 도나우강〉을 비롯해서 〈남국의 장미〉, 〈비엔나 숲속의 이야기〉 등등..

그중 최고로 좋아하는 곡은 역시 〈푸른 도나우강〉이라고 자신 있게 말할 수 있다. 너무나 유명한 이 곡을 나는 미치도록 좋아한다. 그 이유가 있다. 〈푸른 도나우강〉을 듣노라면 강물이 물결치며 유유히 흘러가는 모습을 어렵지 않게 상상할 수 있다. 게다가 이 곡의 연주에 맞춰 남녀 무용수가 왈츠 춤을 추는 장면이 화면에 나오면 나는 거의 넋이 나간 상태에서 감상을 하게 된다. 세상에 저렇게 아름다운 춤도 있구나, 감탄하면서….

나는 꿈이 참 많다고 여러 차례 떠벌려왔는데, 요즘 들어 꿈이 하나 더 추가되었다. 오페라 무용수가 되어 발레 춤 또는 왈츠 춤을 추는 꿈 말이다.

물론 지금 똥배 나온 내 몸매로 보나 나이로 보나 현세에서 이 꿈을 이루기는 글렀다. 그러나 내세에는 이룰 수가 있지 않겠는가. 내가 평생 똥배 나온 몸으로 살아가는 것이 한이 되어, 내세에서라도 몸매 날씬한 무용수로 태어나고 싶은 것이다. 내가 내세에 짐승으로 안 태어나고 다행히 사람으로 다시 태어난다면 그때 내 꿈은 말할 것도 없이 무용수가 되는 것이다. 멋진 무용수가 되어, 젊고 눈부시도록 아름다운 여자 무용수와 짝을 지어 오케스트라의 왈츠곡 연주에 맞춰 부드럽고 우아하게 스텝을 밟고 싶다.

베버의 〈무도회에의 권유〉 서곡에도 왈츠곡이 연주되는데, 나는 이 곡을 아침밥 먹으면서 출근 준비하면서 자주 듣는다. 이 곡을 듣다 보면 왈츠 춤을 추고 싶다는 강렬한 욕구가 샘솟는다. 내세에서는 마라톤은 일절 안 하고 왈츠에 올인할 작정이다. 마라톤은 너무 힘들어서 내세에서까지는 하고 싶지 않다.

요즘 몇 번 예술의전당에서 공연을 보면서 느낀 바를 좀 말할까 한다. 우리나라 초중고 학생들에게 어릴 적부터 문화·예술 공연이나 작품 전시회에 정기적으로 다녀오게 해서 어릴 때부터 문화·예술에 대한 안목을 키워주고 문화생활을 즐길 수 있도록 해 주는 것이 어떻겠느냐 하는 것이다. 학원 다니기 바쁘고 입시 공부에 찌든 학생들에게 건전한 스트레스 해소법이 될 수도 있지 않은가. 이를테면, 클래식 공연도 있고 국악 공연도 있고 무용 공연도 있고 뮤지컬 공연도 있고 오페라 공연도 있고 연극 공연도 있고 미술 작품 전시회도 있고 사진 작품 전시회도 있고 도예 전시회도 있을 것이다.

사진도 훌륭한 예술이 될 수 있다는 걸 최근에 『그 섬에 내가 있었네』라는 책을 읽고 나서 알게 됐다.

가난한 사진작가였던 김영갑 선생이 거의 풍찬노숙하며 제주도의 아름다운 풍경을 10년 넘게 사진에 담아 오다가 결국 건강을 해쳐 루게릭병에 걸려 49세의 젊은 나이에 세상을 떠나고 말았는데, 생명이 꺼져가는 순간까지 창작혼을 불태웠던 그의 숭고한 예술정신에 숙연해지지 않을 수 없다.

책『그 섬에 내가 있었네』27 페이지에 실린 서문 중 일부를 옮겨보겠다. 슬픈 이야기다.

– 이젠 끼니를 걱정하지 않는다. 필름 값을 걱정하지 않아도 될 만큼 형편이 좋아졌다. 그런데 카메라를 누를 수 없다. 병이 깊어지면서 삼 년째 사진을 찍지 못하고 있다.

끼니 걱정, 필름 걱정에 우울해하던 그때를, 지금은 다만 그리워할 뿐이다.

온종일 들녘을 헤매다니고, 새벽까지 필름을 현상하고 인화하던 춥고 배고팠던 그때가 간절히 그립다.

그때는 몰랐었다. 파랑새를 품 안에 끌어안고도 나는 파랑새를 찾아 세상을 떠돌았다.

등에 업은 아기를 삼 년이나 찾아다녔다는 노파의 이야기와 다를 게 없다.

지금 내가 서 있는 곳이 낙원이요, 내가 숨 쉬고 있는 현재가 이어도이다.

아직은 두 다리로 걸을 수 있고, 산소호흡기에 의지하지 않고도 날

숨과 들숨이 자유로운 지금이 행복이다.

이제 난 카메라 메고 들녘으로 바다로 산으로 떠돌기를 더는 꿈꾸지 않는다.

아직도 두 다리로 걸으며 숨을 쉴 수 있는 행복에 감사한다.

풍선 불기를 연습하지 않아도 호흡할 수 있다는 것만으로도 나는 행복하다. -

아, 갑자기 슬퍼지려고 한다!!

그가 루게릭병에 걸려 투병하면서도 자신이 직접 사진갤러리 〈김영갑 갤러리 두모악〉을 지었는데, 지금 그곳에 많은 사람의 발길이 이어지고 있다고 한다. 사진에 관심 있는 사람이라면 (사진에 관심이 없더라도) 이 책을 일독하기를 권한다. 소중한 사람에게 선물하기에도 좋은 책이라고 생각된다.

학생들에게 이런 문화·예술 공연(전시회)에 한 달에 한 번(또는 두 번씩) 의무적으로 다녀오게 하면 어떻겠느냐 하는 것이다. 일부 학생들의 꼼수를 예방하기 위해 스마트폰으로 공연 시작 전후 또는 중간 휴식 시간에 인증사진을 남겨 학교에 제출하게 하면 학생들은 딴 데로 새지 못하고 꼼짝없이 공연(전시회)을 볼 수밖에 없을 것이다.

나의 이런 주장은 입시에 함몰된 현재 교육제도 아래에서 무슨 한가한 소리냐고 핀잔 들을 수도 있을 것이다. 그러나 못할 것도 없을 것이다.

처음에는 일부에서 반대할 수는 있겠지만 나라에서 정책적으로 밀고 나가면 결국에는 참 좋은 정책이라고 칭찬받지 않을까. 내 말이 진짜 틀렸나? 이렇게 전국의 학생들에게 이런 정책이 전면적으로 시행이 된다면 우리나라의 문화산업은 비약적으로 발전할 것이고, 나중에는 일상적으로 동네마다 고을마다 문화·예술행사가 풍성하게 벌어질 것이고, 세계적인 거장들이 많이 배출될 것이고, 모든 국민이 문화생활을 충분히 누리는 진정한 문화 대국이 되는 것은 불 보듯 뻔하다.

이종덕 선생이 쓴 『공연의 탄생』이라는 책이 있다. 저자 이종덕 선생은 1935년에 태어나서 올해 나이가 81세인데, 나의 부친보다도 두 살이 더 많으니 나한테는 큰아버지뻘 되는 분이라고 할 수 있겠다. 이분으로 말할 것 같으면 5.16이 일어나던 해에 문화공보부에서 공직생활을 시작하여 이후 줄곧 문화예술공연 행정에 평생을 헌신하신 분이다. 공직에서 은퇴한 뒤로도 능력을 인정받아 쉬지 않고 민간 공연기관 CEO를 맡아 일해 왔다. 서울예술단 단장, 예술의전당 사장, 세종문화회관 사장, 성남아트센터 사장을 거쳐 현재는 충무아트홀 사장을 맡고 있다. 그래서 이분을 '공연행정의 달인' 또는 '문화예술계의 히딩크'라고 부른다고 한다.

이 책 『공연의 탄생』을 읽다 보니 내가 얼마 전 소개했던 베네수엘라의 '엘 시스테마'가 이 책에서도 언급이 되고 있다. 다시 한번 설명한다면, '엘 시스테마'는 베네수엘라 빈민층 아이들을 위한 무상 음악교육 프로그램을 말한다.

이종덕 선생이 성남아트센터 사장으로 재직 중이던 2008년에 베네수엘라의 지휘자 구스타보 두다멜과 시몬 볼리바르 유스 오케스트라, '엘 시스테마' 운동의 주인공들을 초청하여 공연을 했다고 한다. 또한 '엘 시스테마'의 창시자 호세 안토니오 아브레우 박사와 차 한잔 나누며 인터뷰까지 했다고 한다.

'엘 시스테마'가 배출한 세계적인 음악가로는 LA 필하모닉 상임 지휘자 구스타보 두다멜과 베를린필하모닉 최연소 더블베이스 연주자 에딕슨 루이즈가 있다고 한다.

베네수엘라의 두다멜이라는 젊은 지휘자가 요즘 세계 클래식 음악계에서 주목받고 있다. 나도 이 젊은 지휘자 두다멜이 지휘하는 연주 장면을 유튜브 동영상을 통해 자주 접하고 있다. 취업을 준비하는 젊은이 중에 혹시 문화예술공연 행정에 관심이 있는 사람이 있다면 이 책을 일독하기를 권하고 싶다. 책 속에서 길을 찾을 수도 있기 때문이다.

내가 요즘에는 박완서 작가의 산문집을 읽는 재미로 살고 있다. 최근에 박완서 작가의 『한 말씀만 하소서』, 『잃어버린 여행가방』, 『호미』, 『세상에 예쁜 것』 등을 읽었는데, 박완서 작가의 글은 재미도 있고 보석같이 빛나는 글도 많고 문학적으로도 뛰어난 것들이라 한 번 책을 잡으면 책을 손에서 놓기가 힘들어진다. 지금은 박완서 작가의 『못 가 본 길이 더 아름답다』라는 책 속에 빠져 있는데, 읽다 보니 내가 위에서 언급한 제주도에 있는 〈김영갑 갤러리 두모악〉이 언급되어 있어서 엄청 반가웠다. 작가가 생전에 제주도에 갈 때마다 들르던 곳이라고 한다.

그런데 『못 가 본 길이 더 아름답다』를 계속 읽다 보니 일본 작가 무라카미 하루키가 썼다는 『달리기를 말할 때 내가 하고 싶은 이야기』라는 책이 언급된 것을 보고 반가움에 피식 웃고 말았다. 이 책을 나도 읽은 적이 있기 때문이다.

하루키는 일본 작가이지만 세계적으로도 많이 알려진 작가이고 우리나라에서도 꽤 알려진 작가인데, 하루키는 마라톤 마니아이기도 하다. 박완서 작가가 평생 마라톤은 한 번도 했을 리가 없을 텐데, 하루키의 책을 말하며 마라톤에 대해 언급을 하니 어찌 반갑지 않을 수가 있을까.

그런데 『못 가 본 길이 더 아름답다』를 계속 읽다 보니 이것뿐이 아니고 또 다른 책에 대해서도 언급을 하고 있다.

김구 선생의 『백범일지』의 일부분을 소개하는 내용도 있다. 내가 젊은 날부터 꼭 한 번 『백범일지』를 읽어봐야지, 읽어봐야지, 하다가 세월만 흘러 나도 이제 초로의 나이가 되고 말았다. 더 늙기 전에 백범일지를 꼭 사서 읽어야겠다.

박완서 작가의 이 책 『못 가 본 길이 더 아름답다』 79 페이지에 실린 글을 소개하며 이 글을 마친다.

- 김구 선생의 백범일지 중에서 언제 들어도 마음에 깊이 와닿는 '내가 원하는 우리나라'의 첫머리를 인용하는 것으로 감히 이 졸문의 말미를 장식하려고 한다.

"나는 우리나라가 세계에서 가장 아름다운 나라가 되기를 원한다. 가장 부강한 나라가 되기를 원하는 것이 아니다. 내가 남의 침략에 가

승이 아팠으니 내 나라가 남을 침략하는 것을 원치 아니한다. 우리의 부력富力은 우리의 생활을 풍족히 할 만하고, 우리의 강력은 남의 침략을 막을 만하면 족하다. 오직 한없이 가지고 싶은 것은 높은 문화의 힘이다. 문화의 힘은 우리 자신을 행복하게 하고 나아가서 남에게 행복을 주겠기 때문이다." -

교육 당국에서는 김구 선생이 독립운동.통일운동에만 전념하신 분으로만 가르쳤을 뿐, 김구 선생이 문화에 대한 조예가 깊고 통찰력이 대단한 분이었다는 사실은 왜 가르치지 않았는지 엄중 항의하고 싶다.

나는 교육 당국에 이런저런 할 말이 참 많은 사람이다.

2015년 4월, 대전 3대 하천마라톤

암에 지는 사람, 암을 이기는 사람

대전 3대하천마라톤 대회 하루 전날, 대둔산 산행을 하였다. 대둔산 정상 마천대에 도달하니 뜻밖의 풍경이 눈앞에 펼쳐져 있다. 토실토실 살이 찐 개 두 마리가 마천대에서 웅크리고 있는 게 아닌가. 들리는 말에 의하면 누군가가 버리고 간 개라는 것인데….

순간 나는 쩝쩝 입맛을 다시며 된장 또는 초고추장을 떠올렸다. 즉시 개를 집어 들고 내려와서 파티를 하고 싶지만 수많은 등산객들이 지켜보고 있어서 차마….

나는 다른 건 몰라도 보신탕 먹는 것에 관해서라면 대한민국 누구에게도 지지 않을 만큼 마니아라고 자부한다. 한밤중에 자다가도 누가 보신탕 사 준다고 하면 벌떡 일어나 먹으러 갈 수 있다. 극성스러운 보신탕 마니아를 둔 남편 덕분에, 결혼 전에는 보신탕 근처에도 안 가던 나의 아내도 결혼 후 보신탕 마니아가 돼버렸다.

김의신 박사가『암에 지는 사람, 암을 이기는 사람』이라는 책을 썼다. 이 책에서 김의신 박사는 암 환자들의 마음 자세, 암을 예방하는 법, 건강한 식습관, 건강한 삶을 살아가기 위한 자세, 죽음을 맞이하는 자세 등에 대해 썼을 뿐만 아니라 이 책을 통하여 우리 사회에 여러 화두를 던지고 있다. 나는 직접 이 책의 앞부분에 연필로 '최고의 책'이라고 당당히 적어놓았고 가끔 생각날 때마다 책장에서 꺼내서 읽곤 한다. 김의신 박사로 말할 것 같으면, 세계 최고의 암 전문병원인 미국의 엠디 앤더슨 암센터 종신 교수이며 '미국 최고의 의사'에 11차례나 선정된 세계 최고의 암 권위자이다. 우리나라에도 자주 와서 방송 강연도 하고 언론매체와 수없이 인터뷰도 한 유명한 의사이다. 그분이 쓴『암에 지는 사람, 암을 이기는 사람』서두에 다음과 같이 쓰여 있다.

– 세상에서 가장 불행한 얼굴을 한 암 환자들은 대부분이 의사, 변호사, 교수, 검사들이다.
이들은 마치 약속이나 한 것처럼 치료에 진전이 느리고 개중에는 치료의 기미가 전혀 안 보이는 경우도 있다. 도대체 이유가 뭘까? –

암을 예방하기 위한 식습관 중에서 김의신 박사가 제일 강조하는 것 중의 하나가 흰 쌀밥을 먹지 말고 반드시 콩과 현미 보리 등이 들어간 잡곡밥을 먹으라는 것이다. 흰 쌀밥의 화학성분은 온전히 흰 설탕 덩어리라는 것이다. 따라서 흰 쌀밥을 먹으면 숟가락으로 흰 설탕을 푹푹 퍼서 먹고 있다고 보면 된다는 것이다. 물론 이런 상식쯤은 누구나 알고 있는 것인데도 잘 실천이 안 되는 경우가 많은데, 이 책을 읽고 나서 약간의 충격을 받아서 이후로는 우리 집 식탁에는 잡곡밥이 올라오고 있다.

김 박사는 또한 우리나라 사람들이 동물성 기름인 돼지고기 또는 소고기를 자주 구워 먹는 습관에 대해서도 크게 걱정하고 있다. 물론 고기를 먹지 말라는 것이 아니라 지나치게 많이 먹는 것이 문제라는 것이다. 책 167 페이지에 실린 글이다.

– 나이가 들면 들수록 혈관의 탄력성이 떨어지고 혈관에 콜레스테롤이 쌓인다. 혈관 벽에 기름이 낀다는 것이다. 혈관 안에 들러붙어 있던 기름 덩어리는 어느 순간 뚝 떨어진다.

그리고 몸 안을 돌아다니다가 가느다란 모세혈관에 가서 다시 달라붙는다.

일부러 찾아간다기보다는 어쩌다 보니 좁은 혈관에 끼어서 통과하지 못하는 것이다.

기름 덩어리는 곧 염증의 원인인데, 이것이 뇌혈관에 가서 들러붙으면 중풍이나 알츠하이머병이 온다.

그리고 간에 가서 붙으면 지방간이나 간암이 된다. 췌장에 붙으면 당뇨병이 생긴다.

그러니 이것이 얼마나 무서운 것인가? 이제까지 나는 수많은 강연에서 이 부분을 여러 차례 강조하며 알려왔다 –

김 박사는 소고기, 돼지고기 먹는 것을 줄이고 오리고기를 먹으라고 조언한다. 김 박사는 또한 암 환자들에게는 개고기를 먹으라고 당당히 조언한다.

암 환자들은 고기는 일절 먹으면 안 되고 그저 풀이나 먹어야 한다고 잘못 알고 있는 사람들이 많다는 것이다. 그래서 일부 암 환자들은 제대로 먹지도 못하고 굶어서 영양실조로 죽어간다는 것이다. 암 환자들은 잘 먹고 체력을 길러야 병과 싸울 수 있는 것이고, 그러자면 개고기 또는 오리고기를 먹어야 한다는 것이다. 개고기는 단백질 성분이 풍부해서 기력이 없는 암 환자들에게 에너지를 채워준다는 것이다. 물론 기름기 많은 삼겹살이나 소고기는 암 환자에게 금물이다.

김의신 박사가 '암 환자는 개고기를 먹으면 좋다'는 내용의 강연을 한 것이 페이스북과 유튜브 사이트에 올라갔다는데, 그 때문에 골치 아픈 일이 벌어졌다고 한다. 하루에 2,000통의 메일이 쏟아져 들어오기 시작했다는데, 그 내용은 이랬다는 것이다.

"당신에게 정말 실망했다. 세계적인 암 전문의가 개고기를 말하다니. 그리고 한국 사람들은 우수한 민족으로 알고 있는데 그런 야만인일 줄이야." "지구를 떠나가라."는 등 차마 입에 담을 수 없는 비난의 글이었다는 것인데, 전 세계 애견운동가, 지구사랑연대, 동물협회는 물론이고 개인 애견가들한테서 온 것이라는 것이다.

하지만 김 박사는 자신의 신념이 틀렸다고 생각하지 않기 때문에 크게 상심하거나 실망하지 않는다고 한다. 나를 포함해서 우리나라 성인 남성들 절반쯤은 보신탕을 즐겨 먹는 것이 엄연한 현실이다. 이 책에 따르면, 인도인들은 소고기를 먹는 사람들을 야만인 취급하고, 프랑스인들은 원숭이 요리를 먹으면서도 암 환자들이 개고기 먹는 것을 흉본다고 한다. 나라마다 문화적인 차이가 있는데 그걸 무시하면 안 될 것이다.

김 박사가 개고기를 언급했다는 이유로 김 박사에게 온갖 비난을 퍼부은 사람들에게 나는 다음과 같이 준열하게 꾸짖고 싶다. "개고기 먹기 싫으면 당신들이나 안 먹으면 되지, 왜 남이 먹는 것에 이러쿵 저러쿵 시비를 거느냐. 그렇게 할 일이 없느냐. 얼마나 할 일이 없으면 남 먹는 걸 가지고 시비를 거느냐. 당신들이 뭐 보태준 게 있다고 시비를 거느냐."라고 말이다.

김 박사의 이 책에는 암에 관한 얘기뿐만 아니라 우리나라 사람들의 정신을 일깨우는 혁신적인 내용이 많이 들어 있다. 이 책을 읽을 때마다 정신이 번쩍번쩍 든다. 그래서 내가 이 책을 최고의 책이라고 감히 주장하는 것이다.

사실 나도 고기를 너무 자주 먹는 편이다. 밥상에 고기가 올라오지 않으면 밥을 먹어도 먹은 것 같지가 않고 뱃속이 허전하다. 그래서 수시로 삼겹살을 구워 먹는데, 김의신 박사가 염려하는 식습관 그대로다.

김의신 박사가 염려하지 않더라도 나도 내 식습관이 문제라고 인식은 하고 있는데, 이걸 바꾸기가 쉽지가 않다. 고기를 자주 먹으면 아무래도 대장암, 직장암, 췌장암 같은 병에 걸릴 가능성도 높을 것이다. 그래서 은근히 겁도 난다. 그런데도 고기 좋아하는 식습관을 못 바꾸고 있다. 그래서 나는 더욱더 달리기에 집착하고 있다고 보면 된다. 말하자면, 고기를 자주 먹는 나는 성인병이나 암에 걸릴 가능성이 높기 때문에 열심히 달리기라도 해야 그나마 그 가능성을 줄일 수 있지 않겠느냐 하는 심리가 내 안에 있는 것이다.

마라톤 이야기에다가 왜 달리기하고는 관련이 없는 암 이야기, 개고기 이야기를 쓰느냐고 따지는 사람이 있을 수 있다. 분명히 말하지만 내가 무슨 글을 쓰든 그건 내 맘이고 엿장수 맘이다. 그리고 마라톤 후기를 죄다 달리기 얘기로만 채울 수도 없다. 맨날 달리기 내용이 그게 그거 아니냔 말이다.

대전 3대 하천 대회 날 아침부터 비가 세차게 내린다. 물론 비가 올 거라는 일기예보는 있었다. 한겨울이나 늦가을이 아니라면 비 맞고 달리는 것도 괜찮다. 봄비를 맞으면서 배따라기의 '그댄 봄비를 무척 좋아하나요'라는 노래를 부르며 달려보리라 다짐을 했다. 비 맞으며 달린 추억 하나를 끄집어내야겠다. 그러니까 지금부터 6~7년 전 한여름 어느 날 새벽에 운동장 트랙을 달리는데 갑자기 폭우가 쏟아지기 시작했다. 천둥 번개에다가 벼락까지 내리치며 우르르 쾅! 쾅! 쾅! 번개 번쩍! 번쩍! 하는데 벼락 맞을지도 모른다는 불안감이 엄습했다. 주위를 돌아보니, 비 오기 전까지 열심히 트랙에서 걷기 운동하던 시민들은 이미 다 트랙 옆에 딸린 헬스장으로 피신하고 트랙에는 나밖에 없다. 순간 나는 고민을 했다. 비 맞고 달리느냐, 아니면 얼른 헬스장으로 피신할 것이냐. 결국 무식하게 그냥 비 맞고 달리기로 했다. 처음에는 천둥 번개 벼락이 무서웠는데, 시간이 지나면서 벼락 사이를 용케 피해 달리면서 짜릿한 희열까지 느꼈으니 이 정도면 마라톤에 미쳐도 단단히 미쳤다고 해야 할 것이다.

다행히도 3대 하천 대회 스타트할 무렵에는 비가 그쳤으니 달리는데 최적의 날씨가 되고 말았다. 이렇게 비가 그치거나 약간의 보슬비가 내리는 날 달리면 자신의 최고 기록을 내기가 쉽다. 8km 지점에서 전주에서 온 황비홍(닉네임.63토끼친구)을 만났다. 이 친구는 전주 살면서도 대전에서 개최되는 마라톤 대회에 자주 출전을 한다. 말하자면 대전 단골손님인 것이다. 그래서 내가 잠깐 같이 달리면서 이 친구를 위해 노래 한 곡 구성지게 불러주었다. 조미미 노래 '단골손님'을 불렀다.

레이스 도중 간간이 보슬비도 내렸으니 마라톤 하기에 날씨가 이보다 더 좋을 수가 없다. 배따라기의 노래 '그댄 봄비를 무척 좋아하나요' 하고 이은하의 노래 '봄비'를 번갈아 흥얼거리며 낭만적인 레이스를 마쳤다.

봄비 속에 떠난 사람 봄비 맞으며 돌아왔네,로 시작하는 이은하의 노래는 얼마나 낭만적이란 말인가. 아름다운 한 편의 시가 아니고 뭐겠는가. 가수 이은하가, 다른 건 몰라도, 목소리만큼은 매력적인 가수라고 할 수 있을 것이다.

나는 대회가 끝난 후에 클럽 회원들에게 "이런 날 자신의 최고기록을 못 낸 사람들은 등신이다."라고 농담을 하기도 하였다. 아무튼 오늘 이야기는 암 이야기, 개고기 이야기 그리고 노래 이야기가 주를 이루고 말았다.

어제 대둔산 갔다 와서 저녁에 또 삼겹살을 배부르게 구워 먹었는데, 어제 먹은 삼겹살은 오늘 두어 시간 달렸으니 깨끗이 소화가 되었을 줄로 믿고 싶다. 앞으로는 삼겹살 먹는 횟수를 확 줄여야겠는데, 잘 될지 걱정이다.

그러나저러나 대둔산 마천대 개들은 지금도 거기 잘 있는지, 아니면 동작 빠른 누군가가 가지고 가서 살처분했는지 그것이 궁금하다. 그때 용기를 내서 개를 들고 왔어야 했는데, 후회막급이다.

2015년 8월, 대둔산 산행

마지막 선물

8월 15일, 광복절 기념 대둔산 산행을 했다. 대둔산은 내 집에서 비교적 가까운 산이라 평소 자주 찾고 있다.

우리 동네 근처에는 대둔산 말고도 계룡산도 있고 수통골도 있고 갑하산도 있다. 아무튼 도처에 훌륭한 산행 코스가 많아서 행복하다. 갑하산 얘기가 나왔으니 말인데, 사실 대전에서 갑하산을 모르는 시민들이 더러 있는 것 같다. 나도 불과 두어 달 전에 지인으로부터 "갑하산 좋다더라. 한 번 가봐라."라는 말을 듣고 갑하산을 가봤는데, 역시 괜찮은 산이었다.

대전 갑동에 있는 갑하산은 대전 현충원 뒷산이라고 보면 되겠는데, 왕복 다섯 시간 코스로서, 산은 그리 높지 않지만 적당히 힘든 코스가 있어서 결코 산행이 썩 쉽지만은 않은 산이라고 할 수 있는데, 이런 괜찮은 갑하산이 일반에 잘 알려지지 않은 것이 의외라고 할 수 있다. 잘 알려지지 않은 탓에 인적도 드물어서 적막한 느낌이 드는 산이기도 하다. 아마 적막해서 사람들이 많이 찾지 않는 것인지도 모르겠다.

나는 갑하산의 매력에 빠진 뒤로는 집에서도 가깝고 코스도 적당히 내 입맛에 맞는 이 갑하산을 자주 오르고 있다. 갑하산 산행은 대전 유성 갑동에 있는 갑동교회 앞에다 주차하고 출발하면 된다.

대둔산도 내가 즐겨 찾는 산이다. 이번 산행은 직장 동료와 함께했는데, 오늘 대둔산 산행을 올가을 '설악산 무박산행 리허설'로 여기고 산행을 하기로 했다. '설악산 리허설'을 하자면 대둔산을 7~8시간은 타야 할 것 같아서 아예 '대둔산 종주'를 하기로 했다. 물론 정식으로 '대둔산 종주 코스'가 있는지는 모르겠는데, 우리 둘이 멋대로 그렇게 명명하고 대둔산을 좀 길게 타보자는 취지였다.

산행을 시작하여 처음 세 시간 동안은 아주 수월하게 갔는데, 깔딱재에서 점심을 먹고 나서 대둔산 정상인 마천대까지 두 시간은 마치 '리틀 설악산 공룡능선'이라 불러도 좋을 만큼 코스가 험하고 약간 위험스럽기도 한 구간이어서 많은 땀을 흘려야 했다. 악전고투 끝에 마천대에 다다를 무렵 나는 지난 3월 대둔산 마천대에서 봤던 강아지 두 마리가 생각이 났는데, 과연 강아지 두 마리가 지금도 거기 있을지 아니면 누군가에 의해 치워졌을지가 매우 궁금했다. 그런데 마천대에 올라서서 보니 역시나 강아지들은 보이지 않았다. 나는 입맛을 쩍쩍 다시며 강아지들의 명복을 빌었다.

오늘이 8월 15일 광복절이고 광복 70주년이라 하여 우리는 마천대에서 목청껏 광복절 만세를 불렀다. 우리 말고도 마천대에서 만세를 부르며 사진 찍는 사람들도 더러 있었다.

오늘 일정은, 대둔산 산행을 마치고 금산군 제원면 용화리에 있는 '한나농원'이라는 과수원에 가서 맛있는 복숭아를 좀 사고, 근처에 있는 어죽식당에 가서 맛있는 어죽을 한 그릇씩 먹고 오는 것이었다. 한나농원은 인터넷에도 올라있는데, 경치가 매우 좋고 과수원의 복숭아도 매우 맛있다고 소문 난 곳이기도 하다. 또한 그 근처에는 맛있는 어죽식당이 즐비하다. 그러니 그곳에 가면 복숭아 맛도 보고 어죽 맛도 보게 되는 것이니 꿩 먹고 알 먹는 셈이다.

그런데 산행 도중 직장 후배가 빙모상을 당했다는 전갈을 받았다. 그래서 급히 일정을 변경하여 장례식장에 조문을 가기로 하였고, 한나농원하고 어죽식당은 아쉽지만 못 가게 되었다.

산행 끝내고 가는 도중 마침 도로변에서 복숭아를 파는 것을 발견하고 차를 세웠다. 복숭아 이야기가 나왔으니 말인데, 내가 반백 년 넘게 살아오면서 나의 아내만큼 복숭아 좋아하는 사람을 지금까지 보지를 못 했다. 나의 아내는 평소에 "복숭아는 내가 제일 좋아하는 과일"이라거나 "내가 어릴 때부터 복숭아를 많이 먹어서 고운 피부를 가졌답니다."라고 말하곤 한다. 그런데 그걸 누가 물어나 봤냐고.

그럼 나의 아내가 얼마나 복숭아를 좋아하는지 실례를 들어 보겠다. 이건 분명 실화다.

나의 부친께서 논산 시골집 텃밭에다 식구들 먹인다고 복숭아나무를 몇 그루 심은 지가 몇 년 됐다. 부친께서 며칠 전에 나더러 "복숭아 따놨으니 와서 가져가거라."라고 하시길래 저녁에 퇴근하고 만사 제쳐놓고 시골에 가서 복숭아를 싣고 대전에 오다가 다음 날이 멀리 산행 가는 날이라 잠시 마트에 들러서 산행 준비물을 고르다가 귀가 시간이 좀 지체되었다. 마침 그날이 금요일이라 아내는 당연히 교회 철야 기도회 간 것으로 알고 집에 들어갔는데, 웬일인지 아내는 교회를 안 가고 그때까지 눈이 빠져라 나를 기다리고 있었다. 내가 "당신 왜 교회 안 갔지?" 라고 물으니 아내가 씨익 웃으며 "복숭아 먹으려고."

아내는 신앙심 하나만큼은 누구에게도 지지 않는 교회 권사님이시다. 아내가 집사님에서 권사님으로 승진한 지가 10년은 되고, 일 년 열두 달 금요 철야기도회는 한 번도 빠지지 않고 나가시는데, 이날은 복숭아에 무릎 꿇고 만 것이다.

이제 여러분은 나의 아내가 얼마나 복숭아를 좋아하는지 이해를 하였을 것이다.

(다시 이야기를 도로변 복숭아 파는 곳으로 돌려서)

같이 간 친구가 복숭아 한 궤짝 사는 것을 주저하고 있길래 내가 버럭 소리를 질렀다. "당신 말이야, 그러면 못써. 우리는 온종일 산행하며 즐겼는데, 집 식구를 위해 그깟 복숭아 한 궤짝 못 사 가느냐?"라고.

사실 내가 장모상을 당한 후배한테 조문을 가는 것은 순수하지 못한 계산적인 의도가 있어서다. 그 후배가 금년 봄 어느 직원 결혼식장에서 축가를 부르는 것을 보았다. 그 후배는 인물도 훤하고 체격도 우람하고 목소리도 아나운서 못지않게 매력이 넘쳐흘렀기 때문에 내가 평소에도 그 후배한테 가끔 “당신 말이야, 목소리가 너무 좋아서 아나운서로 풀렸어야 하는 건데 인생 잘못 풀린 것 같네.”라고 농담을 던지곤 했다. 그런데 그 후배가 결혼식 축가까지 부를 줄은 몰랐다. 축가를 마치 테너 가수처럼 멋들어지게 부르는 게 아닌가.

다들 결혼식장에 수없이 다녀봐서 알겠지만, 결혼식에서 축가를 불러준다면 그 결혼식은 훨씬 격조가 있어 보이고 빛이 나는 법이다. 그 뒤로 나는 그 후배를 만나면 “당신 말이야, 내 딸 결혼식 때도 와서 축가 불러주어야 해.”라고 미리 윽박질러놓고 있는 중이었다. 그러던 차에 그 후배가 장모상을 당했으니 내가 조문 안 갈 도리가 없는 것이다. 나는 이렇게 얍삽하다.

언젠가 나도 직장 동료로부터 “당신 말이야, 성악을 해보시오.”라는 권유를 받은 적이 있다. 내 목소리가 워낙 크니까 동료가 농담 삼아 해본 소리일 것이다. 그런데 사실 똥배도 많이 나오고 목소리 큰 내가 젊었을 적에 성악을 했더라면 세계 3대 테너 가수라고 하는 루치아노 파바로티, 호세 카레라스 그리고 플라시도 도밍고 같은 위대한 성악가가 되었을지도 모른다. 남자 성악가는 대개 나처럼 똥배가 나오고 체격도 우람한 사람이 많은 것 같다. 마라토너처럼 빼빼 마른 남자 성악가를 나는 본 적이 없는 것 같다.

2008년에 작고한, 세계 최고의 테너 가수였던 이탈리아의 루치아노 파바로티도 엄청난 거구였지 않은가. 그리고 내가 대전

지역 음악회에 몇 번 갈 때마다 자주 보게 되는 어느 테너 가수는 배가 엄청 나왔는데, 내 배는 그에 비하면 아무것도 아니다. 확실히 성악가는 체격이 우람하고 배가 많이 나오는 것이 대세인 것 같다. 그리고 확실히 목소리는 우람한 배에서 나오는 것 같다. 그런 면에서 본다면 나는 마라톤이 아닌 성악을 했어야 하지 않았을까?

장례식장에 들어서서 그 후배와 인사를 하는데, 어찌 된 일인지 그 후배가 여전히 우렁찬 목소리로 싱글벙글하며 손님들을 맞고 있는 게 아닌가. 어이가 없어서 내가 그 후배에게 표정 관리 좀 하라고 타일렀는데도 그 후배는 내 말에는 아랑곳하지 않고 다음과 같이 말한다. "저의 장모님은 짧은 기간 투병하시다 고통 없이 편안하게 가셨습니다."라고.

물론 장모님이 생전에 신앙심이 깊은 권사님이셨고, 가족들 다 독실한 신앙인들이라 믿는 구석이 있어서 표정이 그랬는지도 모른다. 그 후배의 아내(망자의 딸)도 남편처럼 밝은 표정이었다. 망자의 자식들이 전혀 슬퍼하지 않고 저렇게 밝은 표정으로 조문객들을 맞는 장면은 약간은 충격적인 모습이 아닐 수 없었다. 나는 후배에게 말했다. "자네 장모님이 '마지막 선물'을 주고 가신 것 같네. 너무 슬퍼하지 않도록 하는 선물을…"

후배 장모님 덕분에 나도 언젠가는 세상을 떠날 때 가족들에게 멋진 선물을 주고 떠나고 싶다는 생각을 해봤다. 물론 그것이 내 뜻대로 될지는 모르지만.

아무튼, 그 후배는 이제 틀림없이 내 딸 결혼식 때 축가 불러 주러 올 것이다.

2015년 11월, 진주 마라톤

나의 마라톤 은퇴식

진주 마라톤 대회에 오래전부터 참가하고 싶었는데, 이번에 소원을 이루게 되었다. 내가 TV 프로그램 중에서 즐겨 보는 것이 KBS 가요무대인데, 내가 가요무대를 즐겨 본 지가 30년은 되었으니 가요무대가 방송을 시작하면서부터 이 프로를 즐긴 것이다. 언젠가 가요무대 방송을 '진주 남강 유등 축제' 기간에 진주에서 진행하는 것을 보았다. 수십 년간 가요무대를 시청했지만 방송을 지방에 내려와 진행하는 것은 처음 보았다. 그만큼 진주는 유서 깊은 고장인가 보다.

〈이별의 부산정거장〉, 〈무너진 사랑탑〉 등을 부른 가수 남인수의 고향이 바로 이곳 진주다. 가요무대 진행자인 김동건 아나운서가 남인수 선생을 가리켜 "진주가 낳은 불세출의 가수" "미성美聲의 가수"라고 멘트하는 것을 내가 가요무대를 수십 년 시청하면서 여러 번 들은 것 같다.

레이스 출발 직전에 경기복으로 갈아입으려고 하는데, 아차, 경기복을 버스에 놓고 내린 것이다. 버스는 이미 안전한 주차를 위해 먼 데로 이동하였으니 버스로 갈 수 없어서 할 수 없이 입고 있던 바지 차림으로 달리기로 한다. 나는 이렇게 건망증이 심하다. 건망증이 심해서 물건을 자주 잃어버린다.

일 년에 우산을 몇 개는 기본적으로 잃어버린다. 이것도 일종의 치매 초기 증세가 아닌지 겁이 난다. 치매 예방에 책 읽는 것이 좋다고 하여 열심히 책을 읽고는 있는데, 도대체 효과가 있는 건지 없는 건지 모르겠다.

대회 당일 날씨는 약간 쌀쌀한 데다가 구름이 친절하게도 해를 가려주어서 달리기에는 딱 좋은 날씨다. 4km쯤 지나자 진양호가 모습을 드러낸다. 진주에 진양호가 있다면 내 고장 논산에는 탑정호가 있다. 그런데 진주의 진양호보다는, 내가 논산 사람이라서 하는 말이 아니라, 확실히 논산 탑정호의 풍경이 더 나은 것 같다. 논산은 탑정호 덕분에 내가 어렸을 적부터 지금까지 아무리 날씨가 가물어도, 논농사에 관한 한, 가뭄의 피해를 본 적이 없는 것으로 기억한다.

7km쯤 가니 호흡이 정리가 되고 몸이 풀리는 느낌이다. 오랜만에 '러너스 하이'를 느끼는 기분이다. 수많은 주자들이 나를 추월하여 간다. 나는 그들의 뒤통수를 노려보며 굳게 다짐을 한다. 그래, 당신들, 나보다 잘 달려서 참 좋겠다. 그러나 어디 두고 보자. 당신들은 나이 60 넘으면 서서히 마라톤 대열에서 이탈할 것이고, 나이 70 넘으면 상당수가 마라톤을 그만둘 것이

고, 나이 80 넘으면 마라톤 하는 사람 거의 없겠지만 나는 적어도 90세까지는 달리겠다. 나는 겨우 서브5 하는 느려터진 주자이지만 적어도 90세까지는 달리겠다. 어디 두고 보자. 나는 적어도 90세까지는 달리겠다.

정말이지 나는 적어도 90세까지는 달리려고 한다. 80세 되는 해에 풀코스 100회 달성하면서 팔순 잔치를 하고, 그 후부터는 하프 또는 10km만 달리다가 90세가 되면 화려하게 마라톤 은퇴식을 거행하려고 한다. 물론 은퇴식은 하더라도 달리기는 멈추지 않을 것이다.

나의 마라톤 은퇴식에는 내가 평생 마라톤으로 인연을 맺은 모든 사람을 초대할 것이다. 마라톤 은퇴식 때 나는 하프코스를 달리려고 한다. 그러니 나의 은퇴식에 초대받은 사람들은 나하고 하프코스를 같이 달려야 한다. 2시간 30분 페이스로 달릴 것이다. 만약 그때 늙어서 다리가 부실한 사람이나 건강이 좋지 않은 사람은 동반주를 안 해도 될 것이지만, 대신 자봉이나 응원이라도 해야 한다. 성대한 마라톤 은퇴식이 끝나면 그 뒤로는 매일 5km를 걷든가 살살 달리면서 여생을 마치려고 한다.

얼마 전 전직 대통령 YS께서 88세를 일기로 서거하셨는데, 다 알다시피 그는 야당할 때부터 조깅을 즐겼다. 청와대에 들어가서도 꾸준히 조깅을 즐기던 YS가 퇴임하고 상도동 사저로 돌아가서는 조깅은 접고 동네 사람들하고 배드민턴을 즐긴 모양이다. 만약 YS가 퇴임하고도 계속 조깅을 했더라면 아마 100세까지는 살지 않았을까 생각해본다.

지난 11월 초, 신문에 이상운이란 소설가가 57세의 나이에 교통사고로 유명을 달리했다는 기사가 실렸다. 개그맨 이상운이 아니고 작가 이상운이다. 어떤 이가 이상운 작가의 죽음에 대해 '연부역강한 작가의 죽음'이라며 애도하는 글을 쓴 것을 보았다. 연부역강이라, 처음 접해보는 어려운 낱말이라서 즉시 사전을 찾아보았다. 연부역강[年富力强]…. 나이가 젊고 기운이 왕성하다는 뜻이다.

인터넷 검색을 해 보니 이상운 작가가 여러 권의 책을 냈는데, 가장 최근에 낸 『아버지는 그렇게 작아져 간다』라는 책에 눈길이 갔다. 작가의 아버지가 88세에 병석에 들어 92세로 돌아가실 때까지 작가 자신이 3년 반 동안 아버지의 똥, 오줌을 직접 받아내며 간호하면서 쓴 글이다. 똥, 오줌을 받아냈으니 효자도 이런 효자가 없다.

작가의 아버지는 장수는 하셨지만 안타깝게도 인생 마지막 3년 반을 너무 고생하시다 가셨다. 고령의 부모가 있는 사람들이나 부모님 병간호를 하는 사람들이라면 한 번쯤 읽어볼 만한 좋은 책이다. 고령의 부모님이 병원에 입원하시게 되면 반드시 알아야 할 중요한 내용도 들어있다. 이상운 작가의 이 책 『아버지는 그렇게 작아져 간다』 250 페이지에 실린 내용을 인용해본다.

– 나는 어느 날 갑자기 아프기 시작해 급격히 허물어진 아버지로 인해 죽어가는 인간의 시간을 적나라하게 겪어보았다. 나는 죽어가는 한 인간과 밀착해 보살피고 관찰하고 성찰하면서 삶과 노화와 질병과 죽음, 그리고 그에 대처하는 우리의 현실에 대해 많은 객관적 배움과

마음의 가르침을 얻었다 -

나는 거듭 다짐하지만 90세까지는 마라톤을 즐기다가 90세에 많은 사람들 축복 속에 마라톤 은퇴식을 가지려고 한다.

이상운 작가의 명복을 빈다.

2016년 3월, 서울 동아마라톤

나의 최후

3월 서울 동아마라톤에 2007년부터 개근하여 참가하고 있으니 올해가 드디어 열 번째 출전이다. 가을에 열리는 중앙마라톤이나 춘천마라톤에는 개근 참가하지 못하고 중간에 불참한 적도 있지만 서울 동아마라톤대회에는 10년간 한 해도 거르지 않고 꾸준히 참가한 것이다. 앞으로 평생 내가 몸져 드러눕거나 천재지변이 일어나지 않는 한 서울 동아마라톤에는 해마다 출전할 것이다.

이번 서울 동아마라톤 출전을 위해 그 어느 해보다 충실히 준비를 했다. 고질적인 잔부상에서도 거의 해방이 되었다. 대회를 3주, 2주 앞두고 30km짜리 장거리 훈련도 착실히 소화했다. 또한 겨울에 나는 영하 15도의 추위에서 달리는 것이 소원이었는데, 내 기도가 하늘에 닿았는지 내가 사는 대전 지역에 지난겨울 영하 15도로 내려가는 날이 딱 하루 있었고 나는 이날을 놓치지 않고 달리기를 할 수 있었다. 역시 꿈은 이루어진다.

황당한 일도 겪었다. '나비마라톤'이라는 마라톤 기획사에서 매주 토요일 아침 대전 갑천에서 '나비마라톤 대회'를 개최한다는 사실을 알고 마라토너로서 나는 환호했다. 가까운 갑천에서 매주 토요일에 대회가 열리니 토요일에는 아무 때나 맘만 먹으면 출전할 수 있다는 것은 나 같은 마라토너들에게는 축복인 것이다. 그 나비마라톤 대회에 지난 1월 말에 출전한 바도 있다. 그런데 지난 2월 설 명절을 이틀인가 앞두고 그 나비마라톤 사장님이 갑자기 돌아가셨다는 전갈이 왔고, 나비마라톤 대회는 이후 폐지가 되고 말았다. 참으로 황당하고 안타까운 일이 아닐 수 없다.

내가 지난 1월 말에 갑천 나비마라톤 대회에 출전해보니 대회가 엉성하게 진행되는 부분이 많아서 내가 나비마라톤 사장님에게 한참 잔소리(조언)를 한 사실도 있다. 예를 들자면, "대회를 알리는 현수막이 없다. 대회 현수막을 큼지막하게 내걸어라, 완주 메달은 희망자에게만 지급하고 참가비를 낮춰서 실속 있게 진행하여 여타 대회와 차별화를 시도하라." 등등 ……. 그랬더니 사장님이 "좋은 의견이다. 참고하겠다."라고 화답했다. 그래서 나는 그 사장님에게 "내가 좋은 의견 냈으니 앞으로 나비마라톤이 발전하게 되면 내 덕분으로 알고 내 참가비 좀 깎아주던가 면제해주시오."라고 했고 그 사장님도 "알았다."라고 흔쾌히 대답을 했던 것이다. 아, 그랬는데 며칠 후 그 사장님이 갑자기 돌아가셨다는 소식이 날아왔으니 이 얼마나 황당한 일이냐 하는 것이다.

서울 동아마라톤대회 참가비가 4만 원에서 5만 원으로 1만 원이 인상되었다. 물론 라이벌 마라톤 대회인 중앙마라톤과 춘천마라톤도 공히 5만 원으로 인상이 되었다.

서울 동아마라톤(다른 라이벌 대회도 마찬가지이지만) 대회에서는 대회 기념품이라는 것을 참가자들에게 지급하는데, 이 기념품이라는 것이 대부분 허접해서 거의 사용할 일이 없다는 것이다. 나는 해마다 동아마라톤 기념품을 받으면 즉시 쓰레기장 분리수거함에 던져 버린다. 내가 이 말을 하는 것은, 달림이들에게 별 도움 안 되는 기념품을 억지로 지급하지 말고 참가비를 낮춰야 한다는 것을 강조하는 것이다. 다시 말하자면 참가자들에게 기념품을 주지 말고 참가비를 낮춰서 실속 있게 진행하라는 것이다. 그러면 대회 주최 측에서도 해마다 '기념품을 뭐로 할까' 고민하지 않아도 될 것이다. 머리도 별로 좋지 않은 사람들이 매년 그렇게 기념품 선정 문제로 고민하는 꼴을 더는 못 봐주겠다.

그렇다면 과연 기념품을 지급하지 않는다면 참가비를 얼마로 하면 좋겠느냐, 라고 누가 나에게 묻는다면, 2만 5천 원이면 된다고 생각한다. 말하자면 서울 동아마라톤은 기념품을 없애고 참가비는 2만 5천 원으로 내리라는 것이다. 물론 내 생각이다. 제발 대회 기념품을 없애자. 기념품을 없애기 싫다면 희망자에 한해서만 돈 받고 지급하면 될 일이다.

이번 대회를 앞두고 파워젤도 구입했다. 내 경험으로는 파워젤이 레이스에 확실히 도움이 된다는 결론이다. 지금까지는 마라톤 대회 나갈 때 파워젤을 산 적이 없었는데, 이번에 큰맘 먹고 처음으로 파워젤을 구입했다.

결전의 날 대회 장소인 서울 광화문에 도착하니 전마협(전국 마라톤협회)에서 참가자들에게 인절미를 제공하고 있어서 배불리 인절미를 먹어두었다. 나는 레이스 할 때 10km만 넘어가면 배고픔에 시달리기 때문에 출발 한 시간 전에는 반드시 음식을 먹어두어야 한다. 게다가 출발 전에 파워젤까지 먹었으니 오늘은 달리다가 배고파서 고전하는 일은 없을 것이라 안심했다. 파워젤 세 개는 몸에 소지하고 달리기로 했다. 달리다가 중간중간 먹을 생각이다.

출발한 지 몇 km 못 가서 반대편에서 엘리트 선수들이 달려오는데, 전부 아프리카 선수들이고 우리 선수들은 벌써 선두권에서 처져 있어 분통이 터진다. 대체 우리나라 마라톤은 언제쯤 과거의 영광을 재현할 것인가? 영원히 불가능한 일일까?

내가 대한민국 마라톤팀 감독이 된다면 다음과 같이 하겠다.

고故 정봉수 감독보다 더 혹독하게 훈련을 시키겠다.

우선, 국가대표급 400m 선수들도 몇 명 영입해서 마라톤팀과 치열하게 400m 트랙 인터벌훈련을 시키겠다. 말하자면 400m 전문선수를 마라톤 대표팀의 400m 트랙 인터벌훈련 파트너로 활용하겠다는 것이다. 400m를 45초 페이스로 20개씩 달리게 하는 트랙 인터벌훈련을 시키겠다는 말씀이다.

또한 500m쯤 되는 언덕에서 언덕 인터벌훈련을 30개씩 시키겠다. 마라톤의 기초가 400m 훈련이다. 400m를 45초에 주파하지 않고서는 세계 마라톤 무대에서 경쟁할 수가 없다. 대개의 경우, 꼭 그런 건 아니지만, 400m 기록이 좋은 선수가 마라톤 기록도 좋다고 할 수 있다. 400m를 45초에 주파하는 훈련을 피똥 쌀 만큼 처절하게 시키겠다는 것이다. 장거리 훈련은 그다음 문제다. 일단 400m 트랙 인터벌훈련과 500m 언덕 인터벌훈련에 사활을 걸도록 하겠다.

한국 마라톤이 왜 이렇게 퇴보했느냐? 이유는 간단하다. 피똥 쌀 만큼 훈련을 안 하기 때문이다. 황영조 선수가 90년대에 정봉수 감독 밑에서 훈련할 당시, 훈련이 너무 고통스러워서 달려오는 트럭으로 돌진하고 싶었다는 말을 들은 적이 있다. 그런데 그런 황영조 선수도 이봉주 선수도 피똥 쌌다는 말은 들어본 적이 없다. 내가 감독이라면 선수들은 전원 피똥을 쌀 각오를 해야 한다.

그리고 일 년에 4개월쯤은 케냐나 에티오피아로 전지훈련을 가서 현지 선수들과 똑같이 훈련을 시키겠다. 뭐든 '끼리끼리' 놀기 때문이다. 무슨 말이냐 하면, 학교 다닐 때 공부 잘하는 애들은 공부 잘하는 애들끼리 놀고, 공부 못하는 애들은 공부 못하는 애들끼리 놀고, 껄렁껄렁한 녀석들은 껄렁껄렁한 녀석들끼리 놀고, 얼굴 예쁜 애들은 예쁜 애들끼리 놀고, 못생긴 애들은 못생긴 애들끼리 놀 듯이 운동도 마찬가지란 것이다.

연중 상반기 두 달간은 케냐에서, 하반기 두 달간은 에티오피아에서 훈련하겠다는 말씀이다. 마라톤도 국내 선수들끼리만 경쟁하고 훈련해서는 절대로 케냐나 에티오피아 선수들을 따라갈 수가 없다. 그래서 우리보다 실력이 월등한 케냐, 에티오피아로 전지훈련을 일 년에 몇 달씩 가서 그들과 놀게 하겠다는 것이다. 우리보다 잘 뛰는 그들과 경쟁하고 그들과 같이 훈련을 해야 그들을 따라갈 수 있는 것 아니겠는가. 만날 우리 선수들끼리만 놀게(훈련하게) 해서는 절대로 케냐나 에티오피아 선수들을 이길 수 없다.

케냐나 에티오피아 선수들이 세계무대에서 중장거리와 마라톤을 휩쓰는 것은, 그 지역이 산소가 희박한 고원지대라서 선수들 심폐기능이 좋아서일 것이라고 우리는 알고 있다. 말하자면 자연의 혜택을 받아서 케냐나 에티오피아 선수들이 잘 달린다고 알고 있다는 것이다. 물론 그런 이유도 있기는 하겠지만 기본적으로 그들은 어느 나라 선수들보다 열심히 훈련을 한다는 사실을 알아야 한다.

최근 우리나라에서 케냐 출신의 세계적인 마라토너를 한국에 귀화시키려는 움직임이 있었다. 어차피 우리나라 선수 현재 실력으로는 올림픽 메달을 기대할 수 없으니 외국 선수를 귀화시켜서라도 메달을 따보겠다는 심산일 것이다. 그런데 나는 여기에 분연히 반대표를 던지겠다. 도대체 그런 발상 자체가 이해가 안 간다. 아무리 우리나라가 올림픽 마라톤 금메달에 한이 맺혀 있다 할지라도 어떻게 외국 선수를 귀화시켜서 도전하게 한다는 것인지 그 발상 자체를 이해를 못 하시겠다는 말씀이다. 설령 귀화 선수가 올림픽에서 금메달 땄다고 가정해보자. 과연 국민들이 진정으로 감동하고 환호할 것 같은가? 천만의 말씀일 것이다. 결코 우리나라 금메달이라고 공감하지 않을 것이고 자랑스러워하지도 않을 것이다. 금메달 못 따면 말지 그런 꼼수를 부려서는 안 될 것이다. 그런 꼼수는 정치판에서 배웠음이 틀림없다.

귀화시키지는 않더라도 케냐나 에티오피아 선수들을 영입하여 국내 선수들의 훈련 파트너로 삼을 수는 있을 것이고, 또 그렇게 해야 훈련 성과가 좋을 것이라고 생각하고 있다.

아무튼, 공부도 그렇지만, 운동도 잘하는 친구들과 어울려야 잘하게 된다는 것을 강조하고 싶은 것이다. 뭣이든 '끼리끼리'라는 사실을 명심해야 한다.

그리고 내가 마라톤 감독이 된다면 대표팀 훈련장을 새롭게 혁신적으로 건립하겠다. 400m 트랙이 아닌 1,000m 트랙을 만들고 바닥에는 황토를 깔겠다. 황토 위를 달리면 부상 예방에도 좋을 것임이 분명하다. 그리고 트랙 위 전체를 차양막 겸 지붕을 설치하겠다. 그렇게 하면 비가 오나 눈이 오나 땡볕과 관계없이 달릴 수가 있다. 또 1,000m 트랙이라서 장거리 훈련이든 인터벌훈련이든 아무 때나 할 수가 있을 것이다. 말하자면 나는 전천후 훈련장 또는 '꿈의 훈련장'을 육상연맹이나 대한체육회에 건의해서 반드시 만들 것이고, 만약 육상연맹이나 대한체육회에서 "돈이 없다."라고 징징거리면 기업의 후원을 받거나 국민 성금을 받아서라도 반드시 꿈의 훈련장을 만들고야 말 것이다. 투자를 해야 성과를 낼 수 있는 것 아닌가. 그리고 국가대표 마라톤팀 전담 의료진을 확보해서 항상 선수들과 같이 움직이며 수시로 근육 마사지나 물리치료 또는 재활 치료를 받도록 하겠다. 선수들의 부상 예방과 치료에 만전을 기하겠다는 것이다.

나의 혹독한 훈련방식에 대해 싹수없이 대들거나 팀에서 뛰쳐나가는 것들은 육상경기연맹과 협의하여 국내 어느 팀에서도 선수 생활을 못하도록 법제화하겠다.

후보 선수들이 주전 선수들에 밀려 대회 출전을 자주 못 하고 의기소침해할 우려가 있는데, 훈련만 잘 소화하고 감독, 코치 말만 잘 듣는다면 서운치 않게 후보 선수들에게도 보상을 해 주겠다.

이봉주 선수도 은퇴 후 어느 인터뷰에서 지적했는데, 요즘 선수들 틈만 나면 스마트폰(핸드폰)만 만지작거리고 있다는 것이다. 나는 죽으면 죽었지 절대로 이 꼴 못 본다. 핸드폰은 일과가 다 끝난 저녁 시간에만 사용하도록 하고 일과 시간에는 일절 사용하지 못하도록 할 것이다. 점심시간에도 일절 핸드폰이나 컴퓨터 못하게 할 것이다. 시간이 나면 차라리 피로 해소를 위한 낮잠을 자도록 하거나, 잠이 안 오면 책을 읽으라고 할 것이다. 급한 용무가 있으면 감독이나 코치 핸드폰을 빌려서 쓰게 할 것이다. 이렇게 하면 처음에는 선수들이 적응을 못 하고 힘들어하고 투덜대겠지만 시간이 지나면 점차 이런 분위기에 적응할 것이다. 훈련 분위기를 조금이라도 해치는 짓은 일절 용납하지 않겠다는 것이다.

모든 선수에게 잠자리에 들기 전에 반드시 훈련일기를 쓰게 할 것이다. 김난도 교수가 쓴 유명한 책 『아프니까 청춘이다』 126 페이지에 실린 글이다.

- 2010년 U-17 여자 월드컵에서 MVP와 득점왕을 차지하며 한국팀을 우승으로 이끈 여민지 선수가 초등학교 4학년 때 축구에 입문하면서부터 써온 훈련일기가 화제가 됐다. 초보자를 위한 축구 교재로 삼아도 될 만큼 충실한 메모와 자기반성으로 이미 6권을 채웠다고 한다.

올림픽 금메달에 빛나는 마라톤 영웅 황영조 선수도 1988년 강릉 명륜고 1학년 때부터 1996년 은퇴할 때까지 하루도 거르지 않고 훈련일기를 적었다고 한다. 어떤 날씨에, 어떤 길을 달렸고, 무엇을 먹었으며, 기록은 어땠는지 등 …. 국가대표를 이끌고 있는 지금도 그 자료를 선수 지도에 참고할 정도라고 한다. 성공하는 사람은 다르다. 자기를 돌아볼 줄 아는 능력이 있다 -

선수들에게 틈만 나면 딴짓을 못 하게 하고 책을 읽도록 하겠다. 책을 많이 읽는 선수가 운동도 잘하는 법이다. 또한 책을 통하여 젊은 시절부터 자연스럽게 인문학적 교양을 쌓을 수가 있을 것이다. 이렇게 맹렬하게 책 읽는 훈련도 시키면 나중에 대표팀을 떠나고 나이 먹어서라도 책과 가까이하는 인생을 살아갈 것이다. 내가 이렇게 마라톤팀을 지도한다면 누가 보더라도 고개를 끄덕일 것 아닌가? 내 말이 틀렸나? 나보다 더 개혁적이고 참신하고 훌륭한 훈련 스케줄을 가지고 있는 사람 있으면 어디 한번 나와보라고 주장하고 싶다. 이렇게 유능한 감독이 초야에 묻혀 썩어가고 있다니!!!

10km 지점에서 파워젤을 하나 또 먹었다. 오늘 레이스를 하면서 세 번 깜짝 놀랄 만한 장면을 목격했다. 첫 번째 깜짝 놀랄 만한 장면은, 4km쯤 지날 무렵에 목격했다. 반대편에서 20대로 보이는 청년 둘이 느릿느릿 달려오는데, 얼핏 보기에 체중이 130~140kg은 나가는 것 같았다. 체형이 마치 일본 스모선수처럼 우람하다. 저런 몸집으로는 도저히 풀코스는 못 뛸 것이라

생각되는데, 그 청년들은 설마 완주하려고 달리는 것은 아닐 것이다. 그런데 유감스럽게도 이 뚱뚱한 청년들 사진을 못 찍었다.

두 번째 깜짝 놀랄 만한 장면은, 13km쯤 가서 목격이 되었다. 등짝에 당당히 '58개띠마라톤'이라 써놓고 달리는 개띠누님이 한 분 보이는데, 얼핏 보기에 이 누님 체중이 70kg 이상은 나갈 것 같다. 이 개띠누님 달리는 모습을 뒤에서 잠시 유심히 관찰해보니 체중은 많이 나가지만 자세는 매우 안정적이다. 그러니까 평소 연습은 충분히 했다는 뜻일 것이다. 잠시 이 개띠누님에게 대화를 청하지 않을 수 없었다. 풀코스 몇 번째냐고 물으니 일곱 번째란다. 그런데 이 개띠누님이 이 대답만 하고는 잽싸게 나를 피해서 달아나 버린다. 대답하기 귀찮으니 말 시키지 말라는 뜻인 모양이다.

18km 지점에 이르자 4시간짜리 페이스메이커가 지나간다. 내가 그래도 한때는 안정적으로 서브4는 했던 사람이란 말이다. 그래서 여기 18km 지점부터 20km 지점까지 2km 거리를 저 4시간짜리 페이스메이커를 따라 베스트 페이스로 달려보기로 했다. 20km까지는 이를 악물고 따라갔는데, 더 이상은 무리라는 판단에 다시 페이스를 원위치시켰다. 그러니까 나는 현재는 도저히 풀코스를 4시간에는 주파하지 못할 실력이고, 카메라를 들지 않고 정상적으로 달린다면 4시간 20분쯤 걸릴 것 같다. 20km 지점에서 다시 파워젤 하나를 꺼내서 먹는다. 아직까지는 몸이 가뿐하고 피곤함도 별로 못 느낀다. 역시 파워젤 덕분인가?

마지막 세 번째 깜짝 놀랄 만한 장면이 목격된 것은 24km 지점에서였다. 어느 할아버지가 등짝에 '89세는 노인이 아니야'라는 글을 써 붙이고 달리는 것이었다. 그 할아버지 옆에 카메라맨이 찰싹 달라붙어 촬영을 하고 있는데, 내가 이 장면을 놓칠 리가 없어서 연신 카메라에 담았다. 오늘 레이스 장면 중 압권이다. 이 할아버지 달리는 모습은 먼 훗날 나의 자화상이 아닐 수가 없다. 나도 89세에 이 할아버지처럼 풀코스를 달릴 수 있을까?

이 할아버지 성함은 '김종주'이시다. 나중에 인터넷을 검색해 보니 김종주 할아버지가 『팔순마라토너의 끝없는 도전』이라는 책도 쓰셨다고 하는데, 이 책을 구하기가 쉽지가 않다. 30km 지점에 이르러 마지막 남은 파워젤을 꺼내 먹었다. 그런데 이 지점에서 왼쪽 다리 햄스트링에서 통증이 시작된다. 다행히 통증이 심하지는 않아서 충분히 견딜 만하다. 어쨌든 나의 햄스트링 부상은 내가 평소에 꾸준히 치료하고 관리하고 있는데도 아직까지 완치는 안 되고 있다. 햄스트링에서 약간의 통증은 있지만 아직도 몸은 그렇게 피곤한 줄 모르겠고 페이스도 꾸준히 유지하고 있고 앞으로 남은 거리도 무난히 갈 것 같다. 파워젤 덕분일 것이다.

잠실대교를 건너 37km 지점에 이르는 순간 갑자기 이번에는 오른쪽 다리 장경인대에서 통증이 시작된다. 한동안 괜찮았던 장경인대였는데 오늘 또다시 통증이 재발하여 어쩔 수 없이 여기서부터는 페이스를 조금 늦출 수밖에 없다. 그래도 통증이 심하지는 않아서 완주하는데 큰 지장은 없을 것 같다. 경미한 햄스트링 통증과 경미한 장경인대 통증을 잘 참아내고 드디어 잠실 메인스타디움에 들어서서는 '100m 15초 페이스'로 질주하여 선행 주자들을 모조리 제치고 씩씩하게 골인할 만큼 나는 힘이 남아돌았다. 파워젤 덕분일 것이다. 이렇게 나의 31번째 풀코스 레이스는 막을 내렸다.

지미 카터 전 미국 대통령을 기억할 것이다. 카터는 재임 중에는 별 인기 없는 대통령이었는데, 퇴임하고 나서는 활발한 봉사활동으로 국민들의 사랑을 한 몸에 받고 있다. 우리나라 대통령들은 퇴임하면 봉사활동이라는 걸 당최 할 줄 모르고 가끔 헛소리나 빽빽 해대고, 재임 중 자신과 자신의 측근이나 가족들이 저지른 과오에 대해 미안해하지도 않고 부끄러워하지도 않는 것 같다. 그래서 우리나라에는 퇴임하고 나서도 존경받는 전직 대통령이 거의 없다.

카터 대통령이 1980년 재선 도전에 나섰다가 레이건 대통령에게 패하여 재선에 실패하고 백악관을 나오게 된다. 카터가 백악관을 떠날 때 카터의 나이가 겨우 56세였다고 한다. 노태우 대통령은 55세에 대통령에 당선되었다고 하고, 노무현 대통령이 대통령에 당선된 것은 56세 때였다고 한다. 이제 나도 1~2년 있으면 그 나이가 된다.

카터가 달리기를 열심히 했다는 것은 다 알려진 사실이다. 카터는 젊을 때부터 달리기를 비롯하여 사냥, 낚시, 캠핑, 테니스, 하이킹 등 야외활동을 즐겼다고 하니 만능 스포츠맨이었던 것이다. 물론 대통령 재임 중에도 달리기를 즐겼으며 퇴임 후에도 오랜 기간 달리기를 한 모양이다.

카터가 1979년 한국을 방문하여 청와대에서 자지 않고 동두천 미군 부대에서 자고 아침에 미군들과 조깅한 것이 크게 화제가 되었고, 이후 한국에 조깅 붐이 일었다고 한다.

지금 카터 나이가 90을 넘었다. 카터 대통령이 쓴 책 『나이 드는 것의 미덕(The Virtues of Aging)』의 124 페이지에 있는 글을 소개한다.

– 나는 집안의 장남이지만 내 가족 가운데 살아남은 유일한 사람이기도 하다. 어머니를 제외하면 우리 식구들 모두 일찍 세상을 떠났다. 아버지는 마흔아홉에, 큰여동생은 예순다섯에, 작은여동생은 마흔넷에, 남동생은 쉰둘에 사망했다. 모두 담배를 좋아했고 췌장암으로 사망했다 –

그러니까 카터 집안은 장수하는 집안이 아니고 대부분 단명한 집안이었는데, 놀랍게도 카터는 90세가 넘도록 생존해 있다. 만약 카터가 장수하는 집안에서 태어났더라면 카터는 아마 100세까지는 기본으로 살 것이고, 110세까지 살 수도 있을 것이란 생각이 든다. 카터가 평생을 꾸준히 달리기를 했으니까 가능한 일일 것이다. 계속해서 카터의 책 『나이 드는 것의 미덕』의 127 페이지에 실린 글을 소개한다.

– 중병에 걸린 우리 가족들은 인위적으로 생명을 연장시키는 의료처치를 받을 수 있었음에도 가족과 친구들이 지켜보는 가운데 평화롭게 죽음을 맞았다. 이들 모두가 살아생전의 독특한 성격을 계속 유지

했고, 자기 존엄성을 지켰다. 생애 마지막 날 이들은 가능한 한 기쁘고 편안한 모습을 보여줌으로써 남아 있는 사람들의 고통을 덜어주려고 노력했다.

여동생 글로리아는 오토바이를 좋아했는데, 비슷한 취미를 가진 친구들에게 둘러싸여 할리 데이비슨 오토바이 얘기며 도로 위에서 함께 나눈 소중한 기억들에 대해 이야기하며 임종을 맞았다. 그녀의 장례식장에는 서른일곱 대의 할리 데이비슨 오토바이가 내는 굉음이 울려 퍼졌다.

남동생과 어머니는 마지막 순간까지 유머를 잃지 않았고, 막내 여동생은 마치 복음 전도사처럼 신앙을 잃지 않는 모습으로 죽음을 맞았다 –

'구구팔팔이삼사'라는 말이 있다. 다들 알고 있는 말이지만, 99세까지 88하게 살고 2,3일 앓다가 4일 만에 죽자, 라는 뜻이다. 그런데 여기서 업그레이드된 새 버전이 '9988복상사'다. 말하자면, 2~3일 앓을 필요도 없이 곧바로 복상사하자는 뜻일 것이다. 그럼 나는 어떻게 죽음을 맞을 것인가. 잘 믿으려 하지 않겠지만 나는 달리다가 죽음을 맞았으면 좋겠다. 이건 절대로 농담이 아니다. 내가 좋아하는 달리기를 하다가 최후를 맞는 것도 복이란 생각이 든다.

물론 신이 나에게 이런 복을 허락할지는 모르지만.

2016년 8월,

세계 육상계의 해괴한 일들

세계 육상계에서는 별 해괴한 일들이 벌어지기도 한다. 그중 마라톤의 사무엘 완지루(케냐), 단거리의 오스카 피스토리우스(남아프리카공화국), 중거리의 캐스터 세메냐(남아프리카공화국)라는 3인의 경우를 소개하려고 한다.

첫째, 완지루 선수 이야기이다. 지금까지는 올림픽 마라톤 경기 우승자가 2시간 10분 안에도 못 들어올 만큼 기록이 안 좋았는데, 그 이유는, 올림픽이 무더운 여름에 치러지기 때문일 것이다. 그런데 2008년 베이징 올림픽에서 케냐의 완지루라는 젊은 마라톤 선수가 한여름 무더위를 이겨내고 2시간 6분대의 놀라운 기록으로 우승을 해버린 것이다. 그래서 당연히 완지루는 당대 최고의 마라토너 게브르셀라시에(에티오피아)의 세계 기록을 경신하는 것은 시간문제로 보였다.

아, 그런데 3년 후 2011년 어느 날, 24세의 완지루가 사망했다는 충격적인 소식이 외신을 타고 전해졌다. 그런데 그 사망 이유가 황당하다. 완지루가 자기 집에서 외간 여자랑 재미를 보고 있었다는 것이고, 아내가 그 현장을 목격했다는 것이고, 완지루가 자기 집 2층 발코니에서 투신해 자살했다는 것인데, 젊은 마라토너가 겨우 2층에서 떨어져 죽었다는 것도 이해가 안 되고, 타살이라는 주장도 있는 바, 아무튼 세계적으로 촉망 받던 전도유망한 마라토너가 충격적이고 황당한 모습으로 세상을 등지고 말았다.

둘째는, 남아프리카공화국의 유명한 의족(장애인) 스프린터 피스토리우스 이야기이다. 피스토리우스가 장애인 육상대회에서 매번 압도적인 기량으로 우승을 하니까 2012년 런던 올림픽에서는 아예 비장애인 선수들(정상인들)과 함께 출전을 해버린 것이다. 그런데 피스토리우스가 2013년 발렌타인데이에 자신의 집 욕실에 있던 자신의 여자 친구에게 권총을 발사하여 여친을 사망케 했다는 충격적인 일이 벌어졌는데, 피스토리우스 주장은, 강도가 든 것으로 착각하고 권총을 발사했다는 것인데, 대체 이게 무슨 소린지 알 수가 없다. 아무튼 세계적인 육상 선수였던 피스토리우스의 어처구니없는 총질 사고에 대해 많은 사람들이 황당해하고 충격을 받았다. 결국 피스토리우스는 징역 6년이 확정되어 징역을 살고 있는데, 유명 의족 스프린터가 어느 날 갑자기 살인범으로 전락한 어처구니없고 충격적인 사건이었다.

마지막 셋째는 남아공의 세메냐 선수 이야기이다. 그러니까 세메냐도 남아공 선수이고, 피스토리우스도 남아공 선수인 것이다. 세메냐는 남아프리카공화국의 여자 중거리(800m) 선수로서, 이번 리우 올림픽 800m 경기에서 1분 55초의 기록으로 우승했는데, 국제대회에서 거의 매번 압도적인 기량으로 우승을 하다시피 하는 세메냐는 성별 논란에 휩싸이고 있다. 즉, 세메냐가 여성이냐 남성이냐 하는 논란이 벌어진다는 것인데, 세메냐는 여성이긴 하지만 누가 보더라도 여성 같지 않고 남성처럼 보인다는 사실이다. 남자들처럼 우락부락한 근육질의 몸매에다가 얼굴도 남자처럼 생겼고 달리는 폼도 영락없는 남자 같고 목소리도 남자 같다. 게다가 세메냐는 자궁도 없고 난소도 없는데 고환은 달려있다고 한다. 이러니 누가 이 여인을 여인이라고 부르겠는가. 그럼에도 불구하고 세메냐 자신과 남아공 정부는 세메냐가 여성이라고 여전히 박박 우기고 있다. 2014년에는 세메냐가 동료 여자 선수랑 결혼까지 했다고 하니 도대체 이게 뭐냐고 … ㅠㅠ

이러고도 세메냐가 여자라고 계속 우길 것인가? 세메냐가 처음 성별 논란이 인 것은 2009년 베를린 세계 육상 선수권 대회인데, 이 대회에서 18세의 나이로 800m 경기에 출전한 세메냐는 1분 55초의 시즌 최고기록으로(이번 리우 올림픽 자신의 우승 기록과 똑같군!) 우승했는데, 많은 사람들이 세메냐가 여성 맞느냐고 수군거리고 논란이 일자 IAAF(국제육상경기연맹)에서 세메냐를 상대로 이것저것 신체검사를 한 해프닝 끝에 여성이라고 공개 선언을 하긴 했지만 그 후 지금까지 세메냐가 국제대회에 출전할 때마다 성별 논란은 가라앉지 않고 있다. 아마도 논란은 세메냐가 선수 생활을 접을 때까지 이어질 것이다. 세메냐랑 같이 출전하는 여자 선수들은 억울해할 것이다. 자기들은 같은 여자끼리 경쟁하는 게 아니고 남자 선수랑 뛰는 것이라 여기며…..

나는 2009년 세메냐 성별 논란 기사를 접하고, '참 희한한 선수가 있구나'라고 여겼는데, 지금까지도 세메냐 성별 논란이 이어지고 있다. 과연 세메냐는 여자일까 남자일까, 아니면 양성인일까. 이렇듯 세메냐, 피스토리우스, 완지루의 경우에서 보듯 세계 육상계에는 별 희한하고 충격적인 일이 종종 벌어지고 있다. 내가 오래 살다 보니 별꼴을 다 보게 된다.

2016년 8월,

천재 선수&천재 감독

2016 리우 올림픽 막이 올랐는데, 우리가 대한민국 마라토너라고 자부한다면 축구에서 메달 딸지 못 딸지, 양궁에서 금메달 몇 개나 딸지, 박태환이 수영에서 다시 금메달을 딸지, 손연재가 리듬체조에서 메달을 딸지, 우사인 볼트가 몇 초의 기록으로 100m 경기에서 금메달을 딸지…. 등등에만 몰입할 것이 아니라, 우리나라 마라톤 대표팀은 누가 출전했는지, 마라톤 우승은 누가 어떤 기록으로 하는지 등등에 대한 관심을 가져야 마땅할 것이다. 그리고, 마라톤과 더불어 마라톤의 기본이 되는 5,000m하고 10,000m 경기에서는 누가 우승할 것인지에 대한 고찰도 있어야 할 것이다.

이번 올림픽 마라톤 경기에 우리 한국에서는 남자부 손명준(삼성전자)하고 심종섭(한전)이 출전하고 여자부에는 안슬기

하고 임경희가 출전한다고 한다.

출전 선수들이, 남자들의 경우 2시간 10분 안에 들어온 적이 없고, 여자들의 경우 2시간 30분 안에 들어온 적이 없는 선수들이라 이번 올림픽에서 별로 기대할 것은 없을 것 같다.

그런데 우리 마라톤 선수들은 올림픽에 나갔다 하면, 요즘 대부분의 경우, 자신의 평소 기록보다 한참 뒤진 성적으로 골인하곤 하는데, 도대체 왜 그 모양인지 울화통이 터지지 않을 수 없다. 그렇다 하더라도 이번 올림픽에 출전하는 손명준, 심종섭, 안슬기, 임경희 선수에게 힘찬 응원과 격려를 보내고 싶다.

요즘 한국 마라톤이 왜 이 지경이 됐느냐? 이유는 간단하다.

피똥 쌀 만큼 훈련을 안 하기 때문이다. 나도 아마추어 마라토너이지만 마라톤 뛰고 피똥 싼 적이 있다.

내가 2015년 3월 서울 동아마라톤 뛰고 그다음 날 새벽 피똥을 싼 바가 있다. 지도자부터 맹성을 해야 한다.

만약 내가 국가대표 마라톤 감독을 맡는다면 다음과 같이 하겠다. 일 년에 두 번씩 케냐하고 에티오피아로 전지훈련을 떠날 것이다. 즉, 상반기 2개월은 케냐에서, 하반기 2개월은 에티오피아에 가서 훈련을 시키겠다. 500m 언덕 인터벌훈련도 30개씩 시키겠다.

그리고 정기적으로 63빌딩 계단이나 잠실 제2롯데월드 계단 뛰어오르기 훈련을 시키겠다. 물론 이런 것 말고도 나한테는 다양한 훈련 스케줄이 준비되어 있다. 내가 감독을 하는 한 선수들은 전부 다 피똥을 싸야 한다.

훈련 방식이나 정신 자세를 확 뜯어고쳐야 한다.

고리타분한 방식으로는 세계 무대에서 결코 경쟁할 수가 없다.

이렇게 훌륭한 자질을 갖춘 국가대표 감독이 초야에 묻혀 썩어가고 있다.

C라는 선수에 대해 이야기 좀 하자. C 선수는 10여 년 전, 고교 1학년 때부터 전국 무대를 석권한 천재적인 중장거리 선수였다. 당연히 한국 육상계는 C 선수가 황영조, 이봉주의 뒤를 이을 마라톤 재목이라 여기며 흥분했었다. 마치 어느 날 하늘에서 C라는 천재선수가 뚝 떨어졌다고 믿으며 육상 관계자들은 벌어진 입을 다물지 못했다.

C 선수가 고교를 졸업할 무렵, C 선수를 스카웃하기 위해 여러 실업팀과 대학에서 돈다발을 싸 들고 물밑 경쟁이 치열했다고 전해지는데, 결국 C 선수는 실업팀의 거액의 계약금을 뿌리치고 대학교에 입학을 하게 된다.

그런데 C가 대학 입학 이후부터 소속팀과 마찰을 빚다가 결국 팀을 이탈했고, 그 후로도 C는 여러 팀을 전전하다가 이제는 육상계에서 거의 잊혀진 선수가 되고 말았다.

C 선수가 얼마나 천부적인 선수였느냐 하면, 팀을 이탈하여 일 년씩 놀다가도 다시 맘 잡고 한두 달만 집중해서 훈련하고 대회 나가도 쉽게 우승할 정도였으니까. 아무튼 이런 천재적인 선수가 재능을 활짝 꽃피우지 못하고 사라진 것은 우리 육상계의 커다란 손실이 아닐 수가 없다.

한국 현역 여자 선수들 중에는 김성은(삼성전자) 선수가 최근 몇 년간 2시간 27분~2시간 29분대의 기록을 꾸준히 낸 랭킹 1위의 선수인데, 어찌하여 국내 여자부 랭킹 1위인 김성은이 이번 리우 올림픽에 못 나가는 것인가. 아마 부상 때문이 아닌가 막연히 추측할 뿐이다.

8월 21일에는 남자 마라톤 경기가 있다. 남녀 마라톤 대표 선수들 큰 기대는 안 할 테니 그저 최선을 다해 자신의 최고 기록을 위해 달려주기를 바란다.

남자는 풀코스를 최소한 2시간 10분 안에는 들어와야 세계 무대에서 쪽팔리지 않을 만큼 경쟁할 수 있고, 여자는 평소 2시간 30분 안에는 들어와야 그런대로 세계 무대에서 경쟁할 수가 있는데, 슬프게도 현재 한국 여자 대표팀에는 김성은 선수 말고는 이런 실력을 갖춘 선수가 없는데, 그나마 김성은 선수는 무슨 이유에서인지 올림픽에 못 나가고 있다.

어제 끝난 여자 마라톤 경기에서 우리나라 선수들은 42위와 70위에 그쳤다고 한다. 안슬기 선수는 2시간 36분 50초의 기록으로 42위, 임경희 선수는 2시간 43분 31초의 기록으로 70위를 했다는 것이다.

케냐의 제미마 젤라겟 섬공이 2시간 24분 04초로 금메달을, 바레인 선수가 은메달을 그리고 에티오피아 선수가 동메달을 차지했다고 한다. 그런데 1위에서 5위까지의 선수들 기록이 모두 2시간 24분대였다고 하니 선두권 경쟁이 얼마나 치열했는지 알 수가 있다. 세계 수준에 한참 뒤떨어지는 한국 마라톤의 현실을 다시 한번 확인하게 된다.

이번 여자 마라톤 경기에서 북한도 두 명의 선수가 출전하여 둘 다 2시간 28분대의 기록을 냈다고 하니, 어찌하여 우리 남한 선수들은 우리보다 더 못 먹고 훈련 여건도 열악한 북한 선수들에게도 뒤진다는 말인가. 한심하고 통탄할 일이다. 우리 선수들 피똥 쌀 만큼 훈련을 안 해서 그런 것이다. 그렇게 훈련시키는 독한 감독도 없을 것이고.

감독부터가 독기를 품어야 한다. 고故 정봉수 감독보다 더 독한 감독이 속히 이 땅에 강림해야 한다. 마라톤은 정직한 운동이라고 우리가 흔히 말하고 있듯이 마라톤은 훈련한 만큼 결과가 나오게 돼 있다. 훈련이 부실하니까 성적이 이 모양 이 꼴인 것이다. 한국 마라톤의 각성을 촉구한다.

21일 벌어진 남자 마라톤에서 역시 한국 선수들은 예상대로 형편없는 성적을 냈다. 2시간 36분 그리고 2시간 42분의 기록을 냈다고 하는데, 이게 어디 국가대표의 성적이라고 말할 수가 있는가? 분통이 터지고 기가 막혀 말이 안 나온다.

아마추어 고수들보다 못한 기록이고 대전 '관마클' 이성태 회장님이나 대전 '여명달리기'의 김영일의 전성기 때 기록과도 별 차이가 없는 기록이다. 한마디로 동네 마라톤 수준의 기록인 것이다.

북한의 박철은 2시간 15분대를 기록했다고 하는데, 어찌하여 남한 선수들은, 남자든 여자든, 북한 선수들보다도 훨씬 못하다는 말인가. 어차피 올림픽에서는 입상 가능성이 없으니 그저 몸이나 축내지 않고 살살 천천히 달리자는 의도인가? 가을 전국체전 성적이 내년 연봉과 직결되니 전국체전에 올인하자는 것인가? 이봉주 때까지만 하더라도 이러지는 않았는데, 이봉주 은퇴 이후 올림픽 나갈 때마다 거의 매번 이런 결과가 나오고 있다.

이번 올림픽 남자 마라톤 결과에 관한 조선일보 최종석 기자가 쓴 기사를 읽었는데, 우리나라 선수들의 참담한 경기 결과를 언급하며 한국 마라톤은 이제 '동네마라톤' 수준으로 전락했다는 혹독한 비판의 내용이었다. 틀린 말이 하나도 없다. 그리고 그 밑바닥에는 한국 마라톤계의 고질적인 문제가 똬리를 틀고 있다는 내용의 분석도 곁들였는데, 내가 지금까지 언급한 내용과 똑같다고 볼 수 있다.

한국 마라톤을 살릴 방법이 있다. 내가 국가대표 마라톤 감독이 되면 된다. 물론 단기간 내에 성적이 나오지는 않는다. 실업팀의 협조도 있어야 하고 육상연맹의 지원도 있어야 하고 기업의 협찬도 필요하다. 투자를 해야 결과가 나온다.

내가 감독이 되면 대표 선수를, 남녀 각 20명씩 선발하겠다.

물론 이 정도 되는 선수를 선발하기도 쉽지 않을 것이다. 몇 개 실업팀이 없어지더라도 이 정도 되는 선수를 선발해서 맹훈련을 시킬 것이다. 육상연맹의 지원이 절실하다.

코치진도 충분히 확보할 것이다. 대표팀 남녀 숙소를 만들고 전용 트랙을 만들 것이다. 꿈의 트랙인 1,000m짜리 트랙도 만들어서 차양막 겸 지붕을 설치하여 전천후 트랙이 되게 할 것이고 바닥에는 우레탄이 아닌 황토를 깔겠다.

대표팀 전용 의료진도 확보하여 이들을 항상 훈련장에 동행시켜 수시로 선수들 다리 마사지 및 물리치료를 하게 할 것이다.

전에는 선수가 부상을 당해도 감독, 코치는 별로 신경을 안 쓰고 선수들이 각자 알아서 치료받도록 했을 것이고 지금도 대략 그런 분위기일 것이다. 그러나 나는 매일 선수들 몸상태를 정밀 체크하여 부상에 선제적으로 대응하고 관리하겠다.

훈련장에도 물리치료실을 설치하고 숙소에도 설치하여 언제든 선수들이 치료를 받게 할 것이고 해외 전지훈련 갈 때도 의료진을 동행시키겠다.

케냐와 에티오피아로 매년 정기적으로 전지훈련을 가겠다.

상반기 2개월은 케냐에서, 하반기 2개월은 에티오피아서 훈련하는 것이다. 전지훈련을 가서 현지 선수들과 똑같이 뛰고 구르게 만들 작정이다.

불교에서 스님들은 산문을 나서지 않고 여름 3개월은 하안거, 겨울 3개월은 동안거라는 수행을 한다는데, 마라톤 국가대표 선수들도 수도修道하는 자세로 해외 전지훈련을 시킬 것이다.

스님들은 하안거 동안거 기간에 3개월씩을 수행 정진하는데, 대표 선수들은 겨우 2개월씩 전지훈련을 나갈 뿐이다.

국내 훈련은, 400m 트랙 인터벌 훈련은 45초 페이스로 피똥 쌀 만큼 시킬 것이고, 장거리훈련은 1,000m 트랙을 5~60바퀴씩 달리게 하겠다. 그리고 500m쯤 되는 언덕코스를 개발하여 1주일에 이틀은 언덕 인터벌훈련을 30개씩 시키겠다. 언덕훈련이 평지훈련보다 훨씬 훈련 효과가 크다는 사실은 다 알고 있는 것 아닌가.

주기적으로 63빌딩, 잠실 제2롯데월드 계단 뛰어오르기 훈련도 시키겠다. 케냐와 에티오피아에서 아깝게 국가대표에서 탈락한 남녀 선수들을 여럿 영입하여 우리 대표팀 훈련 파트너로 적극 활용하겠다.

이외에도 코치진과 충분히 상의하여 선수들 최대한 피똥을 많이 싸도록 훈련을 시킬 것이다. 수석코치가 엉성한 훈련 계획표를 짜서 가져오면 나는 코치를 눈물이 쏙 빠지도록 꾸짖고 좀 더 타이트한 훈련 계획을 세우라고 지시한다.

국가대표는 국내 대회에는 3월 동아마라톤하고 10월 춘천마라톤 그리고 11월 중앙마라톤에만 출전케 하고 그 외에는 일절 국내 대회에는 출전시키지 않는다. 물론 국내 대회 출전한다 하더라도 국가대표 선수들은 실업팀 선수들과는 경쟁을 안 시키고 철저히 국가대표 동료선수들끼리만 경쟁을 시킨다. 물론 동마, 춘마, 중마 출전도 해외 전지훈련이나 국제 대회 일정을 봐가면서 결정하면 될 것이다.

3월 동아마라톤에는, 일정만 맞는다면, 부상자들을 제외한 모든 대표선수들을 출전시키고, 대회 스타트 하기 전에 사회자 배동성과 협의하여 이벤트를 벌인다. 즉 감독인 내가 수많은 참가자와 시민들에게 모자를 벗고 정중히 인사를 하는 것이다.

"마라톤 국가대표 감독 아무개입니다. 우리 선수들 지난겨울 동계훈련 열심히 했습니다. 제가 선수들에게 욕 많이 먹고 있습니다. 정봉수 감독님보다 더 악랄한 감독이라고 말입니다."라고 인사하고 내가 대표 선수들을 차례로 소개를 하면, 선수들은 짧게 각자 각오를 말하는 것이다.

예를 들어, 어떤 선수는 "저는 이번에 풀코스가 처음이라서 2시간 12분이 목표입니다. 응원해주세요."라고 할 것이고, 어떤 선수는 "저는 2시간 10분 안에 들어오는 것이 목표입니다."라고 할 것이고, 어떤 선수는 "저는 2시간 8분이 목표입니다."라고 할 것이고, 또 어떤 선수는 "저는 오늘 이봉주 선수의 한국 최고기록 2시간 7분 20초를 깨겠습니다."라고 말할 것이다. 그러면 광화문에 운집한 수만 명의 참가자들과 시민들은 청와대가 떠나가라 함성을 질러대며 환호작약할 것이고 청와대로부터 "제발 마라톤 대회 좀 조용히 치를 수 없습니까?"라는 항의 전화가 올 것이다.

이렇게 대표팀 선수들은 가끔 대중들과 이런 소통이 필요한 것이다. 물론 이런 이벤트를 하기 위해서는 선수들 실력(기록)도 갖추어야 할 것이다. 예를 들어, 서울 동아마라톤에서 남자 선수들은 2시간 8분 안에 들어오는 선수들이 즐비해야 하고, 여자 선수들은 2시간 25분 안에 들어오는 선수가 즐비해야 한다는 것이다. 그럴 때 비로소 국민들도 한국 마라톤에 희망을 갖게 될 것 아닌가.

이벤트를 하나 더 하려고 한다. 3월 동아마라톤을 3주~한 달가량 앞두고 잠실운동장에서 대표팀 공개훈련을 하는 것이다. 공개훈련에 선수 가족들도 초청하고, 국회 문화체육 관련 상임위원회 소속 국회의원들도 초청하고, 전국의 초중고교 육상 중장거리 선수들도 초청하고, 언론사 육상 담당 기자들도 초청하고, 육상연맹 관계자들도 초청하고, 전국 마라톤 동호회원들도 초청하고, 육상에 관심 있는 일반 시민들도 다 구경오라고 하겠다. 이를 위해 신문·방송 광고도 한다. 그렇게 하면 적어도 수천 명은 잠실운동장으로 몰려올 것이다. 그렇다면 대표팀 선수들은 적어도 수천 명의 관중들이 지켜보는 데서 신명 나게 달릴 수 있을 것이다. 우리나라 육상 선수들이 언제 이렇게 수천 명의 관중 앞에서 달려봤겠는가. 관중들이 많으면 선수들 경기력도 당연히 더 좋아질 것이다.

공개훈련은 4개 부문으로 나누어 실시하는데, 남자 5,000m. 여자 5,000m. 남자 10,000m. 여자 10,000m 경기를 치른다.

그럼 총 행사 시간은 대략 1시간 30분쯤 소요될 것이니 시간은 그 정도면 딱 적당할 것이다. 훈련이라지만 그날 선수들 기록을 측정할 것이고, 순위별로 상금까지 지급할 것이다. 그래서 그 훈련이 어영부영하는 훈련이 아니고 실전처럼 박진감 넘치는 훈련이 되도록 하겠다. 많은 관중이 지켜보고 있는데 절대로 형식적인 훈련은 할 수가 없는 것이다.

그렇게 함으로서 언론과 팬들과 시민들로부터 검증도 받아보고 평가도 받아보고 지원도 받고 홍보도 하고 소통도 하겠다는 것이다. 요즘은 소통의 시대 아닌가. 내 말이 틀렸나? 거듭 강조하지만, 이런 이벤트를 하려면 대표 선수들 실력이 뒷받침되어야 한다. 물론 어려운 점이 한두 가지가 아닐 것이다. 선수 선발 문제, 실업팀 지도자들과의 문제, 예산 문제 등등 …. 또 감독인 나를 여기저기서 음해하고 씹어대는 세력들이 준동할 것이다. 그러나 이런 어려움을 극복하지 못하면 한국 마라톤은 영영 희망이 없다.

영국에서는 폴라 래드클리프라는 천재 선수가 하늘에서 뚝 떨어졌고 케냐에서는 데니스 키메토라는 선수가 하늘에서 뚝 떨어졌는데 한국에서는 나 같은 천재 감독이 하늘에서 뚝 떨어졌다. 이렇듯 하늘에서 뚝 떨어진 천재 감독을 활용하지 못하고 그냥 이대로 방치하고 썩힌다면 얼마나 한스러운 일인가. 대표팀에서 주전이 못 되고 후보로 있는 선수들이라도 말썽 안 피우고 성실히 훈련만 잘 소화한다면 섭섭지 않게 처우할 것이다. 만약 대표팀 소집에 불응하거나 대표팀에 들어와서도 감독, 코치에게 대들거나 말썽을 피우는 것들은 실업팀에서도 뛰지 못하도록 육상연맹과 협의하여 법제화해야 할 것이다. 운동선수 이전에 인간이 되어야 하는 것이다.

남궁인이라는 응급의학과 의사가 『만약은 없다』라는 책을 썼다. 작가는 응급의학 전문의로서 병원 응급실에서 근무하면서 응급실에 실려오는, 목숨이 경각에 달린 환자들을 돌보는 일을 하고 있다. 33세의 젊은 의사가 병원 응급실로 실려오는 수많은 환자들을 치료하면서 많은 환자들을 살리기도 하지만, 어쩔 수 없이 저세상으로 보내야 하는 환자들도 수없이 많은 모양이다. 저자는 글쓰기가 취미인데, 병원에서 받는 엄청난 스트레스를 글쓰기를 통해 해소하고 있는 것 같다. 저자는 틈만 나면 달리기를 하고 있다. 일정한 달리기 코스는 없고 그날그날 마음 가는 곳으로 달기기를 하면서 스트레스를 날리고 있다.

이 책에는 병원 응급실에서 생명을 살리기 위해 고군분투하는 의사의 치열한 모습과 함께 우리 의료계의 불편한 진실도 기록되어 있다. 우리나라에는 흉부외과, 중증외상외과, 신경외과 의사가 절대 부족하여, 살릴 수 있는 환자를 죽게 만드는 경우가 많다는 것이다. 물론 새삼스러운 얘기는 아니다.

의사들도, 힘들고 위험하고 돈도 안 되는 데다가 누가 알아주지도 않는 흉부외과나 중증외상외과에는 지원을 않고 소위 '피안성정재영'(피부과 안과 성형외과 정신과 재활과 영상의학과) 순으로 몰린다는 것이다. 목숨이 경각에 달린 환자를 살리는 흉부외과, 중증외상외과 의사가 이렇게 부족하도록 누가 방치한 것인가. 보건당국은 대체 뭐 하고 있는 것인가. 흥분하지 않을 수 없다!

의사들 중에서는 흉부외과, 중증외상외과, 신경외과 의사들을 최고로 대우해 주고 그들이 존경받을 수 있는 사회적 풍토를 조성해야 마땅할 것이다. 제도를 보완하고 강력한 행정력을 동원해서라도 흉부외과, 중증외상외과, 신경외과 의사들을 충분히 확보해야 할 것이다. 흉부외과, 중증외상외과, 신경외과 의사들은 지금 이 시간에도 병원 수술실에서 온몸에 핏물을 뒤집어써가며 환자의 생명을 살리기 위해 메스를 들고 고군분투하고 있음을 기억하자. 그들이 최고의 의사인 것이다.

지금 시골 지역에서는 산부인과가 없는 지방자치단체가 속출하고 있어서 사회적 문제가 되고 있다. 시골에 사는 것도 서러운데 산부인과 병원이 없고 의사가 없으니 아이까지 낳지 말라는 것인가. 도대체 시골에 살라는 것인가, 말라는 것인가. 또 흥분하지 않을 수가 없다! 시골 사람은 우리나라 국민이 아니란 말인가. 보건 당국과 정부와 지방자치단체는 강력한 행정력을 동원해서라도 시골에 산부인과 병원이 유지되도록 해야 할 것이다. 보건 당국과 정부와 지방자치단체가 강력한 행정력을 동원해서라도 흉부외과, 중증외상외과, 신경외과 의사를 확보하고 산부인과 병원을 만들어서 많은 사람들을 살려야 하고 시골의 임산부들을 살려야 하듯 나는 강력한 권한을 가지고 강한 열정을 가진 대한민국 마라톤 대표 감독이 되어, 죽어가는 한국 마라톤을 살려내겠다는 것이다.

관마클 모 회원은 어제 월례회에서, 취중이긴 했지만, 자신이 관마클 회장을 해야겠다고 했는데, 나는 대한민국 마라톤 국가대표 감독을 맡아서, 끝 모를 추락을 거듭하고 있는 한국 마라톤을 5~6년 만에, 물론 시간이 더 걸릴 수도 있지만, 살려놓고야 말겠다는 것이다.

분명 한국 마라톤이 살 길이 있고 천재 감독이 있는데, 세상이 몰라주고 있다.

2016년 11월, 진주 마라톤

비아그라 효과

진주 마라톤하고는 무슨 인연이 있어서인지 작년에 이어 2년 연속 참가하게 되었다. 이번에는 30km만 달리기로 했다. 물론 진주 마라톤에 30km라는 코스는 없고, 단지 나만의 코스인 것이다. 그러니까 15km 지점까지 가서 되돌아오면 되는 것이다. 풀코스 뛰기는 겁이 나고 하프 뛰기는 좀 서운하다 싶을 때 나는 종종 30km를 달린다.

대회 시작 전에 진주 '하나님의교회 체임버오케스트라'의 대회 축하 연주가 있었다. 마라톤 대회를 십 년 넘게 다녔는데, 이렇게 오케스트라의 클래식 선율을 선물로 받을 때가 있구나. 진주 '하나님의교회 체임버오케스트라'는 바이올린 4대, 첼로 1대, 더블베이스 1대, 클라리넷 2대, 플룻 1대, 트럼펫 1대, 호른 1대, 트럼본 2대로 구성된 초미니 오케스트라였다. 오케스트라는 모차르트의 〈아이네클라이네나하트무지크〉, 드보르작의 〈신세계 교향곡〉, 베르디의 〈오페라 아이다 중 '개선행진곡'〉 등 우리 귀에 익숙한 곡들을 부분적으로 연주를 했다. 나는 오케스트라 바로 뒤에서 어슬렁거리며 오케스트라 악보까지 구경해 가며(물론 악보 볼 줄은 모르지만) 아주 가까이에서 재미있게 오케스트라의 연주를 감상했다.

대회장에서 식빵과 딸기 잼을 서비스로 제공하는 곳도 있어서 출발 전에 딸기 잼하고 식빵을 배불리 먹을 수 있었다. 나는 10km만 달려도 배가 고파오는데, 출발 직전에는 이렇게 뭔가를 먹어두어야 안심이 된다. 구름 끼고 적당히 추운 날씨였기 때문에 달리기에는 최적의 날씨였다. 4km쯤 가니 진양호가 모습을 드러낸다. 그때 '최쌍권'이라는 이름을 가진 주자가 나를 추월한다. 나는 힘껏 그 주자에게 "쌍권총 파이팅"을 외치며 응원을 해 주었다.

나는 오늘 '30km 서브3'를 목표로 세웠다. 나는 평생 풀코스 서브3는 못할 처지이므로 30km라도 서브3를 한번 해보자는 심산인 것이다. 6km쯤 갔을 때 40대로 보이는 어떤 남자가 차를 길가에 세우고 온갖 쌍욕을 해대며 누군가하고 통화를 하고 있었다. 마라톤 때문에 자기가 피해를 보고 있다는 내용인 것 같았다. 마라톤 대회를 나가다 보면 종종 이런 상황을 목격하게 된다. 물론 그런 사람들 심정은 충분히 이해가 간다. 우리는 즐겁게 달리지만 그로 인해 누군가는 피해를 본다는 것도 알아야 한다.

내가 작년 진주마라톤 후기에서 "진주에는 진양호가 있고 내

고향 논산에는 탑정호가 있다."고 했다. 그런데 굳이 덧붙인다면, 진주에는 불세출의 가수 남인수 선생이 있다면 논산에도 역시 불세출의 가수 김세레나가 있고 배일호도 있다. 배일호는 나하고 나이도 같다. 물론 나는 배일호를 한 번도 직접 본 적은 없지만.

또 진주에는 남강 유등 축제라는 유명한 축제가 있는데, 논산에는 그보다 더 유명한 강경 젓갈 축제가 있다는 점을 강조하고 싶다. 그뿐만이 아니다. 논산에는 축제가 참 많은데, 논산 딸기 축제도 있고 연산 대추 축제도 있고 상월 고구마 축제도 있고 양촌 곶감 축제도 있다.

주로에는 행사 차량 이외에는 차가 전혀 보이지 않아서 주자들은 아주 편안하고 안전하게 달릴 수 있었다. 마라톤 대회에서는 차량 통제와 식수 공급이 가장 중요한 문제인데, 이 두 가지만 잘 해결되면, 설령 다른 면에서 미흡한 점이 있다 하더라도, 그 대회는 잘 치른 대회라는 평가를 받을 수 있다. 출발 전에 내가 딸기 잼하고 식빵을 먹었다고 했는데, 진주가 딸기가 많이 나오는 고장이라는 얘기 아닌가. 그렇다면 특산품인 딸기를 주로 급수대에 내놓아서 주자들이 맛이라도 볼 수 있게 했더라면, 하는 아쉬움은 있었다.

그 고장 특산품을 활용 못 하는 것은 생각해볼 문제다. 내가 몇 년 전 경기도 어느 마라톤 대회를 나간 적이 있는데, 그곳은 복숭아의 고장이다. 그렇다면 주로에 복숭아를 갖다놓으면 얼마나 좋겠는가. 그런데 주자들은 달리면서 복숭아 구경도 못했다. 답답한 노릇이다. 생각을 조금만 바꾸면 될 일이다.

청와대에서 비아그라, 팔팔정을 다량으로 구입했다는데, 청와대 설명으로는 대통령 아프리카 순방 시 수행원들 고산병 치료와 예방용이었다는 것이다. 그렇다면 마라톤 뛸 때도 비아그라를 먹으면 효과가 있겠다는 생각이 오늘 진주 마라톤을 뛰면서 번쩍 들었다. 그래서 내년 3월 동아마라톤 나갈 때는 비아그라하고 팔팔정을 하나씩 먹고 뛰려고 한다. 그러면 내가 그토록 염원하는 서브4(풀코스를 4시간 안에 주파하는 것)를 달성할지도 모른다.

오늘 진주에서 30km를 달렸는데 목표했던 서브3는커녕 3시간 26분이라는 초라한 성적표를 받아들어야 했다. 물론 나의 다리 상태가 안 좋다는 이유도 분명히 있다. 오른쪽 다리 장경인대염 반대쪽, 말하자면 무릎 안쪽에서 통증이 있다. 통증 부위의 정확한 명칭이 궁금해서 누군가에게 물어보니 '곁인대'라는 것이다. 곁인대 통증이 있어서 달릴 때 스피드를 내지 못하는 것이다. 지금까지는 왼쪽 다리 햄스트링에서 문제가 있었는데, 이제는 오른쪽 다리 곁인대에서 말썽을 일으키고 있다. 세월이 갈수록 자꾸 새로운 부위에서 부상이 발생하니 짜증스럽다. 내가 곁인대 통증 때문에 달릴 때 스피드를 못 내겠다고 말하니 어떤 친구가 "야, 너도 스피드를 내냐?"라고 놀려댄다.

나는 요즘 달리기 스피드가 울트라 마라톤 수준으로 떨어졌지만 다리 통증만 없다면 km당 5분 50초는 충분히 주파할 수가 있다는 점을 강조하고 싶다.

내가 지난달(11월)에 서울 중앙마라톤 풀코스에 출전했는데,

장거리 훈련도 전혀 못 한 데다가 다리 상태도 안 좋아서 중간에 8km를 잘라먹고 34키로만 달리고 들어왔다. 그때 내가 나름대로 냉정하게 계산을 해 보았다. 즉 내가 정상 컨디션으로 풀코스를 달리면 기록이 과연 얼마 나올까 하는 것이었는데, 결론은 4시간 30분 정도 나온다는 것이었다.

왕년에 나의 풀코스 최고기록이 3시간 45분이었는데, 이제는 서브4도 불가능해졌고 요즘은 4시간 30분을 바라보는 처지가 되었다. 그런데 먼 훗날 언젠가는 내가 서브5도 못하는 날이 올 것이고, 서브5 하던 시절을 그리워할 것이다. 그러니 나는 서브5라도 하는 지금의 행복을 맘껏 누려야겠다.

“나는 당당한 서브5 주자다.”라고 크게 외치고 싶다.

김형석 교수가 97세의 나이로 얼마 전 『백 년을 살아보니』라는 책을 냈다고 하는데, 조만간 그 책을 구입해서 읽어보고 100년을 사신 어르신의 인생 지혜를 얻고 싶다. 97세에 책을 냈다면 아마 잘 모르긴 해도 우리나라에서는 최고령 저자가 되지 않을까 싶다. 이분이 어릴 적에는 부모님이 걱정하실 정도로 건강이 안 좋았다는데, 이렇게 장수하시는 것은 유전이 아닌가 한다. 이분 어머니도 100세 가까이 장수하셨다고 한다. 나는 몸관리 잘해서 97세까지, 아니 100세까지 꾸준히 달리고 싶다.

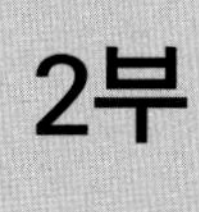
2부

2017년 3월, 광양 섬진강마라톤

아들아, 세 가지를 조심하여라

3월 5일, 전남 광양에서 벌어진 섬진강 마라톤 대회에 다녀왔다. 섬진강 마라톤 대회는 내가 오래전부터 참가를 꿈꿔 오던 대회였는데, 이번에 드디어 꿈을 이루게 되었다.

내가 섬진강 마라톤 대회 참가를 꿈꿨던 이유가 또 있었다.

고故 박완서 작가의 산문집 『어른 노릇 사람 노릇』 181 페이지에 '생각나면 그리운 땅, 섬진강 유역' 이란 꼭지 제목으로 실린 글을 잠깐 소개한다.

- '강변 살자'라는 노래를 들을 때마다 섬진강을 떠올리곤 한다. 섬진강을 보기 전부터였다. 흰 모래빛 때문이기도 했지만 그리움 때문이기도 했다. 이렇게 섬진강은 가 보기 전부터 내 안에 이미지로 존재하던 강이었다. 그렇지만 저절로 이미지가 형성된 것은 아닐 것이다.

내가 좋아하는 사람들 중에 섬진강을 좋아하는 사람들이 많았고, 그들이 섬진강의 인상을 말할 때에는 딴 명승이나 절경을 말할 때하고는 전혀 다른 짠한 그리움 같은 게 배어 있었다.

내가 처음으로 섬진강과 만난 것은 지금으로부터 17~8년 전쯤 될 것이다. 진주까지 볼 일이 있어서 갔던 길이었다. 동행이 있었는데, 그가 하루를 더 잡아 쌍계사(하동)에 들렀다 가자고 꼬드겼다.

그는 섬진강보다는 쌍계사 벚꽃길을 더 염두에 둔 것 같았다. 마침 화창한 봄날이었다. 하동을 거쳐 화개장터까지 덜덜거리는 시외버스를 탔다.

그때만 해도 마을 사람들이 손만 들면 버스가 서던 때였다. 버스도 더디고 봄날도 더디었다.

황혼이 마냥 꼬리를 끌고 도무지 깜깜해질 줄 몰랐다.

옆구리의 섬진강을 낀 길은 아마 밤새도록 그만큼밖에 안 어두워질 것 같았다.

멀리 가까이에서 배꽃인지 벚꽃인지 모를 흰 꽃들이 분분이 지고 있었다. 그런 희뿌염 때문에 하늘에 달이 있는지 없는지 살필 것도 없이 달밤이려니 했다.

달밤의 섬진강은 청승맞고도 개울물처럼 친근했다 –

말하자면 박완서 선생이 이곳 진주까지 내려왔다가 섬진강변의 황홀한 풍광에 홀딱 빠지게 되었고, 이후 선생은 해마다 빠지지 않고 섬진강 유역을 '순례'했다고 한다. 박완서 선생의 글은 언제나 재미가 있어서 나는 그분의 책을 읽을 때마다 책 속에 머리를 박게 된다. 박완서 선생이 2011년 81세의 비교적 젊은 나이에 담낭암으로 별세하셨는데, 나는 그분이 최소한 90세까지는 더 사셨으면 참 좋았을 것이라는 생각을 해본다. 10년만 더 오래 사셨더라면 좋은 책을 몇 권은 더 쓰셨을 것이다.

내가 이번에 인용한 책이 『어른 노릇 사람 노릇』이라고 했는데, 어른은 어른다워야 하고 사람은 사람 구실을 해야 할 것이다. 그리고 지도자는 지도자다운 모습을 보여야 할 것이다. 박완서 선생이 말년에 자신의 어느 저서에서 자신의 건강 비법에 대해 밝힌 적이 있다. 자신이 이 나이까지 건강을 유지하는 비결은 걷기 운동 덕분이라는 것이었다.

그런데 그렇게 걷기 운동을 열심히 하신 분이 겨우(?) 81세의 이른 나이에 암으로 홀연히 우리 곁을 떠나고 말았다. 나는 그분이 만약 달리기를 꾸준히 하셨더라면 아마 90세까지는 충분히 사시지 않았을까 막연히 추측해본다.

이번 대회에 나는 30km만 달리기로 했다. 풀코스 뛰기는 너무 힘들고 하프코스는 좀 아쉽고 해서….

마라톤 코스는 전국 제일이라 할 만하다. 주로(도로)는 금방 포장공사가 끝난 것처럼 노면 상태가 좋았고, 백사장이 드넓게 펼쳐져 있는 아름다운 섬진강을 바라보며, 그리고 섬진강변을 따라 길게 도열해 있는 매화나무들의 환영을 받으며 기분 좋은 레이스를 할 수 있었다.

결승점을 2.5km 남기고 잠시 쉬어 갈 요량으로 매화 축제 행사장으로 들어갔다. 원래 예정대로라면 이 행사장을 중심으로 이곳 광양에서 오는 11일부터 매화 축제가 열려야 하지만, 올해는 구제역과 AI 때문에 축제가 취소되었다고 한다.

내가 행사장에 들어서자 어느 노점상 아주머니가 "어디서 오셨소?"라고 물었고 나는 "충청도에서 왔슈."라고 당당하게 말했다.

오늘 30km를 달리려고 했지만 내가 1~2월에 거의 연습을 못 해서 예정보다 4km 단축한 26km만 달렸다. 그래도 마지막 200m는 '요한 블레이크 스피드'로 진주가 떠나갈 만큼 우렁찬 함성을 내지르면서 골인하여 골인 지점에 운집한 관중들의 뜨거운 박수를 받았다. 요한 블레이크가 누구냐? 그는 2011년 대구 세계육상선수권대회 100m 경기에서 금메달을 딴 선수다. 당시 그 경기에서 세계 최고의 선수 우사인 볼트가 부정 출발로 실격하는 바람에 요한 블레이크가 운 좋게 우승을 차지한 것이다. 섬진강 마라톤 대회는 광양 매화꽃 개화 시기에 맞춰 개최되는 모양인데, 아쉽게도 매화는 다음 주쯤에나 만발할 것 같다.

나는 서울에서 직장 다니는 과년한 딸 하나가 있고, 금년 5월에 군에서 제대하는 아들이 하나 있다. 그런데 요즘 추세가 그렇듯 내 자녀들도 벌써부터 결혼을 안 하겠다고 선언을 해서 나의 속을 긁어놓고 있다. 군대에 있는 아들 녀석한테 내가 핸드폰 문자로 다음과 같이 알렸다.

- 네가 결혼해야 하는 이유 3가지 -

1. 너는 아들로서 우리 집안의 대를 이어야 한다.
2. 결혼해서 아이를 낳는 것이 나라에 충성하는 길이다. 요즘 저출산으로 나라가 망하게 생겼는데, 결혼도 않고 아이를 낳지 않으면 나라에 불충성하는 것이다.
3. 결혼 않고 혼자 살게 되면 생활이 방탕해지고 식사를 제때 못하고 건강이 나빠지고 병들어 오래 못 산다.

이상 아버지의 명령이다. 꼭 결혼해야 한다.

요즘 청년 실업이 사회적 문제가 되고 있는데, 나의 아들은 제대하면 취업할 곳이 넘쳐난다. 현재 세 곳에서 지금 내 아들을 어서 오라, 부르고 있다.

첫째, 지금 아들이 생활하는 부대에서 간부들이 나의 아들에게 "너 군대 말뚝 박아라."라고 권유한다고 한다. 나의 아들이 눈치도 있고 인간성도 즈이 엄마를 닮아 쓸 만하니까 부대 간부들이 그런 제안을 할 것이다.

둘째, 나의 두 남동생이 경기도 성남 분당에서 십수 년 전부터 공동으로 가게를 운영하고 있는데, 영업 마진이 40%에 이르는 고소득 업종이다. 두 동생들이 몇 년 전부터 조카인 내 아들한테 "너 군대 갔다 오면 즉시 우리 가게에 와서 일해라. 2~3년만 일 배우면 한 달 4~5백만 원 벌이는 되게 해 주겠다. 가게에서 직원 몇 명 써야 하는데, 너만 오지 말고 네 친구 중에 착실한 친구 있으면 하나 데리고 같이 와라."라고 말한 바 있다. 삼촌들이 조카한테 거짓말까지 해가면서 취업을 권하지는 않을 것이다.

셋째, 아들의 고교 때 절친이 하나 있는데 그 친구의 아버지가 수원에서 전기 회사를 운영하고 있고 친구도 그 회사에서 아버지 밑에서 일하고 있다는 것이다. 그런데 아들 친구가 내 아들한테 자기 아버지 회사에서 같이 일하자고 내 아들을 꼬드긴 모양이다. 마침 내 아들은 공업고등학교 전기과를 졸업했다. 나는 아들에게 말했다. "나는 네가 군대에서 말뚝 박으면 제일 좋겠다. 군인공무원만 되면 너의 인생 완벽하게 보장된다. 사고만 치지 않는다면."

그리고 아들에게 부연설명을 했다. "내가 너 사고 치지 말라고 했는데, 군대에서 세 가지를 조심해야 한다. 즉 도박, 술, 여자를 조심해야 한다는 말이다. 내가 아는 사람 하나는 연무대에서 부사관으로 근무하다가 도박에 빠져 신세 망치고 군 생활 그만두었다. 또 내가 잘 아는 어떤 사람은 논산 어느 시골 출신인데, 해군사관학교를 졸업하고 해군 장교로 임용되어서 그 집안 사람들이나 친척들은 모두 그 사람이 나중에 별을 달 것으로 믿어 의심치 않았지. 그런데 그 사람이 술 때문에 사고를 쳐서 별도 못 달고 군 생활 그만두게 되었다. 그러니 너는 군대 말뚝 박는다면 절대로 노름, 술, 여자를 조심해야 한다는 것이다."

물론 노름, 술, 여자를 조심해야 한다는 것은 군인에게만 해당하는 말은 아니고, 대한민국 남자들이라면 누구나 다 조심해야 할 일이다. 나는 또 말했다. "군대 말뚝 박는 것 다음으로는 분당 작은아버지 가게에서 일하는 것도 좋겠다. 거기서 열심히 일 배워서 돈 많이 벌어라."라고.

나는 또 말했다. "너, 친구 좋다고 친구 따라 친구 아버지가 한다는 전기 회사에 가서 일하는 건 반대한다. 거기서 일해 봐야

저임금에 비전도 없을 것이다"라고. 그런데 아들 녀석은 군대 말뚝 박는 것도 싫고 작은아버지 밑에서 일하는 것도 싫고 오직 친구랑 같이 일하고 싶다고 우겨서 나하고 대립하게 되었다. 물론 그 나이에는 친구가 우선이니까 아들의 입장도 이해는 되지만, 이건 아들의 인생이 걸린 문제가 아닌가. 그래서 고민하다가 결국 아들 친구를 불러서 그 친구를 설득하기로 했다. 말하자면 아들 친구를 내 아들하고 같이 분당에 있는 내 동생 가게로 보내려고 마음먹은 것이다. 친구랑 같이 가면 내 아들도 작은아버지 가게에서 일할 것 같았다. 그리고 내 동생이 전부터 조카인 내 아들한테 친구 하나 데리고 오면 좋다고 했으니까.

나하고 처음 만난 아들 친구 영운이(가명)는 내게 다음과 같이 말했다. "아버지, 저는 학교 다닐 때하고 군대 가기 전에는 방황도 많이 했는데, 군대 갔다 와서 정신 차리고 지금은 가업을 잇기 위해 아버지 밑에서 열심히 일하고 있습니다. 저희 아버지는 한국전력의 협력업체 대표이십니다. 전기 업종 일당이 꽤 셉니다. 기연이(내 아들. 가명)가 제대하고 우리 회사에서 일하게 되면 일급 10~12만 원은 될 것이고, 월급은 적어도 250만 원은 될 것입니다. 4대 보험도 들어줍니다. 그리고 회사에서 교육도 보내주는데, 교육 가서 자격증을 따면 일급이 3~40만 원으로 뜁니다. 그리고 기연이가 오면 숙소로 쓸 수 있도록 투룸을 이미 얻어놨는데, 방 하나는 기연이가 또 하나는 제가 쓸 것입니다. 저하고 기연이는 서로 도우면서 살아갈 것입니다." 영운이가 어쩜 그리 의젓하게 말을 잘하는지 나는 할 말을 잃었다. 내가 영운이를 설득하려다가 오히려 설득을 당하고 말았다. 나는 영운이에게 다음과 같은 말을 해주고 헤어졌다. "영운아, 너의 말을 들으니 내가 맘이 놓이는구나. 좋은 친구는 서로 잘 되도록 도와주고 이끌어 주고, 나쁜 친구는 인생을 망치는 길로 몰아가는데, 내 아들 기연이가 좋은 부모는 만나지 못했어도 친구는 좋은 친구를 만난 것 같구나. 부디 너희들 우정 영원하기 바란다."

앞으로 기연이가 제대하고 사회에 나와 건실한 직업을 가지고 나중에 돈도 많이 벌어서 아버지인 내가 먼 훗날 팔순을 맞아 팔순 기념 마라톤 대회에서 풀코스 뛸 때 소 한 마리라도 잡을 수 있도록 비용을 대준다면 얼마나 좋겠는가. 과연 그런 날이 올 것인가.

지금부터는 많은 회원들이 궁금해하실 나의 요즘 근황에 대해 밝혀야 할 것 같다. 그것이 도리일 것이기 때문이다.

내가 2016년 8월, 대전교도소에서 발생한 사형수 도주 미수 사고로 문책 인사를 당해 2017년 2월 21일 자로 낯설고 물선 이곳 경남 진주로 유배를 오게 되었다. 내가 전생에 죄가 많은 탓일 것이다.

내가 이곳 진주교도소에 오자마자 제일 먼저 한 일은 직장 마라톤 클럽에 가입한 것이었다. 내가 마라톤 클럽에 가입한 이후 클럽에는 벌써 새바람이 불고 있다.

내가 춘천마라톤에 처음 출전한 것이 2008년이었다. 그때 레이스 도중 티셔츠 뒤쪽에 '진주교도소'라는 글자가 새겨진 옷을 입고 나를 추월해가는 주자가 있었다. 순간 나는 신선한 충격을 받았다. 이번에 진주로 와서 그 직원이 누구인지 꼭 알고 싶어 수소문해보니 그 직원은 이미 다른 교도소로 전출 갔고 지금은 퇴직했을 것이라고 한다.

진주에 오자마자 친구를 하나 사귀게 됐는데, 그 친구는 나하고 나이도 같고 입사 동기이기도 하고 마라톤 회원이기도 한 데다 직장 내 같은 팀에서 같이 생활하고 있다. 그 친구 인생철학 또한 나하고 똑같다. 말하자면 틈만 나면 달리고 틈만 나면 마시고 틈만 나면 마라톤 대회 나가는 것이니 어쩜 그리 나하고 인생관이 똑같단 말인가! 경남 산청이 고향인 그는 비번 날 고향에 다녀오면 나한테 곶감도 갖다 주고 노루고기도 맛보라고 갖다 준다. 그리고 좀 지나면 꿀도 갖다 주겠다고 하는 등 나한테 간이라도 빼주려고 한다. 이 친구로 인해 진주에서의 생활이 그리 심심하지는 않을 것 같다. 나는 요즘 지리산 곶감, 지리산 노루고기 맛보는 재미로 살고 있고, 좀 지나면 지리산 꿀도 맛보게 생겼다.

사방팔방 둘러보아도 경상도 사투리 요란하게 울려 퍼지는 이곳 진주에서 나는 자랑스러운 충청인으로 그리고 논산 계백 장군의 후예로 전혀 기죽지 않고 당당하게 살아갈 것을 다짐하며 이것으로 나의 '진주 리포트'를 마친다.

2017년 3월, 창녕 부곡온천마라톤

마이동풍

지난 3월 5일 섬진강 마라톤에 이어 3월 19일 창녕 마라톤에도 참가하였다. 벌써 3월에만 두 번씩이나 대회에 참가한 것이다. 창녕 대회에는 처음 출전하는 터라 기대가 크다.

이날 날씨는 중국에서 발원한 황사로 인한 미세먼지로 공기가 매우 좋지 않았다. 그나마 이곳 창녕 쪽은 덜한 편인데, 이날 동아마라톤이 열리는 서울 쪽은 미세먼지가 매우 심하다는 일기예보가 있었다. 이렇게 공기가 안 좋은 날 달리는 것은 건강에 오히려 손해가 될 것이라는 생각을 떨칠 수가 없다. 내가 2007년부터 작년까지 10년간 개근 참가한 서울 동아마라톤을 사정상 금년에는 뛰지 못하고, 같은 날 열리는 이곳 창녕 대회를 뛰는 것으로 위안을 삼고자 하는 것이다.

창녕 대회장에서 우리나라 마스터스 1인자 버진고 도나티엔

(한국명 김창원) 선수를 만나 기념사진을 한 방 찍었다. 대부분의 마라토너들은 도나티엔 선수를 잘 알겠지만, 혹시 잘 모르는 사람들을 위해 이 선수를 설명하자면, 도나티엔은 아프리카 부룬디 출신으로 2003년 대구 하계유니버시아드 대회에 부룬디 대표 육상선수로 출전했다가 정정이 불안한 고국 부룬디로 귀국하지 않고 한국에 남았다가 나중에 정식으로 우리나라에 귀화했다. 이름도 한국식으로 '김창원'이라 지었는데, 이 선수가 경남 창원에서 생활하기 때문인 것으로 알고 있다. 김창원 선수가 풀코스 2시간 18분의 우리나라 마스터스 최고 기록을 낸 바 있다. 가는 세월 막을 수 없듯 이제 김창원 선수도 나이가 들어 풀코스를 2시간 20분대를 찍지 못하는 경우가 많아진 것 같다.

창녕 대회장에 도착하니 먹거리 부스에서 두부, 김치를 종이컵에 담아서 배급하고 있었고 삶은 계란도 제공하고 있었는데, 아침 일찍 오느라 식사를 제대로 못한 참가자들이나 가족들의 반응이 좋은 것 같았다. 주최 측의 이런 발상은 신선한 것이다. 여타 대회에서도 이런 점은 벤치마킹할 필요가 있을 것이다. 또 대회장에서는 뻥튀기 장수가 등장하여 옛날 장비를 사용하여 옛날식으로 뻥튀기를 만들고 있길래 한 봉지 사 먹고 싶어서 내가 뻥튀기 아저씨에게 "한 봉지에 얼마입니까?"라고 물으니 "그냥 먹으면 됩니다."라는 대답이 돌아왔다. 그러니까 이 뻥튀기 장수는 주최 측에서 이벤트용으로 하루 고용된 사람이었다. 참가자들의 눈길을 끄는 이런 발상 역시 신선한 것이라고 할 수가 있다.

이번 대회 코스는 5km, 10km 그리고 24km로 나뉘어져 있다. 하프코스가 없고 24km인 것이 궁금했는데, 나중에 그 이유를 짐작할 수가 있었다. 오늘 나는 24km를 달리려고 한다.

코스는 초반에는 전형적인 시골길을 따라가도록 되어 있다. 주로 양쪽으로 논과 야트막한 산 그리고 과수원이 펼쳐진다.

5km쯤 지나자 낙동강변에 올라서게 되었다. 강변을 달리는 것은 언제나 기분 좋은 일이다. 시원한 물줄기를 바라보며 달리다 보면 지루함도 덜하고 시원한 바람에 땀도 씻겨나가 피곤함도 덜하게 된다. 8km쯤 가니 동네 주민들이 열심히 박수치며 응원을 해 주신다. 9km 지점에 이르자 맞은편에서 선두 두 명의 선수가 달려오고 있는데, 두 선수가 거의 한 몸처럼 붙어서 달리고 있었다. 라이벌 선수를 앞세우고 바로 뒤에서 김창원 선수가 달리고 있는데, 이미 승부는 결정 난 것이나 다름없다. 앞서가는 선수는 고통으로 얼굴이 일그러져 있고 뒤따르는 김창원 선수 얼굴은 여유만만해 보였기 때문이다. 나중에 결과도 역시 그러했다.

반환점에 거의 다다를 무렵 강을 건너가는 다리를 통과하게 되면서 나는 비로소 오늘 코스가 24km인 이유를 짐작하게 되었다. 말하자면, 참가자들이 이곳 창녕까지 달리기 하러 오셨다면 낙동강을 건너갔다 오시라는 뜻 아니겠는가.

반환점 급수대에서 여중생으로 보이는 아이들이 목청껏 "힘내세요. 파이팅"이라고 응원을 해 주길래 내가 버럭 소리를 질렀다. "야, 조용히 못 해? 시끄러워서 못 뛰겠네."라고. 그러자 학생들이 까르르 웃어댄다.

내가 오늘 여기 낙동강을 달리면서 6.25전쟁 영웅 백선엽 장군과 그의 저서 『내가 물러서면 나를 쏴라』를 떠올리지 않을 수가 없다. 백선엽 장군 이야기는 '압록강 마라톤 이야기'에서 이미 언급한 적이 있으니 이번이 두 번째 언급이다. 6.25 개전 초기 우리 국군은 북괴군에 밀리면서 후퇴에 후퇴를 거듭하여 1950년 8월 이곳 낙동강에 최후의 방어선을 치게 되었다. 낙동강 전선이 무너지면 그대로 부산까지 함락되는 것이고 그것으로 전쟁은 끝나는 것이기 때문에 백선엽 장군 등이 지휘하는 우리 국군은 낙동강 전선에서 그야말로 배수의 진을 치고 북괴군과 맞서 처절한 전투를 벌였다. 낙동강 전투 중에서도 칠곡 다부동 유학산 전투가 가장 치열하고 참혹했다고 한다. 백선엽 장군 저서 『내가 물러서면 나를 쏴라』 286~287 페이지에 실린 글을 소개한다.

- 산에는 1사단 병사들의 시신이 쌓여 갔다. 새로 전쟁터에 투입된 신병들은 숨을 제대로 쉴 수 없었다.

시체 썩는 냄새에 그만 겁부터 집어먹고 주저앉기도 했다. 그들이 흘린 피는 계곡 아래로 내려가 물처럼 흘렀다. 시체가 산처럼 쌓이고, 그 피는 하천을 이루는 시산혈하屍山血河의 참혹한 정경이 나의 눈 앞, 바로 저 산에서 벌어지고 있었다.

유학산은 이렇게 내 전우들의 피와 육신을 삼켰다. 그 무섭던 1950년의 여름날, 밤과 낮 구별 없이 벌어지는 전투의 현장에서 내 부하들은 죽고 또 죽었다. 그러나 내가 있던 사단, 그리고 그 예하의 각 연대에서는 사정없이 '고지 탈환'의 명령을 내려보낼 수밖에 없었다. 득달같이 진지로 날아오는 공격명령을 받아들고 그들은 싸움터로 향했다. 그들은 아무 말 없이 그 명령을 따랐다. –

내가 2010년 중국 단둥 압록강 마라톤 이야기에서 "우리나라 교육·국방 당국은 백선엽 장군의 6·25전쟁 이야기를 학생들 안보 교육 교재로 채택해서 읽도록 해야 한다."라고 외쳤건만 누구 하나 귀담아 들으려 하지 않는다. 마이동풍馬耳東風이다.

결승선을 100m 남겨두고 전력질주하면서, 창녕 부곡온천이 떠나가라 함성을 목청껏 질러대며 골인했다. 그러자 나보다 먼저 골인하여 나를 기다리던 친구가 "깜짝 놀랐다. 소리 지르지 마라."라고 한다.

24km를 달려 골인한 후 국수를 한 그릇 얻어먹으려고 국수 부스에서 한참을 줄을 서서 기다린 후에 겨우 먹을 수 있었다. 기진맥진하여 골인한 참가자가 국수를 먹기 위해 한참을 기다려야 한다는 것은 너무나 가혹한 일이다. 국수 부스를 하나 더 설치해서 주자들을 오래 기다리지 않게 배려를 하면 더 좋았을 것이다. 오늘 창녕 대회 운영이 전반적으로 괜찮았는데, 주자들을 국수 부스에서 너무 기다리게 한 것이 옥에 티였다.

오늘 서울에서 벌어진 동아마라톤 엘리트 한국 남자 선수 중 1위의 기록이 2시간 14분이었다고 한다. 우승까지는 아니더라도 이번에는 2시간 10분 안에 들어오기를 기대했던 우리 육상계의 기대는 또다시 물거품이 되고 말았다.

주요 국내외 마라톤 대회를 앞두고 언론에서는 우리 선수들이 제주도에서 지옥훈련을 했다는 둥, 강원도에서 지옥훈련을 했다는 둥, 아니면 해외 고지대 훈련을 했다는 둥의 기사를 내보내서 한껏 기대심리를 자극하지만 매번 결과는 허망하게 나오고 있다. 나는 묻고 싶다. 과연 그들이 지옥훈련한 것이 맞나? 도대체 해외 고지대 훈련한 것이 맞나? 정말 그렇게 훈련을 제대로 했다면 결과가 왜 그 모양인가. 그리고 지옥훈련은 평소에 해야 하는 것이지, 대회를 한두 달 앞두고 해외 전지훈련이니 제주도 지옥훈련이니 해봐야…….

물론 그들(감독과 선수들)은 나름대로 열심히 훈련했다고 항변할 것이다. 그렇다면 "마라톤은 정직한 운동 아닌가. 따라서 마라톤은 훈련한 만큼 결과(기록)이 나오는 것 아닌가."라는 송곳 같은 질문에 그들은 뭐라고 둘러댈지 모르겠다.

한국 마라톤이 끝 모를 추락을 거듭하고 있는데, 대한육상경기연맹은 도대체 뭘 하고 있는지 모르겠다. 그저 마라톤 천재 선수가 하늘에서 뚝 떨어지기만을 기다리고 있다. 천재 감독은 이미 강림해 있는데 알아보지 못하고….

뭔가 특단의 대책을 내놔야 할 것 아닌가. 내가 그동안 몇 번에 걸쳐 마라톤 대회 후기나 훈련일지를 통해 우리나라 마라톤이 살 길에 대해 아주 친절하게 알려주었건만 누구 하나 귀담아 들으려 하지 않는다. 이것도 마이동풍이다.

이봉주 선수가 은퇴 후 전국 방방곡곡 마라톤 행사에 불려 다니느라 바쁜데, 이봉주 선수를 대표팀 지도자로 활용하지 못하고 이렇게 방치하고 있다는 사실이 육상연맹의 무능을 단적으로 말해주고 있다. 물고기는 물에서 놀아야 하듯 이봉주 선수는 지금 마라톤 행사장에 불려 다닐 때가 아니다. 당장 마라톤 현장에 복귀하여 후배들을 지도해야 할 것이다.

여자 쪽 사정도 마찬가지다. 2시간 26분대의 한국 여자 최고 기록을 세운 권은주 선수하고 이은정 선수는 대체 시집은 간 것인지, 어디에서 잘살고 있는지 알 길이 없다. 육상연맹은 이런 선수들을 역시 지도자로 활용하지 못하고 방치하고 있다.

이봉주 선수를 마라톤 대표팀 감독으로 앉히고 김이용 김완기 그리고 권은주 이은정을 이봉주 감독을 보필하는 코치로 발탁해서 선수들 훈련을 제대로 시켰으면 참 좋겠다. 그럼 선수들을 어느 정도 훈련을 시켜야 하느냐? 내가 누누이 알려줬다. 고故 정봉수 감독보다 더 독하게, 선수들이 피똥 쌀 만큼 훈련시키면 될 것이다. 그동안 마라톤 대표팀 감독·코치를 역임했던 인사들은 배제했으면 좋겠다. 그들도 한국 마라톤이 이 지경이 된 데 대해 책임이 있기 때문이다.

우리나라 마라톤 선수 중 풀코스 2시간 7분대 기록을 낸 선수는 이봉주하고 김이용 둘 뿐이다. 김이용 선수는 생각할수록 운이 없었던 안타까운 선수라는 생각이 든다. 오인환 삼성전자 마라톤팀 전 감독이 쓴 『마라토너 이봉주』라는 책에서 김이용 선수에 대해 언급하고 있다. 그 책에는 이봉주 김이용 등 한국 최고의 선수들이 정봉수 감독의 코오롱 팀에서 활약하던 시절, 1998년 방콕 아시안게임을 앞두고 벌어진 해프닝이 소개되고 있다.

그 당시 방콕 아시안게임 마라톤 경기에는 한국에서 이봉주와 김이용이 출전하게 되어 있었고, 두 선수는 아시안게임에 대비해서 열심히 훈련했는데, 이봉주 선수가 훈련 중 발목 부상을 당하는 바람에 아시안게임에서 메달 수확에 적신호가 켜진 상태였고, 반면 김이용 선수는 당시 쾌조의 컨디션을 보였기 때문에 그 당시 상황으로는 아시안게임 마라톤 금메달은 당연히 김이용이 떼어 놓은 당상이었다는 것이다.

그런데 운명의 장난인지 갑자기 상황이 뒤바뀌게 되는데, 오인환 전 감독이 쓴 『마라토너 이봉주』 79 페이지에 실린 글을 소개한다.

– 1998년 방콕 아시안 게임 출전을 앞두고 출국 전날 한 방송의 인간극장 취재팀이 정봉수 감독을 중심으로 한 아시안게임 특집프로그램을 위해 숙소를 방문했다. 취재팀은 같이 저녁 식사를 하고 정 감독, 이봉주, 김이용을 차례로 인터뷰했다. 조명을 켠 채 따뜻한 아파트 실내에서 장시간 인터뷰를 하다 보니 선수들의 몸에서 땀이 날 정도였다.

“내일 출국하니 숙소로 가서 일찍 자겠습니다.”

인터뷰 후 원래 몸 관리에 철저한 김이용은 먼저 인사를 하고 몸을 일으켰다.

매서운 바람과 함께 영하로 뚝 떨어진 겨울밤의 찬 공기, 무심코 밖의 날씨는 고려하지 않고 가벼운 복장으로 바람을 쐬면서 선수 숙소로 돌아간 김이용은 자고 나니 감기가 왔다. 증세가 심했다. 갑자기

열이 나고 기침까지 하기 시작한 것이다.

문제는 약을 함부로 먹을 수 없다는 점. 도핑테스트가 있기 때문이다. 약 한번 잘못 먹었다가 좋은 성적을 거두고도 성적 취소는 물론이요, 선수자격 박탈까지 당한 전례가 있다.

…… 중략 …….

김이용은 훈련도 잘했고, 또 이번 대회에 병역문제가 걸려 있었다. 이봉주는 1996년 올림픽 은메달로 이미 병역 면제 혜택을 받았지만 김이용은 이번에 반드시 우승해야 군 입대 문제를 해결할 수 있었다. 정말 안타까웠다.

포도당 주사도 동원하고 아예 조깅도 거른 채 휴식만 취해 보기도 했지만 감기증세는 호전이 안 되었다.

점점 시합 날짜는 다가왔다 –

당시 아시안게임 마라톤 경기에서, 이봉주가 발목 부상의 후유증으로 썩 좋지 않은 컨디션으로 출전했음에도 불구하고 금메달을 차지해 버렸고, 김이용은 감기가 낫지 않은 상태에서 출전을 강행했지만 결국 순위 밖으로 밀려나고 말았다. 이후 김이용은 "그놈의 방송 때문에 대회를 망쳤다."고 두고두고 땅을 치며 원망했다고 한다. 만약 김이용이 당시 감기에 안 걸리고 쾌조의 몸 상태에서 아시안게임에 나갔더라면 금메달을 땄을 것이고, 병역 문제도 해결되었을 것이고, 그 뒤로 김이용은 탄력을 받아 승승장구하면서 더 좋은 성적을 냈을 것이고, 어쩌면 이봉주를 능가하는 선수로 성장했을지도 모른다. 김이용은 한이 많을 것이다. 그래서 선수로 성공하기 위해서는 운도 따라야 하는 것이다. 김완기 선수도 지독히 불운한 선수로 알려져 있다. 선수로서의 소질로만 보면 당시 경쟁하던 이봉주를 비롯한 그 누구보다 소질이 있고 장래가 촉망받는 선수였다. 하지만 김완기는 국제 대회에서 이렇다할 성적을 내지 못한 채 선수 생활을 일찍 접고 말았다. 김완기를 좌절하게 만든 것은 부상이었다. 김완기는 선수 시절 유독 부상에 시달렸다. 김완기도 한이 많을 것이다. 그런데 따지고 보면 이봉주도 한이 많기는 마찬가지일 것이다. 올림픽에서 금메달을 따지 못한 한이 이봉주에게는 남아 있다. 이렇게 저마다 한을 품고 있는 세 명의 남자들과 두 명의 여자(권은주, 이은정)를 마라톤 대표팀 감독과 코치로 발탁하면 '드림팀 지도부'가 탄생하는 것이고, 이들이 풀지 못한 한을 후배들을 통해 풀도록 하면 얼마나 좋겠느냐 하는 것이다. 내 말이 틀렸나? 그러나 나의 이 주장에도 누구 하나 귀기울이지 않고 마이동풍이 될 공산이 크다. 나의 주장은 언제나 그랬으니까. 나도 이제는 지쳤다.

얼마 전, 한 시간 달리기는 일곱 시간의 수명 연장 효과가 있다는 미국 아이오와 주립대학교 운동과학 연구팀의 발표가 있었다. 물론 일주일에 네 시간은 달려야 효과가 있다고 한다. 이런 연구 발표가 아니더라도 열심히 달리는 우리 마라토너들은 다 알고 있는 내용 아닌가. '열심히 달리면 수명 늘어난다'는 주장 역시 마이동풍이 될까?

2017년 4월, 보성 녹차마라톤

내가 책사策士가 된 사연

보성 녹차마라톤 대회에는 2006년에 출전한 바가 있고, 11년 만에 다시 보성을 찾았다. 이번에 보성으로 가면서 11년 전 보성의 추억을 떠올렸다. 11년 전 당시 보성 대회에서의 세 가지 기억이 선명하게 떠올랐다. 당시 개구리들이 논에서 개굴개굴 합창을 하며 주자들을 열렬히 환영해주었는데, 이번에도 그 개구리의 후예들이 여전히 우리를 환영해줄지, 그리고 주로의 메타세콰이어는 여전히 푸르른지, 또 실버농악대가 이번에도 등장할지…

대회장에 도착하니 무대에서 왕년의 프로복싱 동양챔피언이었던 황충재 선수가 가수가 되어 '뺑이야'라는 노래를 신나게 불러대고 있었다.

오늘 날씨는 초여름 날씨라 할 정도로 더웠는데, 레이스에 더

위가 변수가 될 것 같다. 나는 오늘 32km를 달리기로 하였다.

11년 전 추억을 떠올리며 레이스를 시작했다. 4km 지점에 이르자 어느 농부가 물이 가득 찬 논에서 트랙터로 쟁기질을 하고 있다. 분명 이곳 어딘가에서 11년 전에 개구리들이 개굴개굴 요란하게 합창을 하며 주자들을 환영해주었는데, 아쉽게도 오늘은 개구리들의 합창을 들을 수가 없어 순간적으로 서운한 맘이 든다. 여기서 조금 더 가서 5km 지점에 이르니 추억의 메타세콰이어 가로수가 옛 모습 그대로 도로 양옆으로 길게 늘어서서 시원한 그늘을 제공하고 있다. 하프코스 반환점까지는 메타세콰이어 그늘 속에 달릴 수가 있었다.

계절은 4월인데 왜 이리 날씨가 덥단 말인가. 더워서 도저히 32km를 뛸 자신이 없다. '에라 모르겠다. 하프만 뛰자'라고 맘을 고쳐먹게 되었다.

하프코스 반환점에 이르니 기대대로 실버농악대가 꽹과리, 장고, 북 등을 힘차게 두드리며 주자들을 응원하고 있다. 어르신들이 이렇게 열정적으로 주자들을 응원해주시는 것을 볼 때마다 잔잔한 감동을 받게 된다. 아쉽지만 여기 하프코스 반환점에서 돌아가기로 했다. 내가 애초 32km 달리겠다는 자신과의 약속을 어기고 비겁하게 하프만 뛰고 들어가면서 나는 '이 나이에(50대 중반) 이 정도 거리를 이 더위에 달리는 사람이 대한민국에 몇이나 되겠느냐, 나는 대단한 사람 아니냐'라고 나 스스로를 위로하고 변명해야 했다.

오늘 개구리들이 나타나지 않은 것은, 비가 오지 않아서였을 것이다. 2006년 대회 때는, 전날 비가 왔기 때문에 개구리들이 논에서 개굴개굴 합창을 했던 것이다. 그래서 오늘 개구리들이 나오지 않은 것을 이해하고 넘어가기로 했다. 하프코스를 달리고 골인하니 그때까지 황충재 선수는 여전히 '뺑이야'를 불러제끼고 있었다.

요즘 이해영 어르신이 쓴 『마라톤 풀코스 100회 완주 실전 수기, 마라톤 이야기』를 읽었다. 이 어르신이 37년생이시니까 나의 부친과 동갑이시다. 이해영 어르신이 66세의 늦은 나이에 마라톤에 입문하여 마라톤에 풍덩 빠져 전국을 순회하며 살아가신다. 마치 금산 사시는 김진환 어르신처럼!

김진환 어르신과 이해영 어르신은 닮은 점이 많다. 두 분 나이도 동갑에다가 60대 후반에 마라톤을 시작하였고, 그 후 마라톤에 풍덩 빠져 전국을 순회하고 있는 것 등이 닮았다는 것이다. 이 어르신이 쓴 마라톤 이야기를 읽다 보니 이 어르신하고 나하고 같은 날 같은 대회에 참가한 적도 여러 번 된다. 나도 누구 못지않게 마라톤을 즐기며 살아가고 있다고 자부하는데, 이 어르신에 비하면 나는 아무것도 아니라는 사실을 알게 되었다. 이해영 어르신은 대회에 참가할 때마다 거의 매번 '가슴 벅찬 감동'을 받는다고 대회 후기에서 고백하고 있다. 이 어르신 대회 후기는 거의 대회 이야기 또는 마라톤 이야기로 구성되어 있어서 마라톤 후기의 취지에 충실하다고 할 수 있는 반면에 나의 마라톤 후기는 마라톤 이야기는 조금밖에 없고 횡설수설하다가 결국은 마라톤과 관계 없는 엉뚱한 이야기로 흘러가기 일쑤다. 이 어르신의 마라톤 이야기 중에도 (나도 참가했던) 2006

년 보성 마라톤 이야기가 나온다. 이해영 어르신은 2006년 보성 대회 후기에서, 전날 비가 내렸다고 했고 메타세콰이어 가로수하고 실버농악대 언급도 하시던데, 어찌 된 영문인지 개구리들의 울음소리는 언급되지 않고 있다. 이 어르신을 언제 주로에서 뵙게 되면 반갑게 손을 잡고 인사 나누고 싶다.

내가 지난번 창녕 대회 이야기에서, 이봉주 선수를 감독으로 앉히고 김이용, 김완기, 권은주, 이은정을 등을 코치로 발탁해서 대한민국 마라톤 남녀 국가대표 선수들을 강하게 훈련시켰으면 좋겠다는 의견을 냈는데, 여기서 코치를 한 사람 더 추가하면 좋을 것이다. 이의수 전 국가대표 마라톤 선수를 이봉주 감독의 '마라톤 책사[策士]'로 쓰면 얼마나 좋겠느냐 하는 것이다. 이의수 전 선수는 지금은 대학교수이면서 현재 KBS 마라톤 경기 해설위원을 맡고 있는데, 학구파이자 뛰어난 이론가로 알려져 있기 때문에 이의수 전 선수를 이봉주 감독의 마라톤 책사로 쓰면 좋지 않겠느냐 하는 것이다. 왕이든 대통령이든 스포츠 감독이든 기업 CEO든 책사를 잘 활용할 줄 알아야 한다. 최 모 여사 같은 형편없는 책사를 쓰면 어떤 결과가 나오는지 요즘 모든 국민이 똑똑히 목도하고 있다.

이의수 위원은 『서브3, 마라토너의 꿈』이란 책을 내기도 하였는데, 나는 이 책 제목에 아쉬움이 좀 있다. 책 제목을 보면 마치 모든(또는 많은) 마라토너가 서브3를 위해 달린다고 생각할 수 있는데, 사실은 서브3를 목표로 달리는 마라토너가 그리 많지는 않다는 사실이다. 마라톤 서브3를 하기 위해서는 물론 열심히 훈련해야 하지만, 타고난 소질도 좀 있어야 된다고 본다. 예를 들어, 나 같은 사람이 서브3를 하려고 훈련한다면 지나가는 소가 웃을 것이다. 나는 서브3는커녕 서브4도 못하고 겨우 서브5를 하는 처지이다. 그래서 책 제목을 『마라톤 서브3에 이르는 길』 또는 『마라톤 서브3, 할 수 있다』 정도가 더 좋았을 것이라고 생각한다.

'책사' 이야기가 나왔으니 말인데, 나도 한때 책사 소리를 들은 적이 있었다는 점을 강조하고 싶다. 그러니까 지금으로부터 십수 년 전, 직장에서 벌어진 일이었으니……….

어느 날 저녁 직장 최고 어른이신 소장님을 모시고 나를 비롯한 직원 열댓 명이 식당에서 회식을 하게 되었다. 나하고 나의 입사 동기들이 승진을 했다고 승진 축하연이 벌어진 것이다. 그런데 그날 술자리에서 사달이 나고 만 것이다. 술자리 분위기가 무르익어 다들 얼큰하게 취할 무렵 내가 깜짝 놀랄 만한 얘기를 꺼낸 것이다. 내가 갑자기 옆에 있던 어느 직원을 향해 삿대질하면서 (나의 시선은 소장님을 향하고) "소장님, 이런 형편없는 놈을 책사로 쓰실 겁니까? 차라리 저를 책사로 쓰세요."라고 버럭 소리를 지른 것이다. 순간 분위기는 꽁꽁 얼어붙었고 소장님의 얼굴은 심히 일그러졌고 직원들은 소장님 눈치를 보며 안절부절못했다.

내가 '형편없는 놈'이라고 지적한 그 직원이 사실 어떤 문제가 있는 직원은 결코 아니었다. 단지 그 직원이 평소 소장님하고 잘 어울려 다니기에 내가 '배가 아파서' 그랬을 뿐이었다. 어쨌거나 그날 술자리 분위기는 화기애애하게 흐르다가 막판 나의 돌출 발언 때문에 마지막은 엉망으로 끝나고 말았다. 다음 날 아침 눈을 떴을 때 전날 밤의 상황이 어렴풋이 떠올랐고, 소장님한테 불려가서 문초 받을 생각을 하니 눈앞이 캄캄했다. 직원들도 내가 혹독한 대가를 치를 것이라 믿어 의심치 않았다. 그런데 웬일인지 소장님의 문초는 없었고 며칠 지나서 직장 내에서 오다가다 소장님과 마주쳤는데, 소장님이 씨익 웃으시면서 나한테 "남 책사, 내가 남 책사 좋아한다."라고 말씀하시는 게 아닌가!

그날 이후 나는 직원들로부터 '남 책사'로 공식 인정을 받게 되었던 것이고, 내가 책사가 되는데 배경이 되었던 그날 술자리 사건은 지금까지 전설로 내려오고 있다. 내가 '책사' 소리만 들은 게 아니다. 나는 (마라톤) '감독' 소리도 들었다. 이렇듯 나는 다방면에서 '스펙'을 쌓았다. 그럼 다음 편에서는 내가 한때 '감독'이 된 사연을 공개하려고 한다.

2017년 7월,

내 생애 최고의 날

금년 여름 더위 참으로 대단했다. 무더운 여름을 어떻게 잘 견뎌내느냐가 삶의 질을 말해주는 척도가 아니겠느냐 하는 것이다. 나의 부친(81세)은 매년 한여름만 되면 기력이 부쩍 떨어지시기 때문에 날이 더워지면 나를 비롯한 자식들이 아버지 건강이 염려되어 아버지한테 경쟁적으로 "아버지, 요즘처럼 날씨가 더울 때 한낮에 돌아댕기면 쓰러질 수가 있으니 꼭 선선한 아침이나 저녁에 돌아댕기세요."라고 신신당부를 한다. 그런데 나의 부친과 연세가 비슷한 칠마회 어르신들(이 중 몇 분은 이미 팔마회로 진급하셨겠지만)은 어떠신가. 이분들은 한여름에도 마라톤 대회에 출전하여 거침없이 풀코스를 달리신다. 그러니까 비슷한 나이라 해도 나의 부친과 칠마회 어르신들 삶의 질은 이렇게 다른 것이다. 그런데 칠순에서 팔순으로 진급하셨으면 당연히 팔마회가 만들어져야 할 터인데, 마라톤 대회에서 아직 팔마회 조끼를 입은 어르신들을 볼 수가 없다. 어째서 팔마회가 창단이 안 되는 것일까. 정말 이러시면 내가 나중에 팔마회를 만들어 초대 회장을 할 수도 있다.

창용찬(1955년생) 씨가 쓴 『사하라 사막 레이스』라는 책을 최근 재미있게 읽었다. 창용찬 형님은 보디빌더로서 1982년 미스터코리아에 등극하신 바 있는데, 2005년 사하라 사막 마라톤을 다녀와서 이 책을 썼다. 이 책에는 저자인 창용찬 형님이 미스터코리아가 되기까지의 힘들었던 훈련 과정, 미스터코리아의 꿈을 이룬 뒤에 생활의 절제력을 잃고 서서히 몸이 망가져 가는 과정, 그러다가 운명적으로 마라톤과 인연을 맺고 마라톤에 풍덩 빠진 이야기, 사하라 사막 마라톤 준비 과정, 그리고 처절했던 사하라 사막 레이스 체험이 생생하게 담겨 있어서 나는 이 책을 펼치는 순간 책 속에 코를 박아버리고 말았다. 이 책을 읽고 나도 사하라를 가고 싶다는 생각이 머릿속에서 꿈틀거리기 시작했다.

저자는 자신이 평생 운동만 해온 사람이라고 강조했는데, 평생 운동만 한 사람이 어쩜 그리 글을 잘 쓰는지 참으로 알 수가 없다. 그런데 알고 보니 창용찬 형님 고향이 나하고 같은 논산 아닌가. 이렇게 반가울 수가! 논산에서 인물이 많이 배출되었는데, 그중 일부만 잠깐 소개한다면, 얼마 전 국방부 장관에 임명된 송영무, 정치인 이인제, 도지사 안희정, 박근혜정부 초대 대변인 윤창중, 박근혜정부 초대 경제수석 조원동(안종범 수석이 조 수석 후임자), 작가 박범신 김홍신, 탤런트 강부자, 가수 김세레나 배일호, 축구 스타 염기훈 등을 들 수가 있겠다.

물론 이 중에는 물의를 일으켜 실컷 욕을 먹은 사람도 있고 국민들에게 별 인기 없는 사람도 있을 것이다. 그런데 논산이 배출한 최고의 인물은 뭐니 뭐니 해도 계백 장군이라 해야 할 것이다. 민족통일 전쟁에 얍삽하게 당나라 군대를 끌어들여 3국을 통일한 일당들은 역사의 승자가 되었고, 황산벌에서 5천결사대를 이끌고 나당 연합군과 분연히 맞서 싸우다 5천결사대와 함께 장렬히 산화한 계백 장군은 역사의 패자가 되고 말았다. 우리 민족은, 불편한 진실이지만, 옛날부터 늘 외세에 휘둘려왔는데, 그 근원을 따져보면 3국 통일전쟁 당시 외세(당나라)를 끌어들인 사건이 아니겠느냐고 나는 생각한다. 역사 바로 세우기는 이런데에서부터 시작해야 하는 것이 아닌가 한다.

사하라 사막 레이스는 살인적인 햇빛과 싸우며 무릎까지 푹푹 빠지는 모래언덕을 넘어가야 하고 거친 자갈밭을 통과해야 하고 고독, 두려움과도 싸우며 1주일간 달려야 하는 서바이벌 게임이다. 1주일간 사막을 달리고 사막에서 먹고 사막에서 자야 하는 것이다. 당시 사하라 사막 한낮 기온이 영상 54도까지 올라갔다고 하였는데, 지금은 지구가 그때보다 더 뜨거워졌을 테니 사하라 사막의 기온도 지금은 더 올라갔을 것이다. 레이스가 얼마나 혹독한지 당시 한국에서 저자를 포함해 12명이 출전했는데, 첫날에만 3명의 탈락자가 나왔고, 이후 추가로 탈락자가 더 나왔다. 그 말은 곧 첫날만 어떻게든 잘 버티면 완주할 확률이 높다는 뜻일 것이다.

사하라를 가기 위해서는 철저한 사전 훈련을 해야 하는데, 100km 울트라 마라톤, 설악산이나 지리산 또는 덕유산 종주산행, 그리고 풀코스 마라톤을 필히 실시해야 할 것 같다. 저자도 사하라 가기 전에 이런 훈련 과정을 거쳤다고 밝히고 있다, 다시 말해 사하라 가기 전에 울트라 마라톤, 종주산행, 그리고 풀코스 마라톤을 2~3주 간격으로 해야 한다는 것이다.

사하라 사막 레이스는 생명의 위험도 따른다. 저자가 참가했던 2005년 대회에서 어떤 외국인 참가자가 코스를 이탈하여 엉뚱한 방향으로 진행하여 멀리 사라지는 것을 창용찬 형님이 발견하고 구조대에 연락하여 구조했다고 한다. 그 참가자가 엉뚱한 방향으로 간 이유는, 사막에서 장시간 강렬한 햇빛에 노출되다 보니 일사병으로 정신이 혼미해져서 그렇게 됐다는 것인데, 다행히 이 참가자는 다른 참가자의 눈에 띄어서 목숨을 건진 것일 뿐, 만약 아무도 그 참가자를 발견하지 못했더라면 그 참가자는 사막에서 그대로 목숨을 잃었을 것이라고 한다. 그런데 나는 전혀 두렵지가 않다. 사막을 달리다 최후를 맞는 것도 괜찮지 않은가. 나는 마지막 소원이 '달리다 최후를 맞는 것'이라고 여러 번 강조한 바 있다.

사하라 레이스 마지막 7일째는 이집트 카이로에 있는 피라미드, 스핑크스 앞으로 달려서 골인하게 된다고 한다. 인류 최고의 문화유산이라고 할 수 있는 피라미드, 스핑크스 앞으로 돌진하여 골인하는 그날은 내 인생 최고의 날이 될 것이다. 물론 내가 사하라 가고 싶다는 꿈이 이루어질지, 아니면 한낱 꿈으로 끝날지는 오직 신神만이 아실 것이다. 그리고 비록 그 꿈이 끝내 이루어지지 않는다 하더라도 그런 꿈을 꾸었다는 것만으로도 나는 충분히 행복할 것이다. 꿈은 학생들이나 젊은이들에게 어울리는 단어일 것인데, 나는 자꾸 꿈 타령을 하게 된다.

나이가 들어갈수록 꿈도 버릴 것은 버리고 욕심도 버릴 것은 버리고 가능하면 많이 버리면서 살아가야 할 것인데, 나는 오히려 꿈이 하나 둘 늘어가고 있으니 내가 인생 잘 사는 것인지 잘못 사는 것인지 모르겠다.

2017년 9월, 김해 봉하마을마라톤

감투 타령

지난 5월 고성대회 이후 무려 4개월 만에 대회에 출전하였는데, 이곳 직장 클럽 사람들은 '여름엔 마라톤을 좀 쉬자'는 분위기인 것 같다. 그런데 이런 자세는 물론 진정한 마라토너의 자세라고 볼 수는 없다. 덥다고 안 달리고, 춥다고 안 달리고, 비온다고 안 달리고, 전날 술 마셨다고 안 달리고, 부부싸움 했다고 안 달린다면 언제 달린다는 것인가.

나는 왕성하게 술을 마셔대던 시절에도 새벽에는 꼭 달리기하러 나갔다. 물론 전날 술 마시고 다음 날 아침에 달리면 심장에 무리가 가서 안 좋다는 지적은 있는데, 나는 전혀 심장에 부담 같은 건 느끼지 못했다. 전날 술을 마셨다면 오히려 '아, 어제 술 마셨으니 내 몸에 술독이 쌓였을 것이고, 쌓인 술독을 달리기로 해독해야지'라는 마음이 나를 아침에 트랙으로 나가게 했다.

이번에 출전한 대회는 공식 명칭이 '김해 아름누리길 마라톤 대회'인데, 뭐 그리 이름을 어렵게 지었는지 모르겠다. 노무현 전 대통령 고향 봉하마을에서 열리는 대회인 만큼 그냥 쉽게 '김해(또는 봉하마을) 노무현 마라톤 대회'라고 하면 부르기 쉽고 기억하기가 참 좋을 텐데.

봉하마을은 그전부터 한번 방문해보고 싶었는데, 이 동네에서 마라톤 대회가 열리는 바람에 얼떨결에 그 꿈을 이루게 되었다. 뭣이든 꿈을 꾸면 이루어지는 모양이다. 사하라 사막 레이스의 꿈도 영글어 가고 있다. 봉하마을에는 역시 노무현 전 대통령을 기리는 사진과 글이 가득했다. 부엉이바위에도 올라가 보려고 했지만 시간이 허락되지 않아 가까이에는 가보지 못했고, 먼발치에서 바라보는 것으로 족해야 했다. 노무현 전 대통령은, 다른 건 잘 몰라도, 퇴임하고 낙향했다는 점을 나는 높이 평가한다. 우리나라 대통령들은 어째서 퇴임하고 나면 고향으로 돌아갈 생각은 않고 여전히 서울에서만 생활하는가. 물론 대통령 퇴임하면 반드시 낙향해야 한다는 법 규정은 없겠지만, 대통령을 지낸 분이 스스로 낙향해서 동네 주민들과 스스럼없이 어울리며 지역사회를 위해서 뭔가 봉사활동을 하면서 여생을 살아간다면 국민은 그에게 아낌없는 존경과 사랑의 마음을 보낼 것 아니겠는가. 그리고 그런 전직 대통령의 소박한 삶은 국민에게 미치는 교육적 효과도 상당할 것이다.

문재인 대통령은 시골에 노모가 계시다고 하니 낙향해서 노모를 모시고 살아간다면 그 자체로 국민에게 큰 감동을 선사할 것이고 그것이 곧 국민에게 '산교육'이 될 것이다. 우리도 이제는 그런 전직 대통령을 보고 싶다. 내 생각이 틀렸나? 이게 나만의 생각인지도 모르겠으나 어쨌든, 내 생각은 그렇다는 것이다.

오늘 날씨는 마라톤 하기에 너무 좋다. 약간의 보슬비가 내렸고 바람까지 살랑살랑 불어온다. 기록에 욕심이 있는 참가자들은 오늘 같은 날 기록에 도전하면 좋을 것이다. 나는 하프코스를 달리려고 한다.

코스는, 초반 3km는 화포천 뚝방길을 따라 달리게 되어 있다. 노무현 전 대통령이 자전거에 손녀를 태우고 가는 유명한 사진이 있는데, 바로 이 뚝방길에서 찍은 사진이라고 들었다. 5km까지 달려도 몸이 풀리지 않고 힘이 들어서 노무현 전 대통령께 힘을 달라고 기도했더니 신기하게도 7km쯤 가니 몸이 풀리기 시작한다. 8km 가까이 갈 무렵 맞은편에서 김창원 선수를 비롯한 3명의 선수가 뒤엉켜 선두그룹을 형성하며 달려오고 있다. 보나마나 오늘도 김창원 선수가 우승할 것이다. 김창원 선수가 10년 넘게 우리나라 아마추어 마라톤을 호령해왔는데, 이제는 그 왕좌 자리를 문삼성이라는 젊은 선수에게 내주게 생겼다. 문삼성은 작년부터 마라톤계에 이름을 올리기 시작하더니 참가하는 대회마다 거의 우승을 휩쓸고 있다. 요즘 기록도 문삼성이 김창원을 넘어서고 있다. 문삼성 이야기는 잠시 후에 더 하기로 하고 ….

8km 지점을 지나서 대략 400~500m쯤 되는 가파른 고개를 넘어야 하는데, 여기서 체력 소모가 가장 크다. 고개를 넘으면 우측으로 낙동강을 바라보며 다시 뚝방길 2~3km를 반환점까지 달리게 되었다. 그러니까 오늘 레이스는 두 번에 걸쳐 뚝방

길을 달리게 되는 것인데, 초반에 뚝방길 3km를 달리고 중간에 또 뚝방길을 달리는 맛이 그런대로 아기자기해서 좋다.

오늘처럼 뚝방길을 달리려고 내가 여름에 뚝방 훈련을 많이 했나 보다.

하프코스를 무난히 달려 골인하고 먹거리 부스를 찾았더니 국수는 없고 겨우 미숫가루 한 컵하고 막걸리 한 컵 그리고 두부·김치밖에 없다. 음식이 너무 썰렁하다. 국수 제공하는 것이 그렇게 어렵나? 국수 삶는데 뭐 큰돈이라도 들어가는가? 봉하 마라톤 대회는 음식이 성의 없는 대회로 역사에 남게 되었다. 주로에서도 마찬가지다. 급수대에 먹을 거라고는 겨우 초코파이하고 바나나밖에 보이지 않는다. 성의 부족이라고밖에 할 수가 없다. 급수대에 과일도 갖다 놓으면 얼마나 좋겠는가. 왜 그런 생각을 못 하는지 모르겠다. 이왕 마라톤 잔치하는데, 돼지도 잡고 과일도 풍성하게 갖다 놓으면 안 될까? 돈 몇 푼 아끼려다 대회 이미지만 나빠지고 그 지역 인심 안 좋다는 평가만 남을 것이다.

내가 마라톤 대회 책임자라면 다음과 같이 하겠다. 예산을 충분히 확보하여 돼지를 열 마리도 좋고 스무 마리도 좋으니 많이 잡아서 대회 참가자와 그 가족들에게 신선하고 맛있고 뜨끈뜨끈한 고기를 접대함은 물론이고 인근 주민들까지 전부 초대해서 잡숫도록 하겠다. 인근 주민들 다 불러봤댔자 몇십 명 되지도 않을 것이다. 제철 과일도 먹거리 부스에다 잔뜩 갖다 놓고, 주로 급수대에도 산더미처럼 쌓아놓고 참가자들이 달리다가 배불리 먹을 수 있도록 하겠다. 이를테면, 봄에는 방울토마토나 딸기를, 여름에는 수박이나 포도 또는 복숭아를, 가을에는 포도나 사과 같은 과일을, 겨울에는 사과.귤을 풍성하게 제공하겠다는 것이다.

"급수대에서 과일을 너무 많이 먹어서 기록이 나빠졌잖아요." 라는 불만이 나올 정도가 되도록 서비스하겠다는 것이다. 이렇게 푸짐하게 대회를 치른다고 해도 비용은 천만 원 정도만 더 쓰면 될 것이다. 이왕 잔치를 벌일 거라면 돈 좀 쓰자는 것이다. 금년 처음 치러진 봉하마라톤 대회가 이번에 부족했던 점을 보완하여 내년에는 좀 더 풍성한 대회로 발전하기를 바란다.

그건 그렇고, 그렇다면 요즘 아마추어 마라톤에서 '뜨는 해' 문삼성이 누구냐? 내가 문삼성을 잘 알고 있다.

문삼성은 나이가 20대 중반쯤 되는데, 충남에서 자란 육상 중장거리 선수 출신이다. 충남 육상 명문 예산중학교 출신인데, 중3때인 2007년 김천 소년체전에서 중장거리 3000m(8분59초)와 1500m(4분14초) 부문에서 2관왕을 차지한 명실상부한 전국 중등부 최고의 선수였다. 나는 이때 문삼성의 2관왕 달성 소식을 신문 기사를 통해 자세히 알 수 있었다. 문삼성 선수가 소년체전에서 중장거리 2관왕에 오르자 당시 충남 육상계에서는 무려 20년 만에 충남에서 소년체전 중장거리 2관왕이 탄생했다고 흥분했고, 문삼성 선수는 앞으로 한국 마라톤 재목으로 성장할 거라 믿어 의심치 않았다.

문삼성은 이후 고교 진학을 충남체고가 아닌 서울 육상 명문 배문고로 했고, 서울로 간 문삼성 선수의 그 후의 활약상은 내가 잘 모르지만 고교에서도 꾸준히 고교 정상급의 실력을 발휘

했을 것이다. 그러다가 작년부터 문삼성이라는 선수가 아마추어 마라톤 대회에 나타나 이름을 올리는 것을 보고 나는 깜짝 놀랐다. 실망스럽기도 했지만. 확인해보니 중학교 때 이름을 날린 바로 그 문삼성 선수였다. 지금쯤 마라톤 국가대표가 되어 있어야 할 문삼성 선수가 어쩌다가 엘리트 선수 생활을 접고 아마추어로 전향을 했단 말인가.

기사를 읽어보고 추정해보니 문삼성은 이미 대학 때부터 선수 생활을 접은 모양이다. 선수 생활을 접은 이유는 잘 모르겠으나 부상, 또는 뭔가 다른 이유가 있을 것이다.

어쨌거나 한때 충남 육상계에서, 그리고 대한민국 육상계에서 잔뜩 기대했을 문삼성이라는 걸출한 마라톤 유망주가 어쩌다가 마라토너로서의 기량을 꽃피우지 못하고 일찍 선수 생활을 접어야 했는지 참으로 애석한 일이 아닐 수가 없다.

운동선수로 성공하기 위해서는 만 가지의 경우가 다 맞아떨어져야 한다고 한다. 첫째, 선수로서의 특별한 소질을 타고나야 한다. 둘째, 선수 본인의 의지가 강해야 한다. 셋째, 부모가 밀어줘야 한다. 넷째, 선생을 잘 만나야 한다.

마지막 다섯째로는, 운도 따라야 한다는 것이다. 2011년 대구 세계 육상 선수권 대회 100m 경기에서 우사인 볼트가 부정 출발로 실격하자 팀 동료 요한 블레이크가 어부지리로 우승한 것은 운이 좋은 경우에 해당하는 것이고, 1998년 아시안 게임 마라톤 경기에서 김이용 선수가 충분히 금메달을 딸 수 있었음에도 대회 며칠 전 인터뷰 하다가 심하게 감기에 걸려 대회를 망친 경우는 운이 나빴던 경우에 해당할 것이다. 또한 부상으로 선수생활을 접어야 하는 경우도 운이 나쁘다고 해야 할 것이다. 이렇듯 운동선수가 성공하기 위해서는 온갖 조건이 다 맞아떨어져야 하는 것이다. 문삼성 선수도 위의 여러 조건 가운데 뭔가 하나라도 맞지 않았던 모양이다. 그런데 사실은 나의 아들도 한때 육상 중장거리 선수였다는 사실을 이제는 밝혀야 할 것 같다. 나의 아들은 문삼성 선수보다는 두 살 아래인데, 2008년(아들 중2 때) 4월부터 2010년 6월(충남체고 1년)까지 2년 남짓 육상부 선수 생활을 했었다. 나는 아들을 초등학교 6학년 때부터 마라톤 대회에 데리고 다니며 출전을 시켰다. 아들이 공부에는 전혀 관심이 없고 몸은 날렵하고 달리기는 잘했으니까. 아들 몸매가 아버지인 나하고는 전혀 달라서 전형적인 마라톤 선수의 몸매라고 할 수 있다.

2006년, 아들이 초등학교 6학년일 때, 태안 안면도 마라톤 대회에 처음 아들을 데리고 가서 대회에 출전을 시켰다. 그 당시 아들한테 마라톤 대회 출전은 처음이니까 5km만 뛰라고 지시했는데, 내가 하프코스 뛰고 들어오니까 아들이 놀랍게도 10km 완주 메달을 목에 걸고 골인 지점에서 나를 기다리고 있는 게 아닌가. 내가 놀라서 "너 5km만 뛰라고 했는데, 어떻게 된 거냐?"라고 물으니 사연인즉, 어린 아들이 처음 마라톤 뛰다 보니 5km 반환점 표시를 못 보고 지나쳐 달리다가 10km를 달리게 되었다는 것이다. 아무튼 초등학교 6학년의 어린 아들이 겁도 없이 10km를 완주한 것이 참 대견하기는 했다. 아들이 특별히 달리기 연습한 것도 없이 그 어린 나이에 10km를 완주한 것은, 평소 아들이 공부에는 관심이 없고 축구는 좋아해서 학교에서 자주 친구들과 축구 경기를 했기 때문에 기초 체력은 있었던 것이다. 그 후 나는 틈나는 대로 아들 마라톤 훈련을 시키면서 마라톤 대회에 데리고 나가기 시작했고 아들은 10km만 달리도록 했다.

역시 아들은 어린 학생이다 보니 기록 향상 속도가 매우 빨랐다.

아들이 육상부에 들어가기 직전 참가한 2008년 4월 MBC 한강 마라톤에서 아들 기록이 10km 38분을 찍어 마침내 10km 40분 벽을 깨고 30분대에 진입하게 되었다.

이때 나는 아들이 에티오피아의 케네니사 베켈레 선수가 보유한 10,000m 26분 17초의 세계 기록을 깨는 것도 시간문제로 보였다. 물론 착각은 자유다! 4월 MBC 한강마라톤 직후 아들은 육상부에 들어갔고, 아들 훈련은 그 뒤 내 손을 떠나 육상부 코치에게 맡겨지게 되었다.

내가 처음부터 아들을 육상부에 보내려고 마음먹었던 것은 아니었다. 그저 내가 틈틈이 아들을 훈련시켜도 아들 나이 스무 살만 되면 풀코스 2시간 30분대의 아마추어 최고수로 만들 수 있겠다는 판단이었다. 아들을 풀코스 2시간 30분대의 상금 사냥꾼으로 만들어 대회 상금을 받아오면 나의 막걸리 비용은 아들이 해결해주겠거니, 하는 꿈을 꾸며 나는 행복해했다. 내가 이렇게 아들을 데리고 다니며 틈틈이 마라톤 훈련도 시키고 대회에 출전도 시키자 주위에서는 나를 '남 감독'이라 불러주기 시작했고 나도 그 별명이 싫지가 않았다. 그래서 나는 그때부터 '남 감독'이 된 것이다. 아들 마라톤 훈련 감독이란 뜻이다.

내가 처음부터 아들을 육상부에 보낼 생각은 없었는데, 아들 소문이 퍼지다 보니 아들이 다니는 중학교 육상부에서 아들을 스카웃한 것이다. 어차피 아들이 공부에는 취미가 없고 달리기 소질은 있으니 차라리 육상부 들어가서 엘리트 선수의 길을 가는 것도 괜찮다고 생각해서 나도 허락을 한 것이다. 그리고 이왕 육상부에 들어갔으니 장차 이봉주 같은 훌륭한 마라토너가 되라고 아들한테 당부하기도 했다.

아들이 충남체고에 입학하고 몇 달 지나서 나는 아들을 학교에서 자퇴시켰다. 아들이 소질이 뛰어나거나 승부욕이 강한 것 같지도 않았고 훈련을 감당하기도 버거워하는 것 같았기 때문이다. 달리기 세계에서 살아남으려면 아들처럼 평범한 실력으로는 힘들겠다는 판단을 하고 아들에게 가서 말했다. "아빠가 볼 때 너는 아빠를 닮아서 그런지 달리기에 특별한 소질은 없는 것 같고 그저 평범한 수준이다. 이래서는 운동으로 먹고살기 힘들다. 지금이라도 운동을 접었으면 좋겠다. 이쯤에서 방향전환을 해보자는 것이다. 운동 접고 학교 자퇴하고 공업고등학교로 전학 가서 기술을 배우면 어떻겠냐. 기술만 있으면 평생 먹고살 수 있다. 공고 가서 열심히 쇠 깎는 기술을 연마해라. 너는 그래도 손재주는 좋은 편 아니냐. 잘 생각해봐라."라고 말했더니, 아들이 "아빠, 1주일만 생각해볼게요."라고 말한다. 그랬는데 이틀 만에 아들한테서 전화가 왔다. "아빠, 나 운동 접을래요."라고.

그래서 아들은 2년 남짓한 육상부 생활을 끝내고 체고를 자퇴하고 공업고등학교로 전학 가서 산업 기술을 배우게 된 것이다.

나는 아들을 공고에 전학 보낼 때 쇠 깎는 기술(기계과)을 권했더니 아들은 전기 기술을 배우고 싶다고 하여 전기과를 택했다. 아들이 공고로 전학 가서 군대 가기 전까지 방황도 좀 했지만, 몇 달 전에 군대 만기제대하고 일주일 쉬다가 자신의 전기자격증을 가지고 바로 산업전선에 뛰어들어 열심히 돈 벌고 있다. 전기공사 현장에서 일하는 아들에게 내가 "너, 노가다판에서 일하는 것 같아 내 마음이 썩 좋지는 않구나."라고 말하자 아들이 "아버지, 저는 노가다가 아니에요. 저는 엔지니어라고요."라고 말하는 걸로 봐서는 나름대로 자신의 직업에 자부심이 있어 보인다.

우리나라는, 불편한 진실이지만, 예로부터 문인들만 우대하고 기술, 기술인을 천시하는 경향이 있는 것이 사실이다. '서울공대 26명의 석학이 던지는 한국 산업의 미래를 위한 제언'이라는 긴 부제가 붙은 『축적의 시간』이라는 책을 읽다 보면 우리나라가 얼마나 기술을 천시하는지 여실히 알 수가 있다. 그 책 387 페이지에 실린 글을 일부 인용한다.

- 대기업에서 기능올림픽에서 금메달을 딴 사람들을 명장이라고 해서 박사급 인력에 버금가는 대우를 해 주는 경우가 있는 듯하지만 일부 기업의 경우이고, 대부분 기술자는 제대로 신분을 보장받거나 제대로 대우받고 있다고 보기 힘듭니다. 기술자가 제대로 대접받는 사회적·제도적 보완장치가 필요할 것으로 보입니다. -

이렇게 기술 인력을 천시해서는 안 된다. 우리나라가 세계 시장에서 살아남으려면 독일이나 일본 같은 기술 강국이 되는 수 밖에 없다고 보는데, 그러기 위해서는 기술자를 집중적으로 육성하고 기술자를 우대하고 기술자들이 우대받는 사회적 풍토가 만들어져야 할 것이다. 내 말이 틀렸나?

나는 이 책 『축적의 시간』을 우리나라 산업정책 당국자들의 필독서로 권하고 싶고, 대통령께서도 요즘 정신없이 바쁘시겠지만 이 책을 한번 읽어보시면 참 좋겠다는 생각을 하게 된다.

이야기가 또 삼천포로 빠졌는데, 내가 이렇게 아들 이야기를 장황하게 늘어놓은 것은, 운동선수로 성공하기 위한 첫 번째 조건은 뛰어난 자질이라는 것을 강조하고 싶어서이다. 결국 나는 아들을 운동선수로 성공시키지 못 했을 뿐만 아니라 풀코스 2시간 30분대의 아마추어 마라톤 고수로도 만들지 못한 실패한 아버지가 되고 말았다.

지금 나는 한때 '남 감독' 직함을 가지고 아들과 함께 마라톤 대회를 다니며 행복해하던 시절을 그리워하고 있다. 나는 이렇듯 한때는 '책사'로 이름을 떨쳤고 또 한때는 유능한 '마라톤 감독'으로 이름을 날린 바 있는데, 앞으로 내 머리 위에 또 어떤 감투가 씌워질지 기대가 된다.

혹시 모르지. '팔마회 초대 회장'이라는 감투가 떨어질지도. 아니면 '구마회장' 감투라도………

2017년 10월, 거제 섬꽃마라톤

개조

지난 9월에는 노무현 대통령을 배출한 김해 봉하마을에서, 이번에는 두 명의 대통령을 배출한 거제도에서 마라톤을 했으니 나는 도합 세 명의 대통령을 배출한 지역 두 곳에서 마라톤을 한 것이란 말씀이다. 대통령들을 배출한 상서로운 기운이 넘쳐나는 곳에서 마라톤을 했으니 대통령들의 기운을 받아 내 인생에도 상서로운 일이 펼쳐지기를 염원한다.

아, 참, 포항에서도 대통령을 배출했는데, 그래서 언젠가는 포항에서 열리는 마라톤에도 참가하여 그분의 기운도 받으려고 한다. '포항이 배출한 대통령', 하니까 입을 비죽거리는 사람들이 있을 것인데, 그 양반의 나쁜 기운은 받지 않고 좋은 기운만 받겠다는 것이다.

대회 출발 전에 사회자가 "오늘 코스는 높낮이가 심해서 롤러

코스터를 타는 것처럼 달려야 하므로 힘든 마라톤이 될 것"이라고 주의를 환기시킨다. 섬에서 달리는 대회이다 보니 구간 대부분이 해안선을 따라 달리게 되어 있어서 바다 구경은 원 없이 하면서 달릴 수 있다.

나는 오늘도 하프코스 배번을 달고 출발은 풀코스 참가자들과 함께했다. 일행들에게 조금이라도 폐를 덜 끼치려고 하는 것이다. 3km쯤 가니 첫 번째 긴 오르막 구간이 나온다.

내가 한여름 뚝방훈련을 많이 해서 지난 9월에 뚝방이 많은 봉하 마라톤을 무난하게 달렸는데, 이번에는 언덕훈련을 많이 하고 언덕구간이 많은 거제 마라톤을 달리게 되니 나는 이 정도면 선견지명이 꽤 있다는 것 아니냐 하는 것이다. 언덕훈련 덕분인지 무난하게 첫 번째 오르막 구간을 넘었다.

4km쯤 지날 무렵 나하고 페이스가 거의 똑같은, 몸매 좋은 아줌마하고 나란히 달리게 되었다. 얼핏 곁눈질로 보니 나이도 나하고 비슷해 보여서 내가 수작을 걸어보려고 하는데 뜻밖에 이 아줌마가 먼저 나에게 수작을 걸어왔다.

그래서 아줌마와 함께 한참을 심심하지 않게 달릴 수 있었다. 이하 아줌마를 '아'라고, 나를 '나'라고 표기한다.

아 : "풀코스 몇 번째여요?"(아줌마는 시방 내가 풀코스 뛰는 줄로 알고 있다)

나 : "아, 예. 서른 번 조금 넘었습니다. 아줌마는요?"

아 : “저는 풀코스 100회 돌파했고 울트라마라톤은 20회 했어요. 200km 뛴 적도 있고요. 울트라마라톤에서 여자부 1위 입상한 적도 있어요. 저에게는 울트라처럼 장거리 뛰는 것이 체질에 맞는 것 같아요.”(자랑질까지 하며 나의 기를 꺾는다)

나 : “대단하십니다. 풀코스 기록은 어떻게 돼요?”

아 : “예. 3시간 48분이요. 어디서 오셨어요?”

나 : “충청도에서 왔슈. 아줌마는요?”

아 : “저는 고향은 합천이고 지금 사는 데는 부산이고 거제가 시댁입니다. 그런데 나이가 어떻게 돼요?“

나 : “아줌마하고 비슷할 것 같은데요.”

아 : “저는 58개띠예요.“

나 : “네에? 젊어보이시네요. 저하고 비슷한 줄 알았는데. 저는 63토끼여요. 저는 오랜만에 만나는 사람들한테 얼굴 좋아졌다는 소리를 많이 들어요. 마라톤을 하니까 혈액순환이 잘돼서 그런 것 같아요.”

아 : “그렇지요? 햇볕에 그을리기는 해도.”

나 : "오늘 기록 목표는요?"

아 : "4시간 20분이요."

나 : "그런데 남편분은 마라톤 하시나요?"

아 : "오늘 같이 뛰러 왔어요. 지금 저기 저 앞에서 뛰어가고 있겠네요."

이 대목에서(남편이 같이 뛰고 있다는) 산통이 깨지는 기분이 들었고, 이후 몇 마디 더 이야기를 주고받다가 작별 인사도 없이 슬그머니 헤어졌다.

6km 지점에서도 긴 오르막 구간을 넘었고, 9km 지점에서도 또 긴 오르막 구간을 넘었으니 거의 3km 지점마다 오르막 구간이 있는 셈이다. 평지를 달릴 때는 나하고 나란히 달리던 아줌마가 오르막을 달릴 때는 나한테 한참 뒤처진다. 역시 내가 최근 언덕훈련을 많이 한 효과를 본다는 확신이 들었다. 내가 마라톤 풀코스를 달린다면 4시간 30분쯤 걸릴 것인데, 지금 4시간 20분 페이스로 달리는 아줌마하고 나란히 달리고 있으니 거듭 언덕훈련의 효과를 생각하게 된다.

하프코스 반환점을 돌아 다시 긴 오르막 구간 세 군데를 넘어가니 멀리 마라톤 행사장이 눈에 들어온다. 긴 오르막 구간을 합계 여섯 번을 넘은 후유증 탓이지 골인 지점 1,2km를 남겨놓고는 걷고 싶은 유혹을 느낄 만큼 힘들었지만 결승선 100m 앞에서는 마치 사바나 초원에서 사자가 먹잇감을 향해 맹렬히 돌진하듯 놀라운 스피드로 힘차게 달려 골인했다. 마라톤 결승선 100m 앞에서의 스피드는 전국 마라토너 중에서 내가 최고일 것이다. 나는 서울 동아마라톤이나 서울 중앙마라톤처럼 잠실 스타디움으로 골인하는 마라톤 대회에서 잠실스타디움에 들어서기만 하면 내 앞에 얼씬거리는 주자들을 모조리 제쳐버리고 골인한다. 기진맥진하여 반쯤 죽어서 골인하는 것보다는 씩씩하고 팔팔한 모습으로 골인하는 것이 훨씬 기분이 좋기 때문이다. 꼭 비아그라하고 팔팔정을 먹어야만 팔팔해지는 것은 아닐 것이다.

오늘 거제 마라톤에도 흠잡을 데가 있다. 입상자들 시상식을 신속하게 진행하면 좋으련만 시상식이 무한정 지체되고 있다. 행사 진행의 칼자루(마이크)를 쥐고 있는 사회자는 시상식 진행할 생각은 눈곱만큼도 없고 오로지 골인하는 주자들 응원하는 데만 정신이 팔린 상태였다. 시상식을 하염없이 기다리며 인질처럼 붙잡혀 있는 입상자들은 차마 자신들이 항의하지는 못하고 있다. 우리 일행 중에도 입상자가 있었는데, 시상식을 안 하고 있으니 일행 전체가 행사장을 떠나지 못하고 있다. 내가 결국 참지 못하고 씩씩거리며 진행요원에게 가서 따졌더니 그 요원은 "알았다."라고 대답은 하지만 건성으로 듣는 것 같았다. 거제 마라톤이 이런 점을 보완해서 내년에는 좀 더 발전하는 대회가 되길 바란다.

10월 17일에 서울 예술의전당 공연 중에 피아노 연주자가 연주 끝나고 청중의 박수세례에 일어서서 답례하다가 그대로 쓰러졌는데, 다행히 청중 중에 의사하고 간호사가 뛰어올라가서 심폐소생술로 연주자를 소생시켜 119에 인계했다고 한다. 그런데 공연 중 사고가 이번만이 아니고 전에도 몇 차례 있었다고 한다. 2015년에는 대구시립교향악단의 불가리아인 지휘자가 지휘 중 쓰러졌는데 이때도 청중 중 한 명이 응급처치로 소생시켜 병원으로 후송한 적이 있었고, 2002년에는 서울시립교향악단 러시아인 지휘자가 악단과 리허설을 마친 직후 쓰러져 사경을 헤매다가 다음 날 사망한 일이 있었고, 2008년에는 천안시립교향악단 지휘자가 지휘 중 쓰러져 사망하는 일이 있었다고 한다.

연주도 중요하고 지휘도 중요하지만 가장 중요한 건 건강 아닌가. 며칠 전 프로축구 부산 조진호 감독이 심장마비로 별세했다는 충격적인 소식이 있었다. 조진호 감독 말고도 작년에는 이광종 축구 감독이 별세했고, 프로야구 감독, 코치를 지낸 서영무, 임신근, 심재원, 조성옥, 김명성, 최동원, 장효조 등이 4,50대의 젊은 나이에 암, 심장마비 등의 질병으로 일찍 생을 마감하는 바람에 팬들을 슬프게 했다. 최동원 투수와 장효조 선수는 야구 투타에서 전설적인 활약을 한, 말 그대로 우리나라 야구의 전설들인데 프로야구 1군 감독을 해보지 못하고 생을 마감했다. 선수로 뛸 때는 강철 체력을 자랑했을 그들은 왜 병마에 쓰러졌을까. 술, 담배, 성적에 대한 스트레스 등이 그 원인일 수 있겠으나 내가 보기에 가장 큰 이유는 그들이 현역에서 물러난 뒤 아마도 운동과는 담을 쌓고 살아서일 것이다. 선수생활을 접더라도 매일 꾸준히 살살 조깅이라도 하면서 건강관리를 했어야 하는 것이다.

박철순 투수 그리고 프로농구 감독을 지낸 최인선 씨도 대장암 수술을 받은 적이 있는데, 최인선 씨는 대장암 수술 후 매일 아침 6시에 기상하여 30분 이상 달리기를 하고 철봉에 매달려 배치기를 한다고 한다.

나는 심장파열의 언덕에서 숨이 끊어질 듯한 고통을 참아내며 땀박질을 하고 있는데, 내가 이렇게 달리는 이유는, 마라톤에 미쳤기 때문이다. 심장마비 사망. 심정지 사망. 돌연사 등이 왜 빈발하는가. 나는 극단적으로 말해서 마라톤을 안 했기 때문이라고 주장하고 싶다. 마라톤을 열심히 하면 이런 사고를 당할 가능성이 거의 없다고 보기 때문이다.

그런데 마라토너도 심장마비로 사망한 적이 있다는 충격적인 이야기를 얼마 전에 듣고 나는 '멘붕' 상태에 빠지고 말았다. 더군다나 사고 당사자가 다른 사람도 아닌 교도관이었다니! 사연인즉, 2010년에 부산.경남 지역의 어느 교도관이 아침 출근 전에 집에서 심장마비로 사망했다는 것인데, 그 직원이 평소 마라톤을 엄청나게 열심히 했을 뿐만 아니라 술도 엄청나게 즐겨 마셨다는 것이다. 그렇게 마라톤을 열심히 하신 양반이 어째서 심장마비로 돌아가셨을까.

내가 곰곰 그 이유를 생각해봤는데, 결론은 그 양반 마라톤 기운이 술기운을 이기지 못했기 때문 아니냐 하는 것이다. 그래서 나는 전국의 마라토너들에게 말하고 싶다. 제발 술은 나처럼 술기운을 이길 수 있을 만큼만 드시라고.

이쯤에서 고故 안병욱 교수의 저서 『철학의 즐거움』이라는 책의 내용 중 일부를 소개하려고 한다. 내가 감히 철학책을 언급했는데, 나도 학창시절에는 '철학자' 소리를 들었다고 '2011년 서울 동아마라톤' 이야기에서 밝힌 적이 있다. 물론 개똥철학자라고….

안 교수는 이 책에서 국내외 수많은 위인들의 말(또는 글)을 인용했는데, 그중에서도 도산 안창호 선생의 말씀을 가장 많이 인용하고 있다. 그럼 이 책 『철학의 즐거움』 322 페이지에 실려 있는 도산 선생의 중국 상해에서의 1919년 강연 내용을 인용해 보겠다. 도산 사상의 핵심 내용이라고 할 수 있다는 것이다.

– 나는 사람을 가리키어 개조하는 동물이라고 하오.

우리 사람이 일생에 힘써 할 일은 개조하는 일입니다.

만일 너도 한국을 사랑하고 나도 한국을 사랑할 것 같으면 너와 나와 우리가 다 합하여 한국을 개조합시다.

우리는 한국을 문명한 한국으로 만들기 위하여 개조의 사업에 노력하여야 하겠소.

무엇을 개조해야 합니까? 우리 한국의 모든 것을 개조하여야 하겠소. 우리의 교육과 종교도 개조해야 하겠소. 우리의 농업도 상업도 토목도 개조하여야 하겠소. 우리의 풍속과 습관도 개조하여야 하겠소. 우리의 음식, 의복, 거처도 개조하여야 하겠소. 우리의 도시와 농촌도 개조하여야 하겠소. 심지어 우리의 강과 산까지도 개조하여야 하겠소.

이제 우리나라의 저 문명답지 못한 강과 산을 개조하여 산에는 나무가 가득히 서 있고, 강에는 물이 풍만하게 흘러간다면 그것이 우리 민족에게 얼마만 한 행복이 되겠소.

만일 산과 물을 개조하지 아니하고 그대로 자연에 맡겨둔다면 산에는 나무가 없어지고 강에는 물이 마릅니다. 그러다가 하루아침에 큰비가 오면 산에는 사태가 나고, 강에는 홍수가 넘쳐서 그 강산은 헐고 파괴됩니다. 강산이 황폐함에 따라 그 민족은 약해집니다.

이 능력 없는 우리 민족을 개조하여 능력 있는 민족으로 만들어야 하겠소. 어떻게 하여야 우리 민족을 개조할 수 있소?"

한국 민족이 개조되었다 하는 말은 한국 민족이 모든 분자 각 개인이 개조되었다 하는 말이오.

우리는 각각 자기 자신을 개조합시다. 너는 너를 개조하고 나는 나를 개조합시다. 곁에 있는 김이나 이 군이 아니한다고 한탄하지 말고, 내가 나를 개조 못 하는 것을 아프게 생각하고 부끄럽게 압시다. 내가 나를 개조하는 것이 즉 우리 민족을 개조하는 첫걸음이 아니오? 이에서 비로소 우리 전체를 개조할 희망이 생길 것이요.

그러면 나 자신에서 무엇을 개조할까? 나는 대답하기를 '습관을 개조하라'하오. 그러므로 여러분의 악한 습관을 각 개조하여 선善한 습관을 만듭시다. 거짓말을 잘하는 습관을 지닌 그 입을 개조하여 참된 말만 하도록 개조합시다. 책 보기 싫어하는 그 눈을 개조하여 책 보기 즐겨하도록 합시다. 게으른 습관을 지닌 그 사지四肢를 개조하여 활발하고 부지런한 사지를 만듭시다.

어떤 사람은 말하기를 '그까짓 습관이야….' 하고 아주 쉽게 압니다만 그렇지 않소. 저 천병千兵과 만마萬馬를 쳐서 이기기는 오히려 쉬우나 내 습관을 개조하기는 어려운 일이니 이 일에 일생을 노력해야 하오.
–

무려 100년 전의 말씀인데도, 부처님 말씀보다도 공자님 말씀보다도 예수님 말씀보다도 더 절절하게 울리는 말씀이 아닐 수 없다. 그럼 안병욱 교수가 인용한 도산 선생의 말씀을 내가 왜 재차 인용했느냐? 나도 개조를 해야겠다고 다짐을 했기 때문이다. 그럼 나는 무엇을 개조하겠다는 것이냐? 마라톤 훈련 방식을 개조하겠다는 말씀이다. 즉, 지금까지는 내가 마라톤을 한다고 하면서 훈련을 하수답게 느슨한 방식으로 해왔는데, 앞으로는 고수들 못지않은 강도 높은 훈련으로 개조하겠다는 것이다. 그래서 요즘 들어 평지훈련 횟수를 줄이고 언덕 인터벌훈련 위주로 훈련하고 있다. 물론 언덕 인터벌훈련은 평지훈련과는 비교가 안 될 정도로 엄청난 고통이 따른다. 올겨울 이런 혹독한 언덕 인터벌훈련을 견뎌낸다면 내년 봄에는 살도 빠지고, 잃어버린 나의 서브4 기록도 탈환할지 모른다.

사실 지금 나의 몸(키 168cm. 체중 81kg) 도저히 마라톤을 할 수 있는 몸이 아니다. 경량급 씨름 선수 체형이라고 할 수 있을 것이다. 대부분의 사람이 내가 마라톤을 한다고 하면 믿지를 않는다. 그래도 내가 형편없는 몸을 이끌고 끈질기게 마라톤을 할 수 있다는 것은 분명 신의 축복이라 믿는다.

내가 마라톤 훈련 개조를 말했는데, 우리나라 국가대표 마라톤에도 개조의 바람이 불어야 한다. 대한육상경기연맹 임원들 의식도 개조되어야 하고 마라톤 감독의 정신도 개조가 되어야 하고 선수들도 정신 개조되어야 하고 훈련 방식도 개조되어야 한다. 선수들이 세계적인 선수들과 경쟁할 생각은 않고 각 소속 팀에서 느슨한 방식으로 훈련하고 그저 전국체전에서 입상하여 다음 연봉 협상에서 큰소리치려고 하는 지금의 방식을 전면 개조하지 않으면 한국 마라톤의 영광은 다시는 오지 않을 것이다.

그럼 한국 마라톤을 어떻게 개조할 것이냐? 내가 입이 아프도록 역설했다. 또다시 얘기한다. 국가대표 선수들을 남자 20명, 여자 20명 정도 확보하여 숙소도 짓고, 대표팀 전용 트랙도 만들고, 기존의 인물이 아닌 새로운 인물 중에서 유능한 감독·코치도 영입하고, 훈련 방식도 개조하고, 마라톤 선진국에 전지훈련도 보내자는 것이다. 선수 영입하고 숙소 짓고 트랙 만드는데 예산이 부족하다면 기업의 후원이나 국민 성금이라도 받아서 해야 하는 것 아닌가.

도대체 육상연맹은 이봉주. 권은주 같은 선수를 왜 써먹지 못하고 놀리느냐는 것이다. 육상연맹은 도대체 뭐 하고 있나. 육상 천재가 하늘에서 뚝 떨어지기만 바라고 있나. 대한체육회는 또 뭐 하고 있나. 대표선수들 처우도 개선해주고, 사고만 치지 않고 기본 훈련만 잘 소화한다면 선수생활도 보장해주고, 사고뭉치들은 선수 자격을 영구히 박탈해버리고, 대표선수들은 국내 선수들이 아닌 오로지 외국 선수들하고만 경쟁할 수 있도록 시스템을 만들어 한국 마라톤을 개조하자는 것이다. 내 말이 틀렸나? 내 입이 아프다. 벌써 열두 번도 더 떠들었다. 그래도 오늘의 화두는 '개조'다.

2017년 12월, 진주 마라톤

죽을 때 후회하는 것들

3년 연속 진주 마라톤 출전이다. 대회 출발 전부터 겨울비가 부슬부슬 내리더니 출발할 무렵에는 제법 빗줄기가 굵어졌다.

꼼짝없이 겨울 우중주를 하게 생겼다. 비 때문에 카메라도 치워버리고 오랜만에 홀가분하게 레이스에 전념하기로 하였다.

내가 요즘 언덕훈련에 전념한다고 떠벌리긴 했는데, 언덕훈련 해보니까 이러다간 골병들겠다는 생각이 들었다. 내가 뭐, 국가대표 선수도 아니고 ….

결국 몇 번 하다가 언덕 인터벌훈련은 너무 힘들어 그만두게 된 것인데, 그렇다고 언덕훈련을 아주 완전히 그만둔 것은 아니다. 아침마다 레이스 마지막에 450m쯤 되는 언덕구간을 달리면서 레이스가 종료되기 때문에 그런대로 언덕훈련 흉내는 내고 있는 것이다. 그러니까 10회씩 하는 언덕 인터벌훈련은 몇 번 하고 그만두었지만 아침 조깅 때 마지막 구간 450m 오르막 길을 그야말로 입에 거품 물고 피똥 쌀 만큼 힘들게 뛰어오르면서 조깅을 마친다는 것을 강조하고 싶은 것이다.

오늘 아침 식사 메뉴는 흑돼지볶음이었다. 며칠 전 직장 회식을 흑돼지식당에서 했는데, 식당에서 흑돼지를 실컷 먹고 그 식당에서 재주껏 흑돼지를 구해 와서 집에 보관해두었다가 오늘 아침 내가 손수 흑돼지볶음 요리를 해서 먹었다는 것이다.

흑돼지볶음 레시피를 소개한다면, 흑돼지하고 묵은지를 프라이팬에 넣고 자글자글 볶으면 되는 것이다. 세상에 이보다 더 쉬운 요리가 없다. 묵은지는 먹기 좋게 손으로 쭉쭉 찢어서 넣으면 좋고, 맛이 좀 싱겁다 싶으면 소금을 약간만 넣으면 된다.

이렇게 흑돼지볶음하고 된장찌개에 밥 한 그릇 뚝딱 해치우고 대회장으로 갔다.

오늘 레이스는 하프 배번을 달고 28km를 달리려고 한다.

출발은 오늘도 풀코스 참가자들과 함께했다. 5km쯤 가니 하프코스 1시간 30분 페이스메이커들이 휙 지나가는데, 마치 폭주하는 기관차처럼 빠르게 지나간다. 하프 1시간 30분짜리 선수들도 저렇게 빠른데 하프코스 1시간1분의 한국 최고기록을 가진 이봉주 선수는 얼마나 빠를 것이며, 하프코스를 58분~59분에 주파하는 세계적인 선수들은 도대체 얼마나 빠를지 멋대로 상상하며 달렸다.

12키로 지점에서 주로를 잠시 벗어나 오줌을 깔기고 다시 주로에 진입하니 풀코스 4시간 30분짜리 페이스메이커가 지나가는데, 내가 쉽게 이들을 가볍게 추월해버렸다. 그리고 바로 이 지점에서 약 100m쯤 되는 야트막한 오르막길이 나오는데, 이 오르막길에서 내 앞에서 얼씬거리는 10여 명의 주자를 모조리 추월해버렸다. 이 역시 언덕훈련의 효과라는 생각이다.

나만의 코스(28km) 반환점(14km 지점)을 앞두고 몸매 좋은 아줌마가 옆에서 달리길래 즉각 수작을 걸었다.

이하 나는 '나'라고 표기하고 아줌마는 '아'라고 표기한다.

나 : "아줌마, 파이팅!"

아 : "호호호."(웃음으로 대답한다).

나 : "오늘 풀코스 몇 분 목표로 달려요?"

아 : "4시간 30분요."

나 : "4시간 30분 페이스메이커는 한참 저 뒤에 오는데요."

아 : "후반분에 시간 까먹을 것 같아서 ... "

나 : "아, 그러니까 전반부에 시간을 저금해두시는 거군요?"

아 : "네, 호호호."

여기까지 대화가 전부였다. 그러니까 아줌마하고의 대화 시간은 1분도 채 되지 않았고 나는 바로 반환점을 돌아야 했다. 나는 이렇듯 뭐 하나 제대로 되는 것이 없다.

좀 더 달려서 하프 반환점에 이르자 계측을 담당하는 진행요원이 나의 배번을 보더니 고개를 갸웃거리길래 내가 "아, 신경 쓸 것 없소. 나만의 코스를 달리고 있으니."라고 말해주니 그제야 이 요원이 상황을 파악한 듯 씨익 웃는다.

오늘 겨울비가 내리는 바람에 카메라를 손에 쥐고 달리지 못했는데, 다행히 직장 동료마라토너 중 한 사람이 10km 지점에서 자봉을 해 주어서 그 동료의 도움으로 사진 몇 장을 건질 수 있었다. 레이스 출발할 때 퍼붓던 비는 점점 가늘어지고 나중에는 비가 그치며 구름도 물러가더니만 어느 새 햇빛이 쨍쨍 내리쬐는 화창한 날씨로 변했다.

오늘 28km를 달려 2시간 57분의 기록으로 골인하자 일행들이 내가 서브3 했다고 떠들썩하게 환영을 해 주었다. 비록 '28km 서브3 주자'이긴 하지만 '서브3 주자'소리를 들으니 과히 싫지는 않다. 좀 더 분발해서 내년에는 '30km 서브3 주자'가 되리라 다짐한다.

주최 측에서 오늘 골인한 주자들에게 따끈한 떡국을 제공한 점은 높이 평가할 만하다. 또한 입상자들에 대한 시상식을 신속하게 진행한 것도 좋았다. 그런데 오늘 대회에도 반드시 청산해야 할 '적폐'가 있었다. 코스가 규정보다 짧았던 것이다. 풀코스 거리를 규정보다 650m 짧게 설정해놓았다는 것이다. 내가 아는 어느 주자는 오늘 풀코스 최고기록을 세웠는데, 내가 "기록

경신 축하한다."고 인사말을 건네도 그 주자는 "코스가 짧았던 오늘 대회에서 세운 기록을 나의 최고기록으로 인정하고 싶지 않다."고 말했다.

주자들이 몇 분이라도 자신의 기록을 단축하면 기분 좋아하니까 주자들의 이런 심리를 이용하여 일부 마라톤 대회에서는 일부러 코스를 규정보다 짧게 설정해놓아 주자들의 기분을 맞춰준다고 한다. 그런데 이건 분명히 정직하지 못한 행위이고 청산되어야 할 적폐라고 하지 않을 수 없다. 주자들은 정확한 거리를 달려서 정확한 자신의 기록을 세우기를 원한다. 요즘 주자들은 GPS 시계를 차고 달리기 때문에 주최 측에서 거리를 속였다가는 주자들이 금방 알아챈다. 주최 측의 맹성을 촉구한다. 대회에 나가다 보면 꼭 어느 한 가지라도 흠잡을 데가 생기는데, 부처 눈에는 부처만 보이고 똥개 눈에는 똥만 보인다더니만, 나는 아직 수양이 덜 돼서 그런지 부처 눈으로 세상을 보지 못하고 늘 똥만 보인다.

대회 마치고 일행들과 점심 먹으러 대회장 근처에 있는 식당으로 갔는데, 일행 중 누군가가 음식 서빙을 하는 식당 남자 사장님한테 "이분(나를 지칭)이 오늘 서브3 하신 분입니다."라고 나를 소개하자 그 사장님이 나를 아래위로 쓰윽 훑어보더니 "에이, 서브3는 무슨 …… 감독님 같으신데요."라고 말하는 바람에 좌중에 폭소가 터졌다. 그 사장님 눈이 예리했던 것이다.

일본인으로서 말기 환자의 고통을 덜어주는 호스피스 전문의 오츠 슈이치라는 사람이 쓴 『죽을 때 후회하는 스물다섯 가지』

라는 책에 쓰여 있는 스물다섯 가지 후회하는 내용을 소개한다. 도대체 사람들은 죽음을 앞두고 무엇을 후회하는 것일까?

첫 번째 후회 : 사랑하는 사람에게 고맙다는 말을 많이 했더라면

두 번째 후회 : 진짜 하고 싶은 일을 했더라면

세 번째 후회 : 조금만 더 겸손했더라면

네 번째 후회 : 친절을 베풀었더라면

다섯 번째 후회 : 나쁜 짓을 하지 않았더라면

여섯 번째 후회 : 꿈을 꾸고 그 꿈을 이루려고 노력했더라면

일곱 번째 후회 : 감정에 휘둘리지 않았더라면

여덟 번째 후회 : 만나고 싶은 사람을 만났더라면

아홉 번째 후회 : 기억에 남는 연애를 했더라면

열 번째 후회 : 죽도록 일만 하지 않았더라면

열한 번째 후회 : 가고 싶은 곳으로 여행을 떠났더라면

열두 번째 후회 : 내가 살아온 증거를 남겨두었더라면

열세 번째 후회 : 삶과 죽음의 의미를 진지하게 생각했더라면

열네 번째 후회 : 고향을 찾아가 보았더라면

열다섯 번째 후회 : 맛있는 음식을 많이 맛보았더라면

열여섯 번째 후회 : 결혼을 했더라면

열일곱 번째 후회 : 자식이 있었더라면

열여덟 번째 후회 : 자식을 혼인시켰더라면

열아홉 번째 후회 : 유산을 미리 염두에 두었더라면

스무 번째 후회 : 내 장례식을 생각했더라면

스물한 번째 후회 : 건강을 소중히 여겼더라면

스물두 번째 후회 : 좀 더 일찍 담배를 끊었더라면

스물세 번째 후회 : 건강할 때 마지막 의사를 밝혔더라면

스물네 번째 후회 : 치료의 의미를 진지하게 생각했더라면

스물다섯 번째 후회 : 신의 가르침을 알았더라면

나는 이 중에서 열다섯 번째 후회, 즉 맛있는 음식을 맘껏 먹어보지 못한 후회에 대해 가장 눈길이 갔다. 나는 한 끼 식사를 하더라도 맛있게 먹어야 한다고 강조하는 것이다. 내가 먹는 것에 집착을 하면 사람들은 "아무거나 대충 먹으면 되지, 뭘 그렇게 먹는 것에 신경을 쓰느냐"고 핀잔을 주곤 한다. 그런데 내 생각으로는, 세상을 살면서 먹는 즐거움도 결코 가볍게 여길 수 없는 커다란 즐거움이 아니겠느냐 하는 것이다. 우리는 하루에 세 끼를 꼬박꼬박 먹어야 하고 매일매일 이것저것 몇 번씩은 먹고 마셔야 한다. 나는 앞으로 100살까지는 살아야 하고, 그때까지 먹고 마시는 행위를 수십만 번은 해야 하는데, 먹는 것이 즐겁지가 못하고 먹는 맛을 잘 느끼지 못하고 음식을 씹을 때 마치 돌을 씹는 것처럼 괴롭다면 이 얼마나 안타까운 인생이란 말인가. 이래서 인생 살맛이 나겠는가. 당장 『먹는 즐거움에 대하여』라는 제목의 수필 책을 쓰고 싶지만, 책 쓸 재주는 없으니….

맛있게는 먹되 너무 많이 먹지는 말아야 하는데, 나는 그게 잘 조절이 안 돼 문제라고 할 수 있다.

그런데 이 책에 쓰여 있는 스물다섯 가지 후회 말고 한 가지 후회가 빠져 있다. 말하자면 스물여섯 번째 후회, 즉 젊었을 적

부터 마라톤을 했더라면, 이라는 후회가 첨가되었더라면 얼마나 좋았을까 하는 것이다.

나는 마누라 없이 홀아비로 살아갈 수는 있을 것 같다. 그러나 나에게 용기와 도전정신과 끈기와 건강을 가져다 주고, 세상 사는 의미를 부여해 준 마라톤 없는 인생은 상상도 하기 싫다. 호랭이 같은 나의 아내가 이 글을 읽는다면 나를 그냥 두지 않겠지. 그래서 이 글을 절대로 아내가 읽지 못하도록 안전장치를 단단히 해놓았다.

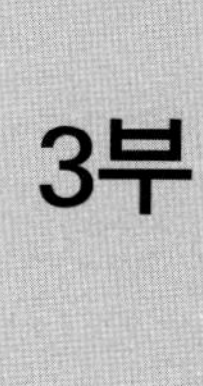

3부

2018년 3월, 하동 섬진강마라톤

김정은 위원장에게 묻는다

섬진강 마라톤 대회는 작년에 이어 2년 연속 참가하게 되었다. 내가 작년 이곳 진주로 온 이후 처음 출전한 대회이기도 하다. 그런데 대회장에 도착하고 보니 대회장이 작년에 열렸던 광양 쪽이 아니고 하동 쪽이길래 내가 어리둥절해 하니 동료들이 그 이유를 설명해준다.

섬진강 대회는 동·서 화합 차원에서 전남 광양하고 경남 하동에서 매년 번갈아가며 치른다는 것이다. 그 취지는 참 좋은 것 같았다. 광양하고 하동은 섬진강을 사이에 두고 마주 보고 있다. 사실 화합이란 말이 나왔으니 말인데, 우리나라는 화합해야 할 분야가 어디 동·서뿐일까. 남북도 화합해서 통일을 이뤄야 하고 계층 간 화합도 필요하다.

요즘 경천동지할 일이 쉴 새 없이 터지고 있다. 북한 통치자 김정은이 자신의 누이동생을 남한에 특사로 보낸 것도 경천동지할 일이고, 금년 4월에 남북 정상회담이 열리는 것도 경천동지할 일이고, 또 5월에 북미 정상회담이 열리는 것도 경천동지할 일이다. 그런데 경천동지할 일은 2007년에도 벌어졌다는 것이다. 정두언 전 국회의원이 내뱉은 말에 따르면, 2007년 대통령 선거 때 당락이 뒤바뀔 만한 경천동지할 일이 일어났다는 것인데, 정 전 의원은 더 이상 자세한 내막은 밝히지 않고 있다. 이왕 내뱉은 말이라면 속 시원하게 까발리던가, 아니면 처음부터 말을 꺼내지 말든가 해야지, 이건 국민을 대상으로 말장난 치는 것밖에 더 되는가.

한반도에 훈풍이 불어오면 노무현정부 시절 열렸던 금강산 마라톤 대회가 부활할 수도 있겠다는 성급한 기대를 품게 된다. 금강산 마라톤 대회가 부활한다면 무슨 수를 써서라도 참가해야겠다. 금강산에서 마라톤도 하고 금강산 산행도 할 수 있다면 이건 꿈같은 일 아닌가.

4월에 문재인 대통령이 북한의 김정은을 만나면 과연 김정은은 남북통일의 의지가 있는지부터 단도직입적으로 물어보면서 김정은을 강하게 몰아붙이면 좋겠다. 무력통일이 아닌 평화적 통일을 할 의지가 과연 김정은에게 있는지 물어봐 달라는 것이다. 한반도 비핵화도 좋지만 결국 우리는 통일을 해야 할 한겨레 아닌가. 김정은은 나이로 봐서도 문 대통령의 아들뻘밖에 안 되니 문 대통령께서 김정은을 아들처럼 잘 타일러서 이번 남북 정상회담에서 김정은으로부터 반드시 남한과 힘을 합쳐 평화통일 하겠다는 다짐을 받아냈으면 좋겠다.

김정은도 아버지뻘 되는 문 대통령 말을 잘 들어야 한다. 예로부터 우리 속담에 '어른들 말씀 잘 들으면 자다가도 떡이 생긴다'는 말도 있듯이 김정은이 아버지뻘 되는 문 대통령 말을 잘 들으면 참으로 큰 떡이 생긴다는 사실을 알아야 한다. 그렇게만 된다면 문 대통령이나 김정은은 나중에 남북통일의 초석을 쌓은 민족의 위대한 영웅으로 역사에 기록될 것이다. 아마 세종대왕보다 더 위대한 인물로 남을 것이다. 김정은은 이런 기회를 날려버려서면 안 된다.

대회장 무료 시식 코너에서 하동 딸기 상자를 수북이 쌓아놓고 딸기를 제공하고 있었는데, 참가자들이 이런 코너를 잘 알지 못하는지 딸기 먹는 사람들은 나를 비롯해서 몇 사람 되지 않았다. 주최 측에서 무료로 제공하는 딸기를 나는 거짓말 하나도 안 보태고 무려 10분간 쉴 새 없이 입 안에 넣었더니 자봉하는 아주머니가 "아저씨, 딴 사람들도 먹어야 하니까…"라고 눈치를 주길래 내가 "아니, 지금 나 말고 딸기 먹는 사람 없잖아요. 나라도 많이 먹어줘야 하잖아요."라고 대꾸하며 계속 먹어댔다.

또 딸기 부스 옆에는 고로쇠 부스도 있어서 고로쇠를 무료로 제공하고 있었다. 지난겨울 혹한으로 고로쇠 채취가 예년의 절반 이하라는 뉴스를 봤는데, 이런 귀한 고로쇠를 아낌없이 제공하는 주최 측의 정성에 감읍하며 고로쇠를 맘껏 마셨다. 다섯 잔은 마신 것 같다.

또한 행사장 무대에서는 가수들도 몇 명 나와 흥겨운 노래를 불러 대회장의 열기를 끌어올리고 있었다. 가수들 부르려면 돈이 꽤 들어갈 것이다. 풍성한 마라톤 대회가 되도록 하려고 주최 측에서 통 크고 세심하게 배려한 흔적이 역력하다. 마라톤 대회를 개최하려면 최소한 이 정도는 해야 할 것이다.

레이스 출발 전 잠시 강가에 서서 강 맞은편 광양 쪽을 망연히 바라보자니 8년 전 중국 단둥에서 개최되었던 '압록강 마라톤 대회'에 참가했던 기억이 떠올랐다. 중국 단둥과 북한 신의주를 사이에 두고 압록강이 흐르는데, 300m쯤 되어 보이던 단둥-신의주 강폭이 하동-광양 강폭과 거의 같다.

압록강은 지금도 유유히 흐르고 있는지 갑자기 압록강의 안부가 궁금해졌다.

하늘은 금방이라도 비가 올 듯 잔뜩 찌푸려 있다. 오후에 전국적으로 비가 온다고 예보된 상태다. 해서 카메라는 던져두고 달리기로 했다. 오늘도 약소하게 30km만 달리기로 했다. 조영남의 '화개장터'를 읊조리며 섬진강을 따라 달렸다.

3km쯤 가니 멀리 민가에서 개들 짖는 소리가 요란하게 들려온다. 저 개들 분명 참가자들을 환영해서 짖는 것은 아닐 것이다. 4km쯤 가니 체중이 나보다 더 나갈 것 같은 주자가 뛰어가는데, 그 주자의 상체와 하체를 보고 내 입이 딱 벌어져 다물어지지 않았다. 우람한 체격이었는데 뼈가 엄청나게 굵은, 그야말로 대단한 통뼈의 체격이었던 것이다. 다리 굵기는 보통 사람들의 두 배는 충분히 되는 것 같았고 어깨도 보통 사람들보다 훨씬 벌어진 체격이었다. 나이는 40대로 보였다. 당장 그 주자에게 붙어 대화를 청했다. 이하 나를 '나'로, 통뼈 주자를 '통뼈'로 표기한다.

나 : “체중이 얼마나 나가시오?“

통뼈 : (나를 힐끗 쳐다보더니) “85kg 나갑니다. 원래는 87kg 나갔는데, 달리기로 2kg 뺐지요.”

나 : “나보다 5kg 더 나가시는군요. 그런데 뼈가 통뼈군요. 대단합니다.”

통뼈 : “머슴뼈지요. 헤헤.”

그 통뼈 주자의 천진난만한 웃음소리가 영락없는 머슴의 웃음소리 같았다. 설사 그 주자가 머슴이 아니더라도 그 주자의 아버지 또는 할아버지는 분명 머슴이었을 거라고 나는 굳게 믿고 싶었다.

6km쯤 가서 오늘 레이스를 거의 같이하게 되는 주자를 만났다. 페이스가 나하고 비슷해서 말을 걸었는데, 몸매는 서브3급인데 천천히 달리고 있었다. 절대 무리하지 않으려고 살살 천천히 달린다고 한다. 마라톤 경력이 무려 20년이라는 그 친구는 이번 3월 서울 동아마라톤에도 출전한다는데, 4시간 목표로 달릴 것이라고 한다. 그는 오늘 오후 2시에 약속이 있어서 25km만 달리고 빨리 가야 한다고 하여 나도 그럼 같이 25km만 달리겠다고 했다. 이름은 조항규(가명)라고 했고, 나하고 갑장이라서 반가운 마음에 본격적으로 수다를 떨면서 달렸다. 전남 영광이 고향이라는 그 친구는 32년간 인천에서 건축업(리모델링업)

을 하며 살다가 몇 년 전 부친이 돌아가셔서 장남으로서 어머니를 모실 겸해서 고향 가까운 광주에 내려와 살며 고향 영광에서는 아로니아와 서리태 농사를 지으며 본업(건축업)도 병행하며 광주와 영광을 오가며 바쁘게 살아가고 있다고 한다.

그 친구는 등산을 비롯해서 이런저런 운동을 많이 해봤지만 운동은 마라톤이 제일 좋은 것 같다고 해서 나도 맞장구쳐가며 신나게 떠들며 같이 달리게 되었다. 물론 그 친구가 떠드는 시간보다 내가 떠드는 시간이 몇 배 많았지만.

서브3 직전까지 몇 번 가봤는데 3시간 3분, 3시간 5분, 3시간 8분까지만 하고 결국 서브3는 하지 못해 서브3 한이 남아 있는 친구였다. 그 친구랑 대화 중 생각나는 것 일부만 옮겨본다. 이하 나는 '나'로, 그 친구는 조 씨니까 '조'로 표기한다.

나 : "너 고향이 영광이랬지? 내가 2007년 영광 굴비골대회에 참가했었잖냐."

조 : "아, 그 대회 지금은 없어졌어."

나 : "그건 나도 알어. 그런데 2007년 영광 대회 끝나고 영광 시내 모 식당으로 영광 굴비 먹으러 갔었는데 말이여. 그 식당 어마어마하게 크더라. 식당에 천 명은 들어가겠더라. 내가 태어나서 그렇게 큰 식당 첨 봤다. 그 식당 이름이 뭐냐? 다음에 꼭 한 번 다시 가보고 싶다."

조 : “모르겠는데, 그 식당.”

나 : “뭐? 모르겠다고? 아니, 너 영광 사람이라면서 그 식당을 모른다고?”

조 : “정말이야. 모르겠어.”

나 : “내가 언제 영광 놀러가면 막걸리 한잔 사 줄래?”

조 : “물론이지. 막걸리뿐이겠나. 밥도 사고 재워줄 수도 있지.”

나 : ”너 혹시 극빈자는 아니지?”(좀 짓궂게 물어봄)

조 : “나 극빈자 아녀.”

나 : “아로니아하고 서리태 농사짓는다고 했는데, 농사로 얼마나 버냐?”(단도직입적으로 물어봄)

조 : “아로니아로는 한 2천 벌고 서리태로는 천만 원 조금 넘게 벌지. 건축으로는 3,4천 벌고. 잘 벌 때는 건축으로 7천까지 벌었었지.“(순순히 털어놓는다).

나 : “나중에 나도 아로니아하고 서리태 너한테 주문해서 먹도록 할게.“

조 : “내가 아는 어떤 주자는 서브3 하려고 개를 네 마리나 잡아먹었대.”

나 : “뭐어? 개를 네 마리나? 한꺼번에 네 마리를?”

조 : “아니, 일 년 동안 네 마리를 먹었다는 것이지.”

나 : “아무튼 서브3 하려고 개를, 그것도 네 마리나 잡아먹은 사람 얘기는 처음 들어보네.”

조 : “한 달 전, 내 친구 하나가 뇌졸중으로 죽었어. 굴비 사업하는 친구였는데, 평소 술을 엄청 먹어대더라고.”

나 : “그 친구 운동은 안 했을걸?”

조 : “그런 것 같더라고.”

나 : “거보라구. 운동이 얼마나 중요하냐. 열심히 달리면서 마셨으면 그렇게는 안 죽었을 것이여.”

조 : “맞어. 또 4년 전에는 건강보험공단 다니던 친구가 심근경색으로 갑자기 죽었는데, 평소 술, 담배에 절어 살더라고.”

나 : “그 친구도 운동 안 했을 거여. 우리 마라톤 열심히 하자.”

이 친구가 나하고 사이좋게 잘 달리다가 골인 지점을 몇 km 앞두고 어떤 젊은 아줌마 주자를 만나 소곤소곤 이야기하면서 달리는데, 나는 안중에도 없다. 젊은 아줌마가 자기랑 같은 동네(광주)에서 온 아줌마라고 하여 반갑다고 아줌마랑 쏙닥거리며 달리면서 둘이 연락처도 주고받는다. 그 친구 능력도 좋다. 애석하게도 나는 지금까지 14년 넘게 마라톤 대회에 나가 달렸어도 썸씽 한번 이루어진 적이 없다.

오늘 달리면서 내가 처음 본 친구한테 단도직입적으로 "너 농사 지어서 얼마나 버냐?"라고 물었듯이 4월 판문점에서 열리는 남북 정상회담에서 문재인 대통령도 처음 만나는 김정은에게 "당신, 평화통일을 원하는 거요, 분단 고착을 원하는 거요, 아니면 적화통일을 원하는 거요. 만약 평화통일을 원한다면 7천만 우리 겨레와 세계 만민 앞에서 지금 확실히 선포하시오."라고 단도직입적으로 물어본다면 얼마나 좋을까.

한반도 비핵화보다 더 중요한 것이 평화통일 의지가 아니겠냐고 나는 생각한다. 부디 이번 남북 정상회담도 잘 되고 북미 회담도 잘 되어 남북이 사이좋게 지내다가 평화통일의 길로 나가기를 바란다. 그러다 보면 금강산 마라톤 대회도 분명 부활할 것이고 삼지연, 혹한기 마라톤 대회도 가능할 것이다.

오늘부터는 금강산, 삼지연 달리는 꿈을 꾸며 자야겠다.

2018년 4월, 의령 의병마라톤

삼성 이건희 회장에게

오늘은 의령 마라톤에 참가했다. 내가 성이 남 씨인데, '의령 남 씨'인고로 나의 뿌리를 찾아 왔다고도 할 수 있겠다. 의령에서는 해마다 전국 남 씨 종친회가 열린다고 들었고, 나의 부친께서도 종친회 참석차 여러 번 의령을 방문하였다고 들었다. 의령 마라톤 공식 명칭이 '의령 의병 마라톤'인데, 임진왜란 때 이곳 의령 출신 곽재우 장군이 의병을 일으켜 왜군을 크게 물리쳤다고 해서 의병 마라톤이라 명명한 것 같았다. 내 고향 논산에서도 계백 장군 이름을 따서 '계백마라톤'을 개최할 수는 없는 것인지….

삼성그룹 창업주인 이병철 전 회장이 이곳 의령 출신이라고 한다. 그러니까 이곳 의령에서 한국 최고의 부자가 탄생한 것이니 의령 사람들 자부심이 대단할 것으로 짐작할 수 있다. 이병철 전 회장이 얼마나 돈이 많았는지 우리가 어릴 적에 학교 선생님들이 이병철 회장을 '돈병철'이라고 지칭하는 것을 들은 기억이 난다. 그렇게 돈이 많았고 한국 최고의 기업을 일구었던 이병철 회장은 나이 80도 못 살고 폐암으로 세상을 떠났으니 부자치고는 그리 장수한 편은 못 된다고 할 수 있을 것이다. 그의 뒤를 이어 기업을 물려받은 이건희 현 회장도 나이 이제 겨우 70을 조금 넘겼음에도 건강이 좋지 못해 몇 년 째 와병 중이다. 그러니까 삼성 이건희 회장은 선대 회장으로부터 많은 재산과 기업은 물려받았는데 건강의 유전자는 물려받지 못했다고 말할 수 있을 것이다.

이건희 회장 건강도 좋지 않은 데다가 그의 아들 이재용 부회장은 최근 1년간 구치소에 들어가서 도 닦고 나오기까지 했으니 삼성으로서는 시련의 기간이라고 말할 수 있을 것이다. 이재용 부회장이 2심 재판에서 집행유예로 풀려나긴 했지만 최종심인 대법원 판결이 남아 있으니 아직 끝난 게 아니므로 결과는 끝까지 지켜봐야 할 것이다.

나는 여기서 삼성 이건희 회장 가족들에게 당부하고 싶은 말이 있다. 이건희 회장 돌아가시기 전에 이 회장 재산 중 절반을 뚝 떼어서 사회에 환원하면 얼마나 좋겠느냐 하는 것이다. 만약 내가 말한대로 하기만 한다면 삼성에 대한 국내외 이미지는 획기적으로 달라질 것이다. 그리고 이건희 회장 이야기는 학생들이 배우는 교과서에도 실릴 것이다. 예를 들어 "삼성그룹 이건희 회장은 우리나라 최고의 기업을 경영하면서 수많은 국민에게 일자리를 제공했고 수출도 많이 해서 외화를 많이 벌어들였고 나라에 세금도 많이 내서 우리나라 경제에 커다란 공헌을 했고, 그가 세상 떠날 때는 어려운 사람들을 위해서 쓰라고 자기 재산의 절반을 뚝 떼어서 사회에 환원한 훌륭한 기업인이었다." 라는 식으로 서술한 교과서를 말하는 것이다. 물론 그의 아들 이재용 부회장이 구치소 갔다 왔다는 말은 서술하면 안 되겠지.

이건희 회장의 재산 절반을 기부하더라도 이 회장 가족들이 생계에 곤란을 겪지는 않을 것이다. 다만 세계 부자 순위에서 순위가 몇 계단 내려가기는 할 것이다. 만약 이건희 회장 이야기가 교과서에 실린다면 자라나는 학생들의 가치관 형성에 커다란 영향을 미치게 될 것이고 이건희 회장의 기를 받아서 훗날 수많은 '이건희들'이 탄생할 것이다.

지금 학생들에게 영어, 수학만 열심히 하라고 들들 볶을 것이 아니다. 어릴 때부터 학생들이 훌륭한 가치관을 형성할 수 있도록 도와주는 교육을 해야 할 것이다.

오늘 레이스는 10km만 달리려고 한다. 한 달 넘게 달리지 못하고 폼롤러로 스트레칭만 했는데, 폼롤러 스트레칭 보름 만에 햄스트링 부상은 완치가 되었고, 문제는 좌골신경통인데 좌골신경통은 현재 80%는 치료가 됐는데 마지막 20%가 치료되지 않고 남아서 최후의 발악을 하는 중이다. 그래도 언젠가는 좌골신경통도 뿌리가 뽑힐 것이다. 아무튼 다시 한번 강조하지만 폼롤러의 존재 가치를 너무 늦게 알아서 한이 되기는 하지만 지금이라도 열심히 치료하면 될 것이다.

오늘 날씨는 햇볕은 좋은데 뿌연 미세먼지가 창공을 뒤덮고 있다. 이미 전국은 미세먼지 주의보 또는 경보가 발령 중이라고 한다. 레이스를 출발하여 1.5km쯤 지나는데 누군가가 내 앞을 휙 스쳐 지나가는 광경을 목격하고 놀라서 내 입이 쩍 벌어지고 말았다. 4살짜리 꼬마가 자기 엄마하고 10km 레이스를 하고 있는 것 아닌가. 세상에! 네 살짜리 꼬마가! 그것도 10km 씩이나! 아이가 네 살이라는 것은, 옆에서 뛰던 참가자들이 네 살이라고 귀띔해주어서 알게 된 것이고, 사실 또 그 정도 나이로 보였다. 그 아이 뛰는 폼을 보니 거침이 없고 자신감이 충만해 보였다. 아마 마라톤 연습을 충분히 했거나 10km를 뛴 경험이 있는 아이 같았다. 내 아들이 10km를 뛴 것이 열두 살 때였는데, 이 아이는 내 아들보다 무려 8년 빠른 나이에 10km를 뛰는 것이다. 나는 그 꼬마가 달리는 충격적인 모습을 보며 과연 저 꼬마가 10km를 완주할 것인지 아니면 중도 포기할 것인지 내 나름대로 예상을 하느라 머리가 복잡해지기 시작했다. 아무리 잘 뛰어도 그렇지 설마 저 어린애가 10km를 완주하랴, 라는 생각이 들기도 했지만 그 아이 달리는 자세가 안정적이고 기세도 좋아서 어쩌면 완주할 수 있겠다는 생각이 들기도 했다.

그런데 여기서 냉철히 생각해볼 필요는 있을 것 같다. 과연 저렇게 어린아이를 10km 달리기를 시키는 것이 온당한 처사라는 것이냐 하는 것이다. 이제 겨우 네 살짜리 아이에게 10km를 달리게 한다면 그 아이의 뼈와 근육이 감당이 될 리가 없을 것이다. 네 살이라면 아이가 엄마 젖을 뗀 지 겨우 1년이나 2년밖에 안 되었을 것 아닌가. 아무리 달리기 소질이 있다고 해도 그렇지 어떻게 저렇게 어린애를 10km를 달리게 한단 말인가. 따라서 나는 절대 그 꼬마의 저런 달리기를 반대하는 것이다. 달리기 소질이 있어서 달리기를 시키겠다면 나이에 맞게 시켜야지 저런 무지막지한 방식에는 절대 찬성하고 싶지 않다. 저 아이는 분명 저렇게 달리다가는 얼마 못 가 큰 후유증에 시달릴 가능성이 크다.

3km쯤 가니 다시 좌골신경통이 온다. 아무튼 이놈의 부상 지긋지긋하다. 나는 언제쯤에나 부상 없는 상태에서 달릴 수 있으려나. 10km 반환점을 70m쯤 남겨두고 그 꼬마이가 씩씩하게 엄마하고 달려오는 것이 보였다. 나는 그 꼬마 엄마 뒤통수에다 대고 "아줌마, 어린 아들 벌써부터 혹사시키면 안 돼요. 아들 이렇게 혹사시키면 좋지가 않다고요."라고 소리를 꽥 질렀다. 그 엄마가 나의 고함에 순간 멈칫하는 것 같더니 곧바로 말없이 아들과 질주를 계속한다. 그 꼬마선수 완주는 거뜬히 할 모양이다.

나는 오늘 10km를 68분에 들어왔으니 2주 전 합천 대회에서보다 무려 8분을 단축한 것으로 만족했다. 앞으로는 정말이지 좌골신경통 부상 뿌리 뽑을 때까지 안 뛸 작정이다.

지난 3월, 서울 동아마라톤 경기 중계방송에서 엘리트 여자부 한국의 김도연 선수가 97년 권은주 선수의 한국 여자기록을 경신하며 2시간 25분대의 기록으로 골인하는 감동적인 장면을 지켜볼 수 있었다. 실로 오랜만에 한국 마라톤에 전해진 낭보였다. 이날도 한국 남자 선수들은 2시간 10분 이내에 들어오지 못했다. 남자 선수들은 빠따로 좀 맞아야 정신 차릴 것인가. 이번에 한국 여자 마라톤에서 21년 만에 한국 최고기록을 경신하니까 이에 고무되었는지 육상계에서 앞으로 마라톤 대표 전임 감독제를 시행할 것이라고 하고, 또 대표선수 소집을 현재처럼 각 소속팀에서 훈련하다 주요 국제 대회를 앞두고 임시로 소집하는 방식을 탈피하여 '대표선수 전임제'도 도입할 모양이다. 물론 이런 내용들은 내가 전부터 누누이 주장해온 것들이다.

내가 이봉주 선수를 활용하지 않는 것은 대한육상연맹의 직무유기라고 지적한 바가 있는데, 이봉주 선수를 이번에는 마라톤 대표 감독으로 모셔올지 궁금하다. 당연히 모셔와야 하는 것 아닌가. 대표팀 남녀 코치로는 김이용, 김완기, 이의수, 지영준, 권은주, 이은정 등을 추천하고 싶다.

그런데 마라톤 국가대표 전임 감독제도 좋고 국가대표 선수 전임제도 좋지만 선결 과제가 있다. 대표팀에 소집되면 훈련 강도를 현재 실업팀 훈련보다 두 배는 더 혹독하게 시켜야 할 것이고, 만약 대표팀 훈련이 힘들다고 팀을 뛰쳐나가는 선수는 실업팀에서 받지 못하게 하고 그날로 선수생명 끝장이라는 것을 법제화시켜야 한다는 것이다. 대표선수들에게는 훈련을 혹독하게 시키되 그에 걸맞는 충분한 대우를 해줘야 함은 물론이다. 그리고 대표팀을 만들면 투자를 해야 한다고 주장한 바 있다. 꿈의 트랙을 만들고, 또 이왕이면 언덕 인터벌훈련을 위해서 트랙 옆에 인공 오르막훈련장(거리 500m쯤 되는) 건축물을 만들 수 있으면 만들어야 한다고 생각한다. 언덕훈련을 위해 자주 언덕을 찾아 이동해야 하는 번거로움을 없애려면 아예 꿈의 트랙 옆에 인공 오르막훈련 시설을 만들자는 것이다. 물론 그런 건축물 공사가 가능한지는 건축 전문가에게 물어봐야겠지만 내 생각으로는 충분히 만들 수 있다고 본다. 요즘 건축 기술이 얼마나 좋은데 그런 시설 하나 못 만들겠는가. 잠실 제2롯데월드 초고층 건물도 짓고 있는데.

언덕훈련장에도 황토를 깔고 천장을 설치해야 함은 물론이다. 튼튼하고 미려한 꿈의 언덕훈련장이 만들어진다면, 이는 대한민국 육상계의 명물이 될 뿐만 아니라 세계 육상계에서도 주목받는 건축물이 될 것이다. 훌륭한 시설을 갖추고 있으면 훈련을 열심히 안 할 도리가 없을 것이다.

그리고 이런 훌륭한 시설(꿈의 트랙. 꿈의 언덕훈련장)은 국가대표 선수들만 사용할 것이 아니라, 대표팀 훈련 일정에 지장이 없는 범위 내에서 전국의 중고등학교 육상부 중장거리팀이나 실업팀 선수들도 와서 훈련하도록 배려하면 참 좋을 것이다. 그렇게 한다면 학생 선수들에게 교육적인 효과도 있을 것이다. 예를 들어, '아, 마라톤 국가대표가 되면 이렇게 좋은 시설에서 훈련할 수 있겠구나. 열심히 훈련해서 꼭 국가대표 선수가 되어야지'라는 각오를 다질 수가 있지 않겠느냐 하는 것이다. 나는 꼭 마라톤 국가대표 선수들이 1,000m 꿈의 트랙에서 입에 거품 물고 5,60 바퀴 장거리 훈련을 하는 것을 보고 싶고, 500m 꿈의 언덕훈련장에서 대표 선수들이 입에 거품 물고 피똥 싸며 30개씩 인터벌훈련을 하는 것을 보고 싶다.

오늘 나는 세 번 떠들었다. 첫 번째는, 삼성 이건희 회장 가족에 대한 당부였다. 두 번째는, 꼬마 마라톤 천재 엄마에 대한 당부였다. 마지막 세 번째는, 마라톤 대표팀과 관련하여 대한육상경기연맹에 대한 당부였다. 물론 아무도 나의 외침에 귀 기울이는 사람은 없을 것이다. 삼성에서도, 마라톤 꼬마 엄마도, 육상 연맹에서도….

그럼에도 불구하고 오늘 목격한 마라톤 꼬마 천재는 반갑기도 하지만 생각할수록 걱정이 되고 안타까운 마음이 들지 않을 수 없다. 그 꼬마 천재를 벌써부터 혹사시키지 말고 서두르지도 말고 나이에 맞는 맞춤형 훈련을 시키면서 차근차근 제대로 가르친다면 먼 훗날 세계 최고의 마라토너가 될 것이다. 그 꼬마 천재 엄마는 육상 전문가들의 의견을 참고해서 아이를 잘 가르치다가 아이가 일정한 나이가 되면 마라톤 전문가에게 아이의 훈련을 전적으로 맡기면 좋을 것이다. 육상연맹에서 직접 나서서 그 꼬마 선수 부모에게 지금부터 매월 후원금을 지급하고, 기술적 조언을 해 주고, 꼬마 천재의 몸 상태를 수시로 체크하고, 꼬마 천재의 성장 과정을 면밀히 모니터링하면서 관리를 해 주면 좋을 것 같은데, 내 말이 틀렸나? 어떻게든 지금처럼 네 살짜리 꼬마 선수를 10km씩 달리게 하는 것은 말려야 한다. 달리기는 너무 어릴 때부터 혹사하면 훗날 반드시 그 대가를 치르게 된다는 것을 알아야 한다.

오늘은 이 마라톤 꼬마 천재 선수가 의병 마라톤 이야기의 훌륭한 글 소재가 되어 주었다. 모쪼록 이 마라톤 꼬마 천재 선수가 앞으로 20년 후에 올림픽에서 금메달 따는 장면을 온 국민과 더불어 기대해보자.

이 꼬마 선수의 이름도 너무 좋다. '김성군'이라고 한다.

2018년 6월, 김해 숲길마라톤

나는 상위 1%

김해 숲길마라톤에 직장에서 내가 혈혈단신, 단기필마, 필마단기로 출전할 뻔했는데 창원으로 전출 간 정 계장도 출전하겠다고 하여 같이 가게 되었다. 좌골신경통 부상으로 두 달 넘게 달리기 쉬면서 폼롤러로 치료 중인데, 지금은 거의 다 나았고, 마지막 10%가 잘 낫지를 않아서 엊그제 한의원 가서 침을 맞았다.

나한테 꼭 '아버님'이라고 호칭을 하는 한의사인데, 엊그제 한의원 갔을 때도 그 한의사가 나한테 침을 놔주며 "아버님 하체 근육은 매우 좋으십니다. 배(똥배를 말하겠지)는 나왔어도 아버님처럼 하체가 좋으시면 성인병에 잘 안 걸립니다. 배 나오고 다리가 가는 사람들이 위험한 겁니다. 아무튼 아버님 하체는 상위 1%입니다."라고 말하길래 내가 "허허허, 그래요? 그런데 내가 똥배 나온 것도 상위 1%는 되지요?"라고 말하니 한의사가 대답은 않고 피식 웃기만 한다.

숲길마라톤이라고 하니 자연스럽게 대전의 계족산 마라톤이 연상된다. 모르긴 해도 김해 숲길마라톤은 대전 계족산마라톤과 비슷한 분위기일 것이다. 계족산 마라톤을 떠올리며 김해 숲속으로 간다.

내가 전직 대통령들의 고향에서 열리는 마라톤 대회에 자주 나가는데, 오늘도 그런 전통을 이어가게 됐다.

김해에서는 일 년에 마라톤이 두 번 열리는데, 한 번은 김해 숲길마라톤이고 또 한 번은 김해 봉하마을마라톤이다.

김해 숲길마라톤은 풀코스는 없고 하프코스하고 10km가 있는데 나는 하프코스를 뛰기로 했다. 오늘 숲길마라톤을 대비해서 언덕 인터벌훈련을 하며 나름대로 충분히 준비는 했다고 자부하며 레이스에 뛰어들었다.

운동장을 한 바퀴 돌고 빠져나가는 코스였는데, 운동장을 빠져나가자마자 급경사 오르막길과 마주쳐야 했다. 계족산의 완만한 오르막길하고는 비교가 안 되는 험난한 코스다. 이 급경사 오르막길을 오르느라 초반에 진이 다 빠지는 느낌이다. 한참을 뛰어가다 보니 대부분의 주자들은 멀찌감치 달아나 버리고 내 뒤로는 주자들이 거의 보이지 않는다.

10여 년 전, 그러니까 내가 한창 젊던 40대에는 풀코스를 3시간 40분대에는 주파했으니 굳이 순위 비율로 따지자면 나의 기록이 상위 45%에는 속했을 것인데, 지금은 하위 99%로 곤두박질치고 말았다. 고통스러운 언덕훈련까지 소화했는데 어찌하여 꼴찌 그룹에 끼어서 달리게 됐는지 알 수가 없다. 똥배가 너무 나와서 그런가? 아니면 늙어서 힘이 떨어져서 그런가? 알 수가 없다. 올가을 풀코스 뛰려고 하는데 이런 페이스로 풀코스 완주나 할 수 있을지 걱정이 태산 같다.

달릴수록 오르막 코스가 계족산보다는 훨씬 힘들다고 느껴진다. 오르막에서는 웬만하면 걸어서 가라는 자봉 요원들의 충고가 있을 정도였다. 이런 험난한 코스를 하프코스를 뛸 생각을 하니 눈앞이 캄캄하다. 괜히 하프 신청했구나. 10km 신청할 것을, 하는 후회가 밀려온다.

3km 지점에서 급경사를 만나서 나는 거의 걷다시피 해서 올라가고 있는데 반대편에서 아프리카 흑인 선수들을 포함하여 대여섯 명의 선두주자들이 뒤엉켜서 전속력으로 내리막길을 달려 내려오는 모습을 보고 나는 고개를 갸웃거렸다. 저런 내리막길을 전속력으로 달린다면, 아무리 상금이 중요하다지만, 무릎에 치명적이지 않겠느냐 하는 것이다. 그 선수들이 그런 점을 모를 리는 없을 것인데, 나의 상식으로는 이해가 잘 안 되는 광경이었다. 그들은 무릎 부상의 위험보다는 상금이 우선인 모양이다.

내리막길을 조심해서 살살 달리지 않고 무식하게 빨리 달리다가 다리 병신된 어느 마라토너 이야기를 좀 해야겠다. 지금 나하고 같이 근무하는 A라는 직원이 있는데, 그 직원한테 들은 이야기를 하려고 한다. 2010년에 마라톤을 엄청 열심히 하고 술도 엄청 열심히 마시던 어느 교도관이 심장마비로 사망했다는 이야기를 내가 어느 마라톤 이야기에서 했는데, 그 이야기를 전해준 사람도 바로 A였다.

그런데 A가, 전에 다른 교도소에서 자기랑 같이 근무하던 B라는 직원에 대한 이야기를 또 얼마 전에 나에게 해 주었다.

B도 마라톤을 엄청 열심히 했다고 하는데, 달렸다 하면 서브3를 할 만큼 수준급 주자였다고 한다. B는 특히 산악마라톤을 즐겼다고 하는데, 내리막길에서도 매우 빠르게 달렸다는 것이다. 그렇게 잘 달리던 B가 다리를 크게 다쳐 마라톤은 아예 졸업했고, 지금은 살이 뒤룩뒤룩 쪄있다고 하는 걸 보니 나보다 더 똥배가 나온 듯싶다. 내가 A로부터 B 얘기를 듣다가 나도 모르게 버럭 화를 내며 내뱉고 말았다. "그런 답답한 사람이 어디 있나. 마라톤 ABC도 모르고 내리막길에서 빨리 달리다니!"

그런데 A도 사실은 중학교 때는 중장거리 선수였다고 한다. 그래서 내가 "당신도 나랑 같이 마라톤 합시다. 어릴 때 중장거리 선수였다고 하니 금방 마라톤에 적응하겠네."라고 했더니 자기는 마라톤 할 생각은 없고, 걷기나 라이딩을 하고 있다고 한다. 발목이 안 좋다는 것이다. 아무튼 A는 나에게, 마라톤을 하다가 잘못된(죽거나 다리 병신된) 사람들 얘기만 해 주어서 별로 친하게 지내고 싶은 생각이 없다.

코스 중간중간에 돌멩이들이 돌출되어 있는 구간이 많아서 주자들 부상의 위험이 커 보이는데, 주로 정비를 해 줄 필요가 있어 보이고, 이 대회에 출전하는 주자들은 새 신발보다는 헌 신발을 신고 달리는 것이 좋겠다.

오늘 이 험난한 코스에서 하프코스를 달리는 것은 너무 힘들어 도저히 안 될 것 같아 깨끗이 하프는 포기하고 10km만 달리기로 마음을 고쳐먹었다. 나 자신이 비참해지고 스스로 쪽팔리는 일이지만 그래도 무리는 하지 않는 게 좋을 것이다.

오늘 같이 와서 하프 뛴 친구로부터 레이스 끝나고 나서 "너, 언덕훈련 열심히 했다면서 쪽팔리게 하프를 못 뛰고 10km를 달렸단 말이냐?"라는 핀잔을 들어야 했다.

결승점을 약 1.5km 남기고 마지막 오르막길을 만났는데, 여기서는 모든 주자들이 걸어 올라가고 있었다. 그만큼 오늘 코스는 험난했다는 뜻이다.

나의 소신으로는, 과천 혹서기마라톤을 뛰지 않으면 진정한 마라토너라고 할 수가 없지 않겠느냐 하는 것이다. 대회가 가장 더울 때 열리는 데다가, 코스는 전국에서 가장 험난하고, 열렬한 주로 응원이 펼쳐지고, 먹을 것은 급수대에 산더미처럼 쌓여 있는 과천 혹서기마라톤 대회야말로 전국 최고의 마라톤 대회라고 나는 주장하고 싶다. 그런데 서울마라톤클럽에서 주최해오던 과천 혹서기마라톤이 무슨 곡절이 있었는지 2014년부터는 '한국마라톤tv'로 주최권이 넘어갔다는데, 지금도 여전히 서울마라톤클럽에서 진행할 때만큼 대회 진행이 만족스러운지 모르겠다.

오늘 달린 김해 숲길마라톤 대회도 과천 혹서기마라톤 대회에 버금가는 혹독한 마라톤 대회라고 할 수가 있겠다. 도전정신이 펄펄 넘치는 마라톤 마니아들은 김해에 이런 훌륭한 대회가 있다는 것을 꼭 좀 알았으면 하는 바람이다. 비록 이 대회는 아쉽게도 풀코스는 없지만, 하프코스만 달려도 마라톤의 쓴맛을 충분히 맛볼 수 있을 것이기 때문이다.

악전고투 끝에 골인하고 물품보관소에서 물품을 찾아 나오는데 아줌마 두 명이 다급한 목소리로 남자 중학생을 부축하며 도움을 청한다. 남자 중학생은 고통으로 얼굴이 일그러져 신음소리를 내고 있었다. 내가 아줌마들과 함께 그 학생을 본부석 의료진에 데려다주고 의료진에게 그 학생 증상을 물어보니 근육경련 같다는 대답이 돌아왔다.

어린 학생이 공부나 열심히 할 것이지, 평소 달리기는 거의 안 하고 겁 없이 마라톤에, 그것도 산악마라톤에, 들이댔으니 저렇게 마라톤의 쓴맛을 보는 것이다. 그래도 그 학생이 오늘의 고통스러운 경험이 밑거름되어 훗날 훌륭한 마라토너가 된다면 얼마나 좋을까.

마라톤 끝나고 이틀 후에 친구로부터 전화가 왔다. "너, 다리 괜찮나? 나는 지금까지 다리가(피로가) 풀리지 않고 있다. 풀코스 뛰어도 이러지는 않았는데, 코스 참 혹독하더라."

이영미 작가가 쓴 『마녀체력』이라는 책이 나왔는데, 운동과는 담을 쌓고 살아가던 허약체질의 여인이 나이 마흔에 슬슬 운동을 시작하더니만 10년이 지난 지금에는 웬만한 남자 선수들은 추월해가는 강철(마녀) 체력의 트라이애슬릿(철인3종 경기를 하는 사람)으로 환골탈태하는 과정이 흥미진진하게 펼쳐진다. 그런데 이영미 작가의 저서 『마녀체력』에서는 두 군데 아쉽거나 못마땅한 내용이 있다. 이것은 물론 나의 주관적인 관점이라는 점을 분명히 밝힌다.

첫째는, 작가가 첫 풀코스 마라톤 도전하는 내용은 좀 빈약해서 아쉽다. 명색이 자신의 역사적인 첫 풀코스 마라톤 이야기를 하는데, 레이스 출발할 때의 느낌만 짧게 서술되어 있을 뿐 골인하는 순간의 고통, 황홀함 등의 이야기는 전혀 언급되지 않았다.

둘째는, 작가는 마라톤보다는 라이딩에 더 경도된 듯하다. 지금까지 작가는 마라톤 풀코스는 7번을 뛰었다고 하니 풀코스 경력이 그다 많지는 않은데, 작가가 다음 생은 프랑스 사람으로 태어나서 전 세계 라이더들의 로망 '투르 드 프랑스'라는 사이클 경주를 직접 구경하고 싶다는 것이다. 나는 이 점이 좀 불만이라는 것이다. 라이딩이 아무리 좋아도 그렇지 한국 사람이 어째서 다음 생애에는 한국 사람으로 안 태어나고 외국 사람으로 태어나고 싶다는 것인지.

작가가 차라리 "나는 다음 생애에는 한국에서 뛰어난 마라토너가 되어 영국의 폴라 래드클리프가 세운 세계 여자 마라톤 최고기록 2시간 15분을 경신하고 싶다."라고 썼으면 얼마나 좋았을까 하는 것이다. 그래도 나는 이 책을 통해 나에게 라이더의 꿈을 심어준 작가에게 감사하고 싶다. 나도 사실은 오래전부터 막연하게나마 라이딩을 하고 싶다는 생각은 있었다. 수영을 하고 싶은 마음은 눈곱만큼도 없다. 이 나이에 수영을 배운다는 것은 너무 늦어버렸다. 수영까지 할 시간도 없을뿐더러. 그렇다면 나는 철인 3종 경기에서 수영을 뺀 마라톤과 라이딩의 '철인 2종' 경기는 하게 되는 셈이다.

라이딩은 꼭 대회에 나가지 않더라도 실생활에서도 요긴할 것이다. 걸어 가기에는 좀 멀고, 차 끌고 가기에는 가까운 거리는 라이딩을 하면 딱 좋을 것이다.

내가 이래 봬도 소싯적 시골에서 10리도 더 떨어진 중학교까지, 거친 자갈길을 헤쳐가며 자전거로 다닌 경험이 있으므로 라이딩에 관해서는 기본은 되어 있다고 자부하고 있다.

나는 김해 숲길마라톤 10km를 달리는데 무려 1시간 29분이나 걸렸다. 하위 99%쯤 되는 꼴찌 수준일 것이다. 그래도 나의 하체는 상위 1%라는 동네 한의사의 말에 위로를 받으려고 한다.

2018년 7월, 옥천 포도마라톤

각서 쓰고 달린다는데

옥천 마라톤 바로 전날, 내가 대전에서 몸담았던, 그러나 출석은 거의 하지 않았던, 대전 '관마클' 소속 친구가 진주 근처에 볼일 보러 왔다가 나하고 연락이 닿아서 오랜만에 해후하여 진주 시내에서 점심으로 '진주냉면'을 같이 먹게 되었다.

지난 3월, 판문점에서 열린 남북 정상회담에서 북한 김정은이 문재인 대통령께 맛을 보여드리겠다고 어렵사리 평양냉면을 판문점까지 가져왔다고 했는데, 판문점에서의 평양냉면 파티 보도를 접하면서 많은 국민들이 입맛을 쩍쩍 다셨을 것이다. 이후 서울에서는 평양냉면집에 손님들이 줄을 서서 기다려야 할 정도로 평양냉면 붐이 일었다고 한다.

내가 작년부터 이곳 진주에서 살면서 중요한 사실 한 가지를 알게 되었다. 진주냉면이 함흥냉면, 평양냉면과 더불어 우리나라 '3대 냉면'이라는 사실이 바로 그것이다. 진주냉면 정말 맛있다. 맛에 있어서 함흥냉면이나 평양냉면에 조금도 꿀리지 않는 진주냉면을 먹으면서 나는 타향살이의 설움을 달래고 있다. 이번 여름에 진주냉면을 벌써 열 그릇은 해치웠는데, 앞으로도 열 그릇은 더 먹어야 여름 더위가 물러갈 것 같다. 관마클 친구가 진주냉면을 먹으면서 "내일 우리 관마클에서 옥천 마라톤 뛰고 영동 물한계곡으로 야유회 가는데, 너도 참석해 달라."라는 말을 하는 것이다. 친구가 멀리 진주까지 와서 정중히 행사 참석을 요청하는데 거절할 수가 없다.

옥천 포도마라톤 대회는 혹서기 대회라 할 만큼 일 년 중 가장 무더울 때 열리고 있는데, 이날도 전국적으로 폭염이 기승을 부렸고, 대회 주최 측에서도 참가자들의 안전을 위해 풀코스를 취소하고 하프코스까지만 달리게 하는 것으로 일정이 급히 변경되기까지 했다. 이 대회를 주최한 전마협 장영기 회장이 인사말에서도 언급했듯이, 이런 지독한 폭염 속에서도 마라톤을 하겠다고 전국에서 모인 오늘의 참가자들이야말로 마라톤 마니아 중의 마니아라 할 것이다.

오늘 날씨가 엄청 더우니 참가자들은 절대 무리하지 말고 평소보다 천천히 달려야 하고, 몸에 이상 증세, 즉, 현기증이 나거나 어지럽거나 구토 증세가 있으면 즉시 레이스를 멈춰야 한다고 장영기 회장이 되풀이해서 강조했다. 여기에 덧붙여 내가 한 가지 더 위험한 증세를 소개하려고 한다. 몇 년 전, 대전 계족산 마라톤 대회에서 내가 아는 지인 하나가 골인 직전에 쓰러져 의식을 잃고 급히 병원으로 실려 간 적이 있었다. 그때 신속히 응급조치가 이루어졌고 바로 병원으로 실려 갔기 때문에 큰 후유증 없이 지인이 회복되기는 했지만, 그렇지 않았더라면 생명을 잃을 수도 있었던 사고였다.

내가 나중에 그 지인에게 물었다. 분명 달리다 쓰러지기 전에 이상 신호가 왔을 것인데, 그게 뭐였냐고. 그랬더니 그 지인이 "이상하게 몸이 한쪽으로 쏠리는 것 같은 느낌이 있었는데, 대수롭지 않게 여기고 달리다 쓰러진 것이다."라고 말했다. 그러니까 달리다가 몸이 한쪽으로 쏠리는 느낌이 온다면 바로 레이스를 멈춰야 한다는 사실을 그때 알았던 것이니 이 글을 읽는 주자들도 참고하면 사고 예방에 조금은 도움이 될 것이다.

기록적 폭염이 기승을 부리다 보니 방송에서도 요즘 '전력수요 최고치 경신' 또는 '전력 예비율'이라는 용어가 많이 나오고 있다. 전력(또는 전기)은 국민들 생활에 엄청난 영향을 미치고 있는데, 우리나라는 과연 원전(원자력 발전소)을 추가로 계속 지어야 할까, 아니면 원전 의존도를 점점 줄이다가 궁극적으로 탈원전을 해야 할까.

이 대목에서 나는 두 권의 책을 소개하고자 한다. '우리가 몰랐던 전기 이야기'라는 부제가 붙은 『착한 전기는 가능하다』라는 책(저자 하승수)과 『한국탈핵』(저자 김익중)이라는 책이 그것이다. 대통령께서 이런 책을 읽으시면 참 좋겠는데, 워낙 국사로 바쁘셔서… 여야 국회의원, 에너지 관련 부처 당국자들, 기업인들 그리고 언론인들도 이런 책을 한 번쯤 읽어보기를 바란다. 한 권의 책이 국가 정책에도 영향을 미치고 세상을 바꿀 수도 있을 것이다.

관마클 회원들 오늘 영동 물한계곡으로 야유회 간다고 하여 전원 10km만 뛰기로 했다. '오늘은 10km만 달리니까 골인할 때까지 걷지는 말자'라는 각오로 폭염 속 레이스를 시작했다. 레이스 출발하고 몇 백 미터 가니까 어떤 아줌마가 메가폰을 들고 주자들에게 사자후를 토하고 있는데, 요지는 "예수 믿으면 천당 가고 안 믿으면 지옥 간다."는 것이다. 이런 기록적인 폭염에 전도하시겠다고 마라톤 대회장을 찾은 것이다.

오늘 폭염으로 주최 측에서 풀코스를 취소시켰는데도 불구하고 일부 주자들은 정규 출발시간보다 훨씬 빠른 시각에 레이스를 출발하여 풀코스를 달리고 있었으니 참으로 못 말리는 주자들이라 할 것이다. 그런데 이런 주자들보다 더 못 말리는 극성스러운 주자를 레이스 끝나고 만나게 되었다.

날씨가 너무 더워서 말 그대로 사투를 벌이며 달려야 했는데, 가장 견디기 힘든 고통은, 강렬한 햇빛에 등짝이 뜨끈뜨끈했다는 것이다. 등짝이 열 받아서 익는 것 같았다. 십수 년 동안 레이스 하다가 등짝이 뜨거워 헉헉거리기는 이번이 처음인 것 같다. 차라리 죽는 게 낫겠다. 레이스 하다가 절대로 오늘 걷지는 말아야지, 하고 출발 전 다짐했으나 결국 더위를 못 견디고 레이스 후반부에 시원한 그늘에서 두어 번 걷고 말았다.

골인 지점 가까이 오니 메가폰 잡은 아줌마가 그때까지 사자후를 토하고 있었다. 내가 손가락으로 하늘과 땅을 번갈아 가리키며 그 아줌마에게 말했다. "아줌마, 보소. 이런 날 달리는 것이 지옥입니다."라고. 그러자 그 아줌마가 "지옥불의 온도는 6,000도입니다. 그리고 그 불은 영원히 탑니다."라고 말한다. 어찌됐든 천국은 못 가더라도 6,000도가 넘는 지옥의 불구덩이에 빠지는 일이 있어서는 안 되겠다.

10km를 72분의 기록으로 골인하고 주최 측에서 마련한 샤워존으로 들어가 샤워를 하면서 "세상에서 가장 시원한 샤워로구나."라고 중얼거리는데 옆에서 샤워하던 참가자가 "산행하다가 알탕하는 것과 같죠."라고 하길래 내가 "그것하고 같을까요? 우리는 지금 죽을 뻔하다 살아 돌아와서 샤워하는 거잖아요."라고 말해주었다.

샤워 끝내고 차를 타기 위해 이동하다가 정말로 못 말리는 어느 울트라마라톤 마니아를 우연히 만나 잠깐 이야기를 나누게 되었다. 나이 60대 초반의 그 울트라마라톤 주자는 전국 울트라마라톤 어느 지역 지맹 회장이라고 했고, 지난 7월 초 열린, 부산 태종대를 출발하여 일주일간 임진각까지 달리는 대한민국국토종단마라톤에도 참가했다고 한다. 지금까지 울트라마라톤을 100번 넘게 달렸다고 하는 무시무시한 울트라마라톤 마니아였다. 이하 나는 '나'로, 그 울트라마라톤 주자는 '울'로 표기한다.

나 : "울트라 마라톤은 위험천만한 것 아닌가요? 제가 알기로는 10여 년 전에 대한민국국토횡단마라톤에서 2년 연속 사망사고 난 걸로 알고 있어요. 두 분 다 차에 치여 사망했잖아요."

울 : "아, 3년 전에도 그 대회에서 사망사고 났는데, 그때는 여성 주자가 사고를 당했어요. 음주운전 차량에 치여서…."

나 : “그런 위험한 울트라마라톤을 어떻게 하세요?”

울 : “아, 우리는 목숨 걸고 달린답니다. 각서 쓰고 출전하지요. 내가 지난 7월 초 열린 대한민국국토종단마라톤에서 중도에 부상을 당해서 ……”

나 : “그럼 당연히 중도에 포기하셨겠네요?”

울 : “아니죠. 그래도 끝까지 달려 완주했지요.”

그러면서 이 주자는 자신이 부상당한 사진을 핸드폰을 꺼내서 자랑스럽게 보여준다. 마치 훈장을 보여주듯 요란하고 자랑스럽게 설명까지 한다. 나는 할 말을 잊고 말았다. 어쩜 미쳐도 이렇게 미칠 수가 있다는 말인가. 그러면서 자신이 곧 개최하는 울트라마라톤 대회에 출전해 달라고 요청까지 한다. 이 울트라마라톤 마니아는 오늘 옥천 마라톤에서 하프코스만 달리라는 주최측의 요청에도 불구하고 풀코스를 달린 주자들보다 훨씬 더 못 말리는 열혈 마라톤 마니아라고 해도 좋을 것이다. 아마 세상에서 이들보다 더 열정적인 마라톤 마니아는 없을 것이다.

옥천 대회 마치고 영동 물한계곡에서 두어 시간 먹고 마신 다음 대전에 와서 추가로 한 시간 더 먹고 마셨으니 나는 오늘 겨우 한 시간 달리고 세 시간 먹고 마신 것이다. 나는 늘 이런 식이다. 달리는 시간보다 (시간상) 몇 곱절 더 먹고 마시는 것이다. 이래서 나는 맨날 달려봤자 살이 안 빠지고 오히려 더 살이 더 찐다.

2018년 10월, 함양 산삼마라톤

성냥공장 아가씨

발송처가 함양 마라톤 사무국 관계자로 보이는 핸드폰으로 문자가 왔다. 함양 마라톤에 많은 참가를 바란다는 내용이었다. 그래서 내가 장문의 답신을 보냈다. 답신 내용을 대략 소개하면, 일단 대회 먹거리부터 지적하며 맹공을 퍼부었다. 명색이 마라톤 잔치인데 음식이 두부, 김치, 막걸리밖에 없는데, 그게 뭐냐. 음식이 너무 썰렁한 거 아니냐. 내가 지난 9월 열린 거창 마라톤 게시판에 올린 글이 있는데 그걸 한번 읽어보고 참고 좀 하시라. 그 글에서 충남 예산 마라톤 사례를 언급했다. 그 대회는 코스가 마을을 경유하게 하였고 마을마다 주민들에게 고기와 술을 대접하였고 주민들은 술과 고기를 먹어가며 주자들 응원을 하는데, 참 보기 좋았더라.

함양 마라톤 대회에서도 돼지를 잡아라. 한 열 마리 잡으면 될

거 아니냐. 돈 좀 써라. 수익을 내려고 마라톤 대회 하는 건 아니지 않느냐. 대회 예산을 군청에서 지원해주는 걸로 알고 있는데, 군수님한테 마라톤 대회 최대한 지원을 해 달라고 요구하면서 다음 선거 때 확실히 밀어드리겠다고 은근슬쩍 말하면 군수님이 무슨 말인지 다 알아듣고 압박감을 느낄 것이다. 정치인들은 득표에 도움이 되기만 한다면 영혼이라도 파는 사람들 아니냐. 그런 점을 이용할 필요가 있다.

그리고 대회 기념품으로 티셔츠를 주던데, 당장 티셔츠 없앴으면 좋겠다. 요즘 누가 허접한 대회 기념품 티셔츠를 입느냐. 나는 티셔츠 도착하는 즉시 쓰레기장 재활용통 속으로 던져 버린다. 요즘 마라톤 대회 적폐 중의 적폐가 기념품 티셔츠 아니냐. 다른 대회하고 똑같은 패턴으로 하지 말고 뭔가 차별화를 꾀하면 좋을 것이다.

티셔츠 기념품을 없애고 대회 참가비를 내리든지 아니면 기념품을 괜찮은 지역 특산품으로 주든지 해야 할 것 아니냐. 함양 마라톤 정식 명칭이 함양 산삼마라톤이니까 산삼 뿌리라도 몇 개씩 주는 게 낫지, 쓸데없는 티셔츠가 웬 말이냐.

사람이 없어 공동묘지처럼 조용한 마을에서 지내시는 어르신들이 마라톤 하는 날에 많은 사람이 마을 앞을 달려가는 것을 구경하는 즐거움이 클 것인데, 이런 날 마라톤을 빙자해서 어르신들께 술과 고기를 대접하며 효도하면 얼마나 좋겠느냐 하는 것이다. 말하자면 지역 어르신들께 효도하는 마음으로 대회를 진행하면 좋을 것 아니냐는 말씀이다. 그래서 대회 이름도 '함양 산삼마라톤'이 아닌 '함양 효도마라톤'으로 하면 어떻겠냐는 것이다.

아무튼 말이 되든 안 되든 간에 장황하게 글을 써서 보냈더니 사무국 관계자로부터 즉각 전화가 왔다. 좋은 의견 주셔서 고맙다는 것이다. 그래서 돼지를 알아봤더니 한 마리에 100만 원이 넘어서 고민스럽다는 말도 한다. 생각보다 돼지가 비싸기는 하구나. 나는 그저 돼지 한 마리 몇십만 원이면 살 줄 알았다. 그리고 참가자가 적어서 고민이 된다는 말도 한다. 그래서 내가 "너무 참가자 숫자에 연연해하지 말고 숫자가 적으면 적은 대로 최선을 다하면 되는 것 아니겠느냐."라고 말해주었다.

함양 마라톤 코스는 공설운동장을 빠져나가자마자 함양 시내를 한 바퀴 빙 돌아서 외곽으로 나가게 되어 있다. 나는 오늘 하프코스를 2시간 10분을 목표로 하고 달린다. 물론 목표를 달성하리라는 기대는 안 한다. 그저 목표가 그렇다는 것이다. 들녘에는 벼를 수확하는 컴바인 소리가 요란하다. 하늘은 더없이 맑고 청량한 전형적인 가을 날씨라고 할 수 있다. 주로는 마치 고속도로를 연상케 할 만큼 시원하게 펼쳐져 있어서 달리기 하는 데는 편했지만, 마을하고는 너무 멀어서 주민들 얼굴을 볼 수가 없다. 따라서 이 코스는 절대로 주민친화형 코스가 될 수는 없겠다.

등짝에 12월 진주 마라톤 참가를 홍보하는 전단지를 붙이고 달리는 진주마라톤클럽 여성 주자들을 많이 볼 수가 있었는데, 어쩜 그리 다들 미모도 좋으신지 당장 나도 진주마라톤클럽에 가입을 하고 싶다는 생각이 들었다.

하프코스 반환점이 산중에 있다 보니 7km 지나면서 조금씩 오르막길이 시작되더니 점점 오르막이 심해져 입에서 거품이 일기 시작한다. 반환점이 있을 것으로 예상되는 지점까지 왔는데 반환점은 보이지 않고 계속 전진해야 한다. 죽을 맛이다. 그제야 출발 직후 함양 시내를 빙 돌고 나온 이유가 떠올랐고 반환점이 길게 설정되었다는 사실을 눈치챘지만, 보통의 반환점보다 2km는 더 달려서 반환점까지 가는 코스인데, 문제는 오르막이 점점 더 심해져서 반환점을 1km 남겨두고는 급경사 오르막이라서 너무 힘들어 입에서 욕이 나올 뻔했다. 나의 마라톤 인생에서 이렇게 반환점 근처에서 입에 거품 물고 달린 적이 없었던 것 같다.

악전고투 끝에 산중에 있는 반환점에 다가가는데 반환점 30m 앞에서, 바로 주로 옆 밭에서 일하시던 아주머니 한 분이 주로에 나와 사과를 깎아서 내 입에 물려주시는 것이 아닌가.

아, 그때의 그 사과 맛을 나는 평생 잊지 못할 것 같다. 그 아주머니는 자신이 일하면서 간식으로 먹으려고 가져왔던 사과를 한 개 가져왔는데, 그 사과를 나에게 보시한 것이다. 사과를 먹으면서 잠시 아주머니와 대화를 하면서 휴식의 시간을 가졌다. 내가 "사과 잘 먹었슈. 내년에도 이 자리에서 만나요." 하니까 아주머니가 "내년에는 사과 한 박스 가지고 올게요."라고 하여서 내가 "한 박스 말고 한 트럭 가지고 오세요."라고 하니 아주머니가 "한 트럭요? 호호호."

반환점을 막 돌아갈 무렵, 혼자 외롭게 달리던 2시간 20분 페이스메이커가 "아무도 없는데 같이 달립시다."라고 하면서 나에게 달라붙는다. 나의 앞뒤로 주자들이 거의 보이지 않는다. 그래서 잠시 그 페이스메이커와 같이 달리면서 잠시 대화를 주고받았다. 이하 페이스메이커를 '페'로, 나는 '나'로 표기한다.

페 : 바로 저 앞에 달리는 여성 주자 보이시죠. 연세가 60대 중반이신데 허리가 많이 안 좋으시다고 저렇게 양 손으로 허리를 짚어가며 달리십니다. 다다음주 춘천 마라톤에도 나가야 한다고 하시면서 걱정을 하시더라고요."

나 : "어허, 보아하니 저 할머니 안 되겠네요. 저렇게 허리가 안 좋으신 분이 어떻게 마라톤을 하신다는 것인가요? 할머니한테 달리지 말라고 좀 하지 그랬어요."

페 : "그렇게 말은 하고 싶었지만 저분이 어떻게 받아들일지 몰라서…."

나 : "어허, 그게 아니지요. 말을 해줘야지요."

내가 결국 그 할머니를 추월해가면서 "허리 치료부터 하시고 달리기는 나중에 하셔야겠어요."라고 말해주었지만 그 할머니가 내 말을 들을 가능성은 거의 없다. 내 말을 들을 것 같았으면 벌써 달리기 접고 치료에 집중했을 테니까. 부상이 있으면 당연히 쉬면서 치료를 받아야 하는데도 고집스럽게 달리는 마라토너들이 의외로 많다.

오늘도 하프코스 반환점을 돌고 13km 지점부터 여지없이 발가락(발톱) 통증이 시작되었다. 이것 참 고민된다. 완주를 못 할 만큼 통증이 심한 건 아니지만 신경이 많이 쓰인다.

내가 10년 동안 장경인대염.햄스트링 부상과 좌골신경통으로 고생하다가 요즘은 거의 다 나았는데, 요즘은 발가락(발톱) 부상이 새로운 과제로 떠올랐다. 아무튼 나의 마라톤 부상은 끝이 없다.

오늘 하프코스 레이스는 2시간 18분의 기록으로 끝났다. 내 뒤에 들어온 주자는 허리 아픈 할머니 주자를 포함해서 넷밖에 없구나. 아니, 넷이나 있다고 생각하자.

내가 13년 전 마라톤을 시작할 무렵의 체중은 75kg이었다. 원래 내 체중이 75kg이었다는 것이다. 그러다가 내가 마라톤에 입문하여 국가대표급으로 훈련을 한 결과, 몇 달 만에 체중이 67kg까지 내려갔었는데 지금은 무려 81kg을 유지하고 있다. 내가 하프코스를 서브2 하기 위해서는 체중을 일단 5kg은 빼야 한다. 내가 지금은 하프코스를 겨우 2시간 20분 안에 들어오는 신세지만, 내가 실력이 없어서가 아니고 단지 과체중 때문이라는 것을 세상 사람들이 알아주었으면 좋겠다. 만약 내가 나의 키에 맞는 마라톤 최적의 체중이라고 할 수 있는 57kg을 유지할 수만 있다면, 다시 말해 지금 체중에서 24kg만 뺀다면, 나는 능히 풀코스 2시간 30분대 주자가 될 수 있다, 라고 말하면 다들 비웃겠지.

오늘 주자들에게 국밥이 제공된 모양인데, 수육은 없고 국밥

뿐이다. 이왕 돼지 잡을 바에야 여러 마리 더 잡아서 수육까지 제공하면 더욱 좋을 것이다. 지역 어르신들께도 드리고.

아무튼 이 국밥 서비스는 예정에 없었을 것인데 내가 먹을거리 지적하니까 준비한 것이 아닌가 하는 생각이 들기는 했다. 국밥을 맛보려고 하는데 일행들이 국밥 먹지 말라고 말린다. 함양군 안의면에 가서 맛있는 갈비찜 먹자는 것이다. 그래서 나는 국밥 맛도 못 보고 대회장을 떠나야 했다. 함양 안의 갈비찜이 유명하다는 것이다. 실제 안의에 있는 갈비찜 하는 식당에 가보니 조그만 시골마을에 어디서 사람이 그렇게 몰려왔는지 식당 안은 손님들로 발 디딜 틈이 없다.

처음 맛보는 안의 갈비찜 역시 명성 그대로 맛이 훌륭했다.

가격도 괜찮은 편이어서 4인 기준으로 한 냄비 큰 것으로 시키면 소주를 곁들여도 10만 원이면 되겠다. 대전-통영 고속도로를 지나갈 때에 잠시 안의에 들러 갈비찜을 맛보면 후회는 안 할 것 같다.

얼마 전, 문학평론가 김규식 교수 별세 소식이 있었는데, 그분이 200여 권의 방대한 저서를 남겼다고 해서 그분의 저서를 인터넷으로 쭉 검색해보던 중 산문집으로 보이는 『옥탑방으로 이사하다』라는 책이 보이길래 그 책 목차를 무심코 쭉 읽어내려가다가 눈에 번쩍 띄는 꼭지 제목을 발견했다. 꼭지 제목 중에 '봄은 경상남도 함양군 안의면 일대에 먼저 올 것이다'라는 것이 있었다는 사실이다. 내가 며칠 전 마라톤을 뛰고 맛있는 갈비찜을 먹은 함양 안의가 책에 언급이 된 것이다. 도대체 함양 안의에서 왜 봄이 먼저 온다는 것인지 자못 궁금하다. 나중에 확인해보니 이 책은 산문집이 아니고 시집이었다.

그런데 더 놀라운 것은, 꼭지 제목 중에 '인천의 성냥공장'도 있었다는 사실이다. '인천의 성냥공장'은 군대에서 군인들이 부르는 노래라서 군대 갔다 온 남정네들이라면 다 아는 노래다. 이 노래는 정식 군가는 아니고 예전부터 전해 내려오는 노래인데, 가사 내용은 좀 거시기해서 한창 혈기왕성한 젊은 군인들이 수시로 이 노래를 목청껏 부르면서 군 생활의 애환을 달랬던 것이다. 나도 군대 시절 이 노래 수없이 불렀다.

2009년 인천대교 개통기념 마라톤 대회가 열리던 날, 개그맨 김종석이 진행하는 마라톤 식전행사에서 어떤 중년 남성 마라톤 참가자가 연단에 오르더니 인천이 떠나갈 듯 우렁찬 목소리로 "저는 오늘 인천 성냥공장 아가씨를 만나려고 왔습니다."라고 당당하게 말하는 바람에 나를 비롯하여 군대 갔다 온 많은 중년, 노년의 남성 참가자들은 키득키득 웃어야 했다.

그럼 과연 이 노래가 언제부터 불린 것일까. 이 책 저자인 김윤식 교수도 분명 군 생활하면서 이 노래를 불렀을 것이다. 김윤식 교수와 동년배이신 나의 부친께서 군 생활을 이승만 자유당 정권 시절에 했으니까 김윤식 교수도 그때쯤 군 생활했다고 봐야 할 것이다. 따라서 '인천의 성냥공장'이란 노래는 이미 1950년대부터 군대에서 불렸다는 추론이 가능하다. 내가 나의 부친께 "아버지도 군대 시절 '인천의 성냥공장'이란 노래 부르셨어요?"라고 물어볼 수는 없는 노릇이다. 워낙 가사가 좀 거시기하니까. 또 내가 얼마 전 제대한 아들에게 "너도 군대서 '인천의 성냥공장' 불렀냐?"라고 물어볼 수도 없는 노릇이다.

그런데 가사가 좀 거시기한 이 노래를 김윤식 시인은 어떻게 시로 풀어 썼다는 것인지 궁금해 죽을 지경이다. 지금은 절판된 이 책을 구해보려고 내가 단골로 거래하는 인터넷 서점 측에 의뢰를 했더니 자기들도 이 책을 구할 수 없다는 답변만 들어야 했다. 만약 누군가 이 책을 소장하는 사람이 책을 팔겠다고 하면 나는, 10만 원은 좀 곤란하겠지만, 5만 원은 기꺼이 내지를 용의가 있다.

나는 지금 체중 본전 생각이 간절하다. 6kg만 빼면 나의 본전 체중 75kg이 된다. 6kg만 빼면 하프코스를 2시간 안에 너끈히 들어올 수 있다. 체중 6kg 뺄 수 있는 특단의 대책 뭐 없을까? 한 일주일 물만 마시고 단식을 해볼까?

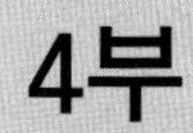

2019년 3월, 진주 남강마라톤

일본 침몰

진주에서는 일 년에 마라톤 대회가 두 번 열리는데, 겨울에 열리는 진주 마라톤이 있고, 봄에 열리는 진주 남강마라톤이 있다. 남강 마라톤은 논개가 왜장을 끌어안고 몸을 던진 진주성 촉석루 근처에서 시작한다. 진주 남강마라톤은 대회 명칭을 '진주 논개마라톤'이라 했으면 더 좋지 않았을까 생각해본다. 자신이 몸을 던진 장소에서 마라톤을 하면서 자신의 이름을 건 대회가 아니라서 논개가 좀 섭섭해 할지도 모르겠다.

진주가 참 살기 좋은 도시라고 귀에 못이 박이도록 들어왔는데, 진주가 그런 소리를 듣는 이유 중 하나가 바로 이곳 진주 시내를 관통하는 남강 때문이 아닌가 한다. 지리산 계곡에서 흘러오는 풍부한 남강의 수량이 진주를 풍요롭게 하는 것 아니냐 하는 것이 나의 분석이다.

이번 대회에 우리 직장의 소장님께서 참가하여 회원들과 같이 달리면서 우리 회원들에게는 잊지 못할 추억이 되었다.

소장님은 열혈 마라토너로서 거의 매일 새벽 달리기를 하는데, 역시 새벽에 달리는 나하고 자주 주로에서 상봉하게 된다. 진주교도소 역사에 마라토너 소장님은 이번이 처음이라고 하니 우리 마라톤 회원들은 지금 태평성대를 누리고 있다고 봐야 한다.

진주 남강 마라톤은 겨울에 진행되는 진주 마라톤과 출발지만 다를 뿐 코스가 거의 겹친다. 때는 마침 벚꽃이 절정을 이룬 시기여서 진주 시내는 온통 벚꽃 세상이었으니 대회 이름을 '진주 벚꽃마라톤'이라 불러도 전혀 손색이 없을 지경이다. 나는 하프코스를 신청했지만 달리는 회원들을 위해 이것저것 챙길 것이 있어서 약소하게 16km만 달렸다.

시원한 남강의 물줄기를 바라보며 달리는 맛이 괜찮은데, 아쉽게도 남강변을 달리는 구간은 3km 정도밖에 안 된다. 남강변을 좀 더 많이 달릴 수 있도록 코스를 변경하면 좋겠다 는 생각을 하면서 달렸다.

오늘 대회는 진주성이 있고 촉석루가 있는 남강에서 열렸으니까 임진왜란 당시 처절한 전투가 벌어졌던 진주성 전투에 대해 고찰해보려고 한다. 임진왜란 당시 육지 전투에서는 행주대첩, 진주대첩과 더불어 의병 700명 전원이 순절한 금산전투가 가장 처절한 전투였다고 한다. 우리가 역사 시간에 다 배운 것이기도 하지만, 오늘은 역사학자 박영규의 저서 『조선전쟁실록』 중에서 진주성 전투에 대해 기술한 부분을 소개하려고 한다.

진주성에서는 1592년 10월에 1차 전투가 있었고 1593년 6월에 2차 전투가 있었는데, 진주대첩이라 불리는 전투가 1차 전투였고 진주성이 함락된 전투는 2차 전투였다. 1차 진주성 전투(1592년 10월 6일~10일)에서 일본군은 2만의 병력으로 공격해왔고 우리는 김시민 장군이 이끄는 관군 3,700여 명과 곤양군수(곤양은 지금의 사천을 말함) 이광악이 이끄는 병력 100여 명뿐이었고 나머지 2만여 명은 모두 백성들이었지만 다들 용감하게 적과 맞서 싸워 결국 왜군을 물리치고 진주성을 지켜냈다. 왜군들은 엄청난 희생자를 내며 퇴각했지만 우리 측 희생도 컸다. 김시민 장군은 이 전투 마지막 날에 적의 탄환에 머리를 맞고 며칠 후에 숨을 거둔다.

1593년 6월, 토요토미 히데요시는 1차 진주성 공략이 실패하는 바람에 전라도로 진입할 수 없었던 것이 한성에서 물러난 원인이라 분석하고 진주성에 대한 보복전을 명령했는데, 이에 우키타는 휘하의 병력 7만여 명을 동원하여 진주성 공략에 나섰고 우리는 의병장 김천일이 이끄는 병력이 고작 3,500여 명뿐이었고 6만여 명의 백성들과 함께 항전했다.

6월 22일부터 28일까지 이어진 전투에서 조선군 3,500여 명은 거의 전멸했고 함께 싸우던 6만 명의 백성들도 도륙당했다. 성이 함락될 당시 김천일은 촉석루에 있다가 최경회와 함께 손을 잡고 통곡하면서 강물에 몸을 던졌다.

성을 함락한 왜놈들은 성안에 있는 사람은 물론 닭이나 개까지 살아 있는 것은 씨도 남기지 않고 모두 죽였다. 심지어 성을 무너뜨리고 참호와 우물을 메웠으며 나무까지 모두 베어버렸다. 이런 행동은 1차 진주성 전투에 대한 무자비한 보복 차원에서 이뤄진 일이라고 박영규의 『조선전쟁실록』에 기록되어 있다. 진주성이 함락되고 촉석루에서 왜놈들이 술을 마시며 승전 축하파티를 벌일 때 논개가 왜장을 끌어안고 유인하여 같이 강물에 빠진다. 이처럼 진주성은 우리 조상들의 피와 한이 서려 있는 역사의 현장인 것이다.

도대체 어떻게 일본에 이 원수를 갚아야 하나. 일본이 우리에게 저지른 만행이 어찌 이것뿐인가. 그럼에도 일본은 자기들 조상이 우리에게 저지른 짓들에 대해 전혀 미안해하지 않는다.

우리가 일본에 사과를 하라고 해도 일본은 사과할 생각이 없다. 그러니 우리가 맨날 일본에 사과하라고 하는 것도 부질없는 것이다. 일본사람들은 분명 이렇게 말하고 싶어 할 것이다. "우리가 사과를 옛날에 하지 않았느냐. 사과를 한번 했으면 됐지 맨날 사과해야 하느냐?"라고.

일본이라는 나라는 참 요상한 나라라고 할 수 있다. 무슨 말이냐 하면, 일본은 자국민들에게는 어릴 적부터 이웃에게 피해를 줘서는 안 된다는 교육을 철저히 시킨다는데, 어찌하여 이웃 나라에 피해를 줘서는 안 된다는 교육은 시키지 않느냐 하는 것이다. 유시민 작가가 쓴 『거꾸로 읽는 세계사』 339 페이지를 보면, 독일은 주변 국가와 유대인들에게 입힌 인명피해와 재산피해에 대해 성의껏 배상했고 나치가 저지른 범죄에 대해 '학생들이 지겨워할 만큼' 교육을 한다는 것이다. 그런데 일본이란 나라의 민족성은 대체 왜 그 모양이란 말인가.

사실인지 아닌지는 모르겠으나 일본이 해마다 아주 조금씩(5

년에 1cm씩) 가라앉는다는 말이 있는데, 그런 페이스라면 일본이 완전히 침몰하는 데 몇천 년은 걸리겠다. 그래서 아무리 일본이 밉더라도 '딱 10분간만' 일본 열도가 바닷속으로 가라앉았다가 올라오기를 바라서는 안 되겠지. 절대 그걸 바라서는 안 되겠지.

사실 어떻게 보면 일본만 욕할 수도 없는 노릇이다. 우리가 힘이 없고 무지해서 그리고 못난 임금, 못난 정권, 못난 정치인들을 만나서 당한 것이다. 우리가 복수할 길은 하나밖에 없다. 힘을 키워야 한다. 감히 놈들이 우리를 엿보지 못하도록 우리 백성들은 똘똘 뭉쳐서 힘을 키우고 경제를 발전시켜야 하고 기술 강국이 되어야 한다. 일본이 우리나라를 비롯하여 많은 나라를 침략하고 괴롭힌 것은 그들이 기술 강국이었기 때문이다. 앞선 기술로 좋은 무기를 만들어 전쟁에 사용했기 때문이다. 지금도 일본은 독일과 더불어 세계적인 기술 강국이다. 그래서 독일과 일본이 만드는 제품은 세계적으로 알아주는 것이다. 우리는 하루빨리 기술로 일본을 따라잡아야 한다. 우리끼리 맨날 치고받고 싸울 때가 아니란 말씀이다. 기술인들, 과학자들, 연구원들에게 최고의 대우를 해 주어야 한다.

우리나라 인기 프로스포츠 선수들에게 FA 계약이다 뭐다 해서 수십억에서 100억씩 안겨주는데, 정작 좋은 대우를 받아야 할 사람들은 기술자들, 과학자들, 연구원들, 그리고 흉부외과, 중증외상외과 의사들이다. 기술을 개발하여 좋은 제품을 만들게 하고, 국부를 창출하고, 경제를 발전시켜 국민들 삶의 질을 향상시키고, 사람의 생명을 살리는 이런 사람들에게 수십억, 백억을 써야 하는 것 아닌가?

과거사 문제를 놓고 3·1절이나 광복절 즈음에 우리 정치인들과 언론인들은 말과 글로 일본을 실컷 때린다. 그렇게 맘껏 일본을 때리는 것이 국민 정서에도 부합하기 때문일 것이다. 국민들과 독자들도 정치인들과 언론인들의 그런 말과 글을 접하면 속은 시원할지 모른다. 그러나 그건 그때 뿐이다. 대체 남는 것이 무엇인가. 그렇게 일본을 때리면 남는 것이 무엇이냔 말이다. 아무 것도 없다. 그저 잠시 스트레스를 푼 정도에 불과하다. 일본을 말로 글로 신나게 때리기만 할 뿐 누구 하나 대안을 제시하지 않는다. 그래서 내가라도 나서서 대안을 제시해보려고 한다. 물론 남들의 저서를 통해서 말이다. 내가 제시하는 자칭 '극일의 길'이다.

서울 아산병원 의사 이춘성의 저서 『독수리의 눈, 사자의 마음』을 먼저 소개한다. 이 책은 의사가 썼으니 당연히 메디컬 에세이인데, 책 끝부분에, 전체 내용과는 별 관련이 없지만, 아주 중요한 이야기가 있어서 소개를 하려고 한다. 어쩌면 저자는 책에서 이 이야기를 제일 하고 싶었는지도 모른다.

저자는 이 책에서 일본의 근대 계몽사상가 후쿠자와 유키치에 대해 말하고 있다. 오늘날 일본 국민이 세계에서 책을 제일 많이 읽는 국민이 된 것은 후쿠자와의 영향력 때문이라고 할 정도로 후쿠자와는 일본인들에게 큰 영향을 끼친 선각자였다는 것이다. 지하철에서 휴대전화로 게임이나 하는 우리와 비교된다는 것이다. 저자는, 전 세계에서 일본을 무시하는 유일한 나라는 대한민국밖에 없으며 일본을 우습게 여긴다고 일본을 이기는 것은 아니라고 강조한다. 이런 책은 제발 많은 사람들이 읽었으면 좋겠다.

이상민 저서 『나이 서른에 책 3,000권을 읽어봤더니』라는 책도 꼭 소개를 해야겠다. 저자가 20대부터 서른 될 때까지 읽은 책이 무려 3,000권이라는 것인데, 이 정도 되면 저자를 가히 '책신[冊神]'이라 불러도 될 듯하다. 이 책에서 '책신' 이상민은 아주 중요한 제안을 하고 있다. 좀 길지만 꼭 이 부분을 인용하려고 한다. 221~222 페이지에 실린 글이다.

- 국가의 100년 대계를 위해 대대적으로 독서에 대한 인센티브를 국민들에게 제공하며, 독서운동을 일으켜야 한다고 생각한다. 일본 국민보다 더 많이 독서를 해야 한다. 독서운동을 통해 독서율을 높이고 독서하는 습관을 만들어 독서의 힘을 국가적으로 중무장해야 한다. 적어도 이렇게 국가적인 차원의 독서운동을 전개하고, 독서와 관련된 교과목도 편성해야 할 시점이다. 중.고등학교 때부터 독서에 대한 힘을 기르고 그를 바탕으로 세상을 살아갈 수 있는 근본적인 힘을 갖춘다면 우리 시대의 중년들이 겪고 있는 고용 불안정의 문제도 해결될지 모른다. 국민 모두가 '스스로 생각하는 힘'을 통해 자신에게 맞는 정답으로 무장하고 살 것이기 때문이다.

또 국가는 앞으로 독서를 통해 각 개개인들을 프로페셔널로 만들어야 한다. 실컷 공부했지만 기업에서는 써먹지도 못하고 또 잊어버리고 마는 국어.영어.수학에 모든 것을 걸 것이 아니라, 진짜 공부인 독서에 힘을 쏟아야 한다. 그럴 때 한 개인의 삶은 물론 사회의 수준까지 큰 폭으로 달라질 것이다. -

위에 소개한 두 작가의 결론은, 결국 나라의 힘은 독서에서 나온다는 점을 강조하는 것이다. 일본을 이기기 위해서라도 우리는 독서를 많이 하는 국민이 되어야 한다는 것 아닌가.

여기에 덧붙여, 나라의 힘은 기술에서 나온다고 나는 주장하고 싶다. 기술개발에 집중 투자하고, 기초과학에 나라의 장래를 걸 만큼 투자를 하고, 기술인력을 최고로 우대하여 기술강국이 되어야 한다는 것이다.

이렇듯 기술과 독서에서 일본을 앞서야 일본을 이길 수 있는 것이지, 말로 글로 일본 때리기만 해서는 결코 일본을 이길 수가 없다. 일본이 서서히 침몰하는 데는 수천 년이 걸린다고 하니 우리는 그때까지 기다릴 순 없는 노릇이니 열심히 책을 읽고 기술개발에 나서는 것이 중요하다는 것이다. 내 말이 틀렸나?

대회 끝나고 회원들 뒤풀이는 진주에서 유명하다는 흑돼지식당에서 했다. 흑돼지식당 주인이, 진주하고 이웃 지역인 산청에서 직접 흑돼지농장을 운영한다는데, 이 식당에서 하루에 돼지 세 마리를 잡을 만큼 손님들로 북적인다고 한다.

진주에서 내 입맛을 사로잡은 '진주 4대 음식'을 소개하려고 한다. 먼저 진주냉면을 들 수 있겠다. 진주냉면은 언젠가 한 번 소개한 바가 있어 더 이상 설명이 필요 없을 것이다.

두 번째는 비빔밥이다. 누구나 비빔밥, 하면 전주비빔밥을 떠올리겠지만 이곳 진주비빔밥 역시 맛있다. 물론 모든 식당이 다 맛있다는 것은 아니겠지만. 전주하고 진주는 이름도 비슷하다. 작년 고성 마라톤 뛰고 진주에 와서 유명한 비빔밥 식당에서 비빔밥을 먹었는데, 거짓말 하나도 안 보태고, 식당에서 한 시간을 기다려서 먹어야 했다. 세 번째는 능이백숙(오리요리)이다. 오리고기도 맛있지만, 국물맛이 그렇게 구수할 수가 없다. 누구나 한번 능이백숙 맛을 보면 그 맛에 빠져들 것이다.

마지막 네 번째 음식이 바로 흑돼지고기라는 것이다. 물론 흑돼지 산지는 진주가 아닌 산청이다. 그래서인지 진주 시내에는 흑돼지식당이 많다. 흑돼지고기 맛에 빠져 자주 흑돼지고기를 먹는데도 질리지 않는다. 흑돼지고기를 먹기 시작한 후로는 일반 삼겹살 고기는 먹기가 싫어졌다. 산청 흑돼지는 보통의 평범한 흑돼지가 아니다. 산청 흑돼지도 지리산 정기를 받고 길러졌으니 산청 흑돼지를 먹으면 지리산 정기를 받게 되는 것이다. 누가 나한테 "소고기 사줄까, 흑돼지고기 사줄까?"라고 묻는다면 나는 서슴없이 "흑돼지고기"라 말하련다.

이렇게 허구한 날 나는 술과 기름진 음식을 열심히 뱃속에 집어넣는다. 그래서 다음 날 눈 뜨면 '내가 어제 또 나의 혈관을 더럽혔구나.'라는 죄책감이 드는 것이다. '그렇다면 더럽혀진 혈관을 깨끗이 청소해야지. 달리기가 살 길이다.'라는 병적인 믿음으로 나는 오늘도 이른 새벽에 벌떡 일어나 달리는 것이다.

2019년 3월, 통영 국제음악제

최고의 영화

진주에 살다 보니 가까운 통영에서 열리는 통영 국제음악제 구경도 하게 된다. 이것도 진주에 사는 복 중의 하나일 것이다. 진주에 살면서 연중 통영으로 몇 번은 나들이를 하게 된다. 통영에 가면 싱싱한 해산물을 맛볼 수 있는데, 겨울에는 맛있는 굴을 몇 번 사 먹게 되고 '곱창김'을 사서 겨울 내내 먹는다. 다시 말하면 '곱창전골'이 아니고 '곱창김'이라는 것이다. 곱창김은 일반 김에 비해 가격은 좀 비싼 편인데, 맛이 월등해서 곱창김을 먹다 보면 일반 김은 못 먹을 지경이다. 이래저래 내 입맛은 점점 고급스러워진다.

통영엔 가볼 만한 곳도 많은데, 그중 하나가 미륵산을 오르는 것이다. 미륵산은 별로 높지도 않아서 산행하기에 체력적으로도 별 부담이 없고, 산 정상에 오르면 환상적인 바다 풍경이 파노라마처럼 펼쳐진다. 또한 통영에는 이곳 출신 작가 박경리 기념관이 있으니 한 번쯤 들러보면 좋을 것이다.

통영 국제음악제는 이곳 통영 출신 세계적인 음악가인 윤이상을 기리기 위해 제정되었다고 한다. 통영 국제음악제는 보통 3월 말쯤 개막하여 열흘간 진행되는 모양이다. 이때쯤 통영은 '도다리쑥국'의 계절이니 통영에 오면 도다리쑥국 맛을 보면 좋을 것이다. 음악제가 열리는 통영 국제음악당에서 주위를 돌아보니 그림처럼 아름다운 바다 풍경이 눈에 들어온다. 이렇게 풍경 좋고 운치 있는 곳에는 음악회가 아니더라도 일부러라도 들러서 구경을 하고 가라고 크게 외치고 싶다. 통영이 왜 동양의 나폴리라 불리는지 여기 오면 알 것이기 때문이다.

통영 국제음악제에 Y라는 동료 직원과 함께 갔다. Y는 취미로 바이올린과 플룻을 연주하는 '실전적인' 클래식 마니아인 반면 나는 연주할 줄 아는 악기가 하나도 없다.

아, 나도 한때 기타를 연주한 적이 있기는 하다. 몇 년 전 기타를 배워보려고 기타를 사서 두어 번 연습해보다가 어려워서 기타를 구석에 처박아두었다가 몇 달 후 쓰레기장 재활용 코너에 슬그머니 갖다 버리고 말았다. 그때 나는 '아, 나는 연주에는 징그럽게 소질이 없구나. 그렇다면 듣는 쪽으로 올인하자. 듣는 것에 있어서만큼은 거의 전문가 수준이 되어보자'라고 굳게 맹세를 했던 것이다. 그래서 그전부터 음악 관련 책을 사서 보기는 했지만 기타를 내다 버린 이후에는 이를 악물고 더 많은 음악책을 사서 시간 나는 대로 읽는 것이다. 그래서 내가 악기를 연주하지 못하는 치명적인 약점은 있지만 이론적으로 토론에 들어가면 Y에게 전혀 꿀리고 싶은 마음은 없다. 이렇게 뭐 하나라도 비교 우위에 있어야 큰소리칠 수 있는 것 아닌가.

2019년 통영 국제음악제는 스위스 루체른 심포니 오케스트라의 베토벤 〈교향곡 제5번 '운명'〉과 라흐마니노프의 〈피아노 협주곡 제3번〉 연주로 팡파르를 울렸다. 말하자면 베토벤의 〈운명〉으로 힘차게 2019년 통영 국제음악제의 문을 여는 것이다. 사실 내가 통영 국제음악제 개막식에 야근 출근하는 날이라서 음악회 못 가야 타당한데, 이날 나는 휴가까지 내고 베토벤을 만나러 간 것이니 아무도 나의 베토벤 사랑을 막을 수 없다. 베토벤의 〈운명〉 연주를 직접 들을 수 있는 기회가 어디 자주 있겠는가.

내가 라흐마니노프의 〈피아노 협주곡 제1.2번〉은 몇 번 들어봤는데, 오늘 연주되는 라흐마니노프의 〈피아노 협주곡 제3번〉은 처음이라서 미리 집에서 몇 번 들어봤다. 이번 기회를 통해 라흐마니노프의 〈피아노 협주곡 제3번〉은 나에게 또 하나의 '애청곡' 리스트에 올라갔다.

음악회에서 연주를 재미있게 감상하려면, 생소한 곡이라면, 미리 곡을 몇 번은 들어보고 어느 정도 흘러가는 선율을 외우고 가는 것이 좋다. 음악은, 초보자라도, 몇 번 반복해서 듣다 보면 자연히 선율이 어느 정도는 외워지게 마련이고, 그렇게 되면 음악회에서 음악 감상하는 데 재미가 있어지는 것이다. 반대로, 전혀 들어보지 않은 음악을 처음 들으면 당연히 듣는 재미가 덜할 것이다. 책도 한 번 읽는 것보다는 여러 번 반복해서 읽다 보면 뜻도 더 잘 파악이 되고 재미가 있어지듯 클래식 음악도 자꾸 여러 번 반복해서 듣고 선율이 귀에 익숙해지면 듣는 재미가 생기는 것이다.

베토벤의 〈운명〉은 비발디의 〈사계〉, 모차르트의 〈아이네 클라이네 나흐트무지크〉와 더불어 클래식 음악의 대명사가 아닌가 생각한다. 수많은 음악가들 중에 나는 베토벤의 음악을 가장 좋아한다. 스케일이 크고 웅장한 베토벤의 음악이 내 입맛에 딱 맞기 때문이다. 이상하게도 베토벤의 음악은 처음 들어도 귀에 쏙쏙 들어오는 마력이 있다. 나는 조용히 잔잔하게 흐르는 음악은 질색이다. 무조건 쾅쾅 크게 울려 퍼지는 음악을 나는 좋아한다.

베토벤의 〈운명〉은 시작 부분도 웅장하고 멋있지만 피날레 부분은 그 어떤 음악가들의 그 어떤 작품보다 웅장하고 장엄할 것이다. 그래서 〈운명〉이 피날레를 향해 가기 시작하면 내 심장은 요동치기 시작하고 거의 전율할 지경이 되어버리는 것이다.

나는 클래식에 입문한 이후 한동안은 연주 시간이 10분 이내로 짧은 서곡, 교향시, 모음곡 등을 주로 들어왔는데, 언젠가부터 연주 시간이 제법 긴 교향곡과 협주곡 쪽으로도 지경을 넓혀가고 있는 중이다. 아무래도 진정한 클래식 마니아가 되려면 교향곡과 협주곡에도 정통해야 하기 때문이다.

교향곡, 협주곡을 서서히 공부해가는 중인데 어떤 교향곡들은 연주 시간이 무려 한 시간이 넘는 곡들도 있다. 구스타프 말러나 안톤 브루크너의 교향곡들은 연주시간이 너무 길어서 감상하기가 무척이나 어렵다. 그래도 인내를 갖고 듣고 또 듣다 보면 언젠가는 이들의 교향곡들도 나의 귀에 익숙해질 날이 올 것이다. 어릴 때부터 음악을 즐기고 가까이하면서 자라난 아이들은 감정이 메마르지 않고 정서 발달에 좋은 영향을 받기 때문에 나중에 포악한 짓을 저지를 가능성도 매우 낮을 것이다. 그러니 학교에서부터 의무적으로 아이들에게 하루에 30분씩이라도 음악을, 클래식이든 가곡이든 대중가요든 동요든 장르를 가리지 말고, 듣도록 해야 한다고 나는 주장하는 것이다.

음악 얘기는 여기서 끝내고, 지금부터는 영화 같은 얘기를 하려고 한다. 지금부터 하는 이야기는 우리나라 최고의 영화 소재가 될 수 있다. 농담이 아니다.

오늘은 통영 이야기로 시작했으니까 통영에 얽힌 이야기를 계속하려고 한다. 통영, 하면 떠오르는 인물이 둘 있는데, 하나는 백석(1912~1997)이라는 북한 시인이고, 또 하나는 이곳 통영 출신 박경련이라는 여인이다. 백석 시인이 얼마나 유명하냐 하면, 안도현 시인이 쓴 『백석 평전』에 따르면 2009년 개정 교과서에 따라 개발된 중·고등학교 국어 관련 교과서에 백석의 시가 김수영의 시와 함께 가장 많이 수록되어 있다는 것이다. 또한 신경림·윤동주를 비롯한 많은 우리나라 시인들이 백석의 영향을 받았는데, 그중 윤동주는 백석의 시집 『사슴』을 옆에 끼고 살다시피 하였고, 윤동주가 일본 유학 때는 아우 윤일주에게 보내는 편지에서 『사슴』을 꼭 읽어보라고 권하면서 백석의 시에 깊이 빠졌었다는 것이다.

백석은 1930년대 금광 사업으로 떼돈을 번 방응모(방응모는 막강한 재력을 바탕으로 후에 조선일보를 인수함)의 후원으로 일본 유학을 다녀온, 영어를 전공한 모던보이였다. 백석은 말하자면 영어 교사에다가 시인이었고 잠시 조선일보에서도 근무한 적이 있었다. 이런 모던보이 백석이 친구 결혼식장에서 본 통영 출신 박경련이라는 여인에게 홀딱 반했는지 이 여인을 꼬시려고 한양에서 통영까지 간 것인데, 결국 박경련을 꼬시는 데 실패했고 이 박경련이라는 여인은 나중에 백석의 절친이었던 통영 출신의 신중현과 결혼했다는 것인데, 백석은 친구 신중현에게 여인을 빼앗겼다는 상실감, 배신감에 한동안 가슴앓이를 했다는 것이다.

그런데 백석과 박경련과의 썸씽이 중요한 게 아니다. 그 후 백석은 함경도 함흥의 영생고보(영생고등보통학교)에서 영어 교사로 근무했고, 어느 날 동료 교사들과 당시 함흥의 가장 큰 요릿집인 함흥관에서 회식을 했는데, 그날 함흥 권번 소속의 기생들이 술시중을 들었고, 그중 '자야'라는 기생과 백석이 첫눈에 불꽃이 튀어 그날부터 두 사람은 운명적인 사랑에 빠졌다는 것이다. 기생과 시인의 영화 같은 사랑 이야기는 김자야가 쓴 『내 사랑 백석』을 읽어보면 된다.

그런데 두 사람은 절대로 결혼할 수 없는 사이였다. 자야가 기생이었고 백석 부모가 아들이 기생하고 결혼하는 것은 절대 받아들일 수 없었으니까. 그 당시 기생은 정상적인 결혼은 꿈도 못 꾸던 시절이었다.

백석 부모가 참한 색시를 구해서 백석을 장가를 보냈더니 백석은 며칠 만에 신부를 버리고 연인 자야에게 달려왔다. 그 후 또 한 번 백석 부모가 색시를 구해서 장가를 보냈더니 이번에도 백석은 그 신부도 차 버리고 다시 자야에게로 달려왔다. 둘은 이렇게 뜨겁게 사랑을 했으니 이것부터가 영화라고 할 수 있겠다.

두 사람은 함흥과 서울을 오가며 살았는데, 당시 중일 전쟁이 치열해지면서 일본은 우리 젊은이들을 무차별 징집하여 전쟁터로 내몰았고, 백석은 일제의 징집을 피해 혼자 만주로 가서 잠시 지내는 동안 자야는 함흥에서 서울로 돌아왔고, 그사이 우리나라는 해방을 맞았고, 그 뒤 얼마 지나지 않아 38선이 그어졌고, 해방이 되어 만주에서 백석이 함흥으로 돌아왔으나 이미 자야는 서울로 떠나 버린 뒤였고, 나라는 남북으로 갈라지고 혼란스러운 와중에 두 사람은 만나지 못했고, 그 후로도 영원히 두 사람은 만나지 못하고 자야(1916~1999)는 남한에서, 백석(1912~1996)은 북한에서 삶을 이어가다가 생을 마쳤다. 여기까지만 본다면 자야와 백석의 러브스토리는 삼류 소설이나 에로 영화에 나올 만한 정도의 이야기밖에 안 될 것이다. 그리고 내가 이 정도에서 끝낼 것 같았으면 아예 처음부터 시작도 안 했을 것이다.

자야는 본명이 김영한이고 자야라는 아호는 연인 백석이 지어 준 것이다. 자야는 북쪽에 남은 백석과 이렇게 원치 않은 생이별을 하고 남한에서 생활을 했는데, 6·25전쟁 기간에는 피난지 수도인 부산에서 '김숙'이란 가명으로 요정을 차린 모양이다.

안도현의 저서 『백석 평전』에 따르면, 김숙이 차린 요정은 임시수도 부산에서 거물들이 모이는 일급 사교장이었다. 당시 이 요정에 들락거린 대표적인 인물들 명단이 나오는데, 충격적인 사실은, 이 중에는 국방 책임자도 있고 우리가 익히 들어 알고 있는 유명한 정치인들도 있다는 것이다.

아무튼 이 요정에는 정관계 실력자들이 상주하다시피 했고, 그런 주요 인물들의 분위기에 의존하려는 군소 정객들까지 그 요정에 데뷔하려고 무척 노력할 정도였다는 것이다. 마돈나 김숙의 미인계가 상당한 유인력을 가졌기 때문이다. 정계뿐만 아니라 재계와 사회 각계 명사들이 모여들었다.

나는 이 요정에 드나들면서 색시들 끼고 흥청망청 술 마셨던 그 인간들을 지금이라도 무덤에서 불러내서 이렇게 준엄하게 묻고 싶다. "지금 우리 젊은이들은 전선에서 북괴군·중공군과 전투를 하면서 피 흘리며 죽어가고 있는데, 당신들은 요정에서 색시 끼고 술을 마신다고? 그래, 목구멍으로 술이 넘어가더냐?" 라고 말이다. 우리나라 정치인들·지도층 인사들의 수준이 이 모양이니 늘 불쌍한 백성들만 죽어나는 것이다. 지도층의 이런 행태는 지금이라고 해서 별로 달라지지 않았다. '목구멍으로 술이 넘어가더냐'라는 말이 나왔으니 말인데, 작년 가을 남북 정상회담 특별 수행원으로 평양을 방문한 우리 기업 총수들에게 북한의 리선권이라는 자가 "냉면이 목구멍으로 넘어가느냐"라는 말을 했다는 언론 보도가 떠오른다. 그럼 이제부터는 백금남 저서 『바람 불면 다시 오리라』에 실린 내용을 중심으로 이야기를 전개한다.

그 후 많은 세월이 흘러 1980년대 중반쯤, 법정 스님이 로스앤젤레스의 '고려사'라는 절에 머물 때 나이 70이 다 돼 가는 어느 여인이 법정 스님을 찾아왔다. 그 여인은 6~70년대 정재계 거물들이 드나들던 우리나라 3대 요정 중 하나인 대원각의 주인 자야였다. 언젠가 법정 스님의 『무소유』를 읽고 감명을 받았던 자야가 법정 스님이 고려사에 머물고 있다는 사실을 우연히 알고 찾아온 것이다.

자야 : "저는 사실 이렇게 스님과 마주할 수 없을 정도로 죄를 많이 지은 여자입니다."

법정 : "무슨 말씀이십니까?"

자야 : "이렇게 말씀드려서 어떨지 모르겠습니다. 제가 지금은 대원각의 주인이지만 젊을 때는 기생이었습니다."

………중략……

자야 : "혹시 백석이란 분을 아시는지 모르겠군요."

법정 : "백석? 방금 백석이라고 했습니까?"
여인이 고개를 주억거렸다.
"백석……"

왜 백석을 모르겠는가. 고등학교 무렵이었던가. 그래, 문예반에 들어갔을 때 법정의 손에는 바로 백석의 시집이 들려있었다. 그 당시 누구든 시를 사랑하는 사람이라면 백석의 시 한 편은 외우고 있었다. 백석의 시라면 환장하고 베껴 쓰는 시인 지망생이 많았다. 나중 한국 현대 시 백년사에 우리 시인들에게 가장 큰 영향을 끼친 시집은 백석 시인의 『사슴』(1936)이라고 조사된 바도 있다. 법정은 그중에서도 백석의 〈나와 나타샤와 흰 당나귀〉를 가장 좋아했다.

법정 : "방금 분명히 백석이라 하셨소?"

자야 : "그렇습니다."

법정 : "그러면 그대가 자야?"
여인이 눈을 감았다.

이럴 수가! 무의식적으로 찻잔을 들어 올리는 손길이 떨렸다.

법정 : "믿을 수가 없구려." 법정은 자신도 모르게 뇌까렸다.

자야 : "하지만 사실입니다."

… 중략 …

자야 : "스님의 글을 읽으면서 비로소 내 모습이 분명해지는 걸 느꼈습니다. 전 그 사람을 잊지 못해 평생 기방을 하면서 돈을 벌었지만, 이 나이가 되니까 모든 것이 무상하다는 생각이 들더군요. 왜 그렇게 아득바득 돈을 벌려고 했는지…. 그래서 사실 스님을 더 만나고 싶었는지 모릅니다."

…중략…

자야 : "대원각 요정을 절로 내놓겠습니다."

법정 : "예?"

자야 : "아무 조건도 없습니다."
법정은 하하하 웃음을 터트렸다.

법정 : "제정신이 아니시군요."
여인이 고개를 저었다.

자야 : "아닙니다. 진심입니다."

기생질로 벌어들여 음기가 서린 재산을 부처님에게 바치겠다는 것이었다. 당시 대원각 건물은 1,000억이나 나가는 엄청난 재산이었다. 법정 스님은 자야의 청을 단칼에 뿌리쳤다. 이런 어마어마한 일에 자신이 나설 일이 아니라는 생각이었다. 그 후 자야는 포기하지 않고 틈날 때마다 법정 스님에게 부탁했고, 결국 10년이 지나서야 법정 스님도 자야의 진정성에 굴복을 하게 된다. 대원각은 법정 스님의 관리하에 공사가 시작되어 요정 간판이 붙었던 곳에 '삼각산길상사'라 쓰인 편액이 걸렸다. 서울 길상사가 이렇게 창건이 된 것이다. 정·재계의 거물들이 드나들던 한국 제일의 요정이 그 음기를 모두 걷어내고 이제는 부처님이 모셔진 승보종찰 송광사의 서울 분원으로 바뀐 것이다.

기자가 김영한(자야)에게 물었다. "기부한 1천억이 아깝지 않습니까?" 자야는 "1천억은 그 사람의 시 한 줄만도 못합니다."라고 대답한다. 그녀가 말한 '그 사람'은 바로 백석이었다. 시인의 연인답게 대답 또한 한 편의 시가 아닐 수 없다. 자야는 백석과 젊은 날 신분을 뛰어넘는 뜨거운 사랑을 했고 젊은 날 뜻하지 않게 이별해야 했지만 죽을 때까지 백석을 그리워했던 것이다. 백금남의 저서 『바람 불면 다시 오리라』에는 이 밖에도 영화의 대사가 될 만한 멘트가 많이 실려 있다.

우리나라 영화 대사 중에서 유명한 대사가 많을 것인데, 그중 가장 유명한 대사는 70년대 영화 '별들의 고향'에 나오는 신성일(문오 역)과 안인숙(경아 역)의 대화일 것이다.

신성일(문오 역) : "경아, 오랜만에 같이 누워보는군."

안인숙(경아 역) : "아, 행복해요. 더 꼭 껴안아 주세요. 여자란 이상해요. 남자에 의해서 잘잘못이 가려져요."

신성일·안인숙의 영화 대사가 아무리 유명하다 한들 자야의 대사 "1천억은 그 한 사람의 시 한 줄만도 못합니다."와는 비교가 되지 않을 것이다. 이보다 더 감동을 주는 아름다운 영화 대사를 어디서 찾을 수 있겠느냐 하는 것이다. 한국 최고의 영화가 될 수 있다는 것이다.

영화 배우 신성일 이야기가 나왔으니 얼마 전 고인이 된 신성일 이야기를 좀 더 해야겠다. 『배우 신성일, 시대를 위로하다』라는 책을 읽어 보니 신성일이 예전에 국회의원을 하다가 불미스러운 일로 교도소에 들어가서 징역을 좀 살았는데, 백건우·윤정희 부부가 교도소로 면회를 와서는 신성일에게 『베토벤의 삶과 음악세계』라는 책을 넣어주고 갔다는 것이다. 신성일이 그 책을 읽고 나서 출소 후 자신의 헤어스타일을 베토벤의 머리처럼 자유로운 모습에 헝클어진 스타일의 파마머리로 바꿨다고 한다. 사실 베토벤의 초상화를 보면 베토벤의 머리가 좀 심란해 보이기는 하다. 그렇게 책을 읽고 베토벤의 머리 스타일은 따라 한 신성일이 베토벤의 음악을 들었는지는 모르겠다.

자, 그럼 정리해서 말해보겠다. 한국 영화 제작자들과 시나리오 작가들은 세 권의 책, 즉 자야의 『내 사랑 백석』, 안도현의 『백석 평전』 그리고 백금남의 『바람 불면 다시 오리라』를 참고하여 자야와 백석의 사랑 이야기를 잘 엮어서 영화로 만들면 한국 영화사상 최고의 영화가 탄생할 것이라는 말씀이다. 물론 이 영화에는 법정 스님도 자야, 백석과 함께 주연으로 등장시켜야 할 것이다.

위의 세 권의 책 말고도 고은 시인의 저서 『1950년대』 253~254

페이지에는 영화 몇 컷을 찍을 수 있는 재미있는 장면이 나오니까 필히 참고했으면 한다. 자야의 치맛자락에 놀아나는 고관대작들, 재벌들, 문인들의 행태가 참으로 가관이다.

좀 혼란스러울 것이니 정리해서 말하겠다. 영화를 만들기 위해서는 총 네 권의 책을 읽어야 한다. 『내 사랑 백석』, 『백석 평전』, 『바람 불면 다시 오리라』는 완독을 해야 하고, 『1950년대』는 완독할 필요 없이 253~254 페이지만 읽으면 된다는 것이다.

그런데 자야가 법정 스님에게 1천억 원짜리 대원각을 선뜻 맡기고 공사를 부탁한 것은 법정 스님의 『무소유』라는 책 한 권 때문이었다. 자야는 책 한 권 읽고 법정 스님의 인품·인격·불심을 믿은 것이다. 이렇듯 책 한 권이 사람의 인생을 바꾸고 세상을 바꾸는 것이다.

그런데 우리가 분명히 알아야 할 것이 있다.

좋은 책을 썼다고 해서, 멋진 시를 썼다고 해서, 뛰어난 문화예술 작품을 남겼다고 해서, 유명한 문화예술인 또는 작가라고 해서 그것이 곧 그 사람의 인격과 비례하지는 않는다는 것이다. 오히려 인격과 작품이 정반대인 사람도 있을 것이다. 내가 그리고 많은 사람이 법정 스님을 존경하는 이유는, 그분은 스님이면서도 베스트셀러 작가로서 명성이 자자한 분이었지만 돌아가실 때까지 초심을 잃지 않았고, 자신의 수행에 한 치의 방심도 허용하지 않았고, 오로지 부처님 뜻대로 살다 가셨기 때문이다. 나는 감히 말하고 싶다. 법정 스님은 생불이었노라고. 요즘 세상에 이런 분이 얼마나 될지 ……

그래서 학교에서도 아이들한테 의무적으로 하루에 한 시간씩은 책을 읽도록 해야 한다고 나는 강력히 주장하는 것이다. 책을 가까이하고 자란 아이들은 그렇지 않은 아이들보다 포악한 짓을 저지를 가능성도 훨씬 낮을뿐더러 책 자체가 지혜와 지식과 꿈과 교양과 인격의 원천 아닌가. 내 말이 틀렸나?

얼마 전, 진주에서 아파트에 불을 지르고, 도피하는 주민들에게 마구 흉기를 휘둘러 다섯 명을 살해한 흉악범이 경찰서에 있다가 엊그제 진주교도소로 넘어왔는데, 하필 내가 4일마다 야근 출근하여 맡고 있는 수용동으로 들어왔으니 나는 4일에 한 번씩은 그와 상대를 해야 한다. 만약 그 수용자가 어릴 때부터 책을 가까이했거나 좋은 음악을 들으며 자랐더라면 저런 괴물이 되지는 않았을 것이다.

이미 영화가 반은 만들어졌다. 영화라는 것이, 각색이 많이 필요하다고 얼핏 들었는데, 백석과 자야의 러브스토리는 『내 사랑 백석』에서만 건져 올려도 충분할 만큼 각색할 필요도 없을 것이다. 영화 전반부는 백석과 자야의 러브스토리로 채우고, 후반부는 자야와 법정의 만남으로 시작하면 되는 것이다. 그리고 영화 촬영을 해외에서는 할 필요가 전혀 없을 것이기 때문에 제작비도 그다지 많이 들지 않을 것이고 따라서 영화 제작하는데 시간도 많이 걸리지 않을 것이다.

내가 책을 몇 권 소개해줬고 게다가 내가 시나리오를 이미 반쯤 써놓은 셈이니 책만 다 읽는다면 영화감독이나 시나리오 작가들이 시나리오 쓰는 것도 며칠이면 다 작업이 끝날 것이다. 그러니 영화 만드는 데 뭐 하나 어려울 것이 없다는 말씀이다. 1세기에 한 번 나올까 말까 할 정도로 훌륭한 영화를 만들 기회가 눈앞에 와 있는데, 이런 기회를 날려서야 되겠는가. 또한 영화 내용이, 백석과 자야의 러브스토리도 그 자체로 감동적이지만 자야가 평생 번 엄청난 재산을 사회에 다 내놓고 갔다는 사실을 강조한다면 그것 또한 우리 사회에 큰 울림이 되지 않겠느냐 하는 것이다. 그래서 영화 끝나는 마지막 장면에 자막으로 글을 띄우면 매우 훌륭할 것이다. 무슨 내용의 글을 띄울 것이냐? 내가 그것까지 말해주겠다. "자야 여사는 평생 번 재산 1천억이 넘는 재산 전부를 사회에 내놓고 가셨습니다"라는 글을 자막으로 띄우란 말씀이다. 내가 이것까지 알려줘야 하나? 그러니 이런 아름다운 러브스토리에다가 국민들에게 교육적으로도 큰 효과가 있는 영화를 만들지 않는다면 영화인들은 역사 앞에 죄를 짓는 것이다.

내가 이렇게 친절하게 최고의 영화 소재를 제공했음에도 영화 제작자들이나 시나리오 작가들이 말귀를 못 알아듣고 한 귀로 듣고 한 귀로 흘려버린다면 이는 한국 영화계의 큰 손실일뿐더러 내가 밤새 코피 쏟아가며 힘들여 쓴 이 글은 말짱 헛것이 될 것이다.

2019년 5월, 지리산 산행

즉문즉설

달리는 차 안에서 이미자 노래 '낭주골 처녀'를 크게 틀어놓고 지리산 중산리까지 이동한다. 그 노래 가사에 천왕봉이란 말이 있기 때문이다. 오늘은 직장 소장님을 비롯한 마라톤 회원들과 더불어 지리산 천왕봉에 오르는 날이다. 얼마 만의 산행이란 말인가.

요즘 달리느라 바빠서 산행은 꿈도 못 꾸었다. 몇 년 전, 다리 부상으로 신음할 적에는 마라톤은 일단 접었고, 그래도 운동을 쉴 수는 없는 노릇이라 마라톤 대체 운동으로 산행을 택했었고, 덕분에 우리나라 명산 여러 곳을 오를 수 있었다.

내가 누구냐? 내가, 똥배는 나왔지만, 이래 봬도 우리나라 3대 종주 산행 코스라고 하는 설악산, 지리산, 덕유산을 무박으로 종주한 화려한 경력을 가진 산꾼이라는 것이다. 특히 설악산 종주는 여러 번 했고 우리나라 최고의 암릉코스라 하는 설악산 공룡능선을 네댓 번은 넘은 산꾼이라는 점을 강조하고 싶은 것이다. 나를 띄엄띄엄 알면 큰코다친다. 언젠가 설악산 공룡능선을 넘어갈 때 도대체 봉우리를 몇 번을 넘게 되나 헤아리며 넘었는데, 그만 도중에 횟수를 잊어버리고 말았다. 아마 열 번은 넘은 것 같다. 그 험한 봉우리를 …….

무박 종주 산행은 보통 새벽 3시에 시작하여 열 시간을 훌쩍 넘기며 깊은 산 깊은 골짜기를 넘어가야 하는, 인간의 한계에 도전하는 산행을 말한다. 동네 뒷산을 오르는 것하고는 차원이 다른 산행인 것이다. 나는 무박 종주 산행을 몇 번 하면서 도중에 구조 헬기를 부를 것을 심각하게 생각할 만큼 거의 탈진 지경까지 이른 적이 두어 번 있을 정도로 무박 산행은 엄청난 체력과 끈기를 요하는 것이다. 지금은 누가 나더러 무박 산행을 하자고 하면 겁나서 선뜻 나서지 못할 것이다. 오늘은 그런 무지막지한 무박 산행도 아니고, 마라톤 회원들과 소풍 가는 마음으로 7시간 정도 즐기듯 산행을 하면 되는 것이다. 그러나 아무리 소풍 같은 산행이라 하더라도 지리산은 지리산이니만큼 절대 방심해서는 안 될 일이다.

소장님이 1년간 진주에 계시면서 고생만 하시고 뭐 하나라도 챙겨 가셔야 하는데, 천왕봉을 챙겨 가신다면 이보다 더 훌륭한 기념품은 없을 것이다.

오늘 코스는 중산리에서 출발하여 칼바위를 지나 법계사를 거쳐 천왕봉에 오른 후 장터목으로 빠져 원점으로 돌아오는 코스다. 역시 똥배 나온 몸으로 산을 오르자니 무척이나 힘이 든다. 대열에서 거의 후미 그룹으로 쳐진다. 그래도 사고 없이 완주만 하면 된다는 마음으로 입에 거품 물며 천천히 따라간다.

천왕봉을 2km 남겨두고 로터리대피소에서 짐을 풀어놓고 고기를 구워 먹는다. 점심밥은 장터목에서 먹기로 했다. 몇몇 회원들이 코펠, 고기, 막걸리, 라면, 김치, 두릅나물 등을 산더미처럼 지고 와서 봉사해주신 덕분에 로터리대피소에서 고기와 막걸리를 배불리 맛있게 잘 먹었다. 고기를 구워 먹고 다시 산행을 시작한다. 여기서 2km만 더 가면 천왕봉인데, 지금부터 코스가 장난이 아니니 단단히 각오해야 한다고 누가 귀띔을 해준다.

한참을 낑낑대며 올라가는데 멀리 천왕봉이 눈에 들어온다. 여기서 회원 중 한 명과 대화를 나눴다. 그 회원은 올해 정년을 맞는 선배인데, 마라톤 마니아이기도 하면서 산행 마니아이기도 하다.

선배 : “나는 100살에 저 천왕봉에 오르는 것이 꿈이야.”

나 : “하이고, 형님, 그런 소리 하덜 덜덜 마슈. 산에서 초상 치를 일 있슈?”

선배 : “정말이라니까.”

나 : “안 되겠네. 그때 형님 말리러 도시락 싸들고 진주로 와야겄네.“

선배 : "산에서 죽는 것도 행복 아닐까?"

나 : "하긴, 그것도 그럴 수 있겠네요. 나는 달리다가 쓰러져서 가는 것이 마지막 꿈입니다."

천왕봉을 목전에 두고 300m쯤 되는 코스가 거의 절벽 코스라 할 만큼 급경사인데, 계단이 설치돼 있어서 오르내리는데 전혀 위험하지는 않다. 그런데 이 계단을 힘겹게 오르면서 나는 또 다른 일행으로부터 살 떨리고 가슴 철렁하고 모골이 송연해지는 이야기를 들을 수가 있었다. 이 절벽 코스에 계단이 설치된 지는 5년쯤 되고, 그전에는 밧줄을 타고 기어서 오르내렸다고 한다. 8년 전쯤, 그러니까 계단이 없던 시절, 진주교도소 몇몇 직원들이 천왕봉 산행 중 이 절벽 코스를 타다가 그중 한 명이 추락사할 뻔했다는 얘기였다.

당시 산행 일행 중 B라는 여직원이 하나 있었는데, B가 밧줄을 잡고 등반하다가 눈길에 발이 미끄러져 뒤로 벌렁 넘어지면서 쭈욱쭈욱 미끄러져 내려가다가 추락하기 직전에 뒤에서 동료 직원 A가 큰소리로 "밧줄 잡아라."라고 외치는 바람에 가까스로 밧줄을 잡고 살았다는 것이다. 만약 그 순간 B가 밧줄을 못 잡았더라면 그녀는 천 길 낭떠러지로 떨어져 사망했을 것이다. 그래서 B가 충격받아 그 뒤로는 산행 안 하느냐고 물으니 B가 다른 교도소로 전출 가서 잘 모르겠다고 한다. 엄청난 사건이라 듣는 나도 가슴이 뛰었고 또 그 사건의 자세한 이야기가 궁금해지지 않을 수 없어서 직장 출근하면 B를 살려준 동료 직원 A를 만나서 자세한 이야기를 들어보려고 작심했는데, 마침 다음 날 출근해서 휴게실에서 A가 눈에 띄길래 다짜고짜 그 사건을 말해보라고 다그쳤다. A는 그때 그 순간을 생생하게 떠올리며 열띤 음성으로 증언해 주었다. 동료를 죽음 직전에서 구한 A의 이야기는 이랬다.

때는 겨울이 끝나가던 무렵이었는데, 그 절벽 코스가 음지라서 눈이 쌓여 있었고, 산행 일행 중에서 B가 맨 앞에서 밧줄을 잡고 눈 덮인 절벽 코스를 마치 도둑놈처럼 살금살금 조심조심 한 발 한 발 내려가다가 그만 미끄러져 뒤로 꽈당 넘어지면서 밧줄을 놓쳤고 그 상태로 쭈욱쭈욱 스키 타듯 미끄러져 내려가더라는 것이다. 순식간에 벌어진 일이었다.

바로 그 절체절명의 순간, B 뒤를 따라가던 자신이 엄청나게 큰 소리로(지리산이 떠나갈 정도로) "오른쪽 밧줄 잡아라."라고 외쳤고 그 와중에 A가 추락 직전에 정확하게 오른쪽 밧줄을 잡고 절벽에 대롱대롱 매달려 살았다는 것이다. B가 대롱대롱 위태롭게 밧줄에 매달려 있었지만 이미 넋이 나간 B가 다시 그 밧줄을 놓칠까 싶어 A가 번개처럼 미끄러져 내려가 B를 안전하게 조치하여 살려냈다는 것이다. 그때 B는 미끄러져 내려가면서 '아, 나는 여기서 죽는구나. 우리 아이들 불쌍해서 어쩌지?'라며 그 찰나의 순간에도 아이들 걱정을 하고 있는데 오른쪽 밧줄 잡으라는 소리가 들리더라는 것이었다. 나중에 B의 아이젠을 확인해보니 아이젠이 부실했다는 것이다. 따라서 겨울 산행 때는 아이젠 상태를 수시로 확인하고 손질을 해주어야 한다는 교훈을 얻는다.

B의 목숨을 구해준 A가 말하기를 "사실 눈앞에서 순식간에 그런 일이 벌어지면, 보통의 경우에는, 뒤에서 지켜보는 사람도 당황해서 어, 어, 어, 하다가 아무 조치도 못 하고 그대로 상황이 참혹하게 끝났을 것인데, 어떻게 그런 급박한 상황에서 내 입에서 그런 말("오른쪽 밧줄 잡아라")이 튀어 나왔는지 모르겠다. B가 살 운명이었던 것 아니겠느냐."라고 덤덤하게 말한다. 나는 A에게 "당신은 죽을 뻔한 생명을 살렸으니 선업을 크게 쌓은 것이다. 이보다 더 큰 선업이 어디 있겠느냐. 당신은 언젠가는, 후대에 가서라도, 큰 복을 받을 것이다. 선업 쌓은 걸 축하한다." 라고 말해주지 않을 수 없었다. 이렇게 타인들은 선업을 잘 쌓고 있는데 나 자신은 뭐란 말인가. 나는 날이면 날마다 술만 마셔대고 있느니 술업(?)만 쌓고 있구나!

천왕봉을 목전에 두고 300m쯤 되는 이 절벽 코스를, 안전하게 계단으로 오르고는 있지만, 올라가기가 너무 힘들어 몇 걸음 옮기다 쉬다가 하기를 수없이 반복하면서 체력의 한계를 절감하게 된다. 이 코스만큼은 설악산 코스보다 더 힘든 것 같다. 여기서 계단 오르기를 포기하고 뒤돌아가려고 했는데, 다행히 일행이 뒤에서 나의 등을 밀어주면서 힘을 주는 덕분에 포기하지 않고 계단을 다 올라갈 수 있었다. 계단을 다 올라와서는 감격스럽고 우렁찬 목소리로 "(계단 오르기가 너무 힘들어) 차라리 죽는 게 낫겠다아."를 두 번 외치면서 천왕봉을 품에 안을 수 있었다. 지리산은 여러 번 왔지만 천왕봉은 4년 전에 이어 오늘이 두 번째 등정이다. 4년 전이나 지금이나 천왕봉은 변함없이 그 자리에서 말없이 나를 맞아준다. 100살에도 이 천왕봉에 오르겠다는 선배의 꿈이 이루어지길 기원한다.

오늘 지리산 산행 중 천왕봉에 오르기 전에 내 앞에서 여고생들하고 남자 고등학생들 몇 명이 어울려 산행을 하고 있었는데, 그중 한 여학생이 "지리산에는 반달곰이 산대."라고 하는 소리를 들었다. 그래서 내가 "너희들 말이야, 반달곰 발견하면 이 아저씨한테 알려줄래? 반달곰 보이면 잡아먹어야겠다."라고 말하는 걸 시작으로 그 학생들과 대화가 이루어지게 되었다.

요즘 법륜 스님이 전국을 순회하며 즉문즉설을 한다는데, 그 인기가 대단한 모양이다. 이곳 진주에도 5월 9일 즉문즉설을 하러 오신다고 하여 꼭 가보려고 했는데 그만 깜박 잊고 말았다. 아무튼 내가 산중에서 학생들에게 예정에 없던 즉문즉설을 하게 될 줄이야!

"여학생들 잘 들어라. 너희들 나중에 결혼할 때 반드시 남친과 지리산 산행을 해보아라. 만약 남친이 지리산 산행을 버거워하고 빌빌거리면 가차 없이 차 버리고 결혼하지 말지니라. 체력이 국력이란 말은 들어 알고 있지? 그런데 체력은 국력일뿐더러 정신력이고 자신감이고 건강이란다. 체력 좋은 남자가 또한 일도 잘하고 밤일도 잘하고 사회생활도 잘하는 법이란다. 그리고 남학생 자네들도 마찬가지다. 자네들도 결혼 전 여친을 데리고 지리산 산행을 꼭 해보아라. 만약 여친이 산을 잘 못 타고 빌빌거리면 가차 없이 차 버려라. 여자도 체력이 좋아야 살림도 잘하고 애도 순풍순풍 잘 낳고 잘 키우는 법이란다. 이 아저씨는 말이야 20대 젊은 시절에는 지리산을 다람쥐처럼 재빠르게 뛰어다녔단다. 이 아저씨의 말을 꼭 기억해야 한다. 알았지?"라고 말하니 아이들은 이 아저씨의 말이 뭐가 그리 우스운지 깔깔대면서도 "네."라고 대답은 잘한다.

사실 이 학생들에게 산행보다는 마라톤 이야기를 들려주어야 내 직성이 풀리겠으나 산중에서 마라톤 이야기는 분위기에 안 맞을 것 같아 급한 대로 산행의 중요성을 갈파한 것이다. 그런데 이 아이들을 산행 종료 직전까지 도중에 무려 네 번을 더 만난 것이고 그때마다 나는 똑같은 소리를 되풀이했으니 그 아이들에게 세뇌 교육 효과는 충분했으리라 믿고 있다. 이렇게 아이들에게 즉문즉설을 네댓 번 하다 보니 어느덧 산행이 끝나 버렸다. 몇 년 만의 힘든 산행이었지만 허벅지 근육통 말고는 전혀 몸에 이상이 없고 산뜻한 산행이었다. 그날 같이 산행했던 어떤 직원은 다음 날 입술에 물집이 생겼다는 말을 들었다.

산행을 하면 확실히 하체는 튼튼해질 것이다. 하체의 근력도 건강의 3대 척도 중 하나라고 할 수 있을 것이다. 하체가 부실해서는 절대로 건강하다고 말할 수 없는 노릇이다.

이 글을 쓰고 있는데 핸드폰으로 카톡이 와서 확인해보니 가슴 아픈 소식이 실려 있었다. 암 투병하던 대전교도소 직원이 오늘 결국 별세했다는 것이다. "박○○ 딸 박 아무개입니다. 아빠께서 오늘 오전 10시에 소천하셨습니다."라고 직원의 어린 딸이 아빠의 별세 소식을 알린 것이다. 내 눈에서 눈물이 한 방울 떨어졌다. 그가 결국 갔구나!

내가 그 직원과 두어 달 전에 통화를 했었는데, 가족들은 그동안 아빠랑 통화한 아빠 지인들 연락처를 죄다 저장해 두었던 모양이다. 그는 나와 입사 동기였고 나이는 나보다 두 살 많은 걸로 알고 있다. 그 직원이 발병 전에는 출퇴근을 라이딩으로 할 정도로 라이딩 마니아였다. 그 당시 내가 그 직원에게 "당신 말이야, 라이딩보다는 달리기를 하는 게 어때?"라고 말을 해주려다가 꾸욱 참았었는데….

내가 2년 전, 대전에서 진주로 유배 길을 떠날 때 그 직원은 자신이 말기 암 투병 중임에도 불구하고 나에게 "당신 말이야, 진주 가서 고생할 텐데 어쩐다냐."하며 걱정해주던 가슴 따뜻한 동료였다. 화려한 라이딩 패션에 헬멧을 쓰고 자전거 타고 출퇴근하던 그 직원 모습이 눈에 선하다. 그 직원은 결혼도 늦은 나이에 하여 아이들이 아직 성인이 안 된 걸로 알고 있는데, 어린 자녀들과 아내를 남겨두고 어찌 눈을 감았을꼬.

나는 이번에 똥배 나온 몸을 이끌고 힘겹게 지리산 천왕봉에 다녀왔는데, 내가 받아온 지리산의 정기가 독자들에게 오롯이 전해졌으면 좋겠다.

2019년 6월, 진주 산길 마라톤

위대한 도전

진주가 살기 좋은 도시라고 수없이 말은 들었는데, 구체적으로 어떤 이유로 진주가 살기 좋은 도시인지 내가 지금까지 3년 가까이 진주에 살면서 주워들은 바를 총동원하여 언급하려고 한다. 우선, 진주에서 한 시간 이내의 거리에 바다와 산(지리산)이 있다. 따라서 언제든 맘만 먹으면 바다로 나가서 싱싱한 해산물을 맛보거나 해수욕을 즐길 수 있으며, 산행을 좋아하면 우리나라 최고의 명산 지리산을 오를 수 있다. 나의 직장 동료들 중에서도 지리산 천왕봉에 수십 번 올랐다는 사람들이 많다. 이렇게 산과 바다가 가까이 있으니 진주 사람들 복 받은 것이다.

그리고 진주에는 겨울에도 눈 구경을 하기 힘들다. 잘해봐야 겨울에 한 번쯤 눈 구경을 할 수 있는 정도다. 물론 겨울에 눈이 내리지 않으니 겨울의 운치를 느끼지 못하는 아쉬움은 있지만, 폭설로 인한 피해가 없으니 경제적으로는 엄청난 이득인 셈이다. 폭설 피해가 없으니 농작물도 잘되고 도로가 혼잡해지는 불편도 없다. 그리고 진주는 태풍 피해도 별로 없다고 들었는데, 그 이유는 확실히 모르겠다. 언뜻 들은 바로는 지리산 덕분이라고 하는데 정확한 주장인지는 아직 잘 모르겠다. 아무튼 진주 사람들은 태풍 피해가 없는 것도 지리산 덕분이라고 믿는 것 같다. 어쨌거나 태풍 피해가 별로 없다면 이 또한 좋은 일 아닌가. 눈이 안 오는 것도 지리산 덕분이라고 믿는 듯하다. 따라서 진주는 폭설 피해도 없고 태풍 피해도 별로 없으니 농작물도 잘 되고, 이것만 보더라도 진주는 엄청 복 받은 도시임에 틀림없다. 또한 진주는 대학이 많아서 교육도시라 하고, 종합병원도 많아서 의료도시라 불러도 될 것이다. 그리고 진주에는 남강이 흐르고 있는데, 남강이 흘러가는 모습을 자세히 관찰해보면 여타 강들하고 다른 점을 발견할 수가 있다. 강변 쪽이 밋밋하지 않고 수풀이 무성하여 강물이 운치 있게 흘러가고 있다는 느낌을 받는다.

진주성, 촉석루와 남강이 어우러져 빚어내는 밤 풍경은 가히 환상적이라 할 만하다. 남강의 야경은 파리의 세느강보다 뛰어나다고 어느 인터넷 기사에서 본 적이 있다. 'KBS 가요무대'가 일 년에 딱 한 번 지방에서 진행되는데, 바로 이곳 진주 남강변에서 진행된다. 진주성, 촉석루, 남강의 화려한 자연경관 때문일 것이다. 나도 이곳 진주에 와서 'KBS 가요무대'를 두 번 구경갔는데, 맨날 TV로만 보던 김동건 아나운서도 직접 볼 수 있었다. 그런데 김동건 아나운서가 TV에서는 근엄하고 점잖게 진행하는 것 같지만 가요무대 녹화 방송할 때 보니 방송 막간을 이용하여 우스갯소리도 제법 잘한다. 내 평생소원 중 하나가 KBS 가요무대를 직접 구경하는 것이었는데, 그 소원을 진주에 와서 풀었다. 남강변에서 진행되는 가요무대를 구경하다 보면 왜 이곳에서 가요무대가 진행이 되는지 그 이유가 자동으로 납득이 될 만큼 진주성, 촉석루, 남강의 야경은 환상적이다.

며칠 전 진주 어느 모임에 나갔다가 어떤 스님으로부터 '북평양 남진주'라는 말을 들었다. "대체 그 말이 무슨 뜻입니까?" 하고 내가 물으니 북한에서는 평양 기생이 유명하고 남한에서는 진주 기생이 유명하다는 말이었다. 물론 북한 '평양냉면', 남한 '진주냉면'이란 뜻도 있을 것이다.

예로부터 진주에는 기생 문화가 발달했다고 한다. 그래서 진주가 옛날 조정 관리들 지방 근무 선호지 1~2위를 다퉜다고 한다. 이쯤 되면 '아, 옛날 진주 남정네들은 참 좋았겠다.'라는 생각이 들지 않을 수가 없다.

진주에는 이곳 출신의 LG그룹 창업주 구인회 전 회장이 세운 '연암 도서관'이 있다. 재벌 기업에서 지어준 도서관이라서 그런지 시설이 매우 훌륭하여 도서관에 들어가서 책상 앞에 앉기만 하면 저절로 공부가 잘되는 기분이다. 성공한 기업인이 자신의 고향에 이렇듯 훌륭한 시설을 지어서 기부하는 아름다운 이야기가 있는가 하면, 오랜 세월 해외로 도망만 다니다가 작년에 해외에서 최후를 맞은 기업인도 있던데, 알고 보니 그 기업인도 이곳 진주 출신 아닌가.

이런 점 말고도 진주의 자랑거리는 또 있을 것이지만 내가 필설로 다 형용하지 못해 이 정도 선에서 마칠까 하는 것이다.

그런데 나는 진주 사람들이 복 받은 가장 큰 이유를 좀 다른 데서 찾고 싶다. 바로 마라톤이다. 무슨 말이냐? 진주에서 일 년에 마라톤이 무려 네 번씩이나 열리기 때문이다.

물론 이 주장은 전적으로 마라토너 입장에서 하는 것이다. 서울 같은 대도시를 빼면 진주 같은 지방 작은 도시에서 마라톤이 네 번 이상씩 열리는 곳은 충남 금산하고 이곳 진주뿐일 것이다. 사실 진주는 결코 규모가 작은 도시라고 할 수는 없고, 중견도시는 된다고 해야 맞을 것이다.

금산에서는 연중 수시로 마라톤 대회가 열리고 있으니 금산과 가까운 지역에 사는 마라토너들은 전마협 장영기 회장에게 감사패라도 주어야 마땅할 것이다. 금산은 전마협 장영기 회장의 고향이라서 그렇다 치고, 진주에서 일 년에 네 번씩 열리는 마라톤에 참가할 수 있는 진주 지역 마라토너들은 얼마나 행복하겠느냐 하는 것이다. 이것이야말로 진주가 복 받은 가장 큰 이유가 된다고 나는 감히 주장하는 것이다. 물론 마라토너 입장에서 그렇다는 말씀이라는 것을 거듭 강조한다.

이번 대회는 산길을 달리는 산길 마라톤이라 하여 더 기대된다. 작년 6월 참가했던 김해 숲길마라톤은 혹독한 코스 때문에 죽을 고생을 했는데, 이번 진주 산길 마라톤은 김해 숲길마라톤보다는 좀 수월할 것이라 기대했다.

대회 전날 밤늦게까지 장맛비가 쏟아지는 바람에 다음 날 대회에 꼼짝없이 비 맞고 달리게 되었다고 각오를 하고 있었다. 물론 한여름이니까 비 맞고 달려도 상관은 없다. 오랜만에 우중주를 즐겨보는 것도 괜찮지 않은가. 내가 10년 전에 폭우가 쏟아지며 천둥, 번개, 벼락이 칠 때도 달린 적이 있는 사람 아닌가. 그런데 대회 당일 아침에 눈을 뜨니 비는 뚝 그치고 태양이 이글거리는 폭염의 날씨로 돌변했다. 나는 하프코스를 달리고자 했으나 일행들과 시간을 맞추기 위해 10km만 달리기로 했다.

코스는, 초반 2km쯤은 한적한 시골 도로를 달리다가 2km 지나면서부터 본격적으로 산길로 접어들게 돼 있다. 산길로 접어들면서 가파른 오르막길에 나는 그만 기가 팍 꺾이고 말았다. 산길 오르막 경사가 장난이 아니다. 작년 김해 숲길 마라톤하고 별반 차이가 없다. 아이고, 작년 김해 숲길마라톤에서도 개고생을 했는데, 오늘 진주 산길마라톤에서도 개고생하게 생겼구나! 숨을 헐떡거리며 힘겹게 산길 오르막길을 뛰어서 올라가 보지만 빠른 걸음으로 올라가는 것하고 속도 면에서 거의 차이가 없다. 오히려 달려서 올라간다고 몸부림쳐봤댔자 체력만 급속히 소진될 뿐이니 차라리 빠르게 걸어서 올라가는 것이 체력 소모를 줄일 수 있겠다는 생각으로 빠른 걸음으로 올라가기로 한다. 다행히 오르막길을 걸어서 올라가는 주자들이 나 말고도 많았다는 사실에 그나마 위로를 받는다.

산길이지만 중간중간 평지도 나오는데 평지에서도 걸어가는 주자들이 보이길래 내가 그들 뒤에서 호통치듯 찌렁찌렁한 목소리로 다음과 같이 소리를 꽥 질렀다. "오르막은 걷더라도 평지나 내리막길에서는 뛥시다. 자, 자, 파이팅!"

나는 마치 6·25전쟁 당시 북한군 '독전대督戰隊'처럼 소리를 질러가며 평지에서 걸어가는 주자들에게 기를 팍팍 불어넣어 주었다. 북한군 독전대는 6·25전쟁 당시, 공격하는 자신의 부대원이 뒤로 후퇴하면 뒤에서 가차 없이 총질을 해대던 악명 높은 부대였다. 전날 하루 종일 폭우가 내려서인지 산길은 노면이 고르지 못하고, 경사는 심하고, 군데군데 물웅덩이를 넘어가야 했고, 진흙 길을 통과해야 하는 험난한 레이스가 되고 말았다. 작년 김해 숲길마라톤하고 별반 차이가 없는 고난의 레이스였다. 그런데 웬만한 남성 주자들도 힘에 겨워 걸어 올라가는 산길을 몇몇 선두권 여성 주자들은 거침없이 달려서 올라가고 있다. 내가 그 여성 주자들 뒤통수에 대고 "당신들은 사람도 아니네. 당신들 여자 맞아? 어쩜 그리 체력이 좋단 말이오?"라고 소리를 꽥 지르려다가 꾹 참았다. 물론 그녀들도 힘들기는 마찬가지였을 것이다.

또 온몸이 시커먼 아프리카 여성 선수가 나를 휘익 추월해 가길래 자세히 보니 아프리카 선수가 아니고 한국 여성 주자 아닌가. 보통의 여자들은 나이를 먹어도 피부에 엄청 신경을 쓴다는데 이 여성 주자는 백옥같은 피부보다는 건강(체력)을 택한 것이다. 그러니까, 말하자면, 어느 쪽을 선택하든 그것은 가치관의 차이일 뿐이다. 반환점을 돌고부터는 거의 내리막길로 이루어진 코스라서 그야말로 휘파람을 불며 달릴 수 있었다. 대중가요 가수였던 박재홍 선생의 '휘파람 불며'라는 노래를 부르며 신나게 달렸다. 오늘은 숲에서 뿜어져 나오는 피톤치드 향을 맘껏 들이마시면서, 산길마라톤을 마음껏 즐겼다.

내가 지난 6월에 감명 깊게 읽은 두 권의 책을 소개한다면,

먼저 안정은 저서 『나는 오늘 모리셔스의 바닷가를 달린다』

를 말하고 싶다. 이 책의 저자 안정은은 아직 20대의 젊은 여성으로 요즘 마라톤계의 아이콘으로 떠오르는 인물이다. 안정은을 간단히 소개하면, 뉴발란스, 아식스 등 스포츠 브랜드와 지프, 폭스바겐 등 자동차 업계, 금융, 식음료, 화장품 브랜드 등 세계적 기업의 모델로 활동하고 있는, 마라톤계의 신데렐라가 된 여성이다. 며칠 전 YTN 방송에도 출연한 바가 있다. 안정은은 불과 몇 년 전, 취업 스트레스로 인한 우울증, 대인 기피증을 이겨내기 위해 마라톤을 시작했다는데, 어느새 마라톤의 매력에 풍덩 빠져 달리다 보니 몇 년 만에 자신의 인생이 완전히 달라졌다는 이야기이다.

안정은은 원래 몸도 건강한 편이 못 되었다고 하는데, 마라톤을 하다 보니 건강(체력)도 좋아지고, 하는 일도 술술 잘 풀리고, 국내외 수많은 업체의 모델이 되고 유명해져서 책까지 냈으니 세상에 이런 성공 신화도 없을 것이다.

아직 나이 20대의 젊은 아가씨가 쓴 이 책을 읽어보니 안정은은 마라톤 박사가 다 돼 있었다. 그뿐인가. 인생도 거의 달관한 사람 같았다. 남자든 여자든 너무 이른 나이에 부와 명예를 거머쥐고 출세하면 자칫 교만해지거나 유혹에 빠져 한순간 모든 것을 날릴 수가 있으니 부디 젊은 안정은 씨는 주변 관리 잘해서 오랫동안 마라톤을 즐기고 많은 사람들에게 꿈과 희망을 주기를 바란다. 물론 결혼도 빨리해서 아들·딸 많이 낳고 행복하게 살아가는 것도 중요하다는 점을 강조하고 싶다.

안정은의 이 책 『나는 오늘 모리셔스의 바닷가를 달린다』를 읽다 보니 내가 작년에 소개한 이영미 작가의 『마녀 체력』이 새삼 떠올랐다. 이영미의 『마녀 체력』 내용도 안정은의 『나는 오늘 모리셔스의 바닷가를 달린다』와 거의 비슷하다. 즉, 건강이 좋지 못했거나 운동에 별 관심이 없었던 여인들이 마라톤에 도전하게 되었고 마침내 강철 체력(마녀 체력)의 소유자가 되었고, 체력이 좋아지다 보니 대인관계에 있어서나 하는 일에 있어서 자신감이 생기고, 하는 일도 잘 되고, 유명 인사가 되고, 책까지 내게 되었다는 점이 거의 같다.

마라톤을 하다가 안정은은 수많은 유명 업체의 모델이 되었고, 이영미 작가는 유명 강사가 되어 전국으로 건강 강의를 하러 다니는 모양이다. 따라서 이 두 여인의 공통점을 요약해서 말한다면, 이 두 여인은 마라톤으로 인생이 확 뒤바뀐 사람들이라고 할 수 있다는 말씀이다. 달리기가 인생을 바꾸는 것이다. 꼭 마라톤을 하지 않는 사람이라 하더라도 이런 책을 한 번쯤 읽으면 신선한 충격과 자극을 받을 수 있을 것이다. 이렇듯 마라톤은 인생까지 바꿀 수 있을 만큼 매력 넘치는 운동인 것이다.

요즘 나는 '위대한 도전'에 나서고 있다. 즉 지금까지는 달리기를 주로 평지에서만 했는데, 앞으로는 평지가 아닌 언덕에서만 하겠다는 것이다. 언덕훈련이 평지훈련보다 훨씬 더 고통스럽고 힘든 훈련인 것이다. 나는 앞으로 30일 동안 일절 평지훈련은 안 하고 언덕훈련만 연속으로 하겠다는 것이다. 물론 며칠에 한 번씩 휴식은 있다. 하루도 안 쉬고 매일 고된 훈련을 할 수는 없는 노릇이니까.

내가 언덕훈련 시한을 30일로 못 박은 것은, 30일 동안 포기하지 않고 하겠다는 의지를 나타낸 것이다. 물론 도중에 훈련이 너무 힘들거나 다리 부상 기미가 보이면 포기할 수도 있지만, 이렇게 동네방네 나의 위대한 도전을 알리고 떠벌리면 남의 시선이 무서워서라도 쉽게 포기하지는 못할 것이라는 내 나름의 계산이 있기 때문이다. 450m쯤 되는 언덕을 뛰어서 오르면 심장이 터질 듯한 고통이 따르는데, 나는 매일 이 훈련을 열 개씩 해야 하는 것이다. 언덕훈련 열 개를 끝내면 마치 지옥에서 빠져나온 듯한 느낌이 들 만큼 혹독한 훈련인 것이다. '30일 연속' 언덕 인터벌훈련은 90년대 황영조, 이봉주, 김완기 선수도 하지 않았을 훈련이고, 세계 최고의 마라토너인 베켈레나 킵초게도 하지 않았을 훈련이라는 점을 강조하고 싶다. 이래서 나의 요즘 훈련을 '위대한 도전'이라 하는 것이다. 물론 누가 알아주든 말든!

'위대한 도전'이란 말은 지금으로부터 10년 전인 2009년 프로야구 한화 김인식 감독의 입에서 맨 처음 나왔다. 당시 WBC에 출전하는 야구 대표팀 감독을 아무도 맡지 않으려 하자 김인식 감독이 등 떠밀려 대표팀 감독을 맡았었는데, WBC에 출전하면서 김인식 감독이 한 유명한 멘트로 기억하고 있다. 그런데 김인식 감독이 위대한 도전에 나선 것까지는 좋았는데, 위대한 도전 이후 소속팀 한화는 10년간 포스트 시즌에 참가하지 못하고 하위권을 맴도는 암흑기를 보내야 했다. 한화는 나의 연고팀이다. 그런데, 다들 보시다시피, 한화가 금년 시즌 초반에는 근근이 버티더니 시즌이 지날수록 성적이 점점 미끄러지더니 요즘엔 차마 눈 뜨고 볼 수 없을 만큼 성적이 갈 데까지 가고 말았다.

요즘 시작한 나의 '위대한 도전'도 갈 데까지 가보려고 한다.

하는 데까지 해보려고 한다.

하늘이여, 내게 힘을 주소서!

2019년 7~8월 한여름 훈련일지

나는 위대한 마라토너다

30일간 평지훈련은 일절 하지 않고 언덕만 달리는 지옥훈련에 돌입했다. 언덕훈련이 평지훈련보다 열 배는 더 힘들다. 따라서 마라톤 기록을 단축시키려면 평지훈련보다는 언덕훈련을 해야 하는 것이다. 나는 공포의 언덕훈련을 30일간 함으로써 가을 대회에서는 하프코스에서 서브2(2시간 안에 달리는 것)를 달성하려고 한다.

내가 50대 이전에는 하프코스는 2시간 안에 주파했었는데, 나이 50을 넘기고부터는 2시간 안에 못 들어오고 2시간 15분 언저리에서 놀고 있다. 언덕훈련 30일을 소화하면 하프코스 기록을 15분 앞당겨서 나의 잃어버린 하프코스 서브2를 탈환할 수 있을 것이다. 나는 이렇게 하프코스 서브2에 한이 맺혀 있다. 어떻게든 이 한을 풀어야 한다.

내가 산속에 살다 보니 문만 열고 나가면 바로 가파른 언덕이 나온다. 이렇게 천혜의 마라톤 코스가 가까이 있으니 언덕훈련도 할 수 있는 것이다. 내가 산속을 떠나면 앞으로는 언덕훈련을 하고 싶어도 못 하는 것이다. 30일간 연속해서 언덕훈련만 하는 것은, 아마 모르긴 해도, 세계 마라톤 사상 내가 처음일 것이다. 이봉주도, 황영조도, 베켈레도, 킵초게도 힘들어서 감히 시도를 못 했던 혹독한 훈련인 것이다.

그래서 나는 30일 연속 언덕훈련을 '위대한 도전'이라 명명한 것이다. 그럼 나의 처절했던 30일간의 위대한 도전을 역사에 기록으로 남겨 내가 얼마나 위대한 마라토너인지 증명해 보이려고 한다. 물론 누가 알아주든 말든! 자, 그럼 시작한다.

위대한 도전 1일차(-29일)

450m 언덕을 열 번 뛰고 나니 머리가 어질어질하고 정신이 하나도 없다. 앞으로 이 짓을 29일을 더 해야 한다고 생각하니 막막하구나! 그래도 일단 요란하게 시작은 했으니 갈 데까지 가 보자! 오늘 기록은 68분.

위대한 도전 2일차(-28일)

오늘은 직장에서 건강검진 받는 관계로 04시 48분부터, 미친 짓 열 개 함. 오늘 기록은 어제보다 1분 단축된 67분.

기록.체중이 언덕훈련을 통해 앞으로 어떻게 변하게 될지 궁금해진다.

위대한 도전 3일차(-27일)

05시 10분부터, 450m 언덕 뛰어오르기 열 개 실시. 열 개 끝나는 순간, 마치 지옥에서 빠져나온 듯한 느낌. 오늘 기록은 직전 67분보다 2분 빠꾸한 69분인데, 어제 회식 자리에서 과음한 때문인 듯. 아, 27일 언제 가나!

위대한 도전 4일차(-26일)

05시 03분부터, 지옥훈련 10개 감행. 오늘 기록은 어제 까먹은 2분을 되찾았을 뿐 아니라 거기에 더해 1분 벌었다. 즉 어제보다 3분 단축한 66분. 앞으로 26일 남았는데, 과연 내가 끝까지 버틸지….

위대한 도전 5일차(-25일)

04시 52분부터, 미친 짓 10개 실시. 오늘 기록은 64분으로, 1일차보다 무려 4분 단축함. 언덕훈련 열 개를 서브1(한 시간 안에 주파함을 말함) 한다면 하프코스는 충분히 서브2 할 수 있을 것 같은데, 관건은 내가 언덕훈련 30일을 버티는 것이다.

위대한 도전 6일차(-24일)

05시 05분부터, 한 시간 넘도록 처음부터 끝까지 입에 거품 물고 사투를 벌이듯 죽을 둥 살 둥 입에서 단내가 나도록 심장이 터질 만큼 머리가 어질어질할 만큼 빡세게 달렸지만 기록은 어제보다 1분 빠꾸한 65분이라서 기분은 별로 안 좋다.

위대한 도전 7일차(-23일)

05시 02분부터, 지옥의 언덕훈련을 다리가 으스러지도록 했는데 기록은 어제와 같은 65분. 기록에 발전이 없어서 좀 서운하기는 하다. 벌써 얼굴이 반쪽은 된 것 같은 느낌이 오는데, 위대한 도전이 끝나면 대체 체중이 얼마나 빠질지 기대가 된다.

위대한 도전 8일차(-22일)

05시 08분부터, 미친 짓 열 개 실시. 오늘 기록은 66분 18초. 다리가 으스러지도록, 쓰러지기 일보 직전까지 공포의 언덕훈련 열 개 실시함. 언덕을 뛰어오를 때는 너무 힘들어서 차라리 죽는 게 낫겠다는 생각이 든다. 앞으로 이 짓 22일 남았다.

위대한 도전 9일차(-21일)

05시 01분 00초부터, 450m 언덕훈련 열 개 실시함.

오늘 기록은 65분 06초. 공포스런 언덕훈련 기록을 어제보다 1분 이상 당겨서 기분은 매우 좋구나. 빨리 64분대로 진입을 해야 하는데….

위대한 도전 10일차(-20일)

04시 56분 00초부터, 입에 거품 물고 450m 언덕을 열 번 달렸더니 오늘 기록이 63분 53초. 오늘 최고기록을 세워서 기분은 매우 좋지만, 혹독한 훈련의 대가라서 슬프기도 하다. 지금까지 초인적인 인내력으로 버텨왔는데, 30일 이 짓을 한다는 건 불가능해 보인다. 이제 '출구전략'을 세워야 할 것 같다. 앞으로 이 짓을 5일만 더 하고 끝내려고 한다. 말하자면 원래 계획했던 30일 연속 언덕훈련을 절반 단축해서 15일만 하고 끝내려고 하는 것이다. 사실 고백하자면, 이 짓을 5일쯤 하고 나서 때려치워야겠다는 생각을 하게 되었다. 너무 힘들어서 인간으로서 할 짓이 못 되는 것 같다는 생각이 들었기 때문이다.

그런데 위대한 도전을 30일 하겠다고 동네방네 선언해놓고 겨우 5일 만에 포기 선언을 하게 되면 도저히 쪽팔려서 살 수가 없을 것이다. 그래서 최소한 절반(15일)은 해놓고 포기해야 동정표라도 받을 수 있겠다는 생각에 이를 악물고 지금까지 무려 10일차까지 끌고 왔고, 앞으로 5일만 더 하고 끝내려고 하는 것이다. 지금 당장 그만두고 싶지만 그래도 5일은 더 해보자는 오기는 남아 있다. 새벽마다 눈만 뜨면 '아, 오늘도 이 짓을 또 어떻게 하나'라는 한숨이 나오고 스트레스를 받는다. 그래서 앞으로 이 짓을 5일만 더 하고 끝내겠다는 것이다. 따라서 위대한 도전은 앞으로 -5일이다. -20일이 아니고. 송구스럽다. 많은 분들이 나의 위대한 도전을 응원해주셨는데 결국 30일 완주를 못하고 중도 포기하게 되어서.

위대한 도전 11일차(-4일)

04시 52분 00초부터, 언덕 훈련 열 개 실시. 기록은 64분 04초. 공포의 언덕훈련 이제 4일 남았다. 오늘 기록은 아깝게 어제의 63분대 기록을 유지하지 못하고 64분대로 처지고 말았다. 63분대를 탈환하고 마지막은 62분대로 진입하고 끝냈으면 좋겠지만 그게 쉽지는 않을 듯. 4일밖에 안 남았으니.

그래도 첫날 68분대로 시작한 것에 비하면 기록 엄청 단축한 셈이다.

위대한 도전 12일차(-3일)

04시 45분 00초부터, 450m 언덕훈련 열 개 실시. 기록은 64분 20초. 오늘은 언덕훈련 시작부터 컨디션이 좋다고 느꼈는데, 어제 중국집에서 코스요리로 회식을 하면서 연태고량주를 마신 덕분이구나, 라고 여기며 오늘 최고기록 나올 것으로 기대하며 공포의 언덕훈련 열 개를 죽기 아니면 까무러치기로 했다. 이거 절대 농담 아니다. 그런데 어찌 된 일인지 기록이 최고기록은커녕 63분대에도 들어가지 못하고 64분대로 미끄러지고 말았으니 이것 참 환장하겠네. 내일은 달리기 쉬고, 모레 다시 도전해보자!

위대한 도전 13일차(-2일)

04시 50분 00초부터, 450m 언덕을 입에 거품 물고 열 번 달렸다. 오늘 기록은 63분 15초. 오늘 최고기록이 나왔는데, 믿어지지 않는다. 오늘 특별히 컨디션이 좋았다고 느껴지지 않았으니까. 아무튼 직전 기록보다 무려 1분 05초를 단축했다. 오늘 최고기록 세운 이유가 뭔가 분석해봤다. 한 이틀 쉬었다 달려서 그런가? 그런데 그게 아니고 여러분의 응원 때문이었다는 결론이 나왔다. 여러분의 응원에 감사드린다. 이제 62분대도 노릴 수 있게 되었지만, 아쉽게도 이 짓 며칠 안 남았다.

위대한 도전 14일차(-1일)

04시 55분 00초부터, 450m 언덕을 열 번 반복해서 뛰어 올랐다. 그렇지만 실망스럽게도 기록은 어제보다 무려 1분 09초 빠꾸하고 말았다. 내일은 쉬고 모레 마지막 승부를 걸어보자!

내가 언덕훈련을 할 수 있는 것은, 언덕이 바로 옆에 있기 때문이다. 집이 깊은 산중에 있기 때문에 집 문 열고 몇 걸음만 떼면 곧바로 언덕이 나온다. 그런데 집에서 언덕까지 겨우 몇 걸음 옮기는 것이 마치 사형장으로 끌려가는 기분이다. 입에 거품 물고 450m의 가파른 언덕길을 열 번을 반복해서 뛰어오를 생각을 하면 숨이 막히기 때문이다. 그래도 이 짓 하루만 더 하면 끝난다고 생각하니 지옥에서 빠져나간다는 기쁨도 있지만 아쉬움도 조금은 있다. 더 나이 들기 전에 이런 혹독한 훈련을 해보는 것도 좋은 추억이 될 것이라 믿으며 모레 마지막 승부를 즐겨보자!

위대한 도전 15일차(피날레)

04시 46분 00초부터, 450m 언덕 열 번을 달렸다. 오늘 마지막 기록은 아쉽게도 64분 54초로, 겨우 64분대를 유지한 채 종료가 되었다. 공포의 언덕 인터벌훈련이 오늘 15회차를 끝으로 막을 내리게 되었다. 5회 더 연장해서 20회차까지 끌고 갈 생각도 해봤지만 여기서 끝내려고 한다. 언덕을 집중적으로 달리다 보니 무릎과 허벅지에 엄청난 힘이 가해져 연골 손상을 우려하지 않을 수 없다. 내가 15년간의 마라톤 인생에서 처음으로 연골 손상의 걱정을 하게 된 것이다. 가능한 다리를 아껴서 100세까지는 달려야 하는데 무릎 연골이 닳으면 큰일이다.

내가 언덕 인터벌훈련을 '15일 연속' 한다는 소문이 IAAF(국제육상경기연맹)에까지 흘러 들어갔나 보다. 그래서 IAAF에서 정말로 내가 언덕 인터벌훈련을 '15일 연속' 하는 것이 사실인지 확인하러 진주에 온다는 것이다. 한국의 황영조, 이봉주도 하지 않았고, 세계 최고의 마라토너인 베켈레, 킵초게도 하지 않았던 '15일 연속' 언덕 인터벌훈련을 한국 진주에 사는 나이 50대 후반의 똥배 잔뜩 나온 아저씨가 한다는 것이 믿어지지 않아서 꼭 와서 확인해보겠다는 것이다. 내일 새벽에 진주에 온다고 하니, IAAF 관계자들이 보는 앞에서 하루 더 이 짓을 하게 생겼다. 아직 승부 안 끝났다.

내일 하루 더 공포의, 끔찍한, 처절한, 징글징글한 언덕훈련을 하려고 한다.

위대한 도전 16일차(The end)

IAAF 관계자들이 보는 가운데 450m 언덕훈련 10개 마쳤다. 기록은 64분 42초. IAAF에서 나의 언덕 인터벌훈련을 직접 눈으로 확인하더니만 놀라서 쩍 벌어진 입을 다물지 못한다. 세계 마라톤 사상 이런 무지막지한 훈련을 15일 연속 한 선수는 없었다는 것이다. 만약 내가 30년 전에 이런 훈련을 했다면 풀코스 서브2를 했을 것이라고 말한다.

아, 물론 IAAF 이야기는 픽션에 불과하지만 나는 '16일 연속' 언덕 인터벌훈련한 것을 평생 훈장처럼 떠벌리고 다닐 것이다.

나는 다음 세 가지 이유로 '위대한 마라토너'임에 틀림없다. 첫째, 내가 마라톤에 입문하여 지금까지 15년 넘게 북한 김정일 위원장 비슷한 몸집을 이끌고 끊임없는 잔부상에 시달리면서도 지금까지 마라톤판을 떠나지 않고 불사조처럼 버티고 있으니 나는 위대한 마라토너이다. 김정일 위원장은 술, 담배에 절어 살면서 운동은 거의 하지 않을 것이다. 그저 숨쉬기운동만 하고 있겠지.

둘째, 나는 50대 후반의 노구를 이끌고, 이봉주, 황영조, 베켈레, 킵초게 같은 세계적인 마라톤 선수들도 감히 하지 못했을 '16일 연속' 언덕 인터벌훈련을 해냈으니 나는 위대한 마라토너이다. 그리고 셋째, 민망한 이야기이긴 하지만, 나는 위胃가 커서 아무 음식이나 술이나 가리지 않고 엄청나게 먹어대고 마셔대는 사람이니 확실히 '위대胃大'한 마라토너라고 할 수 있을 것이다. "나는 위대한 마라토너다"를 이 책의 제목으로 해도 손색이 없을 것이다.

나의 '16일 연속' 언덕 인터벌훈련을 응원해주신 모든 분들께 심심한 감사의 말씀을 전하며 지옥 같았던, 악몽 같았던, 죽기보다 싫을 만큼 끔찍했던, 그러나 지나고 나니 꿈만 같았던 나의 위대한 도전은 정말로 여기서 막을 내린다.

위대한 여름이었다.

2019년 8월,

신성일의 달리기&YS의 달리기

'난 정말 몰랐었네'라는 노래를 불렀던 최병걸이라는 가수가 있었다. 1978년에 발표된 이 노래는 그야말로 공전의 히트를 쳤다. 당시 몇 사람만 모여 술이라도 하게 되면 영락없이 이 노래를 불러제꼈다. 그런데 이 노래를 부른 가수 최병걸은 병마로 인해 38세라는 짧은 생을 마감해야 했다. 간암이었다고 하니, 추측건대 술과 관련이 있었을 것이다. 한국 영화의 전설 신성일 선생께서 작년 82세를 일기로 폐암으로 별세했으니 한국 남성 평균 수명을 겨우 넘겼다고 봐야 할 것이다. 아직도 나이 든 여성 팬들은 신성일, 하면 가슴이 설렐 것이다.

『배우 신성일, 시대를 위로하다』라는 책에서 신성일 선생은 자신이 배우 정상의 자리를 오래 지킬 수 있었던 비결은 꾸준한 몸 관리였다고 말한다. 즉, 자신은 시간 날 때 유흥이나 주색잡기에 빠지지 않았고, 틈만 나면 운동을 하며 몸을 만들었다. 수시로 근력운동, 덤벨, 아령을 했고, 놀라운 것은, 틈만 나면 달리기를 했다. 특히 시골에 가면 새벽마다 달렸다는 것이다. 모두가 가난하고 힘들게 살아가던 60년대 당시에는 국민들 의식 속에 운동이란 개념도 없었을 때였고, 포장도로도 거의 없었고, 변변한 조깅 코스도 없었을 것인데, 도대체 신성일 선생은 어떤 길을 달렸는지 궁금하다. 논두렁, 밭두렁길을 달렸을까? 아무튼 그때 그 시절 그런 척박한 환경에서도 열심히 운동을 하고 달리기를 했다는 사실이 그저 놀랍다. 신성일 선생은 초등학교 때부터 달리기를 잘했고 달리기 선수로도 활약했다. 그런데 유감스럽게도 신성일 선생이 운동을 노년에는 소홀히 한 것 같았다. 노년까지 헬스장에서 근력운동은 했는지 모르겠으나 달리기는 오래전에 접은 것 같다. 신성일 선생이 술은 즐기지 않았고 금연한 지는 40년 되었다고 하는데, 폐암에 걸리고 말았다.

만약 신성일 선생이 젊은 시절 하던 달리기를 노년까지 꾸준히 했더라면 폐암도 비켜 갔을 것이고 좀 더 오래 살았을 것이다. 적어도 90세까지는 거뜬히 살았을 것이라고 나는 생각한다.

최병걸 씨도 술은 즐기더라도 꾸준히 달리기를 하고 건강에 신경 썼더라면 지금도 열심히 노래를 부르고 있을 것이다.

신성일 선생은 나의 부친과 갑장이신데, 평생 농촌에서 농부로 살아오신 나의 부친은 지금도 비교적 정정하신 편이다.

물론 나의 부친께서 고령이시라 나를 비롯한 자식들이 항상 부친의 건강을 염려하고는 있지만, 그래도 그나마 다행인 것은, 나의 부친 건강에 결정적인 한 방(암이나 중풍 같은)은 없으니 그리 크게 걱정하지는 않고 있다.

YS(김영삼 전 대통령)도 조깅을 즐겼다. 청와대에 들어가서도 조깅을 멈추지 않았던 YS가 대통령 임기 말쯤 조깅을 그만두었다. 당시 YS 측근 누군가가 YS에게 "나이 먹어서까지 조깅을 하면 무릎 관절이 안 좋아집니다."라고 말하며 YS의 조깅을 말렸다는 것이다. 그러니까 그때까지 다리 부상 없이 멀쩡하게 조깅을 잘하고 있던 대통령에게 무릎이 안 좋아지네 어쩌네 하며 조깅을 그만두게 했다는 것이다.

그 뒤 얼마 있다가 퇴임하여 상도동으로 돌아간 YS는 동네 아줌마들하고 어울려 배드민턴을 즐기다가 2015년 향년 87세를 일기로 별세했다. 물론 YS가 87세까지 살았으니 비교적 장수한 편이라고 해야 하겠지만, 만약 YS가 조깅을 계속했더라면 최소한 열 살은 더 살았을 것이라 생각한다. 도대체 YS의 조깅을 말린 측근이 누구인지 갑자기 궁금해진다.

나의 고향 부적(충남 논산시 부적면)에서 남자 어르신들 중 현재 최고령자는 올해 99세의 한 모 어르신이다. 그 어르신이 몇 년 전부터 건강이 나빠지셔서 지금은 요양원에 계시지만. 그런데 그 요양원도 바로 그 어르신 집에서 몇 발자국 떨어지지 않은 가까운 곳에 있다. 그 어르신은 내 초등학교 친구의 부친이신데, 아들인 그 친구가 99세 되신 자기 부친을 모시고 가끔 논산의 탑정호 쪽으로 드라이브를 가면 부친께서 자신이 젊은 시절 탑정호 건설 공사에 동원되어 일했었다는 추억에 빠져든다고 하신다. 논산의 명물 탑정호(탑정 저수지라고도 함)는 일제 강점기 때 건설되었다.

그 어르신의 아들(내 친구)은 언젠가 내가 글에서 언급한 적이 있을 것이다. 그러니까 그 친구가 80년대에 강원도에서 군복무 중 지프 차를 타고 가다가 차가 계곡 물속으로 추락하여 정신을 잃고 한참 동안 물속에 잠겨 있다가 구조가 되었는데, 동료는 죽고 자기만 혼자 살아남았다는 이야기를 한 적이 있을 것이다.

이 친구가 사고 후 국군수도통합병원에 입원해 있다고 연락이 와서 내가 그 친구 면회하러 국군수도통합병원까지 찾아갔다. 그러니까 그때가 1987년쯤이다. 그 친구는 면회 간 나에게 자기가 그 추락 사고에서 살아올 수 있었던 이유를 자기 나름대로 분석하여 나에게 말해주었다. 즉, 자기가 초등학교 때 체격이 좋아서 육상(투척) 선수 생활을 잠시 했는데, 그 덕분에 남들보다 자기가 심폐기능이 좀 좋아서 살아날 수 있었던 것 같다고 말했다. 달리기도 아니고 투척 선수 생활을, 그것도 초등학교 시절 잠깐, 했을 뿐인데도 그 친구는 그때 강해진 심폐기능 때문에, 차량 추락으로 정신을 잃고 물속에 한참을 가라앉아 있었음에도 살아남을 수 있었다는 것이다. 그런데 내가 요즘 그 친구 만나서 그 이야기를 하면 그 친구는 그 대화 내용을 전혀 기억을 못 하고 있다. 즉, "야, 너 그 당시 병원으로 찾아간 나에게 네가 한 이야기 생각나냐? 네가 심폐기능이 좋아서 너만 살아났다며?"라고 하면 이 친구는"내가 그런 얘기 했었냐? 기억이 하나도 안 난다."라고 대꾸하고 있으니 나로서는 하품만 나온다.

내가 이어서 "그러니까 너 말이야, 지금부터라도 마라톤을 시작해봐라. 마라톤을 하면, 물속에 빠진 너를 살렸던 그 심폐기능이 좋아지고 건강해지는 법이란다."라고 말을 하면 이 친구는 귓등으로도 들으려고 하질 않는다. 그러면서 이 친구는 나에게 오히려 "야, 너 말이야, 나하고 같이 골프 치러 댕기자. 내가 골프 친절히 알려줄게."라고 골프를 권유한다. 그래서 나로서는 또 하품만 나온다.

그러니까 이 친구는 젊은 날 자신을 살려준 심폐기능의 고마움을 까마득히 잊고 살아가고 있는 것이다. 내가 친구의 부친과 친구 이야기를 장황하게 늘어놓은 이유는, 이 친구가 심폐기능이 좋아서 물속에서 살아났고, 그 친구의 심폐기능이라는 것도 결국 자신의 부친으로부터 물려받은 것 아니냐 하는 점을 강조하고 싶어서이다.

그 친구 부친께서 100세까지 장수를 누리는 것도 결국 그 어르신이 심폐기능이 좋다는 뜻 아닐까? 심폐기능이 현저히 떨어지고 호흡이 잘 안 되면 그때부터는 죽음으로 가는 길 아닌가? 물론 이 주장은 순전히 나 혼자만의 이론이고 주장일 뿐이다.

국군수도통합병원에 친구 면회 갔던 이야기가 나왔으니 말인데, 내가 그 친구 면회를 가니 그 친구 바로 옆 병상에도 한 군인이 누워 있었다. 그런데 내가 그 군인 얼굴을 무심히 바라보는 순간 그 군인 눈동자가 전혀 초점이 없이 제멋대로 움직이고 있다는 느낌이 들면서 순간 섬찟한 느낌을 받았다.

내 친구한테 설명을 듣고 나서야 상황 파악이 되었다. 그러니까 초점이 전혀 없는 얼굴로 의식 없이 누워 있는 그 군인은 식물인간 상태라는 것이다. 그리고 그 군인 옆에는 그 군인의 모친이 아들을 보살피고 있었는데, 그 모친은 병원 앞에다 아예 방을 얻어놓고 매일 병원으로 아들을 돌보러 온다고 한다. 그 모친은 의식 없는 아들 귀에다 대고 허리를 숙여 나지막한 목소리로 뭐라고 말을 걸고 있었다. 그 모친께서 아들에게 무어라 말하는지 내가 정확히 들을 수는 없었지만, 아마 다음과 같은 이야기 아니었을까? 즉 "아들아, 이제 그만 자고 어서 일어나 엄마랑 같이 집에 가야지? 집에서 아빠가 기다리고 있고 가족들이 기다리고 있단다. 어서 일어나 집에 가자. 어서!"라는 말 아니었을까? 슬픈 이야기가 아닐 수 없다.

오늘 이야기 결론은, 우리 모두 담배는 멀리하고, 술은 적당히 마시고, 심폐기능 좋아지고 하체 튼튼해지고 혈액순환 잘 되는 마라톤을 노년까지 열심히 하여 건강하게 100세까지 살다 가자는 것인데, 여기에 이의 있습니까?

2019년 9월,

법정 스님의 주례사

며칠 전부터, 앉았다 일어날 때 허리에 찌릿찌릿한 통증이 생기기 시작했는데, 다행히도 걷거나 움직이면 통증은 바로 사라집니다. 그렇지만 허리 통증이 생긴다는 것이 불안해서 허리 통증을 조기에 치료해야겠다는 마음에 침을 맞으러 진주 시내에 있는 모 한의원에 갔더니, 한의사가 "침도 맞고 추나요법으로 치료도 해봅시다."라고 하더군요. 그래서 나는 한의사가 하자는 대로 침도 맞고 추나요법 치료도 받았지 않았겠습니까? 그런데 그날 한의원에서 치료받고 나오자마자 허리 통증이 부쩍 심해지고 걷기조차 힘든 지경이 되고 말았습니다. 게다가 하필 그날(한의원 다녀온 날)은 멀리 경기도 안성에 있는 저의 처가에 중요한 집안 행사가 있어서 안성까지 운전해서 가야 하는 상황이었습니다. 장인어른의 손녀(처남의 딸)가 다음 날 결혼식을 한다는 겁니다. 처남 부부가 자녀들과 함께 부모님과 같이 사는, 요즘 보기 드문 모범적인 가정입니다. 물론 처남이 부모님과 같이 살게 된 사연은 있습니다. 그러니까 처남 부부가 예전에(젊은 시절) 객지에 나가서 자영업을 했었는데, IMF 때 사업이 어려움에 빠지자 객지 생활을 접고 어린 아이들과 함께 처남 부모님이 사는 집으로 들어와 같이 살게 된 것입니다.

그렇게 부모님과 같이 산 지가 20년이 넘었고, 드디어 처남의 장녀가 할아버지, 할머니, 아버지, 어머니 품을 떠나 시집을 가게 되었다는 말씀입니다. 그런데 하필 처조카 딸 결혼식을 하루 앞두고 내가 한의원에서 엉터리로 치료를 받고 운전도 힘들 정도로 허리 상태가 부쩍 나빠져서 걷기조차 힘들어서 처가에도 안 가려고 했습니다. 허리 통증 핑계를 대면 될 테니까요. 그러나 내 허리가 안 좋다고 해서 처가 행사에 빠진다면 아내에게 두고두고 시달릴 것 같아 처가에 가긴 갔습니다. 거의 울다시피 허리 통증을 참아가며 3시간 넘게 운전을 해야 했습니다.

처가에서 나의 허리 통증을 진단하신 장모님은 '척추협착증'이라고 말씀하십니다. 장모님도 나와 똑같은 증상이 있다고 하시더군요. 내가 허리 통증이 심해서 걷다가 푹 주저앉을 지경이라고 하니 장모님도 그러셨다고 합니다.

내가 허리가 갑자기 이렇게 망가진 이유가 뭔지 모르겠습니다. 최근 혹독한 언던훈련의 후유증이 아닌가 추측할 뿐입니다. 내가 이 사람 저 사람 말을 들어보고 추정해본 바로는, 내가 앉았다 일어날 때만 잠시 찌릿 하는 정도의 통증만 있었을 뿐 걷거나 달릴 때는 멀쩡했으니 일단 가벼운 허리 디스크 증세가 있었던 것이었는데, 치료를 엉터리로 받는 바람에 '꼬부랑 할머니'처럼 허리를 제대로 펴지도 못하고 걸어야 할 정도로 허리 상태가 급격히 나빠진 것입니다. 나는 지금 '꼬부랑 할머니'처럼 허리를 굽히고 걷는 신세가 되었습니다. 성질 같아서는 멀쩡한 사람을 잘못 치료하여 꼬부랑 할머니로 만든 엉터리 한의원 원장한테 당장 쳐들어가 난리를 치고 싶지만……

일단 정형외과에 가서 사진을 찍어보고 정밀 진단을 받으려고 합니다. 나는 지금 마라톤 인생에서 전혀 예상치 않았던 허리 통증으로 최대 위기를 맞고 있습니다. 앞으로 당분간 허리 통증과 한판 승부를 벌여야 하겠습니다. 나에게 참으로 황당한 사건이 일어나고 말았습니다. 내가 느닷없이 '꼬부랑 할머니'가 되다니! 어쨌거나 나는 졸지에 '꼬부랑 할머니'가 되어 처가에서 하룻밤 자고 나서 처조카 딸 결혼식에 참석했습니다.

오랜만에 결혼식에 참석했는데, 조카딸 결혼식이 예전 우리 시대의 결혼식하고는 많은 차이가 있더군요. 일단 결혼식에 주례가 없이 자유스럽고 파격적인 분위기로 예식이 진행되더군요. 신랑·신부 부모가 차례로 무대에 올라와 결혼하는 자녀들에게 당부의 말을 하는가 하면, 신랑·신부도 차례로 마이크를 잡고 하객들에게 자신들의 결혼 생활 각오를 밝히기도 하더군요. 기존의 틀에 얽매이지 않는 신선하고 창의적이고 자유스러운 결혼식 풍경이 인상적이었습니다. 주례 이야기가 나왔으니 말인데, 결혼식에서는 보통 주례 선생님이 근엄한 표정으로 다음과 같이 말하기 일쑤입니다. "신랑·신부는 서로 이해와 사랑으로…." 또는 "신랑·신부는 검은 머리가 파 뿌리가 될 때까지…" 이런 따위의 극히 형식적이고 무책임하고 하나 마나 한 소리를 하곤 합니다. 그렇다면 나는 그런 분들(주례 선생님들)에게 묻고 싶습니다. 그렇게 이해하고 사랑하고 살아가라 당부하는데 어찌하여 우리나라 부부들은 이혼을 많이 하고 가정이 깨지는 것이냐고 말입니다. 그래서 나는 세상에서 가장 멋진 주례사를 소개하려고 합니다. 어떤 스님의 주례사입니다. 법륜 스님이 예전에 쓴 『스님의 주례사』라는 책하고는 관련이 없습니다. 법정 스님의 저서 『아름다운 마무리』라는 책에 실린 법정 스님의 주례사를 소개하려는 것입니다. 『아름다운 마무리』는 법정 스님이 폐암 투병 중 쓴 책으로, 스님의 생전 마지막 저서가 되었고 책의 제목처럼 법정 스님은 인생을 아름답게 마무리하고 얼마 지나지 않아 열반에 들었습니다. 스님은 떠났지만 그분이 남긴 수많은 저서는 우리에게 따끔한 죽비가 되어 우리의 혼을 깨우고 있습니다. 그럼 법정 스님의 『아름다운 마무리』 182 페이지 '어떤 주례사'라는 꼭지 제목의 글을 소개하겠습니다.

법정 스님이 좋은 책을 많이 쓰고 워낙 유명한 분이시다 보니 여기저기서 법정 스님한테 지인들로부터 주례를 서달라는 요청이 많이 들어왔나 봅니다. 그럴 때마다 법정 스님은 "내게는 주례 면허증이 없어 해줄 수 없다."라고 말하면서 사양했다고 합니다. 그런데 그렇게 버티던 법정 스님이 생전 딱 한 번 주례를 선 적이 있다고 고백하고 있습니다. 그리고 자신의 주례사를 자신의 저서에 소개하고 있는 것입니다. 법정 스님의 주례사를 읽으면서 나는 무릎을 탁 치며 감탄했습니다. 역시 법정 스님의 주례사는 법정 스님의 명성에 너무나 잘 어울렸기 때문입니다. 그럼 법정 스님의 주례사 내용이 무척 궁금해질 겁니다. 아, 이런 좋은 것은 맨입으로 알려주면 내가 좀 억울하다는 생각도 들지만, 그래도 소개하겠습니다. 책의 내용 일부를 원문 그대로 토씨 하나 바꾸지 않고 옮겨 적겠습니다.

– 삶의 동반자로서 원활한 대화의 지속을 위해, 부모님과 친지들이 지켜보는 이 자리에서 숙제를 내주겠다.

숙제 하나,

한 달에 산문집 2권과 시집 1권을 밖에서 빌리지 않고 사서 읽는다. 산문집은 신랑 신부가 따로 한 권씩 골라서 바꿔가며 읽고 시집은 두 사람이 함께 선택하여 하루 한 차례 적당한 시간에 번갈아 가며 낭송한다.

가슴에 녹이 슬면 삶의 리듬을 잃는다. 시를 낭송함으로써 항상 풋풋한 가슴을 지닐 수 있다. 사는 일이 곧 시가 되어야 한다.

1년이면 36권의 산문집과 시집이 집 안에 들어온다. 이와 같이 해서 쌓인 책들은 이다음 어머니와 아버지의 삶의 자취로, 정신의 유산으로 물려주라. 그 어떤 유산보다도 값질 것이다.

숙제 둘,

될 수 있는 한 집 안에서 쓰레기를 덜 만들도록 하라. 분에 넘치는 소비는 더 말할 것도 없이 악덕이다. 살아가는 데 없어서는 안 될 꼭 필요한 것 이외에는 그 어떤 것도 아예 집 안에 들여놓지 말라. 광고에 속지 말고 충동구매를 극복하라. 가진 것이 많을수록 빼앗기는 것 또한 많다는 사실을 상기하라. 적게 가지고 멋지게 살 수 있어야 한다.

그날은 두 사람이 다 숙제를 이행하겠다고 대답했지만 그 뒤 소식은 알 수 없다. 숙제의 이행 여부는 이다음 삶의 종점에서 그들의 내신성적으로 반영될 것이다 -

자, 어떤가요? 이런 주례사 들어보셨습니까? 뭔 말이 더 필요하겠습니까? 내가 이래서 법정 스님을 미치도록 좋아하고 법정 스님의 책을 좋아하고 법정 스님을 존경하는 것입니다.

내가 이 책을, 지난번 언급한, 진주교도소에서 소장을 하시다가 지난 7월에 대전으로 복귀하신 그분에게 작별 선물로 드렸습니다. 그 소장님은 마라톤 마니아일 뿐만 아니라 시나리오 작가로서 거의 매일 책을 읽고 글을 쓰신다고 소개한 적이 있을 겁니다. 그분이 몇 년 전 대전에서, 남자 직원 결혼식 주례를 서신 적이 있다고 들었고, 앞으로도 주례 청탁이 들어올 가능성이 충분히 있기 때문에 내가 술자리에서 소장님께 법정 스님의 『아름다운 마무리』를 선물하면서 다음에 주례 서실 때 이 책을 주례사 교본으로 삼으시라고 말씀드렸습니다. 내가 볼 때 소장님은 그렇게 하실 가능성이 커 보입니다. 웬만한 소장 같으면 직원이 감히 소장에게 이래라저래라 하는 식으로 말하면 불쾌감을 느낄 수가 있는데, 이분 인격은 그렇지 않다는 것을 내가 익히 알고 있기 때문에 내가 감히 주제넘게 이런 이야기를 한 것입니다.

만약 내가 지금 어느 정도 사회적 지위가 있거나 세간에 좀 알려진 사람이었다면 여기저기서 나에게 결혼식 주례를 서달라는 청탁이 쇄도할 것입니다. 그러면 나는 신바람 나서 우렁찬 목소리로 법정 스님의 주례사를 토씨 하나 안 고치고 그대로 낭독해 줄 것입니다. 법정 스님의 주례사를 그대로 낭독만 해도 최고의 주례사가 될 것이기 때문입니다. 그리고 주례사가 끝나면 즉석에서 법정 스님의 이 책『아름다운 마무리』를 신랑·신부에게 결혼선물로 줄 것입니다. 이 얼마나 멋진 풍경이란 말입니까? 주례 선생이 주례 끝나고 신랑·신부에게 선물 주는 거 봤습니까? 세상에 나처럼 훌륭한 주례 선생 봤습니까?

그런데, 지금 내가 그리 유명한 사람도 아니니 누구 하나 나한테 주례 서달라고 청탁하는 사람이 없습니다. 나는 지금 탄식하고 있습니다. 죄송합니다. 유명한 사람이 못돼서….

2019년 9월,

이봉주는 지금

'국민 마라토너' 이봉주는 요즘 어떻게 지내고 있는가.

이봉주가 지난 8월 3일 몽골 초원마라톤에 출전하여 레이스를 마치고 나서 스포츠경향이라는 언론 매체와 인터뷰를 했다. 인터뷰 내내 이봉주는 침체의 수렁에 빠진 한국 육상계의 현실에 땅이 꺼져라 한숨을 내쉬며 후배들의 정신 자세를 질타했다. 이봉주의 한국 육상에 대한 쓴소리는 그동안 내가 입만 열면 주장해온 내용과 아주 정확하게 일치하고 있다.

이봉주는 인터뷰에서 자신은 요즘 건강을 위해서 하루에 5~10km를 달린다고 했는데, 이 말을 자세히 분석해보면 이봉주는 하루에 5km를 달릴 때도 있고 10km를 달릴 때도 있다는 말이 되겠다. 그런데 나는 이 대목에서 하품이 나오고 말았다. 아니, 마라토너가 조깅을 시작하면, 특별한 사정이 없는 한,

10km 달리기는 기본 아닌가. 나 같은 사람도 달렸다 하면 기본 11km는 달리는데 말이다. 그런데 천하의 이봉주가 5km짜리 조깅을 한다면 너무 쪽팔리는 사건 아니냐 하는 것이다. 그러니 이봉주는 앞으로는 인터뷰에서 "나는 건강을 위해 5km짜리 조깅을 합니다."라는 말은 입 밖에도 꺼내지 않았으면 좋겠다. 이봉주 체면에 겨우 5km짜리 조깅이라니!

이봉주는 인터뷰 말미에 자신은 마라톤 지도자를 꼭 해보고 싶다는 소망을 말하기도 했다. 이봉주가 현역에서 은퇴한 지가 벌써 10년이다. 도대체 대한육상경기연맹(이하 '육상연맹')은 지난 10년간 뭐 하고 있었는지 묻지 않을 수 없다. 이봉주를 진작 국가대표 감독으로 모셔서 한국 마라톤 중흥을 꾀했어야 하는 것 아니냐 하는 것이다. 내가 몇 년 전부터, 이봉주를 국가대표 감독으로 모시지 않는 것이 육상연맹의 무능을 단적으로 말해준다고 하지 않았나. 아무리 내가 입이 아프게 떠들어도 누구 하나 귀담아 들으려 하지 않는다. 이봉주가 할 일이 없으니까 해외 마라톤에 유람하듯 다니고, 여기저기 국내 마라톤 행사에 불려 다니고 있지 않은가. 지금 이봉주가 그럴 때인가. 이봉주는 지금 마라톤 감독으로서 선수들을 혹독하게 훈련시키고 있어야 하는 것 아니냐 하는 것이다.

90년대에 이봉주, 황영조, 김완기, 김이용, 권은주가 정봉수 감독 밑에서 훈련할 때 정 감독이 이들에게 500m 언덕 인터벌 훈련을 시켰다고 한다(나의 상상이지만). 그런데 선수들이 언덕 인터벌훈련을 25개까지는 했는데, 정 감독이 "5개 더 해서 30개 채워라."라고 지시를 내리자 선수들(이봉주, 황영조, 김완기, 김이용)이 일제히 들고일어나 "감독님, 30개는 너무 힘듭니다. 25개도 겨우 참고 했습니다."라고 죽는 소리를 하자 정 감독이 불같이 화를 내며 "너희들, 내 지시에 안 따르면 너희들이 옷을 벗든가 내가 옷을 벗을 것이다. 너희들은 나의 지도 방식에 일절 토를 달지 마라."라고 단호하게 말하며 재차 선수들에게 언덕 인터벌훈련을 30개 채우도록 지시하자 선수들이 그대로 바닥에 드러누워 "감독님, 우린 도저히 힘들어서 30개는 못합니다. 저희들 옷을 벗기든 쫓아내든 감독님 맘대로 하쇼."라고 대들었다는 일화가 전설처럼 내려오고 있다는데, 확인된 얘기는 물론 아니다.

만약 그때 이봉주, 황영조, 김완기, 김이용이 500m 언덕 인터벌훈련을 30개씩 했더라면 마라톤 풀코스 서브2가 그때 벌써 달성되었을 것이다. 그래서 이봉주는 그 당시를 회고하며 "내가 그때 훈련이 힘들었어도 감독님 지시대로 언덕 인터벌훈련을 30개를 했어야 한다."라고 후회하고 있다고 하는데, 이 역시 확인된 얘기는 물론 아니다.

어쨌거나, 이봉주가 앞으로 마라톤 국가대표 감독이 되면 선수들을 혹독하게 몰아붙여 1주일에 이틀은 반드시 500m 언덕 인터벌훈련을 30개씩 시켰으면 한다. 진주에 사는 똥배 잔뜩 나온 50대 후반의 이 아저씨도 450m 언덕 인터벌훈련을 10개씩이나 하는데(12개 할 때도 있었음) 20대의 젊은 국가대표 선수들이 30개씩 못할 이유가 하나도 없는 것이다.

500m 언덕 인터벌훈련 30개를 하느냐 못 하느냐가 우리 선수들이 케냐나 에티오피아의 세계적인 선수들과 경쟁하는 바

로미터가 될 것이고, 또한 마라톤 세계 신기록의 밑거름이 될 것이고 풀코스 서브2로 가는 지름길이 될 것이니 반드시 이봉주 감독은 선수들에게 500m 언덕 인터벌훈련을 30개씩 시키기를 바란다.

이봉주가 감독으로 선임되면 김이용, 김완기, 이의수, 지영준 등을 남자 코치로 발탁하고, 여자 코치로는 권은주, 이은정 등을 발탁했으면 좋겠다. 현재까지 현역으로 뛰고 있는 김성은 선수는 올해 또는 내년 3월 서울 동아마라톤까지만 뛰게 하고 은퇴를 종용하여 여자 코치로 활용하면 좋겠다.

김성은 선수는 아쉽게도 우리나라 여자 마라톤 최고 기록을 세우지는 못했지만 2시간 20분 후반대(2시간 27분~2시간 29분) 기록 최다 보유 선수인 데다가 이젠 나이도 있고, 게다가 결혼까지 했으니 선수 생활은 이쯤에서 접고 앞으로는 코치로서 권은주, 이은정과 함께 이봉주 감독을 보필하면 좋을 것이다. 이봉주가 감독이 되면 육상연맹은 당장 최고의 훈련 시설과 숙소를 만들어서 선수들 훈련을 지원해야 할 것이다. 1,000m 꿈의 트랙도 만들고, 인공 오르막 훈련장도 만들어 주라는 것이다. 국가대표로 발탁된 선수들에게는 충분한 대우를 해주되 감독, 코치의 정당한 지시에는 무조건 따르게 해야 하고, 만약 말썽을 부리거나 대표팀을 이탈한 선수들은 실업팀에서 선수 생활을 아예 못 하도록 법제화해야 할 것이다. 훈련장 건설하는 문제는 시간이 걸린다 쳐도 국가대표팀 선수 선발은 당장 할 수 있는 것 아닌가. 기존의 실업팀에서 10명 정도 선발하고, 고교 유망주 중에서 10명 정도 선발하여 남녀 각 20명쯤 선수를 확보하면 될 것인데, 문제는 기존 실업팀에서 대표팀에 선수를 순순히 내주겠느냐 하는 것일 텐데, 실업팀에서 이기주의를 버리고 대승적 차원에서 협조해야 할 것이다. 만약 실업팀에서 대표팀에 순순히 선수를 내주지 않는다면 육상연맹에서 나서서 해당 실업팀에 엄중 제재를 가해서 그 팀은 아예 대회에 출전도 못 하게 하고 폭삭 망하게 해야 한다. 이렇듯 국가대표팀은 육상연맹에서 적극적으로 도와주고 후원을 해줘야 하는 것이다. 육상연맹이 빨리 정신 차리고 일어나 제대로 일 좀 했으면 좋겠다. 육상연맹의 맹성을 촉구한다.

최근 육상계에 '육상계의 김연아'로 불리는 선수가 등장했다고 여러 언론 매체에서 대대적으로 보도가 된 선수가 있다. 충남 계룡중학교 3학년 양예빈 선수 이야기다. 양예빈이 금년 소년체전에서, 1990년 김동숙이 세운 400m 여중부 최고 기록(55초 60)을 29년 만에 55초 29의 기록으로 갈아치웠다는 것이다. 양예빈의 이 400m 기록은 성인부 기록까지 통틀어 금년 여자부 2위에 해당하는 기록이라고 하니 언론의 스포트라이트를 받은 것이다. 양예빈은 아직 여중 3학년으로 나이가 어리니 발전 가능성은 무궁무진하여 한국 육상계가 환호할 만하다. 그런데 우리가(특히 육상연맹에서) 이 대목에서 생각을 잘해야 할 것이다. 모처럼 탄생한 단거리 유망주를 육상 환경이 척박한 우리나라에서 계속 훈련시킨다면 양예빈의 발전은 한계가 있을 것이다. 그럼 어떻게 하자는 말이냐고? 유학을 보내라는 것이다. 양예빈을 단거리 최강국인 자메이카로 아예 유학을 보내서 자메이카 선수들과 같이 뒹굴게 해서 세계적인 선수로 키워보자는 것이다. 이런 프로젝트를 육상연맹에서 나서서 해야 마땅한 것인데, 육상연맹에서는 이런 생각은 꿈에도 하고 있지 않을 것이다. 유학이 어렵다면 수시로 자메이카로 전지훈련을 보내는 방법도 있을 것이다. 사실 유학이 어려울 것도 없을 것이다. 육상연맹의 의지가 중요하고 마인드가 중요한 것이다.

어린 나이에 혼자 유학을 가면 적응하기 힘들 것이니 육상 유망주를 여럿 선발하여 양예빈과 함께 가도록 하고, 선수들을 지도할 수 있는 책임 교사를 지정하여 함께 딸려 보내는 방안을 연구하면 좋을 것이다. 따라서 이번 기회에 육상 단거리 유망주들을 자메이카로 유학 보내는 시스템이 만들어지면 좋겠다. 유학을 보내더라도 육상연맹에서는 수시로 현지 상황을 모니터링해야 할 것이다. 즉, 현지에서 선수들을 지도하는 책임 교사는 정기적으로 훈련 상황, 애로사항, 건의사항 등을 육상연맹에 보고하도록 해야 하고, 육상연맹에서는 직원을 수시로 현지로 파견하여 현지 상황을 파악해야 할 것이다.

육상 단거리 유망주들을 자메이카로 유학을 보낸다면 중장거리 유망주들은 케냐나 에티오피아로 유학을 보내면 될 것이다. 육상연맹에서 이번 기회에 유망주들 유학을 담당하는 부서가 생겨나기를 바란다. 육상연맹은 제발 분발하여 이런 프로젝트(유망주들 유학 보내는)를 연구해보기를 촉구한다.

아무튼 양예빈 선수는 국내에서의 기록과 훈련 여건에 만족하지 말고 큰 뜻을 품고 자메이카로 떠났으면 좋겠다. 양예빈을 지도하는 김은혜 코치도 양예빈을 어떻게 하면 자메이카로 보낼 수 있는지 궁리 좀 해보시기 바란다. 양예빈 선수가 몇 년 후

세계적인 단거리 선수가 되어 세계 육상 선수권 대회나 올림픽에서 세계적인 선수들과 200m 또는 400m 경기에서 트랙을 질주하는 황홀한 장면을 보기를 고대한다. 양예빈 파이팅!

그런데 양예빈 말고도 육상계에 유망주가 또 탄생했다는 것이다. 올해 7월, 울산 스포츠과학중학교 3학년인 서민준 선수가 2002년 최형락이 세운 남중부 100m 10초83의 기록을 0.04초 단축한 10초79의 기록으로 경신했다는 것이다. 중학생이 100m를 10.79에 주파했다니 대단한 기록이라고 할 수 있을 것이다. 여기서 딱 1초만 더 단축하면 서민준은 그야말로 세계 최고의 단거리 선수가 될 것이다. 그러나 서민준은 이미 어느 정도의 수준에 올라 있기 때문에, 척박한 우리 육상 현실을 생각하면, 이제부터는 기록 단축의 페이스가 크지 않을 것이다. 한국에서 훈련하면 9초대 진입은 거의 불가능할 것이다. 그럼 어떻게 하느냐고? 어떻게 하긴. 서민준도 자메이카로 유학을 보내란 말이다. 양예빈도 유학 보내고 서민준도 유학을 보내란 말이다. 한국에서는 답이 안 나오기 때문이다. 이들만 보내지 말고 유망주들을 여럿 선발해서 책임 교사와 함께 보내란 말이다.

육상 유망주는 또 있다. 충남 홍성 한울초등학교 6학년 한수아가 올해 소년체전에서 100m를 12초54에 주파하여 여자 초등부 신기록을 세웠다는 것이다. 한수아는 인터뷰에서 "고등학교 때 반드시 한국 최고 기록을 세우겠다."고 다짐하고 있으니 어쩜 그리 당차고 예쁜지 모르겠다. 이렇게 우리나라에는 양예빈, 서민준, 한수아 같은 육상 유망주들이 무럭무럭 자라고 있는데, 육상연맹에서 똘똘한 임원이 한 명이라도 있다면 이들을 세계적인 선수로 키울 마스터플랜을 당장 가동해야 마땅하다. 내가 누누이 강조하지만, 한국에서는 안 된다. 육상 선진국으로 유학을 보내라는 것이다. 그런데 육상 단거리에서는 유망주가 속출하는데 어찌하여 중장거리 부문에서는 희소식이 들려오지 않는단 말인가.

이봉주가 국가대표 마라톤 감독이 된다면 한국 마라톤은 희망을 가질 수 있을 것 같다. 이봉주는 감독이 되면 절대로 선수들에게 휘둘려서 어영부영 훈련시키는 감독은 되지 않을 것이다. 그 옛날 정봉수 감독이 직을 걸고 훈련을 시켰듯, 이봉주 감독도 직을 걸고 선수들을 훈련시킬 것이다. 그런데 이봉주가 감독이 되는 모습을 대체 언제쯤에나 볼 수 있으려나.

이봉주가 감독 되는 날을 기다리다가 이봉주도 늙어가고 있고 나도 늙어가고 있다.

육상연맹이여, 제발 분발하라!

2019년 9월,

하늘의 뜻

마라톤이나 산행처럼 다리를 격하게 움직여야 하는 운동은 다리를 다치기 쉽다. 운동 중에서 다리 부상이 가장 많은 운동은 뭐니 뭐니 해도 마라톤일 것이다. 무릎 부상으로 인해 마라톤을 그만둔 사람을 심심치 않게 볼 수 있다. 산행 마니아가 무릎 연골이 닳아서 연골 주사를 맞는다는 이야기도 종종 듣는다. 산행 또는 마라톤으로 부상 당한 몇몇 사례들을 소개한다.

내가 몇 번 언급한 적이 있는, 진주에서 나랑 같이 근무하다 얼마 전 본거지인 대전으로 간 어느 마라토너가 무릎을 다쳤다는 소식이 바람결에 들려왔다. 무릎이 안 좋아 병원에 갔더니 연골이 닳았다는 것이다. 연골이 닳았다고 하니, 안타깝지만, 마라톤을 이제는 그만두던가 다른 종목의 운동을 하던가 아니면 아주 살살 달리기를 할 것인가 결단을 내려야 할 것이다.

2년 전에, 나랑 어릴 적 한 동네에서 자랐던 초등학교 1년 선배가 모친상을 당했다고 해서 장례식장에 다녀온 적이 있었는데, 대구에서 젊을 때부터 지금까지 고교 교사로 재직 중인 그 선배를 아주 오랜만에 장례식장에서 상봉하게 된 것이다. 그 선배와 담소를 나누다가 뜻밖에 선배가 마라톤 마니아였다는 사실을 알게 되었다. 그런데 그 선배는 풀코스는 한 번도 뛴 적이 없고, 주로 10km를 뛰었다고 하는데, 이제는 마라톤을 하지 못하고 걷기 운동만 한다고 한다. 무릎 연골이 닳았다는 것이다. 그 선배는 마라톤 클럽에 가입하지 않고 홀로 마라톤을 하다 보니 무릎에 이상이 왔는데도 누구랑 상의할 사람이 없어 무심히 지내다가 어느 날 병원에 갔더니 의사가 "무릎 연골이 닳았으니 달리지 말라."라고 했다는 것이다. 그래서 지금은 할 수 없이 걷기만 한다는데, 아무래도 걷기는 달리기에 비해 성이 차지 않는다고 쓸쓸하게 말한다.

그 선배도 나이가 들었으니 내가 농담조로 "형도 이젠 교장하실 때가 되지 않았수?"라고 하니 그 선배가 "나는 말이야, 하려면 교육감을 하지, 교장은 시켜줘도 안 한다."라고 큰소리친다. 그러면서 "너도 알다시피 나는 진보 진영 쪽이고 내가 대인관계는 괜찮지 않으냐. 그래서 (교육감 선거 나가면) 해볼 만한데, 문제는 거기(대구)가 워낙 보수적이라서 말이야." 하면서 쩍쩍 입맛을 다신다. 그 선배 집과 우리 집은 어릴 적 한 동네에 살면서 친하게 지냈기 때문에, 이번에 돌아가신 그 선배 모친께서 어느 날 떡을 해서 보자기에 둘둘 말아 우리 집에 가져오신 기억이 선명하다. 그 당시는 누구네가 떡을 하게 되면 이웃집과 조금씩이라도 나눠 먹던 시절이었다.

세계적인 긴급구호 전문가 한비야 선생이 쓴 『1그램의 용기』라는 책에서 한비야 선생도 무릎 연골이 닳아 병원에서 가끔씩 연골 주사를 맞기도 했다고 한다. 의사의 소견에 의하면, 한비야 선생이 30대 젊은 시절 세계 오지를 일주할 때 너무 오랫동안 무거운 배낭을 지고 다녔기 때문이라고 했다는데, 백두대간 종주까지 한 것도 무릎에 무리가 온 이유가 됐을 것이다. 한비야 선생은 어릴 적부터 산행 마니아였다고 한다. 한비야 선생의 산사랑은 그녀의 또 다른 저서 『그건, 사랑이었네』를 보면 알 수 있다. 그 책을 보면 한비야 선생은 장기간 외국으로 구호 활동을 하러 갔다가 집에 돌아오면 짐을 방바닥에 던져놓고 곧바로 산으로 갔다고 할 만큼 산행을 즐겼다는 것이다. 그런데 '58개띠'인 한비야 누님이 여태껏 미혼으로 지내시다가 재작년에 결혼을 하셨다는 것이다. 그래서 신랑이 누군가 궁금하여 급히 알아봤더니 한국 남자가 아니고 네덜란드 남자였다. 한비야 누님이 워낙 국제적인 인물이시다 보니 결혼도 국제적으로 하셨다. 아무튼 비야 누님 늦은 나이에 결혼하셨으니 남들보다 몇 배는 더 행복하시기를 바란다.

산행을 너무 열심히 해서 무릎 연골이 닳아 연골 주사를 맞는다는 사람 이야기를 하나 더 하려고 한다.

6~7년쯤 전에, 내가 지인과 논산 대둔산 산행을 하다가 홀로 산행을 하던 어느 여인을 만나게 되었다. 그 여인은 57년생이었고 충남 논산시 연산면에 산다는데, 놀랍게도 미혼이었다. 젊었을 적에는 미모가 대단했겠다는 생각이 들 정도로 인물이 좋아

서 남자들깨나 울렸을 것으로 추정이 되었는데, 지금은 연산(황산벌)에서 홀로 농사를 지으며 살고 있다고 한다. 그녀도 산행 마니아인데 지금은 무릎 연골 주사를 맞는다고 한다. 그 누님이 자신이 산행 중 겪었던 재미있는 이야기를 들려준다. 그러니까 어느 날 그 누님이 홀로 산행을 하다가 폭포 옆에 앉아 쉬면서 컵라면을 먹으려고 하는데 어떤 이상한 남자가 누님 곁을 지나 내려가다가 다시 올라와서는 힐끗 자신을 노려보며 "혼자 왔어요?"라고 묻더라는 것이다. 순간 그 누님은 머리가 쭈뼛 서더라는 것이다. 그래도 그 순간 그 누님은 침착함을 잃지 않고 순간적인 기지를 발휘해서 아주 자연스럽게 "아니요? 신랑하고 같이 왔어요. 신랑 저기 뒤에서 오고 있어요. 에잇, 왜 아직까지 안 오고 뭐 하는 거야."라고 투덜대기까지 했다는 것이다. 그 괴한은 그 누님의 완벽한 연기에 고개를 갸웃거리며 내려갔는데, 이 누님은 괴한이 시야에서 벗어나자마자 먹던 컵라면을 휙 집어 던지고 부리나케 역방향으로 줄행랑을 쳤다는 얘기를 듣고 우리는 배꼽을 잡고 웃어댔다.

그런데 문제는, 나도 지금은 몸에 이상이 와서 계속 마라톤을 해야 하는지 결단을 내려야 할 시간이 왔다는 것이다. 뜻밖에 다리가 아닌 허리가 문제가 되고 말았다. 한 달 전쯤, 앉았다가 일어날 때 허리에 찌릿찌릿 통증이 와서 진주 시내 모 한의원에 가서 치료를 받았는데, 엉터리로 치료를 받는 바람에 허리 통증이 부쩍 심해져서 정형외과 가서 사진을 찍어보니 허리디스크에다가 척추협착증이 있다고 했다. 눈앞이 캄캄했다. 이제 나의 마라톤 인생도 여기서 끝나는 것인가.

내가 마라톤을 15년간 하면서 이런저런 끊임없는 다리 부상에 시달린 것이 사실이다. 부상의 근본 이유는 내가 체중 조절에 실패하고 몸의 유연성이 떨어져서 그런 것이다. 더 쉽게 말하면, 먹는 것을 조절 못 해서 그런 것이다. 그래도 내가 이런저런 부상을 이겨내며 지금까지 달릴 수 있었던 것은, 무릎은 괜찮았기 때문이다. 그래서 내가 무릎은 튼튼해서 얼마나 감사한지 모른다. 마라톤 입문 이후 처음 몇 년간은 아킬레스건염과 장경인대염으로 고생했고, 그 후로는 햄스트링 부상과 좌골신경통으로 10년간 고생을 했다. 햄스트링 부상과 좌골신경통을 치료하기 위해 10년간 한의원, 통증클리닉을 전전했지만 낫지 않았는데, 뜻밖에 작년에 폼롤러를 사서 스트레칭하면서 싹 나았다. 폼롤러는 정말로 유용한 기구이니 마라토너들은 집에 필히 비치해놓고 수시로 스트레칭 해주면 좋을 것이다. 부상에서는 해방되었지만 방심하면 언제든 부상이 재발할 수 있으니 집에서 열심히 스트레칭 하는 것을 게을리하지 않는다. 그러니까 내가 다리 부상이 전혀 없는 상태로 신나게 달린 것은 나의 마라톤 인생 15년 중에 작년부터 최근까지 겨우 1년 남짓한 세월이다.

1년 넘게 부상 없이 달리다 보니 앞으로 나의 마라톤 인생에 더 이상 부상은 없을 것이라는 부푼 희망으로 달렸는데, 비통하게도 허리 부상이라는 암초를 만나서 나의 마라톤 운명이 위태로운 지경에 빠지고 말았다. 내가 부상을 극복하지 못하고 마라톤판을 떠난다면 우리나라 마라톤계에도 큰 손실 아닌가.

허리는 한 번 다치면 완치가 잘 안 되는 것으로 알고 있기 때문에 나는 불안하기만 하다. 한의사인 나의 매제가 수소문해서 알아낸 추나 치료 잘하는 한의원에 가서 요즘 열심히 추나 치료를 받는 중이다. 전국추나학회에서 추천한 한의원이라고 한다. 역시 그 한의원에서 소문대로 치료를 잘해주고 있는데, 내가 치료받을 때마다 한의사의 추나 치료 기술에 감탄을 하고 있다. 나는 이 의사를 명의로 여기고 있다. 환자가 좋은 의사를 만나는 것도 큰 복이다. 이번 기회에 알게 된 것인데, 추나 치료를 잘하는 한의원이 그리 많지가 않다는 사실이다. 그러니 추나 치료를 받으려고 하면 아무 한의원에나 덜컥 가지 말고 반드시 추나 치료 잘한다고 소문난 한의원을 찾아가야 한다. 나의 한의사가 추나 치료도 물론 잘해주지만 이 의사가 인간적으로도 매력덩어리다. 의사 나이가 나보다 한 살 많은데, 치료실에는 늘 음악이 흐른다. 그런데 그 음악이 죄다 70년대에 유행하던 곡들이라서 내 입맛에 딱 맞는 바람에 나는 치료실에 들어가기만 하면 기분이 좋아진다. 음악 때문에 치료 경과가 더 좋은지도 모르겠다.

게다가 이 의사는 의사로서는 드물게 유머 감각까지 갖추고 있어서 나하고 말도 술술 잘 통한다. 내가 의사에게 "언제 보신탕 한 그릇 같이합시다."라고 했더니 자기는 그걸 못 먹는다고 하여 뭔가 다른 메뉴를 정해서 점심 한 끼 대접하려고 한다. 아무튼 진주에 이렇게 훌륭한 한의사가 있다는 것은 진주사람들에게도 큰 복인 것이다. 내가 한의사에게 물었다. 내 허리가 왜 이렇게 되었느냐고. 의사는 "환자분의 목이 뻣뻣하다. 등 근육도 뻣뻣하다. 그래서 허리에 무리가 가는 것이다. 목이 뻣뻣하면 성인병에 걸릴 가능성도 높다. 칡즙이 목 근육을 부드럽게 해주니 칡즙을 사서 마셔라. 칡즙을 마실 때 그냥 마시면 안 되고 반드시 물에 타서(희석시켜서) 마셔야 한다. 비락 칡즙이 좋다고 한다. 비락 칡즙."

한의사가 추나 치료도 잘해줄 뿐만 아니라 이렇게 친절하고 구체적으로 조언을 해준다. 또한 집에서 할 수 있는, 허리에 좋은 스트레칭 동작도 몇 개 알려준다. 내가 또 물었다. 허리 나으면 다시 마라톤 할 수 있느냐고. 의사는 "당신한테 마라톤을 권하고 싶지는 않다. 수영을 하라. 허리 스트레칭을 잘해주면 허리 부상 재발 가능성을 현저히 낮출 수는 있다."라고 말한다.

사실 의사들은 물론이고 내 가족을 비롯한 주위 모든 사람들이 나더러 마라톤은 절대 하지 말라고 아우성이다. 그렇게 뚱뚱하고 똥배 나온 몸으로 무슨 마라톤을 한다는 거냐는 말씀이다. 그래서 나에게 수영을 권하는 사람들이 많다. 수영을 하면 다칠 일도 없고 심폐기능도 좋아지고 하체도 튼튼해져서 건강에 좋다는 얘기 정도는 익히 들어 알고는 있다. 그렇지만 면장도 싫으면 그만이라는 말이 있듯, 나는 성격상 수영은 때려죽여도 하기 싫다.

많은 책을 써서 유명한 김형석 교수 올해 나이가 99세이신데, 이분이 어릴 적에는 건강이 너무 안 좋아서 부모님이 아들의 생사를 걱정할 정도였다는 것이다. 그런데 이분이 이제는 100세를 눈앞에 두고 있고, 내 생각으로는 100세는 충분히 돌파하실 것 같다. 내가 이 어르신의 저서를 여러 권 읽었지만 이분 장수의 비결을 찾지 못해 궁금했었는데, 결국 이분의 어느 저서를 최근 읽다가 그 비결을 알아내는 데 성공했다. 비결은 수영이었다. 김형석 어르신이 오랫동안 수영을 했고 노년에도 수영을 꾸준히 하신다는 거였다. 그럼 수영을 하면 다 이 어르신처럼 장수하느냐? 그건 아닌 모양이다. '아시아의 물개'로 명성을 날렸던 왕년의 국가대표 수영 선수 조오련 씨가 2009년 58세의 나이로 별세했다. 수영으로 아시아를 호령한 사람이 그 나이에 심장마비로 사망했다니 참으로 기가 찰 노릇이다. 그러니까 수영 좀 한다고, 마라톤 좀 한다고, 산행 좀 한다고, 철인 3종 한다고 자신의 건강(체력)을 과신하거나 방심하다가는 한순간에 황천길로 가는 수가 있으니 우리는 건강에 있어서도 늘 겸손해야 하고 조심해야 할 일이다.

그러나 지금 내가 다른 사람들 걱정할 때가 아니다. 내 코가 석 자다. 거듭 떠벌리지만 지금 나는 마라톤 인생 중 최대 위기를 맞고 있다. 노무현 대통령은 유서에 "다 운명이다."라고 적었고, 문재인 대통령은 『문재인의 운명』이라는 책을 썼다고 하는데, 그럼 나의 마라톤 운명은 어떻게 될 것인가. 허리 치료가 잘되어 마라톤판에 복귀할 것인지, 아니면 마라톤하고 영영 작별을 고해야 하는지….

과연 하늘의 뜻은 어디에 있는 것일까. 현재로서는 마라톤판으로 복귀하기가 아무래도 어렵지 않겠냐는 전망이 우세한 것이 사실이다. 마라톤을 못 하는 처지가 된다면 과연 인생 더 살 필요가 있을지 고민 좀 해봐야겠다. 그래서 나는 어떡하든 치료를 완벽하게 하고 스트레칭도 열심히 해서 몸을 만들려고 한다. 또한 많은 분들이 응원해 주시고 기도까지 해 주신다면 마라톤판에 복귀할 수 있을 것이다.

제발 그렇게 되기를!

2019년 11월,

내가 있어야 할 곳은

오랜만에 서울 나들이를 했습니다. 내가 서울하고도 강남, 강남 중에서도 청담동에 갔다는 것 아니겠습니까?

우리나라 유행의 첨단을 걷는, 연예인이 많이 산다는, 말로만 듣던 그 청담동입니다. 난생처음 강남에 발을 디딘 것인데, 아, 강남이 처음은 아니군요. 강남에 몇 번 가긴 갔었군요. 강남 고속버스터미널에 고속버스 타러 몇 번 들른 적이 있군요.

청담동에서 오늘 조카 결혼식이 있었습니다. 그런데 문제가 생겼습니다. 진주에서 서울 강남까지 버스로 왕복 여덟 시간 걸린다는데, 여덟 시간을 어떻게 보내야 할지 고민이 생긴 것입니다. 여덟 시간이면 하나의 문명이 발생하고도 남을 장구한 시간 아니겠습니까? 고민 끝에 책 한 권하고 헤드셋을 챙겨 버스에 올랐습니다. 차에서 책 읽다가 음악 듣다가 졸리면 스르르 잠들면 되는 것입니다. 내가 몇 년 전 거금 30만 원 가까이 들여 성능 좋은 헤드셋을 구입했다는 것이 중요합니다. 나는 헤드셋을 출근할 때도 챙겨 가서 직장에서 점심시간에 헤드셋을 컴퓨터에 연결하여 클래식 음악을 듣습니다. 시간 난다고 동료들과 한담을 나누며 시간 보내느니 차라리 혼자 조용히 음악이라도 감상하는 것이 좋겠다는 생각에서입니다. 나는 음악에 관해서라면, 서양음악이든 우리 대중가요든 철저히 복고적이라 할 수 있겠습니다.

오늘 버스 안에서는 교향곡을 몇 곡 선택하여 집중 감상했습니다. 교향곡은 연주 시간이 길기 때문에 평소 집에서나 직장에서 감상하기에는 어려움이 좀 있었습니다. 그래서 버스 안에서 맘 놓고 시간에 구애받지 않고 교향곡을 감상하기로 한 것입니다. 책과 음악 덕분에 오늘 버스에서 보낸 여덟 시간이 1분 1초도 지루하지가 않았습니다.

서울 올라가는 버스 안에서 TV를 시청하는데, 맛집 코너에서 충북 '보은 순대' 소개하는 것을 봤습니다. TV에서 보은 순대를 얼마나 맛있게 홍보를 하는지 그놈의 보은 순대랑 막걸리 한 병 먹으면 죽어도 원이 없겠다는 생각이 들 정도였습니다. 순대가 입에서 살살 녹는다고 하는군요. 당장 그 순댓집을 핸드폰에 저장해 두었습니다. 언제 보은 근처를 지나게 되면 반드시, 꼭, 필히, 기필코, 그 순댓집에 들러서 순대 전골을 먹어 치울 것입니다. 아, 보은 순대 먹고 싶다!

결혼식이 진행되는데 주례 선생님이 누군가 했는데 놀랍게도 스님이 주례자로 등장을 하시더군요. 스님이 주례를 서는 광경은 처음 봅니다. 충남 공주의 모 사찰 주지스님이라는 주례 선생님은 신랑의 부친(나의 매제)과 대학교 친구라고 합니다. 신랑 부친이 독실한 불교 신자입니다.

스님이 주례 말씀을 하시기 시작합니다. 나는, 스님이 혹시 법정 스님의 주례사를 소개하는 것은 아닐까 숨죽이며 경청하는데 그것과는 상관없는 주례사였습니다.

"서로 이해와 사랑으로"라거나 "검은 머리 파뿌리 될 때까지" 같은 극히 형식적이고 상투적이고 무책임하고 하나 마나 한 말씀은 일절 없는 간결하고 훌륭한 말씀이었습니다.

스님의 주례 말씀 요지는, "많이 벌고 높은 위치에 올라가고 많이 갖는 것이 행복이 아니다. 만족할 줄 알고 베풀고 나누면서 살아가는 것이 행복이다."라는 것이었습니다.

또한 스님은 나태주 시인의 '풀꽃'이라는 시를 인용하면서 주례 말씀을 마무리하시더군요. 그런데 나는 스님이 나태주 시인을 언급하실 때 깜짝 놀랐습니다. 혹시 스님이 궁예의 관심법觀心法을 배우셨나, 라는 생각이 들 정도였습니다.

바로 며칠 전, 장선숙이라는 여자 교도관이 쓴 『왜 하필 교도관이야?』라는 책이 세상에 나왔는데, 그 책 추천사를 나태주 시인이 멋있게 써 주었음을 알기 때문입니다. 내가 바로 며칠 전 『왜 하필 교도관이야?』를 구입하여 이번 서울 여행에 그 책을 껴안고 버스에 올랐던 것입니다. 그러고 보니 스님 외모도 'TV 드라마 왕건'에 나오는 궁예와 비슷하다는 생각이 들었습니다.

신랑이 양가 부모님께는 물론 하객들에게도 엎드려 큰절로 인사하자 스님이 오리지널 충청도 말투로 "신랑이 충청도 양반이라 인사성이 참 밝어유."라고 멘트를 하자 식장에 일순 폭소가 터졌습니다.

신랑 부친이 한의학 교수로 재직 중이니 스님도 대학 시절에는 같이 한의학을 공부했을 것입니다. 그래서 내가 스님에게 "스님은 대학교씩이나 다니셨는데, 한의사의 길로 안 가시고 대체 어떤 연유로 출가하시게 되었습니까?"라고 물어보려다 꾸욱 참았습니다.

내가 청담동에서 결혼식 참석한 오늘, 이곳 근처 잠실 종합운동장 앞에서는 오전에 중앙마라톤이 개최되었을 것입니다. 잠실 종합운동장 앞을 출발하여 경기도 성남까지 달려갔다 오는 중앙마라톤에 내가 마지막으로 출전한 지가 5년이 되었습니다. 그런데 '서울 중앙마라톤' 명칭이 작년부터 'JTBC 서울마라톤'으로 바뀌었다는데, 도대체 왜 이름을 발음하기도 어려운 괴상한 이름으로 바꾸었는지 이해를 못 하겠습니다. 방송국 이름을 따서 바꾼 모양인데, 그런 식이라면 춘마 이름도 'TV조선 춘천마라톤'으로 바꿔야 할 것이고, 서울 동아마라톤은 '채널A 서울마라톤'이라 바꿔야 할까요? 이 얼마나 우스운 일이냐 하는 것입니다.

사람이든 사물이든 부르기 쉽고 정감 가는 이름이 좋은 것 아닌가요? 절박한 사정이 없는 한 그렇게 함부로 이름을 바꾸면 되겠어요? 대체 중앙마라톤 이름이 뭐가 어때서 그렇게 어려운 이름으로 바꿨는지 모르겠어요. 영어가 들어가야 품위가 좀 있어 보인다는 썩어빠진 사고방식 때문 아닐까요? 그래서 나는 누가 뭐래도 JTBC 서울마라톤을 종전대로 중앙마라톤이라 부르겠어요. JTBC는 자판기로 치기도 어려워요.

정말로 진짜로 참말로 이름을 바꿔야 할 경우를 소개하려고 합니다. 저의 할머니가 작년 5월에 별세하셨습니다. 그런데 저의 할머니 이름이 뭐였는지 아십니까? 할머니 이름이, 아뢰옵기 민망하오나, '최죽자'였습니다. 아무리 옛날 사람들 이름이 촌스럽다 하더라도 어쩜 그리 안 좋은 이름이었을까 내가 생각해도 참…….

할머니 상을 당했다고 직장에 신고를 해야 하는데, 고인의 이름을 차마 그대로 적어 낼 수가 없어서 '최죽자'를 '최선자'로 고쳐서 신고해야 했습니다. 할머니가 옛날 분이라 안 좋은 이름을 고칠 생각을 안 하시고 평생 사신 것 같습니다. 그래도 이름에 안 어울리게 할머니는 96세까지 장수를 누리셨다는 것 아니겠습니까?

아무튼, 오늘 내가 있을 곳은 결혼식장이 아니고, 가슴이 뛰고 심장이 뛰는 중앙마라톤 현장이라는 생각에 심란한 하루였습니다.

아, 참, 여러분! '보은 순대' 잊지 않으셨지유?

2019년 11월, 순천 남승룡마라톤

언니의 행복을 빌며

마라톤 이야기하기 전에 먼저 허리 부상 이야기부터 해야겠다. 지난번 내가 허리를 다쳐서 추나 치료 잘한다는 진주의 모 한의원 가서 열심히 추나 치료받고 허리가 싹 나았다고 선전했는데, 사실 나의 모친도 허리가 너무 안 좋아서 허리 수술을 두 번씩이나 받으셨고, 나의 장모님도 역시나 허리가 너무 안 좋아서 고생을 많이 하고 계시다. 우리나라 연세 드신 어머니들은 대부분 허리 또는 다리가 안 좋아서 고생을 하고 계실 것이다. 내가 허리를 다치기 전에는 나의 모친이나 장모님 허리 통증에 대해 썩 관심을 두지 않은 것이 사실이다. 부끄럽지만 나는 이렇게 부모님께 별로 바람직하지 않은 자식으로 살아 온 것이다.

내가 허리를 다쳐서 고생을 해보니 장모님의 허리 통증에 대해 관심을 가지게 되었고, 나는 그래도 이렇게 빨리 나았으니 장모님 허리도 고쳐드리자는 생각이 들었다. 그래서 경기도에 사시는 장모님을 진주로 초빙을 하게 되었다.

경기도에서 버스를 장장 4시간 타고 진주까지 오신 장모님을 모시고 내가 치료받았던 한의원으로 갔다. 한의원에서 장모님은 이틀간 두 번 추나 치료를 받았다. 이틀 치료 끝나고 잠시 문답이 있었다.

나 : "원장님, 우리 장모님 허리 완치될 수 있을까요?"

의사 : "치료 잘 받으면 생활하는데 큰 지장은 없을 겁니다."

나 : "장모님은 장인어른 밥 해드려야 해서 바로 올라가셔야 되니까 여기 진주에 오래 못 계십니다. 장모님 사시는 도시에 추나 잘하는 한의원 있으면 추천 좀 해 주시죠. 장모님이 거기서 계속 추나 치료받을 수 있도록 말입니다."

의사 : "추천해드릴 수는 있지만, 실제로 그곳에서 추나 치료를 잘하는지 제가 알 수가 없잖아요. 그래서 차라리 약침을 맞으시라고 권하고 싶네요. 약침을.

장모님 : "지금까지 여러 군데 한의원 다녔는데, 약침 놔주는 데가 없더라구요. 집에 가면 약침 놔주는 한의원 알아봐야겠네요."

그렇게 장모님은 진주에서 이틀 추나 치료받고 올라가셨는데, 들리는 얘기에 의하면, 그 후 장모님은 집 근처 도시 한의원 몇 군데 갔지만 치료가 도무지 맘에 안 들고 이곳 진주에서 치료받은 한의원 원장님만 생각난다는 것이다.

여기서 두 번 치료받고 가신 뒤로는 밤에 주무실 때 허리 통증이 훨씬 덜하다고 하신다. 그전에는 주무실 때도 허리 통증으로 힘들어하셨다는 것이다. 그래서 조만간 다시 장모님을 초빙하여 그 한의원으로 모시고 갈 작정이다.

장모님을 대략 10번 정도만 집중 치료받게 하면 거의 나을 것인데, 문제는 장인어른 때문에 여기에 오래 머물 수가 없다는 것이다. 아무튼, 진주의 그 한의원 원장은 우리 장모님도 인정한 명의임이 분명하다.

계속 여러 번 강조하는 것이지만 나도 허리는 나았다고는 하지만, 언제 부상이 재발할지 몰라 무서워서 스트레칭에 병적으로 매달리고 있다. 하루에도 몇 번씩, 틈만 나면 스트레칭을 해댄다. 의사도 나한테 마라톤 권하고 싶지 않다고 했는데도 나는 의사 말을 어겨가며 마라톤을 재개했으니 절대로 부상이 재발해서는 안 될 것이다. 만약 허리 부상이 재발하게 되면 그때는 내 인생 끝이다, 라는 절박한 심정이다. 왜냐하면 허리 부상이 일단 재발하기 시작하면 고질병이 될 가능성이 크고, 그러면 마라톤은 사실상 접어야 할 것이기 때문이다. 마라톤 못 하게 되면 인생 무슨 낙으로 살아가느냐 하는 것이다. 차라리 죽는 게 낫지.

순천 남승룡 마라톤 대회장에 도착하여 일단 먹을 것부터 찾았다. 나는 레이스 출발 전에 어느 정도 음식을 뱃속에 집어넣어야 안심이 된다. 나는 달리다가 10km만 넘어가면 배고파서 견딜 수가 없기 때문이다.

순천 대회 음식 인심은 비교적 좋다. 일단 뜨끈뜨끈한 오뎅국이 제공되었고, 붕어빵을 구워서 주기까지 한다. 그런데 붕어빵을 달랑 하나만 주던데, 이왕 주려거든 두세 개는 주어야지 쫀쫀하게 하나가 뭐냐. 이러니까 주고도 욕먹는 거다. 게다가 나는 행사 자봉팀이 아침 식사로 먹던 김밥까지 몇 개 얻어서 먹어두었다. 또 떡국까지 얻어먹으려고 떡국 부스에 갔더니 떡국이 아직 준비가 안 됐다고 해서 할 수 없이 떡국은 못 먹고 뛰게 되었다. 아무튼 이 정도 먹어두었으니 배가 빵빵해져서, 레이스 도중에 허기로 고생할 일은 없을 것이다.

나는 오늘 10km 신청했지만 14km를 뛰려고 한다. 허리 부상에서 벗어나서 줄곧 10~11km만 달렸는데, 오늘은 그것보다는 주행거리를 좀 더 늘려서 14km를 달려보겠다는 것이다. 오늘 14km를 성공적으로 달리게 되면 다음 달에는 하프코스에 도전하려고 한다. 집에서 나오기 전에 허리 스트레칭을 했지만 레이스 출발 전에 운동장 잔디밭 구석에서 엎드려 스트레칭을 또 한다. 왜? (허리 통증이 재발할까 봐) 불안하니까.

코스는 평탄하고 교통 통제도 초반에는 잘 되고 날씨도 좋아서 달리는 데는 딱 좋았다. 나는 달팽이 페이스로 달려 나간다. 2km쯤 가서 오늘 유일하게 대화를 나눈 남성 주자를 만났다. 그는 몸매는 아주 날렵하게 생겼는데 달리는 스피드는 나랑 거의 삐까삐까하다. 게다가 그는 달리는 폼도 흐느적거리는 듯해 아주 엉성하다. 초보인 것 같다.

그는 '65 뱀띠'라고 했다. 그래서 그를 '뱀'으로 표기한다.

나 : "어디서 왔슈?"

뱀 : "여수에서요. 댁은요?"

나 : "나는 진주에서요."

뱀 : "아, 진주에서 제가 잠시 산 적 있어요."

나 : "무슨 일 하시오?"

뱀 : "회사원입니다. 전기 회사에."

나 : "아직까지 잘 버티고 계시는군요"

뱀 : "내 할 일만 잘하면 되는 거지요."

나 : "그런데 오늘 몇 km 뛰시오?"

뱀 : "풀코스 뜁니다. 오늘 풀코스 처음입니다."

나 : "그렇군요. 그런데 달리는 자세가 좀 좋지는 않군요. 연습

을 많이 안 하는가 봐요?"

밤 : "일주일에 한 번 합니다."

나 : "하이고, 그래도 풀코스를 달리시고…. 그럼 하프코스 기록은 어떻게 돼요?"

밤 : "2시간 10분입니다."

나 : "그럼 풀코스는 4시간 30분~4시간 40분가량 걸리겠네요."

밤 : "나도 그 정도 생각하고 있습니다."

나 : "파이팅 합시다."

밤 : "네. 파이팅!"

3km쯤 가니 주위에는 아무도 없다. 나는 멀리 사라지는 주자들을 노려보며 거듭 다짐을 했다. '그래, 당신들 나보다 빨리 달려서 좋겠소. 그러나 나중에 늙어서까지 누가 더 오래 달리나 두고 봅시다. 나는 100살까지 달릴 테니까'

며칠 전, 김영달(84세)이라는 어르신에 관한 기사를 보게 되었다. 그 어르신이 1987년에 마라톤에 입문하여 1988년에 첫 풀코스를 완주했고, 그 후 마라톤에 풍덩 빠져 풀코스와 울트라를 합쳐 180회를 완주했다는 것이다. 그런데 그 어르신은 69세에 마라톤을 돌연 그만두었다고 한다.

몸에 특별한 이상이 생겨서 마라톤을 그만둔 것은 아닌 듯했다. 마라톤을 그만두고 나서 몇 년 지나자 체력이 급격히 떨어지고 몸이 안 좋아졌다는 것이다. 동네 뒷산은커녕 계단도 못 오를 정도로 몸이 나빠졌다는 것이다. 그러다가 누군가로부터 '플랭크'라는 근력운동을 해보라는 권유를 받고 플랭크 운동에 몰입하기 시작했고, 몇 년 지난 지금은 근육도 다시 생기고 체력도 좋아졌다는 내용이다. 물론 김영달 어르신이 지금은 다시 건강을 회복해서 다행이긴 하지만, 69세에 멀쩡하게 잘하던 마라톤을 그만둔 것이 실수였다고 나는 판단한다. 김영달 어르신이 플랭크 운동으로 건강을 되찾았다 할지라도 어찌 플랭크를 마라톤에 비할 수가 있겠느냐 하는 것이다.

나는 그분이 왜 69세에 마라톤을 돌연 그만두었는지 그 이유를 생각해 보았다. 이유는 두 가지였을 것이다.

첫째는, 늦바람이 무섭다고 늦은 나이에 마라톤에 풍덩 빠져 마라톤에 목숨 걸듯 몰입하여 달리다 보니 어느 순간 마라톤이 징글징글해졌을 것이고 마라톤에 환멸을 느끼게 되었던 것 같다. 둘째는, 본인이 마라톤을 열심히 해서 체력이 좋아졌으니 방심한 것 같다. 즉 자신이 20년 가까이 마라톤을 해서 체력이 좋아졌으니 마라톤을 그만두어도 그 체력이 평생 갈 줄 알았던 모양이다. 그러니까 나의 주장은 뭐냐 하면, 마라톤을 하더라도 슬슬 즐기듯 해야 나이 들어서까지 오래 달릴 수가 있는 것이지, 젊은 날 너무 혹사하듯 달리면 나중에 일찍 마라톤을 그만둘 가능성이 높아진다는 것을 말하고 싶은 것이다.

8km쯤 가니 핑크색의 아슬아슬한 복장을 하고 달리는 여성 주자가 눈에 띄어서 그 여성 주자 뒤를 졸졸 따라갔다. 10분간은 그 여성 주자 뒤에서 달린 것 같다. 아, 그랬더니 놀랍게도 그 때부터 나의 컨디션이 좋아지며 스피드도 조금씩 올라가는 게 아닌가. 분명 그 여성 주자의 기를 받았기 때문이라고 나는 굳게 믿는다. 그래서 레이스 후반 3~4km는 많은 주자들을 추월하며 달리는 여유까지 생겼다. 14km를 달려 골인하고도 힘이 남아돌아서 하프코스까지 뛰고 싶다는 충동이 일 정도였다. 골인하고 허리 스트레칭을 또 했다. 왜? (허리가) 불안하니까.

오늘 주로 교통 통제는 초반에는 잘 되었는데, 유감스럽게도 레이스 후반 시내에서 차량과 주자들이 뒤엉켜 혼잡한 상태가 되고 말았다. 또한 대회 입상자들 시상식을 무려 한 시간이나 지나서 하는 것도 개선할 부분이다.

입상자들이 골인하면 최대한 신속하게 시상식을 진행하여 입상자들과 그 지인들이 하염없이 기다리는 불편을 없애주어야 할 것인데, 주최 측에서는 도대체 무슨 생각을 하고 있는지 모르겠다. 그런데 진짜 고쳐야 할 점이 있다. 떡국 부스 앞에서 떡국 받아먹으려고 주자들이 수십 미터 줄을 섰는데, 떡국 먹으려고 기다리다가 힘들어서 쓰러질 지경이다. 그래서 나는 꾀를 냈다. 떡국 부스 뒤쪽으로 돌아가서 떡국 배식하는 아줌마를 조용히 불렀다. 고통에 일그러진 표정을 연출해가며 “아줌마, 나 지금 배고파 쓰러지겄슈. 얼른 한 그릇 주세요.”라고 했더니 아줌마가 뒤로 고개를 돌려 힐끗 나를 쳐다보더니 얼른 떡국을 내 손에 쥐어 주며 "얼른 드세요. 그리고 또 한 그릇 드시고 싶으면 말씀하세요. 내가 그 정도 빽은 있어요. 호호호."라고 친절을 베풀어 주시는 덕분에 나는 전혀 기다리지 않고 천막 뒤에서 아주 편하게 떡국을 두 그릇 먹을 수가 있었다.

물론 나의 이런 새치기 행위가 잘했다고 떠벌리는 것은 절대 아니다. 이런 행동을 해서는 안 된다는 것을 강조하기 위해서 고백하는 것이다. 떡국 부스 앞에서 이렇게 길게 줄을 서서 하염없이 기다리게 하는 것은 참가자들에 대한 예의가 아닐 것이다. 매년 마라톤 대회를 치르면 이런 불편함을 주최 측에서는 충분히 알고 있을 텐데, 어찌하여 대책을 세우지 않는지 답답하다. 당연히 떡국 부스를 하나 더 설치해야 하는 것 아니냐 하는 것이다. 행사를 치르고 나면 문제점이 무엇인지 파악하고 다음 행사 때는 그런 문제점을 해소해야 마땅할 것인데, 결국 주최 측의 마인드가 중요한 것이다.

대회 마치고 순천과 가까운 광양으로 가서 불고기를 먹었다. '광양불고기'가 '전국 3대 불고기'라는 것이다. 광양에 오면 맛있는 '광양불고기'가 기다리고 있다는 사실을 잊어서는 안 된다. 광양에 와서 '광양불고기'를 못 먹는다면 참으로 애석한 일이 될 것이다. 불고기 식당이 엄청나게 크길래 종업원한테 "대체 식당에 몇 명까지 입장 가능합니까?"라고 물으니 450명까지 입장 가능하다고 한다. 그래도 내가 언젠가 언급한 전남 영광에 있는 굴비식당보다는 작은 것 같다. 그 굴비식당은 1,000명은 들어갈 수 있는 식당으로 보였는데, 아직까지 그 식당 이름을 모르고 있다. 언제 영광 가면 꼭 그 식당에 들르려고 한다.

광양불고기 맛은 소문대로 훌륭했다. 나는 오늘 겨우 한 시간 반(90분) 정도 달리고, 대회장에서 먹은 것까지 포함해서, 총 세 시간은 먹은 것 같다. 말하자면 달린 시간보다 곱절은 (시간상) 더 먹은 것이다. 이러니 아무리 달려도 살이 잘 빠지지 않는 것이다. 그런데 정말로 내가 하고 싶은 이야기는 지금부터라고 할 수 있다. 아, 이런 이야기는 맨입으로 해주기 싫은데…………

내가 순천 마라톤에 가려고 일행들과 합류하기 위해 새벽에 교도소 앞에서 버스 첫차를 탔는데, 놀랍게도 어떤 나이 지긋한 여인이 버스 기사님하고 왁자하게 떠들고 있었다. 행색으로 보아 오늘 교도소를 나온 출소자임이 틀림없었다.

달리는 버스 안에서 나는 20분도 채 안 되는 짧은 시간 동안 그 여인과 대화를 나누게 되었다. 그 여인은 괄괄한 성격에 목소리가 거침이 없었고, 때로는 내가 묻지도 않은 말을 술술 내뱉었다. 나는 그 여인을 '언니'라 불렀다.

나 : "언니, 오늘 출소하십니까?"

언니 : "네."

나 : "언니, 징역 몇 년 살았어요?"

언니 : “2년 6개월 살았어요.”

나 : “실례지만 남편이나 가족은 없나요?”

언니 : “스물네 살 때 남편하고 헤어졌어요.”

나 : “그럼 그 뒤로 혼자 사신 건가요?”

언니 : “내가 평생을 소매치기로 교도소를 들락거렸는데 뭘…….”

나 : “자식은 없었나요?”

언니 : “딸 하나 있는데, 못 본 지 50년 됐어요.”

나 : “아, 그러셨군요. 그런데 언니 나이는 어떻게 돼요?”

언니 : “예순아홉이예요.”

나 : “아, 저랑 띠동갑이시네요. 반가워요. 우리 악수합시다.“(우리 둘 악수함)

언니 : “아저씨도 출소자예요?”

나 : "예."(라고 대답을 해주었다)

언니 : "내가 일곱 살 때 친오빠한테 성폭행을 당했어요. 그 후 열 살 때까지 오빠한테 지속적으로 폭행에 시달리다가 열 살에 집을 나와 서울로 올라갔어요. 그 뒤로 범죄에 빠져 평생을…."

나 : "그 오빠 지금도 살아 있어요?"

언니 : "죽었어요."

나 : "언니, 지금 어디로 가시는 거여요?"

언니 : "대구 여동생네 집으로요. 여동생이 45평 푸르지오 아파트에 살아요."

나 : "여동생이 잘 사나봐요?"

언니 : "잘 살긴요. 그 아파트도 내가 (범죄로 번 돈으로) 사준 거예요. 조카들에게 내가 용돈도 만 원짜리로는 안 줬고 5만 원짜리로만 줬어요. 그런데 집에 가면 검찰에 벌금 내야 할지 모르겠어요. 에잇."

나 : "왜요?"

언니 : "며칠 전, 여자 수용동에서 좀 안 좋은 일이 있었거든요. 여자 직원이 젊고 예쁜데, 그날 목소리가 크더라구요. 나도 원래 목소리가 크잖아요."

나 : "아하, 며칠 전 여자 수용동에서 어떤 꼴통 수용자가 생난리를 쳤다고 들었는데, 그 꼴통이 바로 언니였군요."

언니 : "네. 호호호. 그런데 아저씨 이제 보니 교도관인가 보네요? 나는 아저씨가 출소자인 줄 알았잖아요. 에잇, 나 아저씨하고 얘기 안 할래."

나 : "에이, 뭘 그러세요. 수용자나 교도관이나 그놈이 그놈 아니에요?"

언니 : "하긴 뭐…"

나 : "그런데 그날 왜 그러셨어요?"

언니 : "아, 그 직원이 목소리가 그날 커서…."

나 : "직원이 젊고 예뻐서 질투 나서 그랬어요?"

언니 : "아니, 내가 그 직원을 좋아했다니까요."

나 : "언니가 먼저 시끄럽게 꼴통짓을 해서 그랬겠지요. 조용히 잘 지내는 수용자에게 누가 뭐라고 하겠어요. 안 그래요?"

언니 : "그건 맞아요. 호호호."

나 : "아무튼 언니 인생은 참 영화 같은 인생이네요."

언니 : "그렇잖아도 10년 전쯤, 어느 방송국에서 작가가 교도소로 나한테 면회 와서 영화 찍자고 했었어요."

나 : "그래서 영화 찍었어요?"

언니 : "네. 그 영화 내 이야기가 30%였고 감독이 70%는 각색했어요. 그리고 영화 끝나면 감독이 나에게 1억 5천 주기로 했었는데, 내가 빨리 선금으로 5천 달라고 졸라서 받아가지고 그 돈으로 다방하다가 홀랑 말아먹었어요."

나 : "영화 제목이 뭐였어요?

언니 : "〈무방비도시〉였어요."

나 : "아, 그랬군요."

언니 : "영화 〈기생충〉 만든 봉준호 감독 알지요? 봉 감독이

요즘 최고의 감독이잖아요. 몇 년 전, 봉준호 감독하고도 몇 번 접촉이 있었어요. 영화 때문에. 그런데 내가 또 다시 교도소 들어오는 바람에…. 이제 출소했으니 다시 연락이 올 거예요. 이번에 영화 만들면 아저씨도 꼭 영화 보세요."

나 : "아, 꼭 볼게요. 꼭 봐야지요. 그런데 언니 이름 좀 알려주실 수 있어요?"

언니 : "싫어요."

나 : "언니, 이제는 교도소 들어오지 않았으면 좋겠어요. 이제는 나이도 있잖아요."

언니 : "아, 이번이 마지막이예요. 다시는 안 들어올 거예요. 무엇보다도 이제는 나도 병들고 건강이 안 좋아요. 앞으로는 신앙으로 살아가려고 열심히 기도하고 있어요."

나 : "그런데 세형이 오빠(대도 조세형을 말함)는 그 나이에 지금도 교도소에 들어오더라구요"

언니 : "에이, 세형이 오빠하고 나는 급이 다르지요. 세형이 오빠는 월담 전문가이고 나는 면도칼로 하는 소매치기잖아요."

나 : "아, 이제 제가 버스에서 내릴 시간이네요. 앞으로 언니

여생은 아름답고 행복했으면 좋겠어요. 건강도 잘 챙기시구요."

언니 : "네. 그럴 거예요. 감사합니다. 안녕히 가세요."

그 언니가 처음에는 이름을 밝히지 않고 버티다가 결국에는 밝혔다. 그 언니가 두 번이나 영화를 언급한 것에 대해서는 사실인지 아니면 허풍친 것인지는 검증할 수가 없다. 내년 또는 내후년 봉준호 감독이 만드는 영화를 일단 지켜보는 수밖에 없을 것이다.

그 언니는 대구의 자신의 친언니 집에서 오래 머물지는 않을 것이다. 언니가 대화 도중 신앙 이야기를 여러 번 한 것으로 미루어 볼 때 그 언니의 신앙을 지도해주고 있는 목사님이나 교인들이 있는 것으로 보인다.

부디 그 언니는 교인들의 도움을 받아 종교시설 같은 데서 살면서, 평생 열심히 교도소를 들락거리며 지친 몸과 마음을 추슬렀으면 좋겠다. 그리고 앞으로는 제발 자신보다 더 병들고 어려운 이웃을 위해 봉사하면서 살아가는 아름다운 인생이었으면 좋겠다. 오늘 나하고 언니와의 생각지도 못했던 만남은 순천 남승룡 마라톤이 준 선물이었다.

언니, 이젠 부디 행복하세요. (교도소에) 또 들어오시지 말고!

2019년 12월, 송년 음악회

절해고도에 위리안치하라

요즘은 전국 방방곡곡 송년 음악회가 넘쳐나는 12월이다.

이제 금년 12월도 며칠 남지 않았다. 며칠 지나면 가는 년(2019)을 보내고 오는 년(2020)을 맞는 것이다.

나는 지난 11월부터 12월까지 진주문화예술회관에서 펼쳐진 공연에 다섯 번을 다녀왔다. 11~12월 두 달간 무려 공연을 다섯 번을 다녀왔으니 나에게는 그야말로 '공연 폭탄'이 터진 것이다. '물 폭탄' '눈 폭탄' '세금폭탄' '문자폭탄'이라는 말은 들어봤어도 '공연 폭탄'이라는 말은 내가 처음 쓰는 말일 것이다.

우선, 11월 15일 이상근 국제음악제 개막공연을 감상했다.

이날 개막공연으로 진주시립교향악단의 구스타프 말러의 〈교향곡 제2번 '부활'〉이 연주되었다. '한국의 차이코프스키'라고 불린다는 이상근이란 음악가가 이곳 진주 출신이라는 것이다. 그러니까 진주에서는 대중음악과 클래식 분야에서 남인수하고 이상근이라는 걸출한 음악가가 배출된 것이다.

구스타프 말러라는 작곡가 얘기가 나왔으니 말인데, 유정아 KBS 전 아나운서의 저서『클래식의 사생활』에 따르면, 베토벤, 슈베르트, 브루크너, 드보르작, 말러의 공통점이 있는데, 이들은 교향곡을 9번까지만 쓰고 죽음을 맞았다는 것이다. 교향곡을 가장 많이 작곡한 작곡가는 우리가 '음악의 아버지'라 알고 있는 하이든으로 무려 104번까지 교향곡을 작곡했고, 모차르트가 41번까지 작곡함으로써 그 뒤를 잇고 있고, 그다음으로 많은 교향곡을 작곡한 작곡가는 현대에 들어 소련의 쇼스타코비치로서 15개의 교향곡을 작곡했다는 것이다. 그런데 말러의 교향곡은 연주 시간이 여타 다른 작곡가들의 교향곡과는 달리 엄청나게 길다. 보통의 교향곡들은 연주 시간이 대략 30분~45분가량 되는데, 말러의 교향곡들은 연주 시간이 보통 60분이 넘고, 최장 90분 가까이 되는 곡들도 있다. 그러니 말러의 교향곡들을 끝까지 감상하려면 엄청난 인내심을 필요로 하는 것이다.

나처럼 마라톤씩이나 하는 사람들은 그래도 끈기가 있으니 이런 긴 음악을 감상하는 데도 유리할 것이다. 내가 생각하는 '교향곡의 적절한 연주 시간'은 40분 정도가 아닐까 생각한다. 연주 시간이 40분을 넘어가면 감상하는데 집중력이 좀 떨어지는 느낌이다. 나는 최근까지 말러의 교향곡들은 비교적 자주 연주되는 1.2번만 듣고 나머지 작품들은 아예 듣지 않기로 했었는데, 가만 생각해보니 내가 명색이 클래식 마니아라고 한다면 말러의 교향곡들을 전부 다 감상해야 맞는 것 아니냐 하는 생각에 이르게 된 것이다.

내가 금년 여름 혹독한 마라톤 언덕 인터벌훈련을 하면서 이 훈련을 '위대한 도전'이라 명명했는데, 나는 말러의 교향곡을 9번까지 다 감상하는 것도 역시 '위대한 도전'이라 여기고 감히 시작을 한 것이다.

말러의 교향곡은 연주 시간도 엄청나게 길뿐더러 오케스트라의 규모도 보통의 다른 작곡가들의 작품 연주 때보다 두 배는 더 큰 것 같다. 다시 말해 말러의 교향곡을 연주할 때 등장하는 오케스트라 단원들 숫자가 다른 작곡가들 작품 연주 때보다 두 배는 더 많다는 것이다.

아무튼 연주 시간도 엄청 길고 엄청 많은 악기가 동원되어 연주되는 말러의 교향곡을 연주하는 오케스트라 단원들과 지휘자는 엄청 고생이 많겠다는 생각이 든다. 어떤 점에서 고생이 많은 것이냐 하면, 그건 바로 연주 소리 때문일 것이란 말이다.

내가 언젠가(오래전) 음악회 다녀와서 오케스트라 단원들 청각을 걱정한 적이 있다. 즉, 단원들은 매일같이 동료들과 연습하고 공연도 하다 보면 쾅쾅 울려대는 악기 소리에 청각이 문제가 되지 않겠느냐 하는 우려를 표한 바가 있는데, 언젠가 클래식 관련 책을 읽다가(제목은 기억나지 않음) 그 문제를 속 시원히 이해할 수 있는 글을 발견하게 됐다.

그 책에 따르면, 오케스트라 단원들은 상당수가, 내가 염려한 대로, 개인차가 있긴 하지만, 청각에 애로를 겪고 있다는 것이다. 이것은 말하자면 연주자들의 직업병이라고 할 수가 있을 것이다. 그러니까 오케스트라 단원들은 아름다운 선율을 청중들에게 선사하기 위해 자신들의 청각의 어려움을 마다하고 수고를 하는 것이다.

나는 말러의 교향곡들을 클래식에서 마치 큰 산을 넘는 심정으로 열심히 9번까지 몇 번씩 반복하여 감상해서 진정한 '말러마니아'의 반열에 오르려고 위대한 도전에 나선 것이다. 그러니까 말러의 아홉 개의 교향곡들을 전부 제대로 감상할 수만 있다면 클래식에서 큰 산을 넘었다고 할 수가 있다는 말씀이다. 물론 이것은 나만의 생각일 뿐이지만.

말러의 교향곡뿐만 아니라 '교향곡의 대가' 브루크너의 교향곡들도 9번까지 제대로 다 감상하려고 벼르고 있다. 또한 쇼스타코비치의 교향곡 15개도 전부 다 제대로 몇 번씩 반복해서 들어보려고 속으로 칼을 갈고 있다.

쇼스타코비치는 조국을 잘못 타고난 불운한 작곡가였다. 그는 1930년대 소련의 스탈린의 대숙청 기간에 겨우 살아남을 수 있었고, 그 후 오랜 세월 창작의 자유가 없는 소련에서 공산당의 탄압을 받으면서 고생을 많이 한 작곡가라고 볼 수 있겠다. 그러니 쇼스타코비치는 라흐마니노프, 스트라빈스키, 로스트로포비치처럼 용감하게 서방세계로 망명을 해야 했던 것이다.

말러의 음악과 인생에 대한 이야기는 조윤범 저서 『조윤범의 파워클래식』과 유정아 저서들 『마주침』과 『클래식의 사생활』에 비교적 자세히 소개되어 있다. 그러니까 말러는 개인적으로나 가정적으로 행복과는 별로 어울리지 않은 인생을 살았음을 알게 되었다. 뛰어난 예술작품을 세상에 남긴 거장들은 말러처럼 불운한 운명과 싸우며 살다 간 경우가 많은 것 같다. 베토벤의 삶도 그러하지 않았나.

11월 21일에는 국립현대무용단이 기획한 '라벨&스트라빈스키' 작품 공연을 감상했다. 일종의 전위예술이라 할 만큼 라벨과 스트라빈스키의 곡을 춤으로 표현하는 공연이었다.

이번 공연의 곡은 라벨의 〈볼레로〉 그리고 스트라빈스키의 〈봄의 제전〉이었다. 라벨의 〈볼레로〉라는 곡은, 조윤범의 저서 『조윤범의 파워클래식』에 따르면, 한 가지의 멜로디에 악기를 추가해가면서 점점 커지기만 하는 독창적인, 어찌 보면 성의 없어 보이는 이 작품이 세계적으로 히트를 쳤다는 것이다. 너무나 유명한 라벨의 〈볼레로〉는 그의 관현악법 기교를 최고로 발휘한 걸작이라고 말하고 있다. 무용수들이 이 곡에 맞춰 춤을 추는데, 거의 비보이들의 공연을 보는 착각이 들 만큼 현란한 춤 공연이었다. '관현악의 대가' 라벨은 무소르그스키가 작곡한 피아노곡 〈전람회의 그림〉을 관현악곡으로 멋지게 편곡한 작곡가라고 한다.

또 이날 공연된 스트라빈스키의 곡 〈봄의 제전〉은 〈불새〉, 〈페트루슈카〉와 더불어 스트라빈스키의 '3대 발레극'이다. 〈봄의 제전〉 음악에 맞춰 무용수들의 화려한 춤 공연을 감상하긴 했지만, 음악이 오케스트라의 라이브 연주가 아닌 스피커에서 흘러나오는 음악이었다는 것이 좀 아쉬운 대목이었다고 하겠다. 물론 오케스트라를 초빙해서 오케스트라의 연주에 맞춰 춤 공연을 한다면 비용이 엄청 많이 들기는 하겠지만.

12월 1일에는 '진주YMCA청소년오케스트라'의 연주 공연이 있었다. 대부분 진주시 중고등학생들로 이루어진 오케스트라에서 수준 높은 연주를 선보였다.

이날 연주된 곡은, 베르디의 〈오페라 '나부코' 중 3막에 나오는 '히브리 노예들의 합창'〉, 모차르트의 〈피아노 협주곡 제25번 1악장〉, 그리고 쇼스타코비치의 〈교향곡 제5번 4악장〉등이었다.

나이 지긋하신 '진주시 부부합창단'이 출연하여 손주뻘 되는 오케스트라 단원들의 연주에 맞춰 '히브리 노예들의 합창'을 열창하는 모습은 그 자체로 큰 감동이었다. 공연 후반부에는 멋진 뮤지컬 공연까지 감상할 수 있어서 아주 좋았다. 그런데 내가 볼 때 '진주YMCA청소년오케스트라' 구성이 현악기에 비해 관악기 파트가 너무 많지 않나, 라는 생각이 들었다.

나는 '진주YMCA청소년오케스트라' 공연을 감상하면서, 내가 몇 년 전 소개한 바 있는 유정아 KBS 전 아나운서의 클래식 에세이 『마주침』을 다시 떠올렸다. 『마주침』에 '엘 시스테마'라는 말이 나온다고 했다. 다시 한번 강조하자면, '엘 시스테마'는 베네수엘라의 빈민층 자녀들을 위한 음악 교육 프로그램이다. 길거리에서 방황하는 청소년들에게 악기를 쥐어 주고 음악으로 청소년들을 선도하는 훌륭한 프로그램이자 사회사업인 것이다. 나는 '엘 시스테마'가 우리나라에도 절실히 필요하다고 강조했다. 지금 우리나라에도 길거리에서 방황하고 있는 청소년들이 얼마나 많은가.

이들이 나쁜 길로 빠지지 않도록 이들에게 악기를 쥐어 주고 음악을 공부시키는 운동을 거국적으로 벌여나가야 한다고 생각한다. 정부 당국과 기업이 손잡고 추진하면 더욱 좋을 것이다. 기업에서도 이런 사업에 돈 좀 펑펑 쓰고 후원하면 얼마나 좋겠는가.

'엘 시스테마'가 베네수엘라에서 시작되었다고 했는데, 베네수엘라의 경제 위기가 오래 이어지면서 베네수엘라 국민들은 지금 엄청난 고통을 받는다고 한다. 베네수엘라 경제가 파탄 난 모양이다. 조국 베네수엘라를 떠나는 국민들도 많다고 한다. 경제가 엉망이 됐으니 '엘 시스테마'도 잘 될 리가 없을 것이다. 석규 부국이었던 베네수엘라가 어쩌다 이 지경이 되었을까.

자식은 부모를 잘 만나야 하고, 회사원은 사장을 잘 만나야 하고, 국민은 지도자를 잘 만나야 하는 것이다.

국민이 무능한 지도자를 만나면 굶어 죽거나 식민지로 떨어지게 돼 있고, 호전적인 지도자를 만나면 전쟁에 휩쓸려 죽게 돼 있다.

2차 세계대전을 일으킨 히틀러나, 6.25전쟁을 일으킨 김일성이나, 유럽을 손아귀에 넣으려 했던 나폴레옹이나, 세계 최대 제국을 건설했다는 칭기즈칸이나, 태평양 전쟁을 일으킨 일본 천왕 일당이나, 다 그놈이 그놈이고 똑같은 전범일 뿐이다. 영토를 넓히려는 그들의 헛된 욕심 때문에 수십만, 수백만, 수천만의 사람들이 목숨을 잃어야 했다.

히틀러하고 일본 천왕은 악마이고 나폴레옹, 알렉산더는 영웅이라고 우리는 배웠는데, 다 잘못 배운 것이다. 어떻게 역사를 그따위로 엉터리로 가르칠 수가 있나. 그들은 몽땅, 다, 전부, 태어나서는 안 될 전쟁광들이었을 뿐이다.

회사원이 사장을 잘못 만나면 맨날 비자금 심부름이나 하다가 검찰 수사를 받거나 징역을 가기 일쑤고, 심지어는 검찰 수사를 받다가 주군을 보호하기 위하여 자살을 하기도 한다.

반면 회사원이 사장을 잘 만나면 회사원 전체가 부처가 되기도 한다. 이곳 진주시에 대신정공(대표:구재홍)이라는 중소기업이 있는데 이 회사는 월요일부터 금요일까지 매주 5일간 점심시간에 회사 식당으로 주위에 사는 어르신들을 초대하여 점심을 대접한다고 한다. 이 회사가 어르신들께 이렇게 점심을 대접한 지가 20년이 넘었다고 한다. 그렇다고 해서 이 회사가 자금 사정이 썩 좋은 것 같지도 않다. 어쨌거나 이 회사 직원들은 구재홍이라는 사장을 만나 전부 부처가 된 것이다.

그런데 글이 어쩌다가 여기까지 흘러왔는지 모르겠는데, 아, 베네수엘라 '엘 시스테마' 얘기하다가 글이 삼천포로 빠지고 말았는데, 베네수엘라 경제가 파탄 났으니 '엘 시스테마'도 제대로 굴러가지 않을 것 같아 안타까운 마음에 하는 소리다.

12월 11일에는 '덴마크 로열 오케스트라'의 공연이 있었다. 연주곡목은 닐센의 〈헬리오스 서곡〉, 라흐마니노프의 〈피아노 협주곡 제2번〉, 그리고 무소르그스키의 〈전람회의 그림〉 등이었다.

〈헬리오스 서곡〉은 처음 접하는 곡이라 집에서 미리 몇 번 들어보고 가야 했고, 라흐마니노프의 〈피아노 협주곡 2번〉 연주에는 피아니스트 선우예권이 협연을 했다. 무소르그스키의 〈전람회의 그림〉은 라벨이 편곡한 곡으로 연주를 했다. 외국에서 초청한 오케스트라라서 그런지 티켓도 꽤 비쌌지만, 외국 오케스트라의 공연을 감상하는 것도 특별한 경험이라서 나는 기꺼이 비싼 티켓값을 지불했다. 일 년에 한 번쯤은 외국 오케스트라의 공연을 즐기는 것도 괜찮을 것 같다. 작년에는 '모스크바 필하모닉'의 공연을 즐긴 바가 있다. '덴마크 로열 오케스트라'의 연주 실력과 무대 매너는 비싼 티켓이 전혀 아깝지 않을 만큼 훌륭했다.

12월 19일에는 '진주시립교향악단'의 송년 음악회에 갔다.

이번 송년 음악회에 내가 동료 직원들을 여러 명 초청해서 같이 참석을 했다. 말하자면 내가 송년 음악회에 직원들을 '전도'한 것이다. 직원 가족들까지 포함해서 열 명은 전도한 것 같다. 그런데 내가 좀 더 일찍 전도를 했더라면 좀 더 많은 직원들을 송년 음악회에 전도를 했을 것이다.

전도하는 데 돈은 한 푼도 들지 않았다. 티켓이 전석 초대(무료)였기 때문에 나는 그저 음악회 팸플릿을 한 움큼 가지고 와서 직원 휴게실에 뿌렸을 뿐이다. 우리 직원 휴게실에 음악회 팸플릿을 뿌린 사례는 나 말고 아마 거의 없을 것이다. 이번 송년 음악회에 연주된 곡은 멘델스존의 〈핑갈의 동굴 서곡〉, 멘델스존의 〈바이올린 협주곡〉 그리고 베토벤의 〈교향곡 제5번 '운명'〉 등이었다.

내가 서두에, 많은 위대한 예술가들의 인생이 불우했다고 했는데, 멘델스존은 드물게도 유복한 가정에서 자란 행운아였다고 클래식 관련 어느 책에 쓰여 있었다. 그런데 멘델스존이 유복한 가정에서 태어난 것까지는 좋았는데, 오래 살지 못하고 단명한 예술가이기도 했다는 것이다.

세계 음악사에 요절한 음악가들이 여럿 있는데, 모차르트는

35세에, 슈베르트는 31세에, 쇼팽은 39세에, 멘델스존은 38세에, 비제는 37세에 생을 마쳤다.

이번 송년 음악회에 연주된 멘델스존의 〈바이올린 협주곡〉은, 유정아 전 KBS 아나운서의 클래식 에세이 『클래식의 사생활』 188 페이지 내용에 의하면, 베토벤의 〈바이올린 협주곡〉, 브람스의 〈바이올린 협주곡〉, 차이코프스키의 〈바이올린협주곡〉과 더불어 '세계 4대 바이올린 협주곡'이라고 하는 명곡이라는 것이다. 몇 달 전, KBS 제2라디오 FM 방송에서 클래식 음악 프로그램을 진행하는 영화배우 김미숙이 멘델스존의 〈바이올린 협주곡〉을 틀어주면서 "이 곡은 낭만이 넘치는 곡입니다."라는 멘트를 한 바가 있다. 영화배우 김미숙이 클래식 음악 방송 진행을 하다니! 멋지다는 생각이 든다. 아나운서 출신이 클래식 음악 방송을 진행하는 것은 흔한 일이지만, 배우가 클래식 음악 방송을 진행한다는 것은 신기하고 놀라운 일이 아닐 수 없다. 김미숙 누님, 파이팅! 제가 누님 왕팬이랍니다!

남자 배우 중에서는 강석우 씨가 『청춘 클래식』이라는 클래식 에세이를 펴낼 정도로 클래식에 조예가 깊다. 이번 송년 음악회에서 멘델스존의 〈바이올린 협주곡〉은 바이올리니스트 김다미가 협연했다.

송년 음악회 마지막 곡은 베토벤의 〈교향곡 제5번 '운명'〉이었다. 더 이상 말이 필요 없는 곡이다. 나는 베토벤 〈운명 교향곡〉을 금년에 음악회에서 두 번씩이나 감상하는 행운을 누렸다. 금년 3월 통영국제음악제에서 '스위스 루체른 심포니오케스트라'의 연주로 이 곡을 감상한 바가 있고, 오늘 진주시립교향악단의 연주로 다시 감상하게 되는 것이다. 그런데 사실은 송년 음악회에서 자주 연주되는 곡은 베토벤의 〈교향곡 제5번 '운명'〉이 아닌 베토벤의 〈교향곡 제9번 '합창'〉이라고 해야 할 것이다. 진주시립교향악단에서도 분명히 송년 음악회에서 '운명' 보다는 '합창'을 공연하고 싶어 했을 것이다. 그런데 합창 교향곡을 공연하기 위해서는 대규모 합창단이 필요한데, 대규모 합창단을 구성하기가 현실적으로 어려워서 '합창' 공연을 포기했을 것으로 내 멋대로 추측해본다. '합창' 중 '환희의 송가'는 너무나 유명해서 연말이면 전국 방방곡곡에 '환희의 송가'가 울려 퍼진다.

한국이 낳은 세계적인 지휘자 금난새 선생이 쓴 『아버지와 아들의 교향곡』이라는 책에서 마침 베토벤의 〈교향곡 제9번〉에 얽힌 재미있는 이야기가 있어서 소개하려고 한다. 책 제목이 『아버지와 아들의 교향곡』이라고 해서 나는 교향곡 해설책인 줄 알았는데, 읽다 보니 금난새 선생 부자의 클래식 에세이였다. 즉, 금난새 선생이 선친인 금수현 선생의 생전 글에 자신의 글을 더해 책을 내게 된 것이다. 금난새 선생의 부친이 바로 가곡 〈그네〉를 작곡한 금수현 선생이시다. 금난새 선생의 동생 금노상 선생도 지휘자니까 금난새 선생 가족은 음악가 집안인 것이다.

동생 금노상 선생은 몇 년 전 대전시립교향악단 상임 지휘자로 있었기 때문에 내가 대전에 있을 때 금노상 선생이 지휘하는 대전시향 공연에 자주 간 적이 있다.

내가 중학교 2학년 때의 일이다. 당시 우리 음악 선생님이 나이가 50쯤 되셨는데, 몸이 빼빼 마른 분이셨다. 이분이 나이는 좀 있었지만 열정은 대단하신 분이었다. 선생님은 우리 가곡을 학생들에게 많이 가르쳤고, 내가 알고 있는 가곡들은 이때 다 배운 것이다. 어느 날 음악 선생님이 금수현 선생이 작곡한 가곡 〈그네〉를 가르쳐 주시면서 작곡가 금수현 선생의 이름에 대해서도 이야기를 해 주셨다. 금수현 선생 성이 '김'이 아니고 '금'인 이유를 말씀하신 것이다. 즉, "김보다 금이 얼마나 좋으냐, 그래서 나는 성을 금으로 했다."는 금수현 선생의 어록을 인용하며 금수현 선생의 이름에 얽힌 이야기를 해 주신 기억이 있다.

그러다가 어느 날 수업 시간에 깜짝 놀랄 만한 사건이 벌어지고 말았다. 선생님이 음악 시간이 되어 우리 교실에 들어오시는 순간, 어떤 철없는 친구 녀석이 큰소리로 "멸치 온다."라고 떠든 것이다. 선생님이 멸치처럼 빼빼 말랐다고 해서 우리 학생들이 붙인 별명이었던 것이다. 교실에 들어서면서 그 소리를 들은 선생님이 갑자기 격노하시면서 그 학생을 불러내더니 "너 이 새끼, 선생님 별명을 함부로 불러?" 하면서 그 친구를 흠씬 두들겨 패는 것이었다. 그전까지만 하더라도 음악 선생님이 온화하신 분인 줄 알았다가 그날 친구가 선생님한테 흠씬 두들겨 맞는 것을 보고 우리들은 적잖은 충격을 받았고, 그 뒤로는 음악 수업 시간에 학생들 누구도 까불 수가 없었다. 그 당시는 학생들이 선생님들에게 두들겨 맞는 것은 당연히 여겨지던 시절이었고 나 역시 초등학교부터 고등학교까지 선생님들에게 무수히 맞았다. 요즘 학생들에게 그렇게 체벌을 가했다가는 개망신을 당할 것이다.

만약에 선생님이 학생에게 훈계를 하면서 꿀밤이라도 한 방 가볍게 먹인다 해도 학생은 그대로 자기 부모에게 일러바칠 것이고, 그럼 그 부모는 당장 입에 거품 물고 학교로 달려와 자기 자식 때린 선생 처벌해 달라고 길길이 날뛸 것이다.

학교에서 선생님들 권위가 없어진 지 오래됐다고 한다. 아이들은 선생님 말씀을 듣지 않고, 예의도 없고, 싸가지도 없고, 툭하면 선생님들한테 대들고 반항한다는 것이다. 우리가 학교 다니던 때하고는 전혀 딴판인 세상인 것이다. 도대체 선생님을 무서워하지 않는 것이다. '그놈의 인권' 타령하다가 학교가 이 지경이 된 것이다. 나는 학교에서 교권이 무너지고 학교 폭력이 판치는 이유를 두 가지로 들고 싶다.

첫째는, 체벌이 사라졌기 때문이다. 둘째는, 학교에서 남자 선생님들이 절대 부족하기 때문이다. 특하 초등학교에서는 여자 선생님 비율이 90%에 이른다고 하니 아이들이 선생님을 만만하게 보는 것이고, 따라서 교육이 제대로 될 턱이 없다. 기본적으로 선생님은 호랭이처럼 무서운 존재여야 교육이 되는 것이다. 선생님을 무서워하지 않는 분위기에서는 교육이 잘 될 리가 없다.

나는 학교에서 친구들을 괴롭히고 선생님 말을 듣지 않고 말썽 피우는 녀석들에게는 가차 없이 체벌을 가해야 한다고 강력히 주장하는 바이다. 못된 짓 하는 녀석들은 흠씬 두들겨 패서라도 다스려야 한다. 일단 말로 타이르고, 그것이 안 통하면 흠씬 두들겨 패야 한다. 그뿐 아니라 품행이 아주 불량한 녀석들은 한 1년쯤 외딴곳에 유폐시켜놓고 '특별정신교육'을 시켜야 한다. 예를 들어, 배를 타고 몇 시간씩 가야 하는 북한 수역 가까운 절해고도에 위리안치시켜놓고 다음과 같이 처우한다.

가족이든 누구든 일절 면회는 금지시키고, 밥은 겨우 굶어 죽지 않을 만큼만 퍼주고, 일절 간식은 불허하고, '특별정신교육'을 시키는 것이다.

1년간 그곳(절해고도)에서 먹고 자고 오줌, 똥 싸는 시간 빼놓고 매일 12시간씩 책을 읽게 한다. 즉, 한국문학전집 100권하고 세계문학전집 100권, 도합 200권의 책을 읽도록 한다. 한 권의 책을 읽고 나면 반드시 독후감을 쓰게 한다. 매일 반성문을 쓰게 한다. 그러면 365장의 반성문이 쌓이고 200편의 독후감이 쌓일 것이다. 매일 한 시간씩 혹독한 달리기를 시킨다. 어느 정도 혹독하게 달리기를 시키느냐? 힘들어 죽을 것 같아서 엉엉 울 정도로 가혹하게 달리기를 시킨다. 그리고 그 부모들에게도 자식 잘못 키운 죄를 물어 사회봉사를 100시간씩 시킨다. 그렇게 1년을 절해고도에서 지내게 한다면 이 녀석들은 매일 눈물로 보내며 학교를, 친구들을, 선생님을, 부모님을 사무치도록 그리워할 것이고 이 녀석들은 이전과는 전혀 다른 사람으로 인간 개조가 되어 나올 것이다. 일단, 1년간 열심히 마라톤을 했기 때문에 체력(건강)이 엄청 좋아졌을 것이다. 또, 엄청난 독서를 하고 글을 썼기 때문에 책벌레가 되어 있을 것이고 뛰어난 문필가가 되어 있을 것이다. 또, 1년간 절해고도에 갇혀 지내면서 느낀 바가 많기 때문에 학교에 복귀한다면 분명 모범적인 학생이 될 것이고, 장차 인생 살아가는 데 소중한 밑거름이 될 것이고 훌륭한 사람이 될 것이다. 이렇게 본다면 이 녀석들 1년간의 유폐생활이 결코 헛되지 않을 것이다.

이렇게만 한다면 학교는 규율이 잡힐 것이고 선생님들은 학생들 가르칠 맛이 날 것이고, 껄렁껄렁하고 나쁜 짓을 일삼는 녀석들은 거의 소탕이 될 것이다. 내 말이 틀렸나?

지금 여야 국회의원님들은 선거법이다 뭐다 해서, 공수처법이다 뭐다 해서 피 터지게 치고받고 싸우시느라 노고가 많으신데, 제발 '절해고도 위리안치 특별법'이라도 국회에서 통과시켜놓고 싸우시는 게 어떠하리? '절해고도 위리안치 특별법'은 학교를 살리는 만병통치약이 될 수가 있는 것이다. 물론 나의 주장을 '미친놈의 헛소리'로 치부하면 할 수 없고.

이야기가 삼천포로 빠졌는데 다시 책 이야기로 돌아가서, 금난새 선생 저서 『아버지와 아들의 교향곡』에 실린 내용 중에 "큰 열매는 큰 씨앗에서만 나오는 게 아니다"라는 꼭지 제목의 글을 그대로 인용하려고 한다. 베토벤의 〈교향곡 제9번 '합창'〉에 대한 이야기이다. 물론 이 책의 저자이신 금난새 선생의 허락을 받지 않고 인용하기 때문에 나중에 혹시라도 금난새 선생이 문제를 제기할 수 있을지도 모른다. 그렇다면 나도 어떻게든 대처를 해야 할 것이다.

나는 이 책 말고도 금난새 선생의 『금난새의 교향곡 여행』과 『금난새의 클래식 여행』 그리고 『CEO 금난새』라는 세 권의 책을 읽은 바가 있다. 또, 2012년에 금난새 선생이 수원시립교향악단을 이끌고 논산 건양대학교에서 공연 지휘할 때 구경한 적이 있다. 또, 위에서도 말했지만, 금난새 선생 동생이신 금노상 선생이 지휘하는 대전시립교향악단의 공연에도 여러 번 간 적이 있으니 이런 점들을 두루 열거하며 "나는 이렇게 뼛속까지 선생님 팬입니다."라고 호소하면 금난새 선생도 어찌하지 못하고 너그러이 이해하실 줄 믿는다. 오히려 나한테 "나의 왕팬이시군요. 감사합니다."라고 인사할지도 모른다.

그럼 금난새 선생 저서 『아버지와 아들의 교향곡』 207 페이지부터 209 페이지까지 실려 있는 내용을 인용하겠다.

글이 좀 길다.

- "큰 열매는 큰 씨앗에서만 나오는 게 아니다"

2019년은 독일의 시인이자 극작가인 실러가 탄생한 지 260주년이 되는 해고, 2020년은 베토벤이 탄생한 지 250주년이 되는 해다.

베토벤이 53세 때인 1824년에 완성한 교향곡 제9번은 삶의 환희와 인류에 대한 사랑의 메시지를 담고 있는 작품이다.

마지막 4악장에서 실러의 시 '환희의 송가'에 곡을 붙인 합창이 나오는 까닭에 '합창'이라는 제목으로 널리 알려지게 되었다.

'유럽의 국가'라고도 불리는 이 곡은 온 인류가 하나가 되기를 바라는 간절한 소망을 담아 매년 연말이면 전 세계에서 즐겨 연주되곤 한다.

그런데 이 곡이 가장 많이 연주되는 나라가 어디일까? 대부분 독일이라고 생각할 것이다.

베토벤과 실러가 독일사람이니 그렇게 생각하는 게 당연하다.

하지만 독일보다 이 곡을 더 자주 연주하는 나라가 있다. 바로 일본이다.

해마다 12월이 되면 일본에서는 베토벤의 제9번 교향곡이 여기저기서 수없이 연주된다.

한 오케스트라가 10회에서 15회에 걸쳐 연주를 한다니 전체 오케스트라를 합치면 연주 횟수가 얼마나 많겠는가.

홀에서만 하는 게 아니다. 회사에 가서 전 직원들 앞에서 연주하기도 한다.

사람들은 이 곡을 감상하면서 한 해를 회고하고 새해에 대한 희망을 품는다.

연주 시간이 짧은 것도 아니다. 무려 70여 분에 달한다. 이런 대곡을 이들은 왜 독일보다 더 많이 연주하는 것일까?

나는 얼마 전에 흥미로운 이야기를 들었다. 제1차 세계대전 때의 일이다. 당시 일본은 아시아에서 세력을 넓히려는 야욕으로 전쟁에 참여해 연합군 편에 서서 중국에 있던 독일 기지를 점령한 바 있었다.

일본군은 이때 체포한 많은 독일 포로들을 어떻게 처리하는 게 좋을지를 두고 고심했다.

이들 중 군인도 있었지만 대다수는 식민지 영토를 개발하기 위해 중국에 파견되어 있던 전문가들이었다.

일본에 마련한 수용소로 이송된 포로들을 취조하는 과정에서 일본군은 독일 포로 중에 음악을 전공한 사람이 있다는 사실을 알게 되었다.

일본군은 이 독일 포로에게 오케스트라를 조직해 연주를 할 수 있도록 허락했다.

연합군의 눈치를 살펴야 했던 일본군으로서는 포로들을 우대하는 모습을 보이면서 오케스트라를 통해 포로들의 불안한 심리까지 누그러뜨리려는 계산이었다.

비록 수용소에 갇힌 신세라 환경은 열악했지만 이 독일 포로는 사람을 모으고 부족한 악기를 보충해 자신이 좋아하는 베토벤 교향곡을 연습했다.

그 결과 마침내 수많은 포로들 앞에서 베토벤 교향곡 제9번을 연주할 수 있게 되었다.

이것이 지금으로부터 꼭 100년 전인 1919년의 일이다.

이후 전쟁이 끝나고 포로들은 석방되었지만 일본인들 사이에 베토벤 제9번 교향곡의 진한 감동은 그대로 남게 되었고 지금까지 수많은 연주들이 이어지게 된 것이다.

베토벤 제9번 교향곡이 일본인들에게 이토록 많은 사랑을 받게 된 데는 이런 사연이 있었던 것이다.

우리로서는 일본의 제국주의 야욕과 식민 지배의 아픈 역사를 먼저 떠올릴 수밖에 없지만, 전쟁과 포로라는 가장 비극적인 현실 속에서 인류애의 메시지를 담은 아름다운 베토벤 제9번 교향곡이 연주되기 시작했다는 것은 참으로 아이러니한 이야기가 아닐 수 없다.

문화라는 건 이처럼 우연한 계기로 발전된 것들이 많다.

어쩌면 우리네 인생도 마찬가지가 아닐까.

제대로 잘 갖춰진 환경 속에서만 멋지고 기막힌 작품이 탄생하는 게 아니다.

시작은 보잘것없고 아무것도 아닌 것 같아도 기나긴 과정을 거치는 동안 얼마든지 웅장하고 화려한 것이 나올 수 있다.

큰 열매는 결코 큰 씨앗에서만 나오는 것이 아니다. –

그런데 나는 일본 정치 지도자들에게 묻고 싶다. 일본사람들이 그토록 베토벤 교향곡 제9번을 사랑하고 평화를 사랑한다는데, 일본 정치 지도자들은 왜 하나같이 내뱉는 말들은 그것과는 거리가 있는지 말이다.

진정 세계 평화를 말하려면 먼저 자신들이 이웃 국가들에 저지른 전쟁 범죄에 대해 솔직하게 인정하고 사과하고 배상하는 것이 선행되어야 한다. 독일처럼!

그런데 여전히 자신들의 과오를 인정하지도 않고 반성도 않는다면 앞으로 기회가 되면 또 그 짓을 하겠다는 것이다.

그래서 우리는 정신을 바짝 차려야 하는 것이다. 한일전 축구 이겼다고, 야구 이겼다고, 골프 이겼다고 환호작약할 때가 아니란 말이다. 대체 뭣이 중헌디.

우리 민족이 하나로 똘똘 뭉쳐 열심히 독서하고 기술 개발하고 경제적으로 군사적으로 외교적으로 문화적으로 일본을 앞서기 위해 죽어라 노력해도 될까 말까 한 판에 우리끼리 여.야로 갈려 피 터지게 치고받고 싸울 때인가.

내 말이 틀렸나? 나는 이 대목에서 또 흥분하지 않을 수 없다.

1997년 12월,

사형수 사형 집행하던 날

프롤로그에서 약속했듯 이 책을 처음부터 끝까지 읽어 주신 독자 여러분께 감사의 뜻으로 내가 경험한 사형수 사형 집행 이야기를 하면서 글을 마치려 합니다. 나는 대전교도소에서 2016년 8월 8일 발생한 사형수 도주 미수 사고에 대한 문책 인사로 이곳 진주교도소로 유배를 왔습니다. 사형수가 내 인생의 변곡점이 되었다고 봐야 할 것인데, 이 책의 피날레도 사형수 이야기로 장식을 하게 되어 기분이 좀 묘합니다.

생과 사가 갈리는 사형수 사형 집행 장면을 생생하게 묘사했으니 혹시 심장이 약하신 분들은 지금이라도 얼른 책을 덮어 주시기를 바랍니다. 나는 책 읽다 놀라 쓰러지는 사람 책임지지 못함을 미리 밝혀둡니다. 이 글을 쓰는 나도 호흡이 빨라지기 시작합니다. 사형장에 있었던 교도관이 아니면 절대 말해줄 수 없는 이야기입니다.

나도 대전교도소 수용동에서 사형수를 담당한 적이 있습니다. 교도소에서 사형수들은 '최고수'라는 별칭으로 불립니다. 최고 중한 형벌을 받은 수용자라는 뜻도 물론 있겠지만, '사형수'라는 말을 대놓고 하기는 어려우니 최고수라는 말로 대신하는 걸로 알고 있습니다.

사형수들은 일반 동료 수용자들이나 교도소 측에 부담스러운 존재임이 틀림없어요. 사형수와 한 방을 쓰는 동료 수용자들은 하루하루가 죽을 맛이지요. 온종일 사형수의 눈치를 보느라 말도 조심해야 하고 행동도 조심해야 합니다.

방에서 모든 것이 그 사형수 위주로 흘러가는 건 당연한 일이겠지요. 방 사람 모두가 같은 방 사형수를 잘 모셔야 하니까요. 만약 조금이라도 사형수의 심기를 건드렸다가는….

그래서 사형수와 한 방을 쓰는 어떤 심약한 수용자는 담당 직원에게 "제발 다른 방으로 옮겨 달라"고 애걸복걸하기도 하지요. 정말로 영화나 소설 속에 나올 만한 풍경이 아닐 수가 없지요. 물론 지금은 사형수들도 공장에 나가서 일을 할 수 있는 시스템으로 바뀌었기 때문에 이런 풍경도 옛날이야기가 되었겠군요.

사형수들을 이길 수용자는 아무도 없어요. 제아무리 덩치 크고 기세등등한 깡패라도 사형수들한테는 꼬리를 내리게 돼 있어요. 그 사람들(사형수)은 더 이상 나락으로 떨어질 것도 없고 더 이상 잘못될 것도 없으니까요.

대부분의 사형수는 직원들에게는 고분고분해요. 직원들이 알아서 자기들 편리 좀 봐달라는 의미죠. 그래서 직원들도 웬만하면 사형수들에게는 특별히 신경 써서 잘 대해 주려고 하지요.

우리나라에서 마지막 사형수 사형 집행은, 다 아시다시피, 1997년 12월 말에 있었습니다. 그 후 사형 집행이 20년 넘게 안 되고 있으니 우리나라는 실질적 사형폐지국가라고 합니다. 1997년 12월은 새정치국민회의 소속 김대중 대통령 후보가 대통령 선거에서 당선되어 우리나라 최초로 선거에 의한 여야 수평적 정권교체가 이루어졌다고 하여 우리 사회는 한껏 들떠 있던 분위기였지요. 평생 민주화와 인권을 위해 투쟁한 김대중 후보가 당선인 신분이었을 때 전격적으로 사형이 집행되자 사실 많은 국민들이 놀라기도 했을 것입니다.

그때 대전교도소에서도 6명의 사형수가 형장의 이슬로 사라졌습니다. 그 6명의 사형수 가운데 여자도 딱 절반인 3명 포함되었습니다. 그럼 사형이 집행되었던 그날 풍경 이야기를 하려고 합니다. 나는 사형이 집행되던 그날 사형 집행 업무와는 무관한 일을 했었는데, 내가 그날 근무 중 간간이 시간을 내서 사형장에 들어가 참관을 한 것입니다.

이제는 세월이 많이 흘러, 당시 대전교도소 사형장에 입회했던 직원들 중 상당수는 이미 퇴직을 했을 것이고 나 또한 이제 정년이 얼마 남지 않았으니 누군가는 그 당시의 경험을 한 번쯤 글로 남기는 것도 나쁘지는 않겠다는 생각에 이렇게 큰맘 먹고(용기를 내서) 글을 쓰는 것입니다. 세월이 많이 흘러서 나도 이제는 기억이 가물가물하지만, 최대한 기억을 되살려서 당시 보고 듣고 느낀 바를 이야기하려고 합니다.

보통의 직원들 같으면 사형장 입회하는 것 자체를 꺼린다고 하는데, 나는 사형장 분위기도 궁금하고, 사형수가 세상에 던지는 마지막 말은 무엇인지 꼭 듣고 싶기도 했습니다.

사형장 입회하는 것도 어떻게 보면 일반인들은 결코 경험할 수 없는 교도관만의 특권이라면 특권이라고 나는 강변하고 싶습니다. 나는 6명의 사형이 집행된 그날 3명의 사형수가 사형 집행되는 장면을 아주 가까이에서 생생하게 지켜볼 수 있었습니다. 나머지 3명의 사형 집행 장면은 볼 수가 없었습니다.

내가 그날 근무가 사형 집행 업무가 아닌 다른 업무였기 때문에 일부러 시간 내서 중간중간 부지런히 사형장에 들렀기 때문입니다. 풀 방구리에 쥐 드나들 듯 그렇게 사형장을 부지런히 드나들었습니다. 그날 여자 사형수 2명하고 남자 사형수 1명이 형장의 이슬로 사라지는 장면을 가까이서 생생하게 지켜볼 수 있었습니다.

일단 누가 사형장에 누가 입회하는가 하면, 그날 사형 집행 업무를 담당하는 직원들이 당연히 입회합니다. 사형 집행 업무는 사전 준비 단계에서부터 극비로 진행되기 때문에 교도소장(또는 구치소장)하고 실무자 몇 명 말고는 집행 전날까지 아무도 눈치를 못 챕니다.

사형을 집행하려면 일단 다수의 보안팀 교도관들이 사형수 방에 몰려가서 해당 사형수를 불러내서 결박하여 사형장까지 데리고 와야 하겠지요. 이 과정이 그날 사형 집행을 하는 교도관들로서는 가장 힘든 순간이 될 것입니다. 해당 사형수가 체념하고 순순히 따라 나오면 다행이겠으나 혹시라도 그렇지 않은 경우에도 대비를 해야 하니까요. 그렇게 해서 일단 사형수가 사형장까지 와서 자리에 앉으면 그 뒤부터는 집행에 별 어려움은 없는 것 같습니다. 단, 사형수의 최후를 지켜봐야 한다는 것만 빼고는.

사형장에서 보안팀 업무는 철저히 분담이 되어 있더군요.

예를 들어, 종교의식이 끝나면 사형수가 앉았던 의자를 치우고 사형수 양 옆에서 팔짱을 낀 채 사형수를 몇 걸음 뒷걸음질 치도록 하는 팀이 있고, 사형수가 뒷걸음질칠 때 무대를 커튼으로 가리는 팀이 있고, 사형수 머리에 두건을 씌우고 목에 포승줄을 거는 팀이 있고, 마지막 순간에 버튼을 누르는 팀도 있었던 것으로 기억하고 있습니다.

사형 집행을 행정적으로 처리해야 하는 행정, 문서팀에서도 입회합니다. 사망 확인과 시신 수습을 위해 의료팀이 입회합니다. 종교위원들을 사형수와 연결시켜주는 업무를 맡는 교무팀도 입회했을 것입니다. 검찰청에서 검사가 한 명 나와서 사형 집행을 감독합니다. 평소 사형수와 교류했던 목사님, 신부님, 수녀님, 스님과 같은 종교위원들이 입회하여 사형수를 위해 마지막 종교의식을 치러줍니다. 나처럼 아무 이유 없이 단순 참관을 위해 입회하는 직원들도 있습니다. 그래서 그날 도합 3,40명쯤 되는 인파가 사형장에 몰렸던 것으로 기억합니다.

사형수를 사형장으로 데리고 가기 위해 직원들이 해당 사형수 방에 가서는 사실대로 얘기하지 않고 그저 "이송 갑니다." 또는 "면회 왔습니다."라는 말을 한다고 합니다.

물론 깜빡 속아서 나오는 사형수도 있을 것이지만 대개는 눈치를 챈다고 합니다. 그래서 일단 사형수가 사형장 가는 문 쪽으로 들어서면 그때부터 호흡이 거칠어지고 다리가 후들거려 걸음을 제대로 못 걷는다고 합니다. 물론 처음부터 눈치를 챈 사형수라면 방을 나설 때부터 그러하겠지요.

그날 사형 집행 업무는 교도소장이 주관을 해야 하는데, 당시 대전교도소 소장님이 좀 심약하셨던 모양인지 자신은 사형장에 나타나지 않고 부소장님한테 역할을 떠넘기셨더군요.

그래서 부소장님이 악역을 떠맡아 사형수 5명 집행을 주관하였고, 소장님은 마지막 1명의 사형수(김용제) 집행만 주관하신 걸로 기억합니다.

사형장 분위기는 어떨까요? 대략 짐작은 하시겠지만 기침 소리 하나 안 들리고 을씨년스럽고 무겁고 엄숙하고 써늘하고 비장하고 팽팽한 긴장감이 흐릅니다. 내가 필력이 부족하여 좀 더 정확한 묘사를 못 하겠군요. 아무튼 대략 그렇다는 것입니다.

입회한 사람들은 숨죽이고 사형수가 마지막으로 무슨 말을 하는지 듣습니다. 사형장 분위기가 그러하다 보니 사형장 한 쪽에 막걸리가 한 말 준비되어 있더군요. 사형장 분위기를 이길 자신이 없는 사람들은 한 잔씩 마시라는 뜻이겠지요. 물론 나도 막걸리 한 잔 들이켰습니다. 내가 뭐, 꼭 사형장 분위기를 못 이겨서 마신 건 아닙니다. 술이 거기 있었기 때문에 마신 것뿐입니다. 산이 거기 있어 산을 오를 뿐이라는 말도 있듯.

그런데 사형 집행 당일 대전교도소 사형장에서 두 번의 해프닝이 발생하고 말았습니다. 첫 번째 해프닝은, 그날 첫 번째 사형 집행을 하다가 벌어졌습니다.

대전교도소에서는 그날 사상 처음으로 사형 집행을 하는 것이었는데, 첫 번째 사형수, 여자였는데, 사형 집행을 하기 위해 사형수 목에 포승줄을 걸고 기계 버튼을 눌렀는데 기계가 작동하지 않는 것이었습니다. 그래서 사형장에서는 일순 소동이 벌어지게 됐고 부랴부랴 기계를 수리하고 다시 사형을 집행해야 했으니 사형당하는 사형수나 관계 직원들이나 얼마나 고통스러웠겠습니까. 기계를 수리하느라 두어 시간 소요된 것으로 기억하는데, 그 두어 시간을 해당 사형수를 자기 방으로 다시 데리고 가서 대기시킬 수는 없는 노릇이라 할 수 없이 그 여자 사형수를 사형장 가까운 사무실에 대기시켰던 것으로 기억합니다.

기계 수리가 되는 두어 시간 동안 사무실에서 그 여자 사형수를 임시로 데리고 있었던 해당 직원 말에 의하면, "그 여자 사형수가 두어 시간 동안 대기하면서 울면서 자신의 처지를 하소연하는데, 그거 들어주느라 나도 엄청 힘들었다."라고 토로한 적이 있습니다. 죽음을 앞둔 사형수의 호소를 두어 시간 들어주었던 그 직원은 지금도 대전교도소에 열심히 근무하고 있는데, 어느덧 그 직원도 정년이 거의 다 돼 가고 있겠네요. 사형을 처음 집행하다 보니 기계가 제대로 작동하지 않아 벌어진 해프닝이었습니다.

나는 그날 첫 번째 사형이 집행된 여자 사형수의 처음 모습은 못 보고 사형 집행되는 마지막 장면만 간신히 볼 수 있었습니다. 그런데 내가 목격한 나머지 두 명의 사형수는 종교의식부터 집행까지 가까이에서 상세하게 지켜볼 수 있었습니다. 그 두 명의 사형수의 사형 집행 장면은 한 편의 영화와 같다고 생각될 만큼 충격적이고 한편으로는 찬탄이 나올 만큼 감동적이기도 했습니다. 내가 영화와 같다고 표현했는데, 이 또한 내가 필력이 부족해서 그렇지, 세상에 그 어떤 영화보다 이처럼 처절하고 생생하고 충격적이고 숨 막히고 가슴 아프고 감동적인 영화는 없을 것입니다.

두 명 중 한 명의 사형수 이야기부터 하려고 합니다. 여자였는데, 교도소장(그날은 부소장이 대신 함)이 그 사형수의 기본 인적 사항을 확인하는 요식 절차를 마치고 그 사형수에게 마지막 하고 싶은 이야기를 하라고 주문합니다. 그러자 그 여자 사형수는 모든 걸 체념한 듯 시선은 땅으로 향한 채 들릴 듯 말 듯한 조용하고 힘없는 목소리로 세상을 원망하는 취지의 말을 5분쯤 하더군요. 그 여자 사형수의 유언이 끝나자 교도소장(부소장이 대신 함)이 "자, 이제 모든 절차가 끝났으니 목사님이 기도해 주시죠"라고 말했습니다. 그 여자 사형수 종교가 기독교였겠죠. 그러자 참관석에 앉아 있던 목사님이 그 사형수에게 다가가 손을 잡고 기도를 해 주십니다. 거리상 좀 떨어져 있는 입회한 우리 직원들에게는 들리지 않을 정도로 아주 낮은 목소리로 목사님은 그 여자 사형수에게 소곤소곤 기도를 해 주십니다.

그런데 나는 그 목사님이 무슨 기도를 해 주고 있는지 그 여자 사형수의 입 모양을 보며 짐작했습니다. 그 여자 사형수는 눈을 감고 목사님의 기도를 들으며 연신 "아멘, 아멘, 아멘, 아멘"하는 것입니다. 그러니까 그 목사님은 이제 곧 이 세상을 떠나게 되는 성도에게 구원의 확신을 주는 기도를 한 것 같습니다. 사실 그 상황에서는 그게 정답 아니겠어요? 그래서 종교는 죽음의 공포를 이겨내는데 큰 도움을 준다는 것을 나는 그때 생생하게 느꼈습니다.

그런데 충격적이고 감동적인 장면은 그 기도가 끝난 직후 벌어졌습니다. 기도가 끝났으니 모든 절차는 끝났고, 이제 사형을 집행하는 일만 남았는데, 사형을 집행하기 위해서는 교도관 두 명이 양 옆에서 사형수를 팔짱 낀 채로 몇 발자국 뒷걸음질치게 하여 바닥에 앉힌 다음 포승줄을 사형수 목에 걸고 버튼을 누르면 바닥에 사형수가 앉아 있던 자리가 열리면서 사형수는 밑으로 급강하하면서 공중에 매달린 상태에서 숨을 거두게 되는 것입니다.

모든 절차가 끝나고 사형수가 직원들에 이끌려 뒷걸음질칠 때 무대 양 쪽 끝에서 직원들이 커튼을 치며 중앙으로 나옵니다. 사형 집행 순간의 모습을 참관인들이 볼 수 없도록 말입니다. 마치 KBS 가요무대에서 마지막 노래가 끝나면 커튼이 내려오면서 프로그램이 막을 내리듯 말이죠. 차이가 있다면 KBS 가요무대에서는 커튼이 위에서 아래로, 그것도 전동식으로 내려온다면 사형장에서는 무대 양 쪽 끝에서 중앙으로, 수동식으로(직원이 직접) 커튼이 쳐진다는 것뿐입니다.

그런데 그 여자 사형수가 목사님 기도 끝나고 교도관들에게 팔짱 끼인 채 뒷걸음질치려 하는 순간(커튼이 쳐지려는 순간) 참관석에 앉아 있던, 방금 전 기도해주신 그 목사님이 한 손으로는 얼굴을 감싼 채 한 손으로는 조용히 손을 들어 흔들며 그 사형수에게 말없이 작별인사를 보내는 것이 아니겠습니까? 그러자 뒷걸음질치며 물러나던 그 여자 사형수가 목사님의 올라간 손을 바라보더니 꾸벅, 머리를 숙여 인사를 하는 게 아니겠습니까? 충격적인 너무나 충격적인 장면이었습니다. 이승에서 저승으로 넘어가는 그 숨 막히는 순간에도 보내는 사람이나 가는 사람이나 예의를 갖추고 인사를 주고받을 수가 있다니!

나는 그 순간 그런 생각이 들더군요. '아, 이건 한 편의 영화다. 지금 영화를 찍고 있는 것이다. 세상에 둘도 없는 기가 막힌 영화다. 만들고 싶어도 만들 수 없는 영화로구나. 세상에!' 세상에 이런 영화가 또 있을까요? 있겠느냐고요.

무대 커튼이 쳐지고 뒤로 물러난 그 여자 사형수는 바닥에 앉았고 그 사형수의 목에 포승줄이 걸리는 장면도 나는 바로 가까이에서 지켜보았습니다. 직원이 두건을 그 사형수 얼굴에 씌우고 포승줄을 그 사형수 목에 걸자 그 사형수는 어금니를 깨물며 눈을 꾸욱 감더군요. 그리고 바로 버튼이 눌러지며 그 사형수는 아래로 급강하했습니다. 나는 버튼이 눌러진 다음에도 아래로 내려가서 공중에 매달려 있는 사형수의 모습을 한참 관찰하기도 했습니다.

지금부터는 그날 마지막 여섯 번째 사형 집행된 사형수에 대한 이야기입니다. 그 사형수에 대한 이야기는 책으로도 나와 있더군요. 조성애 수녀가 쓴 『마지막 사형수』라는 책입니다.

어차피 책으로도 나왔으니 내가 그 사형수를 실명으로 말해도 괜찮을 듯합니다. 그 사형수가 누구냐 하면, 김용제라는 젊은이였습니다. 1991년에 여의도광장 차량 질주로 어린이 두 명이 사망하고 여러 명 다친 사건 기억하시는 분들 많으실 겁니다. 김용제는 어렸을 적부터 시력이 안 좋아서 취업을 하더라도 늘 나쁜 시력 때문에 어딜 가나 무시당하고 일터에서 쫓겨나기를 반복했고, 세상에 대한 분노를 키워가다가 자신과는 일면식도 없는 불특정 다수를 향해 어이없는 복수 행각을 벌이게 된 것입니다.

조성애 수녀의 신앙 지도를 받으며 착실히 수감생활을 하던 김용제는 이날 대전에서 마지막으로 사형이 집행되었는데, 그날 부소장님한테 사형 집행 역할을 떠넘기던 소장님이 웬일인지 마지막 김용제 집행 때는 들어오셔서 주관을 하시더군요. 이날 수녀님이 두 분 들어오셨는데, 종교 의식도 끝나고 모든 절차가 마무리되어 마지막으로 김용제가 뒷걸음질쳐 뒤로 물러나기 직전에 두 수녀님이 눈물을 흘리자 김용제가 환하게 웃으며 "수녀님, 지금 우시는 거예요?"라고 말을 하며 오히려 두 수녀님을 위로하는 경지에 이르렀고, 이에 두 수녀님과 김용제는 가볍게 포옹까지 하면서 이별을 하게 되는 모습을 나는 아주 가까이서 지켜볼 수 있었습니다.

수녀님과 웃으며 포옹까지 하고 씩씩하게 죽음을 맞는 김용제에게 나는 정말이지 속으로 찬탄이 절로 나오더군요. 이 또한 김용제 신앙의 힘이라는 생각을 하게 되었습니다.

『마지막 사형수』는 조성애 수녀와 김용제가 주고받은 편지를 묶어서 펴낸 책입니다. 물론 김용제가 쓴 편지는 전문가의 수정 작업을 거쳐 실리게 된 것으로 보입니다.

사형장에서 김용제가 조성애 수녀를 찾았다는 내용이 그 책 『마지막 사형수』에 있는 걸로 봐서는 그날 사형장에 조성애 수녀가 입회하지 못하고 다른 수녀 두 분이 입회한 것으로 보입니다.

그런데 사형장에서 그날 두 번째 해프닝이 벌어집니다. 김용제 목에 매여졌던 포승줄이 헐거웠는지 버튼을 누르자마자 김용제 목에서 포승줄이 빠지는 바람에 김용제 몸이 바닥으로 쿵 떨어져 나뒹굴고 만 것입니다. 이래서 또 한 번 사형장에서는 소동이 벌어졌고, 직원들이 후다닥 바닥으로 뛰어 내려가서 김용제를 업고 올라와서 다시 집행을 해야 했으니 김용제는 두 번 집행을 당한 셈이 되고 말았네요. 이래서 김용제는 세상과 작별도 참 힘들게 했지요. 힘들게 짧은 생을 마친 김용제, 지금은 하늘나라에서 안식을 누리고 있겠지요.

사형 집행 업무에 참여한 직원들은 그날 퇴근하여 밖에서 밤새 회포를 풀고 집에 안 들어가고 다음 날 귀가하는 것이 불문율이라 하여, 당일 사형 집행 업무를 담당했던 직원들은 그날 퇴근과 동시에 술집으로 달려갔을 겁니다. 그날 밥값, 술값은 정식으로 사형집행 예산으로 지급되는 것이라고 들었습니다. 그날 직원들 밤새도록 진탕 먹고 마셨을 겁니다. 오죽했겠어요. 그날 낮에 그들이 온종일 업무 수행하면서 목격한 장면들을 생각하면!

그날 사형장에 입회했던 사람들은 다들 그 후 몇 달 동안 후유증에 시달렸을 겁니다. 나도 충격적인 당시의 장면이 쉽게 뇌리에서 지워지지 않아 몇 달 동안은 꿈자리가 뒤숭숭했으니까요.

사형 집행이 있던 다음 날 교도소는 다시 평범한 일상으로 되돌아갔고 나도 평소와 다름없이 출근을 했습니다. 그런데 대전 교도소에서는 어제 사형 집행된 사형수 말고도 몇 명의 사형수가 더 있었습니다. 그중에는 내가 담당하는 A라는 사형수도 있었습니다. 그러니까 A는 어제 있었던 사형 집행 명단에는 들어 있지 않았던 것입니다.

그러나 어쨌든 하루가 지났으니 어제 있었던 일은 교도소에 다 퍼져서 직원뿐 아니라 모든 수용자들이 다 알게 되었겠지요. 나는 사형 집행 다음 날 출근하자마자 내가 담당하고 있던 사형수 A의 방 문을 열고 그를 불러내 위로와 안정을 도모하는 말을 해 줘야 했습니다. 사형수 담당 근무자로서 당연히 그래야 하는 것 아니겠습니까? A가 전날 얼마나 피를 말려가며 불안에 떨었을지는 안 물어봐도 충분히 상상이 가는 일 아니겠어요? 내가 A를 불러내자 A가 꺼낸 일성은 다음과 같았습니다. "제가 어제 턱걸이로 살았습니다."라는 것이었습니다. 그러니까 어제 6명이 형장의 이슬로 사라졌는데, 자기 순번은 7번이어서 형장으로 끌려가지 않았다는 말입니다. 턱걸이로 살았다는 말뜻이 그겁니다. 이 얼마나 살 떨리는 말입니까? 속된 말로 한 끗발 차이로 생사가 결정 난 것입니다.

그 후 몇 년 지나서 A에게 또 한 번 운명의 반전이 일어나게 됩니다. A가 사형에서 무기로 감형이 된 것입니다. 사형수가 무기수로 감형이 되는 것은 아주, 매우, 극히, 엄청 드문 사례임이 분명합니다. 사형 집행 때 한 끗발 차이로 살 수 있었고, 그 후에는 감형까지 되었으니 A의 인생도 한 편의 영화 아닌가요?

나는 오늘 총 세 편의 영화 같은 이야기를 했습니다. 이제 이야기를 마무리하겠습니다. 누군가는 이 세 편의 이야기를 듣고 "아, 그런 인생도 있었군요. 덕분에 인생 공부 잘 했슈. 세 편씩이나 되는 영화를 글로 상영하시느라 고생 많으셨슈. 혹시 언제 만나게 되면 막걸리 한잔 사 드리겄슈."라고 빈말로라도 이야기를 해 주신다면 참으로 고맙겠으나, 혹시라도, "그래서? 그래서 어쨌다는 거요? 꼭 그런 영화를 상영해야 하겠소? 나 몹시 기분 안 좋소!"라고 항의하시는 분이 계신다면 정중히 용서를 구하려 합니다.

PS : 부족한 글을 인내로 끈기로 끝까지 붙들고 읽어 주신 독자 여러분, 감사합니다. 100세 시대를 맞아 다들 건강하시기를!

마라톤을 하시면 더욱 좋겠으나….